as visitas que hoje estamos

antonio geraldo figueiredo ferreira

as visitas que hoje estamos

ILUMINURAS

Copyright © 2012
Antonio Geraldo Figueiredo Ferreira

Copyright © desta edição
Editora Iluminuras Ltda.

Capa
Eder Cardoso / Iluminuras
sobre foto de Antonio Geraldo Figueiredo Ferreira

Fotos e ilustração
Antonio Geraldo Figueiredo Ferreira

Revisão
Jane Pessoa

CIP-BRASIL. CATALOGAÇÃO-NA-FONTE
SINDICATO NACIONAL DOS EDITORES DE LIVROS, RJ

F439v

Ferreira, Antonio Geraldo Figueiredo, 1965-
    as visitas que hoje estamos / Antonio Geraldo Figueiredo Ferreira. - São Paulo : Iluminuras, 2012.
        23 cm

    ISBN 978-85-7321-376-8

    1. Romance brasileiro. I. Título.

12-2007.   CDD: 869.93
                        CDU: 821.134.3(81)-3

2022
EDITORA ILUMINURAS LTDA.
Rua Inácio Pereira da Rocha, 389 - 05432-011 - São Paulo - SP - Brasil
Tel./Fax: 55 11 3031-6161
iluminuras@iluminuras.com.br
www.iluminuras.com.br

as vozes todas num ouvido só
anônimo

[...] o romance é uma espécie de coral de surdos-mudos em que autor e leitores imaginam ocupar a posição do corifeu
outro anônimo

[...] com os haveres de uns e outros é que se enriquece o pecúlio comum
machado de assis

do autor para o autor

dizer tranquilamente: já morri
(as palavras se encontram no vazio)
então, este equilíbrio puro, em nada
é simples como andar de bicicleta
mas ouço: estou aqui, aqui, aqui
eco no espaço aberto, um assovio
persistente do vento, uma guinada
brusca do rosto, em voz que me incompleta
– voltado para mim, irei perdido
pelas trilhas escuras de mim mesmo
até imaginar o outro, e sê-lo
neste passeio inútil, sem ter sido
aquele outro eu mesmo, mas eu mesmo
sei que pedalo para o atropelo

a gaveta direita

Eu permaneci, com as bagagens da vida.
joão guimarães rosa

o fim da vida é muito triste, principalmente se você tem a cabeça no lugar e o corpo vai emperrando, vergando as costas, cadeiras arruinadas, nenhuma posição de conforto, as juntas todas capengas, sem girar certo a dobradiça dos ofícios, cada estalido em agulhada nos nervos que só vendo, ufa atrás de ai, pleques e treques sem azeite nos mínimos movimentos, ô, meu deus, pena não ter óleo singer pra desenferrujar velho, mas a cabeça indo até que boa, desembestada na correria do passado, cada vez mais, não, joana, não falei nada, não, pode sossegar, mania dela de achar que sempre estou chamando, a velha resmungona, eu só estou falando um bocadinho mais comigo mesma, ara, às vezes a boca repete um pedaço desse mundo da lua em pensamento por hábito necessário, porque a surdez das grandes vai entrando pelos ouvidos, emouquecendo o entendimento, por isso, quando a lã da vida enrosca em seu tricô, o velho ciente põe-se em ordem e repete algum juízo em voz alta, desfazendo o nó da cachola pra não ficar empacado, cego e mudo, besta e bobo, gagá, olhando o céu como se fosse um chão, coitada da tia sininha, quando a doença estava um tanto mais adiantada, cumprimentava a si mesma no espelho, oi, menina, oi, abanava a mão, a molecada ria, minha mãe danava com todos, explicando lá do seu jeito, para as crianças, o desencontrado dos fatos do mundo, o diabo risca o jogo da amarelinha no terreiro, de modo que não adianta cair no céu rabiscado dele, que não é céu coisa nenhuma, má-criação que o chifrudo traça espelhado de propósito nas brincadeiras maldosas da falta de respeito com os mais velhos, falava manso, preparando o bote para quase despregar as orelhas de um primo mais desavisado que não saltava logo de banda, esquecido de pés presos no purgatório sonso da falta de esperteza, nisso até a tia sininha ria, chegava mesmo a gargalhar daquela moral da história distorcida já nas asas da orelha, até a tia sininha ria, e ela podia rir à vontade, o que era outra leitura instrutiva para o caso, vejo hoje, não é preciso muito juízo pra se divertir com a dor dos outros, entendimento que faz crescer a tristeza ainda mais, esticada no tempo pra todos os lados, porque aproximando dos disparates da esclerose a primeira inocência, coitados de nós, coitada da tia sininha, que também via o saci no pomar, isso antes da doença, fazendo vento em si, redemunhado, segundo ela, de beiços inchados, muito vermelhos, olhos do coisa-ruim, o moleque, diacho de negrinho escravo, preto retinto da meia-noite, repetia, no que todos acreditavam pelo menos um pouco, até mesmo os adultos, um medo pançudo na gente criança, nos primos, minha irmã se arrepiava, sai pra lá, danado, ele pulando escondido pelas costas, então, aquela vontade sublinhada de enterrar os dentes numa goiaba madurinha, nos fundos do pomar, e onde a coragem?, eta, só se sabe a raiz dos dentes e das coisas quando se desbanguela de vez e de todo, na hora do fato, ninguém sopesa o acontecido, só depois, acrescentado dele mesmo tantas muitas outras vezes, só aí, então, o ah, meu deus, as relembranças sendo repisadas, mas as pegadas já sumidas, desaparecidas antes mesmo de se poder virar as costas, então bobagem dizer qualquer coisa do passado, como tanta gente diz, fui por ali, fiz porque tinha de fazer, não devia ter feito, isso é bobagem, ou não?, o que já foi está sendo?, não, não, isso é besteira também, papai, mamãe, meus tios, *vó iá*, até o retrato do meu avô morto do coração, com a moldura ensebada, a morte deve ser assim, peguenta, pensava, e ainda penso, se bem que pra mim, pelo menos, a vida anda muito mais peguenta, deus não me livra, não me livra, ai, esta dor latejada de continuar ficando, e tudo sem remédio lá pra trás, o namoro, o beijo às escondidas, até aí o bom da vida, porque espreitada em seus sustos, depois o casamento, os filhos, as obrigações inteiras da casa, o paulo, meu marido, muito do desavergonhado, no que ainda hoje coro de pensar, as intimidades que não se falam, sei que hoje não é assim, mas ferro frio nem a marteladas, e velhice é ir-se esfriando aos poucos, a marca dos golpes a dizer que não há outras possíveis formas, paulo tentou explicar lá do seu jeito, mas aquilo eu não fazia mesmo, agora até entendo que ele pulasse a cerca, a precisão dos homens é outra muito diferente, acho, em outros pastos e repastos, ultimamente penso que ele foi, a sua maneira, um bom marido, nada daquilo de água mole em pedra dura, sabia que todas as pessoas são de carne, sempre, que as mãos mergulhadas se enrugam, depois de muito tempo na água, enquanto as pedras se alisam, roliças, então me respeitava, mãe de seus filhos que viriam, e vieram, não deixou faltar um nada em casa, e talvez isso seja mesmo tudo, o de tudo, pra lá da porta da rua não existe santo, eu sei, fiquei sabendo, tonta daquela que não sabe, nem fazendo aquilo, nem aquilos, que a esposa cedeu uma vez, pronto, derrubada a porta do lar, o diabo deixa de sussurrar soprado e desbarata as vidas berrando, descambadas as sem-vergonhices que nem sei, indecências das profundas, imagino, cruz-credo, joana, joana, filha, vem me ajudar, minha nossa, faz tempo que comecei nos laxantes purgativos, toda manhã, muito parada, sentada, sofria que sofria, então esses santos remédios, as tripas limpas, o por dentro aliviado como uma confissão inteira, sem esforço de arrebentar veia na cabeça, deus me livre e guarde, tem muita gente que morre no banheiro, se bem que por esses tempos a joana anda fazendo cara de mais nojo, comigo, eu que limpei a sua bunda até falar chega, bunda de velho é diferente, ela me respondeu, chorei e mandei a ingrata embora, que a sua mão secasse, e depois, quando morresse, que essa mão agourenta não ficasse embaixo da terra, que isso era como bater na mãe, falei mesmo, e é verdade, quem já não ouviu as histórias do corpo-seco, lá no casarão da rua coronel diogo?, bom, paciência, a joana no fundo é uma sonsa, não me deu ouvidos, desrespeitou o pai, que sabia de cor o ronco errado do descaroçador de algodão, antes de engripar, e estancava a quebra, desligando a máquina a tempo de evitar os dentes de alguma engrenagem em cacos piorando o estrago, assim a vida, vontade, paixão, amor, algodão, tudo dá no mesmo e recebe paga igual, aprendi, a porca que torça o rabo, o paulo sabia que não era o caso pra gostar mais ou menos de mulher da vida, era só aquele ronco de repente descompassado de sua música a dentadas, a mordedura na pedra do feijão mal escolhido, pouquidão, e engrenagem nova, azeitada, girando novamente os acertos encaixados na toada do dia a dia, só depois, então, banho, ceia, reza no tom, a ordem simples das coisas estabelecidas, do lar, o errado fazendo os falsetes da vida?, ou desafinando?, a joana foi boba, fugir de casa, parir nos pastos do mundo um filho doente, ela disse que era doente, eu acredito, o pontapé na bunda que tomou do safado que eu nunca soube quem foi, e o anjinho pagão, neto sem rosto, sem nome, até quando esse purgatório, santo deus?, o paulo nunca mais lhe dirigiu palavra, nem ão, nem pão, nem cão, como dizem, nunca mais repetiu o nome joana, a filha tão querida, ela parece que entendeu o avesso daquela discordância, apenas uma vez ele a fitou encarado no poço fundo dos olhos, ela bastante alterada, cansada de boiar sozinha, ia atirar na sua cara, *e as suas putas, pai?*, não falou, mas sei que ia falar, foi como quase ouvir o que não disse, ele percebeu tudo no relance, também, e antecipou fuzilando os segundos, o não dito pensamento dela, que sentiu de antemão o peso da resposta dele, das trocadas mudas acusações, então engoliu na cabeça as palavras sem som, berradas naquele instante que não houve, ele se virou, brusco, saiu da sala derrotado, porque sabia que a filha perdera, de novo e novamente, que eu mesma, de longe, nunca cicatrizaria nossos desastres, as perdas deles, as minhas, todos afogados nas mágoas da vida, enroscados nos troncos e galhos emaranhados no açude dos dias, sem poder encher os pulmões e gritar qualquer coisa que fosse, a família esboroada por causa daquilo, pelo desejo besta da carne, diacho, vontade do demo, do satanás, isso sim, mas deus há de nos agasalhar, pelo menos os que ficaram, com o seu manto que não desfia, desse frio que não passa, por isso fico de semente, acho, esperando o sol de novo, um broto de perdão, um fiapo de paz, velha se desfazendo, mas a cabeça regulada, querendo impor outra melhor ordem na memória, requentando o café para as visitas que hoje somos e estamos, para que eu possa pôr novo reparo nas manchas que não via nas roupas, no instante que escapuliu quando todos foram morrendo, nódoas que repiso de olhos fechados para alvejar aqueles passos tortos no quarador dos dias, eu também culpada, joana, chorando de novo, minha filha, por quê?, bobagem, logo, logo eu morro e você fica livre, eu fico livre, seu irmão fica livre, sabe, mudando de assunto, acho que a rosa anda trazendo homem pra dentro de casa, não sei, ela anda muito esquisita, nem bem você sai, ela quer me levar pro quarto, hora de dormir, hora de dormir, pensa que eu sou tonta, aquela safada, comentei isso com o antônio, antes, porque ele paga o salário dela, mas não deu um pio nem fez a devida careta, acho que até tolera, aceita por comodidade, espécie de gorjeta, de extra, prefere isso a dormir aqui, enquanto não arranja outra por esse preço, na verdade nem procura, não sou boba, ainda não fiquei caduca, mas sei que filho homem não tem essas obrigações, então devo levantar as mãos pro céu que ele paga essazinha aí, só que o errado nunca foi certo, joana, aonde você vai?, eu queria, ai, minha nossa, ela não ouve, escuta só o que quer, o que não faz é sempre por desfeita, emudece as respostas todas, só sabe refrisar na poltrona um ranger de dentes dos diabos, quando cochila vendo a novela, dá nos nervos, arrepia, faço qualquer barulho como que sem querer, cheguei a derrubar um copo, uma vez, pra interromper aquela aflição, ela percebeu o ato, aquele, e os outros todos, em antes, fizeram sentido, deixa que depois eu cato, mãe, a tonta aqui limpa, não sei, parece que tem a mão furada, e fingiu que pegou no sono, de novo, ressonando com a cara da mentira que eu conheço bem, quantas vezes a fizera dormir, velando o rosto da cria?, papai foi na roça, mamãe no cafezal, boi, boi, boi, pra quê?, olha o que eu ganhei, começou a dar de fingir que dorme e range os dentes ainda mais que dormindo mesmo, descobriu que eu desgosto, mas acordada o rilhado é outro, ela não sabe, não vem de dentro, por isso não ligo, até prefiro que ela se divirta assim, com a mentira menos aflitiva, quer me torrar a paciência?, estou acostumada, ela bem que poderia dormir em casa, comigo, mas não, faz gosto de ter um pouco de sossego, se já pena o seu meio dia com a mãe, a vida inteira, a vida é assim, sem os merecidos cobres, os filhos acham sempre que os pais devem alguma coisa pra eles, sei lá o quê, uma vez ela me disse chorando, faz tempo, mãe, por que a senhora foi me tirar lá de onde eu estava sossegada, na não existência?, que é isso menina?, quem anda ensinando essas barbaridades pra você?, olha com quem você anda, isso é conversa de quem não acredita em deus, conversa de comunista, menina, seu pai escuta um negócio desses, vai querer tirar satisfação na escola, você vai ver, bom, acho que fiz mal em não dar a merecida atenção, aquilo não era conversa de uma mocinha normal, seria caso de contar tudo ao paulo?, colho hoje o que não plantei?, ou a semeadura vem despistada, o bolso furado despejando ao largo as sementes sem que um pai ou uma mãe de família possam perceber?, sei o jeito como ela segura meu braço, quando me arrasta no banheiro, da sala pro quarto, com mais força do que o necessário, um mínimo gemidinho soprado pelas narinas e abafado na garganta, pronto, ela aperta mais ainda os dedos, medo de que eu caia, diz, os vergões de alicate nos meus braços, bati em algum lugar, antônio, fico roxa à toa, à toa, mais as outras dores que tenho de calar, a escova puxando repuxado os cabelos, cabeça pra lá, pra cá, fico sem coragem de reclamar, quando criança, enxugava a sua cabeça com a toalha de banho, ela chorava, miudinha, eu não parava, pelo contrário, esfregava mais, protegendo aquela fragilidade úmida acentuada pelo choro, hoje a minha vez, a corrente pesada que prende fatos e atos, dias e anos, vidas e vidas, melhor o silêncio, então, protegida do meu próprio antigo carinho, de um medo que ecoa dela ontem e reverbera agora em mim, é a cruz dela, o que ela não cansa de repetir, tem razão, aceito meu quinhão de dor, velho vai virando planta, vegetal que se nutre da família em torno, as raízes infiltradas de tal maneira no que fomos que somente a poda é possível, aos repuxões, pra que vingue continuado como vegetal que está e, ao mesmo tempo, se vingue dele, nele, em mim, tudo por demais embaralhado, meu deus, melhor talvez se transplantada de vez pra um asilo, esquecida por lá, mas as sombras, o vento que entra pelas portas dos fundos e balança galhos, dispersa folhas, projeta antigos movimentos no chão da frente, antônio sabe disso, joana sabe disso, melhor suportar o velho em seu quarto, onde se pode controlar as folhas da janela, as vidraças, o sol, o vento, as sombras, onde não é necessário dar uma direção ao olhar perdido no horizonte, velho vai virando planta, ela sabe da minha resposta silenciosa, o que enfurece um tantinho mais os seus movimentos, como se eu soubesse o que não sei, a escova largada na penteadeira, uns tantos fios brancos embaraçados, semelhando aquelas flores de flocos mínimos do campo, fiapos que se dispersam com o vento, com o sopro das crianças, como se chamam, mesmo?, isso, amor-de-homem, dente-de-leão, aqueles montes de nadas, transparências em todas as diversas direções se indo, cada qual um rumo, teia de aranha que aprisiona um deles, no entanto, nada preso ao nada, pelo nada, boiando em nada, a minha vida, arranco os fios brancos da escova, embrulho tudo numa folha de papel de pão, numa folha de jornal, ou guardo no bolso, que não voem pela casa me espalhando mais, ódio de deus, deus me perdoe, que não sopra logo e de vez em mim por inteiro, confinada como a paina em travesseiros muito velhos, mofados, recheados desse peso frágil e pesado das noites, carregados de sonhos dos dias idos, por viver e jamais vividos, tudo, nada, mãe não empresta, dá-se inteira para os filhos, e depois eles ainda querem os juros do que receberam dado de graça, jesus, ela tem uma dentadura de borracha pra esse bruxismo, nome bem apropriado, isso eu não digo, penso, é lógico, não usa de propósito, e a gente fica imaginando quantas pedras do passado ela tritura assim, nessa refeição indigesta que não acaba, tanta força no remoer tristezas, um inferno mesmo, principalmente pra mim, que me sinto uma penetra, conviva forçada a sorrir, enquanto a anfitriã range os dentes no choro surdo dos acontecidos lá dela, obrigando-me a participar de tudo como se eu tivesse culpa do que nem supus, meu deus, penso que o paulo soubesse de um algo qualquer, ele também tanto mudado depois da desgraça, pegou inclusive de frequentar igreja, não seria à toa a coincidência alegada, eu perguntava com jeito, repetia minhas aflições como se falasse desimportâncias, novidades cansadas de saber, sou mãe, tinha e tenho o direito, e nada, só as sombras que ele ainda tapava com o chapéu, peneira enfarinhada, então o maior erro da minha vida, pedi que o antônio descobrisse aquele algo, ele já homem, por que não?, medo de a criança dada, largada por aí, jogada ao deus-dará, não sei, melhor mesmo o pagãozinho no limbo, a filha perdida não seria nada, perdição de mundo é passageira, muito pior a perdição de si, começo do inferno aqui mesmo, da danação com dias nublados e noites em claro, antes do padecimento eterno com o qual, imagino, a alma se acostume e, nos tempos afora sem fim, acabe talvez esquecido, porque cada vez mais pedacinho de nada, a tal vida eterna se fazendo de feita em sempre maiores calos, vida?, que vida?, não me lembro, e sonho com outra que não terei, mas quem sabe tive, e o que não haverá vira lembrança viva do que não foi, e aí mesmo, de saudade, quem sabe, é que não comece o purgatório, meu deus, maldita hora, o antônio arranjado na capital, estudando, por minha culpa começou a vir de mês em mês, fuçando as fofocas, escarafunchando o pelo não dito pra ver se dava de cara com o encoberto, deixa, mãe, agora é comigo, o pai nem desconfia, descubro o sujeitinho salafrário e a sujeira, a senhora vai ver, não, não vou matar ninguém, não, mãe, é que o safado bem que pode fazer o mesmo de novo, desonrar família direita, vontade de capar o desgraçado lá isso eu tenho, o porco, mas não vou desgraçar minha vida, não sou besta, mãe, pode deixar, mas desgraçou, desgraçou, e eu sou a culpada, aceito isso, quero pagar por isso, então concordo com este coração que não para, com o peito que não cessa o movimento, chiando sem quebrar, com estes olhos colados de remela, purgando as dificuldades de ver o que foi que eu fiz, estes olhos sem abrir, mas abrindo a dedo, pelo tato, toda santa manhã, quase areia riscando seca os cantos enrugados e dificultosos das maçãs apodrecidas do rosto, aceito, meu deus, todas as dores em monjolo sem estiagem, sufocando as perrenguices e culpas moídas em mim, as pancadas da vida, sem subtração de alívio, tanto e tanto sofrimento, o antônio me disse, dia desses, a senhora não paga só por mim, não, mãe, quando eu maldizia ter apontado o descaminho da vida dele, a desgraça que engendrei sem querer nele, esquece, mãe, pelo amor de deus, esquece, não é isso, não é assim, saiu chorando, joana ouviu tudo chorando, até hoje não sei o que o maldito do pinguço do dimas inventou pra ele, no bar do zé das pedras, meu são josé, contaram que o antônio empalideceu demais, pegou uma faca no balcão e rasgou a garganta do diabo do cachaceiro, sem piedade, sem dó, o zé correu pra acudir, apartear, mas estava feito, não teve jeito, contou que meu filho não soltava o pescoço do dimas, agonizante, com uma das mãos, enfiando os dedos no rasgo do corte, que esguichava, enquanto com a outra tapava as narinas, a boca do infeliz, que roncava abafado o seu fim, como se não pudesse permitir mais nenhuma palavra do condenado, e, mais, como se pudesse fazê-lo engolir o tão tristemente sussurrado, santo cristo, por quê?, por quê?, por quê?, fugiu do bar, procurou o pai, em socorro, mas sei que brigaram muito feio, os dois rasgados, sujos, quase morri, quando olhei os dois, bufando, empapados de sangue, sangue de quantos inocentes, meu deus?, como pode um pai não ficar ao lado do filho que erra?, como pode?, nunca soube o porquê, paulo nunca tocou no assunto, antônio não disse uma palavra, confessou no julgamento, e só, disse que matou e pronto, foi condenado, preso, e, durante todo o processo, ignorou a própria família, renegou as visitas, sofri demais, contaram que dava toda a comida que eu lhe mandava pro cabo pacheco, que ficava bem quieto pra fonte não secar, e comia a porcaria de gororoba da delegacia, mas o que eu poderia fazer?, o paulo sempre foi daquele jeito, e acho mesmo que nenhum de nós sofreu tanto quanto ele, nem eu, juro, o antônio não ficou mais tempo preso, graças a deus, porque foi o dimas, pé-rapado, pobre-diabo, já meio morto há muito, o paulo é que se acabou depressa, não viu o filho solto, coitado, deixou de frequentar a igreja, deu de beber, diziam que era castigo, até, praga do cachaceiro moribundo, mas não acredito nessas bobagens, meu marido morreu de tristeza, aos poucos, isso sim, bateu com o carro numa árvore, na estradinha para igaraí, estava sóbrio, o neno da zeza conversou com ele pouca coisa antes do acidente, muita gente falou muita besteira, cambada de vagabundos, gente que não tem o que fazer, foi outra desgraça, mais uma, então eu pergunto, quando o tempo do perdão?, no fundo sei que fui eu, de novo, o resto de tudo não importa, o mais triste do fim da vida não é apenas a existência definhada em si, como já disse, mas a pressão do peso de mundos e fundos e rasos, relembrados, quem sabe não será isso estalando os ossos, doendo as juntas, o mundo dos vividos encobertos, sem saber, querendo adivinhados os atos mentidos, os pensamentos verdadeiros lá atrás, fantasiados em desconversas, despindo-se sem pudor justamente agora, vindo à luz natimortos, em castigo, no apagar dos olhos dessa velha, olha, às vezes invejo a caduquice, terão muita razão eles, os sonsos, amparados nos descampados sem sentidos, longe de montes de lembranças enganosas que tenho de subir sozinha para entendê-los presentes e verdadeiros, o que, no fundo dos vales da vida, será sempre errado e enterrado, e há tantos velhos assim, meu deus, por que tantos erros?, estou aqui, ainda, penso e penso que entendo, mas não sou boba, não sei de nada, ficou pra mim, hoje, das coisas desse mundo, apenas a gaveta direita da cômoda de jacarandá, resto de mobília que arrastaram comigo, traste com traste, acho, combinando, mais para facilidade dos outros do que por comodidade minha, tenho certeza, nenhum carrancismo deles, ao contrário, cômoda que foi herança da minha tia sininha, coitadinha, guardo com todo o cuidado a chave dessa gaveta no bolso, não dou a ninguém, e ninguém se importa com isso, na verdade, porque eu sou essa gaveta, estou nela, pelo menos, inteira, mesmo que aos pedaços, o que ninguém entenderia, gavetinha forrada com papel de presente, lojinha 7, lojinha 7, lojinha 7, depois mudo, troco, estampa de uns ursinhos coloridos, ou de uns palhaços, mas não gosto, muito chamativos demais, acham que velho vai ficando criança de novo, o que é uma grande bobagem, e lá vêm os papéis com motivos infantis embrulhando uma camisola pavorosa, coisas assim, em todo caso é uma alegria revestir a gaveta, trocar uma vez por ano o papel, às vezes um nome bonito de loja, sagarana, o mesmo nome daquele livro, ou yog, que eu nem sei o que é, hoje as lojas diferentes, chiques, nada de bazar da sofia, armarinhos santa eufêmia, ô, tão bom revestir essa gaveta, odeio quando alguma criança quer abrir o presente, na frente da mãe, que só faz um muxoxo, enquanto o moleque rasga tudo imaginando um brinquedo qualquer, não sei, ou mesmo, sabe-se lá, divertindo-se com minha decepção mal disfarçada, ah, fosse minha mãe, bem, não vejo a hora de ficar sozinha, que levem logo um pedaço de bolo embrulhado em guardanapo pro diabo que os carregue, finjo um sono, um mal-estar, pronto, sozinha, tiro o sachê de tule que já não cheira, mas muito bonitinho, pena o sabonete rachado, o tempo na pele também das coisas, uma latinha que guardei de lembrança do paulo, *panter mignon, sigarenfabrieken, h & j van schuppen n. v. veenendaal, holland*, com moedas antigas escondidas, algumas de prata, esse o dinheiro que valia, 1000 réis, 1913, umas notas velhas enroladas, uma novinha, virgem, esticada num envelope, com um trevo de quatro folhas ressecado, deixo escondidinha lá no fundo, república dos estados unidos do brasil, 1 cruzeiro, bonita, o marquês de tamandaré muito garboso, do outro lado a escola naval à distância, deixo perto de outra cédula guardando um embrulhinho de sementes de romã, hoje ninguém mais faz isso, depois reclamam da desgraceira, meus santinhos impressos, antonio da rocha marmo, viveu, sofreu e morreu amando jesus, *panis vitae*, lembranças de primeira comunhão, de missa jubilar de prata, festa de são francisco de assis, das tantas missas de sétimo dia, primeiro aniversário de morte, essas coisas que uma velha ajunta pra dar mais corda aos fios arrebentados da memória, mas gosto mesmo é desse livrinho aqui, que ainda me serve hoje, comprei faz tanto tempo pras crianças, agora ainda tanta serventia, nunca poderia imaginar, estancando as lágrimas de tantos erros, meu deus, olha ele aqui, meu anjo da guarda, manual de piedade para meninos e meninas, com as orações de cada dia, decorei ao santo anjo da guarda, página 9, não peço por mim, juro, só um jeito que descobri pra dormir mais rapidamente, um pouco em paz, anjo santo de deus querido, que por divina disposição me tomastes sob a vossa santa guarda desde o primeiro instante da minha vida, e nunca cessastes de me defender, iluminar e reger, eu vos venero como padroeiro, amo-vos como guarda, submeto-me a vossa direção, e me dou a vós para que me governeis, iluminai-me nas minhas dúvidas, nos perigos fortalecei-me, até me introduzirdes no céu, a gozar convosco da eterna felicidade, amém

caridade

a festa lá no pátio do asilo é um sucesso, foi a boa ideia que tive do prêmio em dinheiro no bingão do fim de noite, mil reais, milão, passou a lotar até o fim, deus seja louvado, chegaram a dizer que eu era louco, mil reais, vai nessa, vai, sei muito bem o que se passa pela cabeça das pessoas, sei direitinho o que todos querem, então, mesmo pagando todas as despesas, som, conjunto, bebidas, tudo, sobra um bom dinheirinho pros velhos, não é fácil administrar, não, quem neste país enfrenta um trabalho voluntário com a cara e a coragem?, me diz aí, faz tempo que eu carrego tudo nas costas, sozinho, eu, eu comigo mesmo, concorda?, na hora de comprar, de fazer dívida, é o meu nome que assino na papelada, com todos os ás, todos os bês, sem faltar um cê, todo mundo sabe disso, bom, como ia dizendo, sobra esse dinheirinho pros velhinhos, até um papel higiênico melhor dá pra comprar, mais macio, outro dia mesmo um deles veio dizer que *as coisas de privada estavam melhores*, coisas de privada?, além de tudo o velhote era fanho, banguela, bambo das cordas vocais, manco também de voz, demorei pra entender que falava do papel, coitado, é isso, a festa indo lotada até o fim, o povão gastando e esperando o bingão, milão, todo mundo de olho na bufunfa, coçando a palma da mão sem vontade, só pra atiçar a sorte à unha, o negócio é esse, ninguém quer as lambujas, é o sonho possível dos pobres, dos remediados, vá lá, arriscar as muxibas esperando pelo menos o gostinho do contrafilé, é ou não é?, e tudo pro bem desses velhinhos desvalidos, sem família, ou com a família em muito pior situação ainda, tomando deles a pensão, puta sacanagem, aqui não, a gente usa o dinheiro da aposentadoria deles pra eles, bom, não era isso que eu ia contar, às vezes penso em largar tudo, sabia?, tem coisa pior que a ingratidão?, pois é isso, você acredita que tem uns velhotes que reclamam do barulho?, a festa incomodando, não conseguem dormir, sei lá o que mais, agora fizeram até um abaixo-assinado, acredita?

fé

o caminhão tombou, romaria pra aparecida, vão todo ano, nessa época, 13 mortos, este ano não fui, que não tinha dinheiro, graças a deus

exegese

você fica falando isso, mas eles não iam rezar, não, iam passear, andar à toa, comprar bugiganga do paraguai nas barraquinhas, o caminhão tombou?, bem feito, deus demora, mas às vezes risca as linhas retas pros motoristas desavisados caírem no sono e despencarem na ribanceira, não, não, não, morreu também quem só ia rezar?, é isso, os bons acabam pagando, os bons sempre pagam, não sabia?

sacrifício

disse que eu tinha obrigação de ir, que tenho de agradecer pelo que tenho, isso eu tenho mesmo, o pacote se chama *caminho da fé*, o fôlder diz tudo, a gente vai andando e rezando, umas estradinhas de terra bonitas, muito verde, muita paz de espírito, ar puro, nem vê chegar em aparecida, pois é, o caminhão vai à frente

?

meu deus, pra quem eu vou rezar agora?

procrastinação

agora, só com a intervenção do meu querido santo expedito, das causas justas e urgentes, agora só ele ou ele, fazer o quê?

tudo bem, mas você não acha que convém cercar o negócio por todos os lados?

de que jeito?, hoje lá um homem comum pode cercar qualquer coisa?, quem agarra os dias à unha nunca vai saber onde começam as cutículas, rapaz, nunca ouviu o ditado?, só cerca pelas beiradas quem tem a posse dos meios, que se há de fazer?

em todo caso, leia isto aqui, olha, peguei no balcão da farmácia do chiquinho, pensei em você, ele me disse que conhece a mulher, deu um pulo lá, no começo descrente de tudo, um amigo dele junto, fazendo piadinha, bom, então ele viu, disse que a mulher destrinchou a vida deles, via pra frente e via pra trás, isso quando não espiava os lados, também, inclusive deu a entender que não gostou das piadinhas que foram feitas lá fora, na sala de espera, um negócio de fazer marmanjo macho se esticar pra cima nas cadeiras, arrepiado até nos cabelos da bunda, olha

um passo para a vitória, vanderlucy indica, esclarece e aponta, vença seus inimigos, abra seus caminhos, faz e desfaz qualquer tipo de trabalho, trabalho com o povo do oriente, amor, saúde, negócios, emprego, inveja, impotência, filhos problemáticos, faz a união do amor, vícios, nervosismo, insônia, estresse, banho de descarrego e limpeza do corpo, simpatias para todos os fins, afasta quem perturba, marque sua consulta pelo telefone (19) 2641-1897, marque já, porque vanderlucy só poderá atendê-lo em, no mínimo, uma semana, isso se o seu caso ela sentir que é grave, a procura é muita, ela não promete, ela faz

a hora certa

diziam que ela era poderosa, dona matilde, benzia e contava o porvir, até o passado, pra comprovar o futuro descoberto, peguei o ônibus sozinho, não disse nada a ninguém, que crendice de povo pobre vem perdendo a força, e os amigos pegam a rir da gente, de uma qualquer correta mínima superstição, que, se não faz andar o andor, também não desanda o passo da procissão, o que é que tem?, um homem há que se pegar em alguma coisa, principalmente quando a vida mete o pé na bunda dos desavisados, na verdade sabidos e ressentidos dessa incômoda contingência de antemão, desde os nascimentos, por isso carrego comigo esta sempre trazida pedra de topázio, devia tê-la repassado à minha esposa, sei disso, a tradição, não sei o que mais, bem, na verdade não consegui, confesso, quebrei a corrente que agora se enrola nas pernas?, bobagem, foi apenas um presente da minha tia-avó e madrinha, amuleto da época em que a família ainda mandava, mas já começava a não desmandar, o que está sempre a um pulinho de fazer um pai de família virar, isso sim, pau-mandado, por conta do tostão em tostão que foge pro papo de um vizinho lindeiro, esganado coronel qualquer, ou bisneto dele, tanto faz, arrastando criação, cerca, terra e homem, enfim a herança, mas isso é outra história, hoje é topar com a mania dessa gente citadina que se faz de esperta no esconso da falência de ser, ou mesmo no torto dos negócios que carregam a gente pra baixo e mais embaixo, do mato pra cidade, da cidade pra capital, e, na capital, pra onde deus quiser, de moquiço em moquiço, rodopiando pelas beiradas em volta da falta de dinheiro, isso quando o diabo não atalha e põe a gente pra correr de volta, em tudo de novo, mato adentro, mas dando de cara, isso sim, com os descampados secos, os desmatados passados falsamente verdes em nós, como dizia meu finado pai, então penso que venho pelo caminho errado da vida, por isso não me aprumo, sem parada, de modo que, se padre, macumbeiro, cartomante ou benzedeira apontam um rumo, é pelejar nessa direção, a pé, de ônibus, o que for que toque a gente pra frente, que os desprevenidos de hoje, mesmo a um passo da mendicância, pelo menos não têm de ralar tanta sola e remendar alpercatas, um nike de camelô anda bem e gostoso, às vezes é mike, pouco importa, a gente labuta até que muito alinhado, outros tempos, nova canga, não menos pesada, mas mais bonita, de grife, ou quase de grife, o que é um consolo moderno, não é?, monte santo de minas fica aqui ao lado, cidadezinha tranquila, você sabe, o velho isidoro vem de lá, vender bananas, e confirmou a fama de dona matilde, fui decidido, bati palmas, apertei campainha, ela não estava, então era esperar, mas ela deveria saber, se era tão boa, que vinha cliente, ou não?, benzedeira também tem as suas necessidades, pensei, o fusca na garagem era a prova, com a ferrugem desbeiçando a lataria, uma boa porção do para-lama comida, me abanquei na sarjeta e fui fazendo espera, tinha todo o tempo do mundo, ela talvez soubesse disso, ou não?, não demorou e ela apareceu arrastando um sujeito pela mão, meio abilolado de nascença, parecia, se não por seu todo inteiro, coitado, babava um pouco, dona matilde, vim em consulta, disse, ela manquitolava, quebrei a perna, 84 anos é peso demais, revelou, no que me pareceu exagero de vetustez para melhor propaganda do ofício, mas vou sarando como deus quer, vamos entrando, seu moço, eu não queria dizer logo o motivo da consulta, ela que adivinhasse e me livrasse de ouvir de mim a lamentação que me latejava, moço, não precisa dizer, eu enxergo além, quer ver?, o seu caso é este, você faz assim assado, evite o malpassado, e pronto, paga o que deus mandar que pague, muito obrigada, vai com deus, mas nada no mundo é como deveria de ser, ela me mandou sentar numa velha poltrona, rasgada no tecido gobelino, aberta no *corvim* dos braços, uns cuspidos chumaços de algodão arrancados talvez pelo desmiolado, é meu filho, aquele, o último que restou, ela queria só principiar conversa, me desentalar do meu silêncio, a senhora é casada?, viúva, meu marido morreu do coração, mal que carregava de menino, passou pros filhos, perdi três, duas moças, uma bem casada, tadinha, morreu na gravidez, carregando com ela o fruto, sabe lá se de coraçãozinho podre, também, ficou esse aí, filho de deus, doente da cabeça, mas muito bom de coração e de coração bom, valha-me deus, que sabe o peso da cruz que nos destina, não é?, concordei, ela esperava que já fosse expondo meu lenho, percebi, mas o doidinho já se achegava, você me dá um relógio, moço?, o relógio que ele usava não tinha ponteiros, dona matilde pediu licença e me deixou com ele, que insistia no presente, eu tenho um tantão, falou, e, de fato, trouxe uma caixa de papelão com pelo menos uns 200 relógios de todo jeito, acho que nenhum funcionando, então ele se esquecia um pouco de mim, trocava de relógio, pegava outro, abotoava com dificuldade um em cada braço, remexia na caixa, fingia que acertava a hora, moço, você me dá um relógio?, acabei perdendo a paciência, dona matilde não voltava, seu relógio não funciona, falei, não tem ponteiros, está quebrado, não vale nada, está tudo quebrado, repisei, a caixa inteira, ele ficou quieto, redobrou no apalermado, olhou o braço, bateu com os dedos na máquina, encostou no ouvido e apertou os olhinhos enrugados, que ficaram ainda mais repuxados de tristeza, e saiu da sala chutando a caixa, eu e minha língua, pensei, mas a velha não devia fazer isso, deixar a gente assim, com o filho amalucado, será que ela espiava, mesmo sem ver?, então pude olhar melhor a sala, que não era escura na enganação de falsos sortilégios, paredes sujas, com marcas de dedos, reboco esfarelando farofa, verniz da estante pegando o encardido de sebo do uso, bibelôs diversos espalhados, elefantinhos de louça em escadinha de tamanho, virados de bunda pra porta, uma cabeça grande de cavalo, de louça, também, mas enfrentando quem entrasse, carrancuda, vasos com flores plásticas cagadas e recagadas por mosquitos, que balangavam sem parar o seu pesinho na gangorra dos galhos, uns assustando os outros, talvez só pelo gosto do pouso pendulando, até mosquito pode ter sorte e nascer por perto sem querer da alegria, pensei, em relâmpago de sorriso, um bom agouro?, havia ainda velhos retratos retocados à mão, daqueles antigos, em contorno falso dos olhos, gravata sublinhada, muita vez até inventada, em artes de retratista, na vontade de um terno impossível, o marido, os filhos, todos de cara cor-de-rosa pastel, como que gritando mudos e embaçados, eu morri faz anos, nós morremos há muito, aquilo arrepiou meu cangote, juro, e fechou de novo o tempo aos poucos da minha esperança, desviei os olhos para a estampa mal encaixilhada de um anjo da guarda, guardando em vão, disse pra mim mesmo, 4 crianças até que bonitas, não se adivinhava nelas doença do peito ou da cabeça, continuei observando, um aperto maior no coração, o poder da velha?, uma figura de são jorge e um desenho de pai josé pendiam tortos na outra parede, aliás, embaixo, uma boneca nova, dessas pretas que fazem agora, mudando somente a cor da borracha, que as negrinhas devem saber o seu lugar e ir brincando de vida de verdade, acho, ficava acomodada sentadinha num canto da mesa, com um chapeuzinho de palha arrancado talvez de um chaveiro, brinde de algum político da capital pra caipirada daqui, onde judas já perdeu até o couro da sola dos pés, imaginei, puxa, pode ser um filho josé, na cabeça de dona matilde, alguma promessa em nome do menino doente, quem sabe?, havia também um santo expedito, em santinho de quem alcança graça e manda imprimir 3 milheiros, preso no dente da moldura de um espelho velho, cariado, que pendia muito alto, próximo do forro verde de madeira, repasto de cupins, porque as bosticas redondinhas aqui e ali, em montinhos, com asas de aleluia rebrilhando transparências, então ela ressurgiu, dona matilde, e levei um baita de um susto, arrancado de repente daquele inventário, vem ver uma coisa, e me arrastou pela cozinha, saímos da casa, ela devagar demais, até o fundo do quintal muito sujo, a jabuticabeira carregada, deu água na boca, entramos num quartinho imundo, mal iluminado, olha aqui na caixa, vê?, umas pedras redondas, grandes, outras tantas miúdas, o que é isso?, é minha criação de pedras, não pode comprar, não pode dar, troquei lá na bahia, com um feiticeiro que ficou com meu anel de brilhante, perto da igreja de são félix, agora moram aqui em casa, frutificadas como o moço pode ver, pra que servem?, inquiri, não posso contar, mas é bom demais, bebem água uma vez por semana e comem pó de ferro, a caixa estava mesmo cheia de limalha, ela continuou, tem macho, tem fêmea, dão cria, olha as pedrinhas aí espalhadas, e vão crescendo, tão bom, tanto bem, você quer?, mas tem de querer com vontade, então o moço me dá em troca o que quiser e leva um casal, faz um bem danado, são as únicas que prestam, frisou, estremeci, a visagem do meu amuleto?, coloquei a mão no bolso e tateei a minha de família sempre carregada pedra de topázio, e o frio subiu de novo a barriga com os seus dedos de supetão no susto, não, não, a minha pedra não era a mesma que dava cria, bebia água e comia ferro, a minha era outra, de outra espécie, mais triste, ou não?, vamos voltar, ela disse, e tornamos para a sala, vou benzer porque sei que é preciso, qual o seu nome, seu moço?, valdomiro, então descruza as pernas, filho, põe o pensamento em deus, ela fechou os olhos e principiou uma reza engrolada, só entendia que o negócio era com o menino jesus, riscava no ar muitas pequenas cruzes, arregalava os olhos, se aquietava e virava a cabeça pro lado, olhando pra cima, depois se repetia, rabiscando as cruzinhas no vento com o polegar perto da minha cabeça, das minhas mãos, dos meus pés, até que parou, gemeu e sentenciou que eu precisava de 3 benzeduras seguidas e carreadas, tinha de voltar por 3 dias, o trabalho, seu moço, foi bem feito, tem um preto nas suas costas, meu filho, uma mulher bonita, mas bonita mesmo, que encomendou, ela gosta muito de você, ama, você não quer nada com ela, e ela trabalhou com um negrão beiçudo assim, e alicatou com os dedos a boca murcha de velha, fazendo carantonha, um negrão assim, feioso de carvão, na sua sombra, guiando escondido em você os seus passos errados, seu moço, coisa forte, mas tem uma porção graúda de mulher boa no seu pé, também, você vai ficar bem de vida, ouviu?, escolhe a moça certa, não vai se amasiar com pobretona, não, tem moça rica curtindo paixão em seu sossego, não vai ser bobo, não, ela disse, me olhando medido, eu, a mim, que só queria saber de um emprego, de um serviço certo e assalariado, com registro em carteira, um homem sem ocupação, hoje, despossuído, é homem pela metade, e, por maior pedaço de si que ostente, em gabolice, não passa de um naco de gente, vagabundo aos olhos da parentalha, um encostado, sem valia, sem ambição, a minha mulher não tem culpa de ter cultivado o desamor, essa raiva seca que brota de seu homem empacado na existência, vivendo de bicos e biscates, esmolando auxílio de parentes e amigos que vão se acoitando de toda ligação, primeiro aos poucos, depois em correria desembestada, mas ato reflexo, sem malvadeza, eu sei, o pulo de quem pisou em tábua com prego, medo de que um desgraçado como eu se agarre com muita força no barrado de suas calças, arrastando tudo e todos pro fundo do poço daqueles afogados em dívidas, e, pra salvar quem já perdeu as forças de boiar, o melhor é deixar que se afogue um bocado, antes, por precaução, dizem, esse o medo, e medo não tem instrução, não tem amor de sangue, menos ainda de afinidade, e a mulher esposa fica sendo o homem da casa, exigindo o fim de um viciozinho bom, cigarro depois do café, cobrando uma atitude, sabe-se lá qual, e o homem de verdade se cala em si e não suporta a própria voz, nem a do pensamento, martelando a angústia, repetindo a golpes secos, no coco da cabeça, que a vida é de mentira, que falhou, então fui procurar dona matilde, seu moço, de aqui por diante o caminho é esse, queria ouvir, o rumo da vida é noutra direção, seu moço, é virar o corpo e apertar o passo, o resto se ajeita, voltam os amigos, a mulher requenta à noite seu prato de comida, depois de uma sinuca no bar, às sextas-feiras, com os amigos do serviço, o merecimento reconhecido de ser de novo o homem da casa, obrigado, dona matilde, a vida às vezes se escancara tanto que você volta o rosto pro outro lado, e tudo se perde na neblina, a cara na parede do dia a dia, sem saída, por isso também se engana quem dá murro em cabo de faca, disfarce do pior em tão ruim quanto, porque sem o aguilhão da dor, sem o sangue do acume na lâmina, vida largada por fazer, dona matilde, a senhora é mesmo batuta, é pra lá, então?, a senhora sabe que volto depois, com o merecido e muito mais, dado de gosto, até um relógio de metal, de marca, pro filho muito coitado, ia por esse engano da vontade como quem arrisca a fé no jogo do bicho, a esperança de uma nota de 50 reais perdida no chão, o recado para comparecer à firma tal, tal hora, levando os documentos, com beijo e sorriso da esposa, aquela para quem não tive a coragem de dar a merecida minha pedra de topázio dela, o costume em suspenso, a única herança restada, e, enfim, pois quem quer não deve querer pelas metades, ela de novo minha mulher, todos esses bons engodos que construímos no sonho da vigília, mas então a vida com seu ei, oi, moço, me dá um relógio?, e a sala cai inteira em você, e você pensa, meu deus, o que estou fazendo aqui?, é brincadeira, nenhuma porção graúda de mulher, não uso aliança, empenhada e perdida, a marca antiga já apagada pelo sol das andanças sem chegada, ela falou o que eu talvez gostasse de ouvir?, alguma moça arranjada na vida me fizesse a pouca cortesia, que fosse, eu mandaria a minha mulher praquele lugar, como mando um sujeito ordinário que pensa que é mais que eu porque sabe abaixar a cabeça pro doutor fulaninho, acho que um olhar, um convite de outra moça, qualquer uma, de uma velha que precisasse desejosa dos serviços de homem, até, eu bateria a porta de casa, sem bilhete, sem levar camisa remendada, sem levar ovo de madeira pra costurar as meias dessa maldita procura, que não acaba, ah, dona matilde, até posso crer que fique bem de vida, que possa um dia me sentar sossegado num fim de tarde, eu acreditaria em tudo isso, em carro, em emprego, em carteira no bolso, mas não existe, dona matilde, nenhuma moça apaixonada, nenhuma mulher, nem a minha, nenhum amor de gozo pra cansaço feliz, não, dona matilde, a cabeça girando, as respostas não dadas engolidas com a decepção, atravessadas na garganta, até logo, volto amanhã, então, no mesmo horário, acerto tudo depois, as poucas palavras, e ela riu e sorriu, concordada, não adivinhava, não via, não sabia que era mentira, que eu mentia, moço, me dá um relógio?, a mão suada segurando a minha, amanhã mesmo eu volto e você vai ganhar um relógio novo, meu amigo, com ponteiros que brilham no escuro, disse, pulseira de *corvim*, ele não falou nada, não moveu um músculo da cara feia, ele também não acreditou nem um pouco, sabia que tudo era mentira, como tudo, tudo

no muro

vai pagar, sim, nem que for 5 por mês, não, não estou colocando ninguém contra a parede, não, se o papa que era o papa disse que estava chegando a hora de acertar as contas com deus, você acha que não vai acertar comigo?

estáter

agora, a bênção especial de deus

acerto

vai dar resto?, vai ver se sobra?, fazer conta, antes?, não, não, não, a parte de deus tem que ser a primeira, a melhor, aquela que você oferece com gosto, com amor, aleluia, é, são as palavras de deus na bíblia, na bíblia, não está escrito em faixa pendurada em poste, não, não é conversa de pastor, não, se fosse era fácil, o homem quer dinheiro, pronto, não dou, e faz muito bem, agora eu pergunto, eu escrevi a bíblia?, não, não, não, malaquias, 3-10, 11 e 12, levai todos os vossos dízimos ao meu celeiro, celeiro de quem?, celeiro de deus, de quem mais?, e continua, e vereis se não vos abro as cataratas do céu, e se não derramo a minha bênção sobre vós em abundância, está escrito, aleluia, falou em abrir torneirinha?, em chuvisco?, não, são cataratas, minha gente, vocês sabem o que são cataratas, não sabem?, não é doença do olho, não, o senhor aí está rindo, não é?, o senhor sabe o que são cataratas, aquela beleza do iguaçu, um dilúvio de água, quem nunca ouviu falar das cataratas do iguaçu?, um dilúvio de quê?, de a-bun-dân-cia, de tudo de bom que se pode esperar da vida, aleluia, não é o dilúvio de noé, não, que esse é pra afogar pecador, mesmo, sufocado nos próprios pecados, aqui o ralo é mais embaixo, é pra ficar fazendo conta?, quatrocentos e trinta, nã, nã, nã, pá, pá, pá, quarenta e três, é?, você aí na frente, me responde, pode responder, não fica com vergonha, não, vergonha é coisa do diabo, é, vocês estão rindo?, diz pra mim, diz pra todo mundo aqui, se jesus bate na porta de sua casa, na hora do almoço, entra, senta à mesa com você, com a sua família, você vai dar resto de comida pra ele?, toma aí, barbudo, rapa meu prato, lambe aí, vai, vocês dão mais risada, né?, pois muita gente faz exatamente isso, toma, meu deus, come aí essas pelotas de arroz queimado, depois eu dou coisa melhor, agora não posso, vai, vou rapar o prato da minha senhora no seu prato, ou então, antes de abrir a porta, o sujeito enfia tudo na boca, soca com o dedo, bem rápido, isso, gente, é pra chorar, não é pra rir, não, mais de um já morreu engasgado de cobiça, jesus entrou na casa de zaqueu à toa?, foi passear?, não, não, não, lucas, 19-1,10, jesus estava entrando em jericó, e eis que um homem, chamado zaqueu, procurava conhecer de vista jesus, mas não o podia por causa da multidão, ele era baixinho, tampinha, sabem o que ele fez?, correu e subiu numa árvore, hoje a gente vê cidadão subindo em árvore só pra ver jogo de futebol, ai, ai, ai, desfile de escola de samba, o capeta lá rindo de orelha a orelha, espiando os fundilhos do sujeito por baixo, vai subindo, vai, vem pro colinho do demônio, vem, e o cabra despenca que nem mamão-macho direto no caldeirão fervente do belzebu, tchibum, cai de bunda, molha até o, é, é, isso mesmo, molha até a rima, é engraçado, né?, mas não é pra rir, não, quantos aí não estão rindo do pastor e balançando lá no alto, prontinhos pra desabar no colo de satanás, hein?, ai, ai, ai, bem, continuando, e, quando jesus, levantando os olhos, viu-o, disse-lhe, zaqueu, desce depressa, porque convém que eu fique hoje em tua casa, é, minha gente, ele vê tudo, sim, e esse zaqueu nem era muito bem-visto, não, olha, quem já errou não precisa fugir de jesus, não, ele está sempre de braços abertos, morreu de braços abertos pra todo mundo, não foi?, gente, gente, vocês sabem o que zaqueu disse?, eis, senhor, que dou aos pobres metade dos meus bens, e, naquilo em que eu tiver defraudado alguém, pagar-lho-ei no quádruplo, estão vendo?, ouviram direitinho?, quatro vezes mais, zaqueu sabia que era um pecador, que tinha tapeado fulano, trapaceado deus, mas sabia o caminho do perdão, também, e a resposta de jesus?, escutem bem, jesus disse-lhe, hoje entrou a salvação nesta casa, porque este também é filho de abraão, porque o filho do homem veio buscar e salvar o que tinha perecido, estão vendo, é simples, simples, dízimo não é coisa inventada, não, dízimo não é leite derramado, não, aleluia, depois não adianta chorar, adianta?, vocês já viram as creches da nossa igreja, não viram?, os restaurantes comunitários, os asilos, o sopão da madrugada, e muito, muito mais, tudo feito para os pobres, para os necessitados, então eu pergunto, de que jeito?, ora, ora, ora, com o dízimo, com o que mais?, meu deus, meu deus, esse dinheiro some?, não, não, não, mas na vida de todo mundo sempre tem um espírito de porco, tem ou não tem?, é o diabo que fica soprando sem parar na orelha daqueles que não têm o que fazer, é ou não é?, tem gente que já nasce com o rabinho torto, parafusinho, o capeta vê de longe, pronto, vem um sujeitinho metido a sabereta e pergunta, é só para benefício dos desvalidos, dos pobrezinhos?, é claro que não, o dízimo volta em abundância, em catarata de graças e mais graças e mais graças, depois não adianta chorar, não, o sujeito fica resmungando, deus não olha pra mim, sou um desgraçado, meu vizinho comprou carro, meu vizinho arrumou emprego, meu vizinho não deve um tostão, arranjou namorada, e olha que ele é muito mais feio do que eu, casou, teve uma filhinha linda, princesinha, meu vizinho sarou, estava desenganado, mas sarou, meu deus, olha pra mim também, mas é você que não olha pra deus, você é que virou o rosto pra jesus, você é que evita abraçar quem está de braços abertos, é você, você, você, estão entendendo?, é isso, meus irmãos, os obreiros vão passar recolhendo as oferendas de novo, aleluia, que da primeira vez acho que vocês estavam com a vista embaçada, todo mundo com catarata, ai, ai, ai, só pode ser isso, só que agora aquela outra catarata, mesmo, a dos olhos e a de noé, ai, ai, ai, oh, meu jesus, arrancai os dedos do demônio da frente do rosto desses fiéis, aqui presentes e tementes, vade retro, satanás, sai, capeta, aleluia, é isso, então, ah, ia me esquecendo, olhem bem, quem quer mais precisa mostrar pra deus que quer mais, é por isso que vamos recolher de novo essas oferendas, tem gente que guardou um tanto, não tem?, sair com a namorada, fornicar, ai, ai, ai, olha o fogo do inferno, é só aqui na terra que ele parece gostoso, hein, depois é a eternidade inteira penando desgraças, o caldeirão da besta não é banheira de hidromassagem, não, olha lá, hein, primeira necessidade é deus, olha, ele está vendo tudo, olhando dentro de vocês, lembrem-se do exemplo de zaqueu, deu metade, depois deu quatro vezes mais, e ainda achou pouco, estão entendendo?, e tem mais, hein, pra quem acha que não pode oferecer um pouco mais pra deus, quem não quer muito dele porque não precisa, dízimo quer dizer no mínimo dez por cento, vejam bem, no mínimo, e não é dez por cento do líquido, não, é do bruto, hein, e na hora de fazer a conta, arredondar pra cima, ou alguém aqui ainda vai pedir troco pra deus?

p.s. – o leitor que quiser contribuir com a literatura brasileira, é verdade, deposite qualquer quantia no banco 104, agência 0322, operação 001, c/c 128 350 – 1, em nome de antonio geraldo figueiredo ferreira e/ou

abençoados

esse povo é assim, quando as coisas dão certo pra eles, foi deus, eles merecem, mas se uma coisinha dá errado, pronto, foi olho gordo da gente

jesus do céu

ela dava aulas de catecismo e cismou com o benedito, que era coroinha, muito protegido do padre, na opinião dela, não ia com a cara dele, o negrinho tem cara de cão, dizia, até que deu de cara com ele, na sacristia, comendo hóstia e bebendo coca-cola de latinha, avançou nele, quase despregou as suas orelhas, moleque sem pai nem mãe, falou, enquanto eu apartava, disse que ele já estava queimando no inferno, o padre diogo chegou e riu muito com a mão na boca, disfarçando, então mentiu, disse que aquelas não estavam bentas, e deu uma bronca muito fingida de brava, na próxima você não vai mais ser coroinha, terminou, apontando o dedo para o céu, ele vê tudo, o que foi muito engraçado de ver, porque o benedito tossia de medo e cuspia os farelos pro lado da dona carmela, que mordia os beiços, inconformada, espanando com as costas das mãos as quireras santas que grudavam em sua saia, foi daí que começou a dizer que não fazem mais padres como antigamente, daqueles que não tiravam a batina nem pra tomar banho, agora ficam zanzando por aí em mangas de camisa, uma vergonha, dona carmela, depois, descontou bastante nas aulas de catecismo, o menino tomou raiva com razão e se vingou que foi como uma sentença de deus, dona carmela fazia muito gosto de ser verônica na procissão do enterro, vestia um preto desbotado, véu do enterro de seu pai, diziam, e ficava na frente das matracas, uns até troçavam, que ela seria a própria verônica, disfarçada de carmela no resto do ano, o benedito, antes da procissão, escondeu o velho sudário com o rosto de jesus, confessou depois, moleque danado que só vendo, dona carmela ficou possessa, o padre procurou remediar, disse que dava um jeito, pegou um pano de prato, uma lata de tinta látex preta e pincelou um rosto mais ou menos de jesus, que ela renegou, deus a livrasse daquela cara que parecia, isso sim, a do demônio, foi embora chorando e praguejando, e a procissão ali, enrodilhada na porta da igreja, aquele cheiro de cabelo queimado se encorpando, o padre não podia deixar pra mais e me pediu, corri em casa, coloquei um vestido da minha mãe e tomei o lugar da verônica, da carmela, mas não cantei em latim, não sabia, o padre disse que não tinha importância, o importante era a encenação de tudo, era até melhor desse jeito, então cantei em português, mesmo, do meu jeito, oh, vós, homens que passais, dona carmela passou a falar mal de mim depois disso, disse que onde já se viu verônica gorda, desenrolando um pano de chão com a estampa, vade retro, do demo em pessoa, ganindo em português, língua de zé-povinho, todos condenados, começando pelo padre, ela muito desconfiada de nós dois, santo deus, conchavo do capeta que recebia, assim, a sua paga de vencedor, mais uma vez a serpente, o triângulo da luxúria em afronta à santíssima trindade, não sei o que mais, não quero nem saber, tudo deu é muito certo, bem feito pra ela, a cidade quase inteira aprovou, e a dona sinhá, inclusive, até ela, veja só, disse que ficou muito melhor

www.

adorei presente, q escapulário lindo, vc me conhece, da moda, d+, igual arte, quem naum entende mto acha comum, acha feio, ou naum acha nada, naum sou religiosa mas estou usando, acredito em deus de vez em quando, bjs

por isso

eu falo, nada de coisa velha em casa, móveis velhos, livros velhos, não é só a poeira e o mofo, não, é que o dono antigo às vezes era muito apegado, então não presta guardar traste, o dono como que fica grudado nas coisas, zanzando em redor, a gente não vai pra frente, dá tudo errado, um peso no coração, não presta esse negócio, olha que eu avisei

promessa

meu marido sempre foi religioso, ordeiro, bom pai, um marido de imitar, trabalhador, muito devoto de são cristóvão, nunca perdeu procissão, você sabe, é tradição aqui na cidade, tem disso lá na capital?, é, sai ali do posto de gasolina do jacó, que fez uma promessa lá dele, falam, saiu de um buracão de dívidas em que estava metido antes de abrir o posto, uma beleza de imagem, enfeitada com flores de papel crepom, papel laminado, luzinha pisca-pisca, tudo muito bem amarrado no caminhão guincho são cristóvão, aquele cor de abóbora, a fila inteira buzinando, os braços esticados saindo pelas janelas dos carros, fazendo um foguetório danado, teve gente que já arrebentou a mão, mas gente ruim, bom, quando era alguém muito bom, ficou sem dirigir uns tempos e não morreu de desastre de carro, de caminhão, os caminhos tortos, mas desvios de deus, então as direções sempre corretas, não é?, a desgraça dos bons escora desabamentos piores, não acha?, a gente não fica sabendo disso, é lógico, e quem não tem fé vira as costas pra deus por causa de dois dedos perdidos, por causa de alguma doença, querendo encostar deus na parede, tem cabimento?, na frente da igreja tudo para, os carros contornando a praça, o padre benze carro por carro, um por um, benze os documentos, a divina proteção, por isso fiquei com dó dele, coitado, teve que entregar o corcel, a vida cada vez mais estreitando o caminho, o jeito é ir a pé, mesmo, passando de lado, ainda, a bunda encostada no barranco pra não despencar na ribanceira, sem olhar pra baixo, sem poder escorregar, comendo poeira dos que dão sorte de correrem mais por outros melhores caminhos, essa a vida do pobre, vida de quem trabalha dobrado pra não perder meio período de trabalho, é isso, não convém entortar a boca quem não quer perder o bico, é ou não é?, quando entregou o carrinho quase chorou, eu vi, era 74, mas a lataria lustrosa, brilhando os reflexos, diferentemente do embaçado dos dias que íamos tocando, ou sendo tocados, pra não mentir, o carro fazia ar nos olhos da gente, até, o que foi boa desculpa para o vermelho dos olhos dele, eta, sol desgramado, disse, fingindo ainda uma tosse que fornecesse os álibis, de dois em dois meses polia que polia a pintura novinha que o chico bobina fez no ano retrasado, não ficou uma mordidinha de ferrugem, dizia que tinha de encerar de dois em dois meses porque assim não esfolava a pintura, não comia o serviço caro do chico com a vontade de aparecer mais que o necessário, era só um enceramento, mesmo, mais proteção, inclusive, depois reformou os assentos no carlim tapeceiro, espuma, napa, veludo, *corvim*, tudo novo, até no painel, agora em janeiro o motor fundiu, ele mandou arrumar, bem que eu falei, espera, homem de deus, junta primeiro, ele não, tem homem que não é pra remédio conta-gotas, é sempre com os beiços no gargalo do vidro, essa impaciência, pegou dinheiro veja com quem, com o jacó do posto, homem bom, religioso, mas até porque já esteve amassando fundo de poço com os pés, não dá ponto sem nó, e às vezes, no aperto, você fica sem enxergar, e, na empolgação pra desembaraçar, vê laço onde tem nó cego, aí tudo pras cucuias, coitado, até a buzina era caprichada, não fazia fonfom nem bibi, não, você nunca ouviu?, é claro, buzinava a música da 7ª cavalaria, disse que no dia ficou com vontade de pôr uma que buzinava gritado, *sai da frente, mocreia*, mas pensou bem, falta de respeito, coisa de moçada, uma feiosa qualquer da vizinhança podia ficar ofendida e riscar o carro, por que não?, e, imagine, sem poder buzinar na procissão, de jeito maneira, vai a musiquinha do faroeste, mesmo, a peãozada também pula fora, e, na procissão, o diferente é bem capaz de chamar uma atenção mais divertida do santo e do menino jesus, que hão de proteger um bocadinho a mais aqueles que sabem, pelo menos, carregar no carro e buzinar espalhado um pouco de alegria esperta para os homens, não é?, se toda desgraça buzinasse antes, era fácil sair da frente, era ou não era?, custou uma nota, mas dava gosto, até eu, que sou mulher, gostava, deu pena, viu?, deu dó, você sabe, agiota já pega prevenido o documento do carro, não pagou?, tchau e bênção, foi assim, ele pediu pra tirar o tercinho do retrovisor, disse que era de estimação, e não era, troca todo ano, quando vamos pra aparecida do norte, joga o velho fora, carro é manutenção, vivia repetindo, viajamos pra lá sempre no finalzinho de julho, depois da procissão de são cristóvão, a molecada ainda em férias, o jacó não fez questão, claro, queria mesmo o corcel, devia de ter até comprador, já, ele disse pro agiota que ia colocar o terço no outro carro, quando comprasse, aí, então, eu é que quase chorei, outro carro de que jeito?, o jacó ouviu tudo sem interesse, fingiu que acreditou e deu um saquinho de lixo de câmbio pro jonas, autoposto são cristóvão, aproveita, então, e já leva um lixinho pro carro, falou, toma um chaveiro, também, este vou distribuir pessoalmente na procissão, se não der tempo de você comprar outro carro até lá, pelo menos não fica sem, toma, leva dois, um pra chave reserva, também, quer uma carona até a sua casa?, lógico que voltamos a pé, fui junto entregar o carro com medo de que ele pudesse ter um troço, não sei, fazer alguma bobagem, foi melhor do que pensei, carro é uma outra família, tanta despesa, o jonas é calejado, nunca na vida nada de mão beijada, ele esquece, pensei, em pouco tempo outra camada de pele dura na palma das mãos, e o que fica por baixo se esconde, protegido da esfoladura que não para, mas não, foi meu menino que contou, mãe, o pai enterrou o tercinho no quintal, perguntei pra ele que maluquice era aquela, promessa, não posso contar, você acha?, no dia da procissão deste ano não falou nada, eu não toquei no assunto, errei, às vezes não formamos calos, mas feridas que não secam, sem remédio, perto da hora, ele disse que ia dar uma volta, melhor assim, não fica em casa se remoendo, pensei, voltou tarde da noite, eu desesperada, um bafo de pinga horroroso, trançando as palavras, gaguejando as pernas, homem que não bebia um gole de cerveja, jesus, quebrei uns pratos, fiz escândalo, tirei a comida dele do forno e joguei no quintal, com prato e tudo, ele não disse *mas* nem meio *mais*, as lágrimas é que começaram a escorrer ligeiras e sem soluço, vi que era melhor ficar quieta, quando um homem chora engolido, sabe que está sozinho no mundo, que não vai mamar adjutório de ninguém, deixei quieto, então, fui me deitar, fingi que tudo já tinha passado, viver é um pouco disso todo dia, não é?, o que é bastante sem parecer, o espinho cai na veia e vai correndo o corpo, chega ao coração e fim, pobre não pode ficar se lembrando das espetadas, é a vida, vai tomar um banho frio, jonas, depois vem se deitar que tudo passa, no outro dia me contaram que ele entrou na procissão a pé, na frente da igreja tirou o tercinho desenterrado do bolso e levantou a mão pros lados do padre, que gritou nervoso pra ele sair da frente, enquanto despejava água benta no carro que vinha atrás, acho que buzinando pra ele, não pro são cristóvão, coitado

por minha culpa

o padre fazia milagres, ia gente de tudo quanto é lado, levei minha mãe, que queria muito, a praça um formigueiro, esperando a missa, a bênção milagreira, de longe era bonito, de perto não se via nada, no meio era um inferno, um fedor daqueles, feridas abertas, cadeiras de rodas empacadas, mãos secas, manquitolas, manetas, zarolhos, os retardados mais abestalhados ainda pela confusão azafamada, de tudo, um festival de desgraças, um *show* de horror, a sala dos milagres nem pensar, entupida, gente saindo pelo ladrão, ouvi dizer que muito descuidado fica sem a carteira justamente ali, o sujeito emocionado na frente do amontoado de ex-votos, pronto, descuida dos fundilhos, preocupado no fundo só com os seus pedidos, com as suas promessas, que naquela sala ganham o empurrão de que toda e qualquer fé precisa, vapt, lá se foi a carteira, isso sem contar os pedintes, vendedores de badulaques, de comida, os fedores misturados com os cheiros, aromas dando barrigadas em boduns, bem debaixo do nariz de deus e todo mundo, e um ou outro curioso, gente sem precisão, um, inclusive, tomava notas numa cadernetinha, que diabo de contabilidade aquela?, pensei, era um professor dos muito sérios, em algum alto estudo, descobri depois, porque um de seus alunos o dedurou berrado, apontando a sua atenção pros lados de um caminhão de romeiros que vomitava as suas tripas de gente nas beiradas do povaréu, ele fez que não ouviu, e deve de ter tirado um meio ponto da nota do estudante linguarudo, mas o caso não é esse, o senhor me desculpe, é este aqui, olha, o padre, surgido lá de dentro dos seus não sei ondes, falou, ouço como se ouvisse agora, qualquer pedido, qualquer milagre, eu tinha um calombinho nas costas da mão, coisa à toa, pedi, não é que ele sumiu depois de uns meses?, fiquei até meio religioso depois disso, só agora voltou, doutor, olha, tomara deus que coisa à toa, mesmo, voltou, um pouco maior, não sei não, mas já faz tantos anos, né?, será que uma graça alcançada se desgraça caída, escapada das mãos pra debaixo dos móveis pesados dos dias?, milagre não é liquidificador, com garantia e nota fiscal, certo?, ou, pior, será que fiz alguma coisa que desmilagrou o negócio?

santa luzia

o milagre

minha perna é fininha, mamãe disse que é pólio, não sei, só eu por aqui, os outros meninos não têm isso, jogam bola, eu tento muito, mas caio, os joelhos são duas feridas só, minha mãe diz que bola é porcaria, mas quero correr, chutar, mãe, o que foi que eu fiz?, então falaram de um padre que fazia milagre, longe, minha mãe contou com os olhos cheinhos de sorriso, meu tio alugou um caminhão, vamos todos, disse, e tem mais outros que vão, não sabia que tanta gente precisava de milagre, a menina que babava e gemia, ritinha, um tal diogo, com a perna grossa, enfaixada, fiquei ao lado dele, uma hora, ele viu que eu olhava e falou, assim é melhor, do teu jeito, meu filho, saí de perto, os outros não conheci, gente triste de olhar muito tempo pra um lado só, tinha água, comida, meu tio sabia das nossas necessidades, todos rezavam muito, minha mãe me fazia rezar também, pra preparar, dizia, foi no ano passado, eu já quase 7 anos, rezava com a boca, mas ficava é correndo com a cabeça, pai nosso, deixava o joão pra trás, o pedro, o senhor é convosco, dava um pontapé bem dado no tonho, acho que mãe percebeu, porque me olhou feio, depois dormi, o caminhão balançava, o colo dela mais macio, o carinho maior no cabelo, no rosto, acho que sonhei, o padre não tinha cara, era só uma batina preta, não sei se encostava em mim, eu acordava, mas queria dormir de novo, já ir sarando antes, fazia força pra fechar os olhos, fingia uma dor, pro carinho da mãe começar de novo, como é que seria minha perna engordando, ficando bonita e forte?, apertava com os dedos, fininha, fiquei com medo de não saber correr, ou que a perna ficasse muito grossa, que precisasse de enfaixar, também, do meu jeito é melhor?, punha a mão nela, doendo da tábua da carroceria, chegamos em cima da hora, porque no caminho o pneu furou, o estepe murcho, todos ficaram preocupados, a ritinha começou a chorar e a gemer, arreliada, o pai dela segurava com mais força, prendia, a mãe secava a baba com um pano, calma, filhinha, calma, se deus quiser a gente já sai, ficava repetindo, pensei que o diabo ia esbarrando a gente, que me quisesse coxo pro resto da vida, e soprava essas malvadezas no ouvido da ritinha, que tentava dizer isso pra todos e não conseguia, a mão do capeta na boca da menina, segurando a sua língua, o medo ia me apalpando mais, lembrava meus amigos rindo de mim, a bola escapulindo, então meu tio apareceu do nada, ressurgido feito moleque, rodando no chão um pneu cheinho, igual ao sorriso de mamãe, que sorriu de novo daquele jeito tão bom, diferente do escárnio sem dó de meus amigos, amigos da onça, eles, que na hora do aperto podiam correr desembestados de qualquer bicho, onça ou cachorro brabo, me deixando pra trás, então foi um alívio ver meu tio voltando resolvido, graças a deus, pensei, e, de longe, não parecia que o pneu era grande, de caminhão, mas meu tio muito menino, pequeno, olha meu brinquedo, gritou, e ria, dizendo que nada no mundo estancaria aquela viagem, minha mãe também falou baixinho, graças a deus, e quando o caminhão arrancou, o sorriso de todos, espalhado de um em um que nem gripe, dava toda a razão a meu tio, até ritinha se aquietava, livre, agora falta pouco, pensei, chegamos, eu estava mais curioso do que com medo, a praça cheia, o padre milagroso lá longe, sem jeito de mais perto, cada um procurando a brecha melhor, pra lá, pra cá, nos apartamos do resto, eu, meu pai e minha mãe ficamos mais ou menos na cerca da gentarada, que formava um pasto alto de cabeças, capim-gordura se indo até dobrar os morros, amansado aos nacos pela correria do vento, quando deixa no verde as marcas de um sopro acarinhado, refrescando a vacaria solta, feliz por remastigar sem pressa aquela fartura sem fim do mundo delas, lembrei isso com alegria, porque consegui encaixar de repente o nunca visto em algo que conhecia bem e era bom, mas nunca no mundo as coisas diversas e diferentes de mãos dadas o tempo todo, senão tudo seria pasto, e todo mundo vaca, boi e bezerro, então prestei atenção nas bocas dos alto-falantes falando em tempos diferentes, mais baixo e depois, longe, alto e agora, aqui perto, era bonito e dava medo, muita gente chorando, rezando em cima das vozes do padre, que era um só, com essas todas falas dele em cada poste, mas uma só, não entendia nada, uma ou outra palavra, a voz de deus também parecida com a da ritinha?, vi muita coisa divertida, também, os carrinhos de pipoca, branca e colorida, erguendo uma parede de gostosura no vidro, cheirando vontade em cada um dos tijolinhos que despencavam morro abaixo, lá dentro, o algodão-doce, só que metido em plásticos, ensacados e espetados num chuchu, na ponta de um cabo de vassoura, aquela árvore de dar água na boca esticando a sua sombra na molecada que ia atrás, a maioria pedindo dado, o homem nem olhava pra eles, coitados, parava quando via que alguém tinha os cobres, um menino escolhia o ramo, o homem desespetava o galho, a flor branca tão desejada, a molecada então ficava um pouco quieta, olhando a colheita do vizinho com inveja, mudava de lado e pedia pra mãe do menino sortudo, ou pro pai dele, que espantava o bando com três nãos, enquanto a árvore ia embora, eles então desistiam e iam atrás dela de novo, só daí o menino desensacava a sua nuvenzinha de açúcar e lambuzava as mãos, a boca, até chupar o osso do palito de bambu com cuidado, por causa das farpas, tudo diferente das nossas quermesses, o vendedor de balão-bexiga, daqueles grandes e rajados, uns amarrados em barbante, querendo escapar avoando, meu pai contou que sopram gás dentro deles, vi um fugindo com o vento, correndo pra depois das árvores da praça, decerto um molequinho de mão boba agora estava é chorando, deu mais vontade, pedi, meu pai falou, depois a gente vê isso, não viemos em passeio, que eu pregasse os olhos no padre e não pensasse em artes de menino, então senti o cheiro ruim do machucado aberto, com pus, de um homem, ele queria mostrar a ferida pro padre, abria que nem caderneta o curativo e usava um moleque como bengala, pra não cair, minha mãe me trocou de lugar, mas não fez careta de fedor, mãe, a senhora mente porque é boa, falei, e a descompostura dela mentindo também, porque mansa, fiquei feliz, logo, logo ia correr pro caminhão, entrar de um salto na carroceria, na frente de todos, a ritinha ia ver e falar, nossa, olha, mamãe, que pulão, e seriam as primeiras palavras dela na vida, ela livre pra sempre, eu solto, com a graça de deus, depois da missa fizeram pausa, descanso antes da bênção, apertei minha perna, fininha, ainda, meu pai quis ver a sala dos milagres, me levou no colo, um ajuntamento apertado, fotografias, bilhetes, cartas de papel amarelo, cabeças, pernas, braços, mãos de cera, de pau, o que é isso, pai?, cada pedaço é um milagre, olha, olha como o padre é milagroso, um santo vivo, coloquei a mão na perna, fininha, o senhor faz a minha, pai?, ele me olhou, riu sem barulho e falou, faço sim, meu filho, de madeira, com o canivetinho do *vô*, mas vai fazer fininha ou grossa, sã, pai?, acho que tem que ser fininha, pra bênção ficar comprovada em seu milagre, bebi um pouco d'água, depois, tinha um cano no jardim, um monte de gente em fila, uns bebendo na concha da mão, outros enchendo moringa, uma mulher lavou a bunda de um moço bem na minha frente, ele era um quase homem, já, mas usava fraldão de pano, umas porcarias dele caíram na poça d'água, deu ânsia, quase não bebi, meu pai também não gostou, sei por causa da ronqueira surda na garganta, ele sempre faz isso quando a gente teima ou dá de contrariar uma ordem, disse que o moço era retardado, que decerto nem com milagre, então tive pena dele, um frio na barriga, meu pai também comprou um santinho do padre, grande, pude ver a cara dele, velho, levantava a mão em bênção e usava batina preta, igual ao sonho, só que uma nossa senhora aparecida boiando no céu, ao lado dele, da mão levantada, me alembrei do balão malhado, mas não pedi, papai disse que era estampa de quadro, pra dependurar na sala, então avisaram da bênção, voltamos pro lugar onde mamãe ficou esperando, ela não gostou da nossa demora, o vozerio murchando em murmúrio, crescendo em choro, uma mulher contou pra mãe que tinha visto um cego enxergar bem ali, no domingo passado, era a hora, então, mamãe me tomou do pai, quis me segurar, ela, mas fazia muita força com cara de não fazer, disse que eu estava meninão, abracei o pescoço dela pra ser mais leve, mamãe estava cansada, a mão dela em minha perna, mas sem carinho, só um aperto tremido, como nunca, não está calor, mãe?, ela rezava, a hora, como é que seria?, tive medo, vontade de chorar na garganta, abraçava mais forte, apertava os olhos e engolia a vontade, minha mãe rezava mais alto que todos, acho que engasgou de um choro, quando ouviu a voz do pai, pedindo, também, toma, tonho, ninguém falou pra você rir de mim, agora aguenta o tranco, a cantoria mais alta, a falação, coloquei só um dedo na perna, de medo, mais gente chorava, vê se me pega, joão, as vozes do padre se foram, sumidas de vez, só o canto de resto, minguante, toda gente indo embora, de repente o vazio enchendo a praça, um ar fresco de respirar, o pescoço peguento da minha mãe, gelado, salgado e bom, meu pai falou, vamos logo pro caminhão, acabou, eu não queria colocar a mão em minha perna, faltava a coragem, eu levo ele, papai falou, queria subir sozinho, pular logo do colo, mas o medo de novo, o medo de muitas caras, sempre, fiquei quieto, não conseguia olhar pras minhas pernas, já tinha sido, será?, todo mundo agora calado, aquele silêncio, diogo do mesmo jeito, pescando o sono com a cabeça, a perna inchada, as faixas mais sujas, ritinha dormindo largada no colo de seu pai, fechei os olhos e vi o pedro correndo muito, ficando longe e longe, sem olhar pra trás, sem me esperar, então pus a mão na perna, fininha, mãe, mãe, mãe, não aconteceu nada, mãe, não aconteceu nada, calma, filhinho, tem que ter fé, tem que esperar a vontade de deus, os olhos dela brilhando de água, mas virou e falou o que não entendi, o barulho do caminhão, falou com ninguém, que é o seu modo de dizer pra não bulir com ela, olhei meu pai, ele não olhava pra mim, só as casas, a rua, depois a estrada, baixava a cabeça um pouco, então voltava pra fora, pra muito longe, meu pai não queria parecer, mas estava cansado, também, meu tio tirou do bolso um quebra-queixo e me deu, estava sem vontade, enfiei no meu bornal, depois eu como, tio, quando der fome, mais pra frente, ele concordou com a cabeça e falou, que beleza de missa, bênção da mais linda, valeu a pena, minha gente, valeu a pena, então minha mãe começou a chorar rebentado, mas apertou a boca, fazendo nó, segurando o soluço, que era mais forte do que ela, como nunca tinha visto, por que, mãe?, meu pai pegou no braço dela e não disse nada, continuou com os olhos na estrada, ela parou de chorar, secou o rosto com as costas da mão e riu pra mim, a outra mão em minha cabeça, seus dedos tremendo, fechei os olhos, queria dormir, queria falar alto, mãe, a senhora não fez nada de errado de novo, deve ter sido eu, mãe, mas não falei

mete aqui o teu dedo

(João - 20, 24 ss)

      não fala isso, podia ser pior, a gente tem que olhar pra trás, também

em suspenso

    tão comovente que chega a parecer piada, você vai ver, encontrei dentro de um livro comprado em sebo, godofredo rangel, *os bem casados*, olha, batido à máquina
    isso não é golpe?
    o dono do livro não teria guardado o bilhete à toa, concorda?
    talvez, você sabe, quem banca o tonto e cai de maduro, ralando os joelhos, passeia pela praia de calças compridas
    bom, em todo caso é do caralho, escuta, *há uma criança que necessita muito de sua ajuda, por favor, nos ajuda com 10.000 ou 15.000 ou 20 mil cruzeiros, este dinheiro será para o tratamento muito delicado de uma criança que nasceu com o intestino para fora, por favor, nós contamos com a sua colaboração, ela necessita muito da sua ajuda, pai,*

josé aparecido do espírito santo, mãe, maria de jesus do espírito santo, sítio bela vista, são josé do rio pardo, sp, por favor, você pode depositar até no dia 25/11, banco etc. etc. e tal
      na hora, você fez alguma coisa?
      enfiei de volta no livro, guardei bem guardado, se um dia der na telha de escrever alguma coisa, quem sabe, tem a cara do brasil, não acha?

exorcismo

      o diabo anda solto por aí, eu não acreditava, até que a dona melinha começou a falar grosso, dava uns grunhidos que deus me livre, e cuspia nos que chegavam perto, ouvi dizer que a baba queimava, tomei uns respingos, a mim não sapecou, a divina mão da providência abanando a pele, valha-me deus, virgem santíssima, são miguel arcanjo, contra o tinhoso vale pagar as contas e esquecer o abreu, a boca da dona melinha espumando, por que a dela não queimava?, ela não era o zarapelho, está claro, e, se o coiso estava nela enfiado, devia, pelo menos, chamuscar os beiços da mulher, não acha?, fui ver, sim, com o pé atrás, lógico, vai que o negócio vira pro meu lado, vade retro, sem contar que naquela época eu tinha um romancinho muito do encoberto e gostoso com a misleine, eu e ela muito bem casados, no papel passado e engomado, cada qual com o respectivo cônjuge como pano de fundo, como ainda hoje, graças a deus, o diabo, então, com raiva de qualquer alegria mais desviada, pega de soltar os doces podres dos presentes mais enxeridos, e, batata, falatório, encheção, marido bravo querendo as satisfações, quiçá, sob o peso do chumbo quente, aí é que as orelhas queimando de verdade nas verdades, eu não, dei lugar pra outros menos precavidos e com mais pecados, ou menos, tanto faz, que algum todos têm, pecado maior é dizer que não, espiei de longe, a mulher com os olhos transbordados, coisa de impressionar, dois marmanjos segurando, dando o que fazer pra ela não desembestar pra cima do padre demóstenes, xingando o velhinho de tudo quanto era nome, voz de homem quando acorda, e, ainda por cima, cheia de catarro, ele encolhido, gaguejando o que talvez fosse o seu latim, mas o demônio quem enrola?, tudo remendado com um português assustado, porque decerto não se lembrava de tudo do seminário, e a situação urgia, o que não desmerece ninguém, principalmente nessas circunstâncias, ou, acho que era mais isso, porque o padre borrava a batina de medo, era o que tinha mais medo de todos, na verdade, e tinha razão, quieto em casa, decerto cochilando, lendo lá a sua passagenzinha da bíblia, ou mesmo vendo o programa do ratinho, que é que tem?, se alguém é mais filho de deus do que outro, é ele, não é?, chegam os vizinhos da dona melinha e o arrastam pra enfrentar briga que não é dele, certo?, ou é?, pensa bem, é confusão de rachar a cabeça, nada de apartar, bom, quem batizou a dona melinha foi ele mesmo, disseram, meninote de tudo, recém-chegado à cidade, de modo que há de ter alguma garantia vencida, não, não estou tripudiando com ninguém, não, acho isso mesmo, ele, o padre, armado até a alma, mas sem valia o crucifixo, a água benta, só o vozeirão sobressaído, tão boa a dona melinha, coitada, por que ela?, mulher batalhadora, lava, passa, cozinha pra fora, doce cristalizado igual ao dela não tem, na festa do padroeiro nenhum cartucho chega perto do valor que o dela alcança, o dou-lhe três mais demorado, o leiloeiro bancando o peru, catando os lances de todas as direções, feito barata tonta, será que santa tem de passar provação desse tipo, sempre?, porque penso que é o caso, sim, que pagar, essa mulher não pode estar pagando nada, porque aqui só concebeu os exemplos, o que faz qualquer cristão com bom senso pelejar de tanto matutar, porque eles, os tais exemplos dignos de arremedo, são sempre de graça, ou não valem nada, o que dá no mesmo, a não ser que a crise dos homens na caderneta das dívidas celestes tenha aumentado tanto, mas tanto, que o assalariado terreno foi ficando com os rendimentos minguados até o ponto no qual, depois da labuta, ainda se viu obrigado a pagar salário para o patrão, no caso, para o próprio demônio, que então tomou à força o negócio do criador inadimplente e meteu a placa *sob nova direção* debaixo do mundo, isso mesmo, e agora é esse deus nos acuda à toa, o pai, o filho e o espírito santo, todos quebrados, devendo as túnicas, os mantos e as penas pro agiotão chifrudo, tá bem, tá bem, desculpe, tem razão, claro que estou brincando com coisa séria, mas se o bem começou o seu negócio tomando empréstimo com as ruindades, posso ter alguma razão, não acha?, porque, se no princípio era o caos, a desgraceira é que reinava na banca, concorda?, estou brincando, sim, você parece bobo, mas às vezes me pergunto se a bondade não é propaganda enganosa de alguém que apostou tudo no mercado das bolsas e fica inventando números, construindo realidades de papel, como fizeram aqueles americanos, bom, não entendo muito disso, nem quero entender, quem paga mais e continua sempre devendo é gente como a dona melinha, o marido dela não valia nada, pobrezinha, vivia torto no bar, desempregado uns tantos anos, vivendo à custa da coitada, dizem até que dava uns cascudos nela de vez em quando, principalmente quando voltava da zona, então, naquele dia do diabo no corpo da dona melinha, é como todos chamam o episódio, você já sabe, né?, avisaram o valadares, que enchia a cara no bar da lurdes, não veio na hora, pensou que fosse treta da mulher, chegou mais tarde, eu já estava lá e passei o enredo pra ele, que não acreditou em nada, mas ficou espiando de longe, também, de repente arrotou decidido, me chamou de lado e disse, vou lá no quarto pegar uma relíquia dela de santo antônio, frei galvão, sei lá, e esconder aqui no bolso, você vai ver se é o capeta, mesmo, vai ver, ele também não sabe de tudo?, então vou dar um cacete nas fuças desse safado mentiroso que fica inventando moda, a melinha pensa que sou tonto, eu curo ela, espera aí, você vai ver, essa mulher está com história, e foi, aí é que cheguei mais perto, que o risco compensava, o marido foi se esgueirando no meio do povo, naquela hora o diabo descansava, e dona melinha se largava no sofá, dando no máximo umas bufadinhas, de vez em quando, ele foi chegando e pá, pulou de supetão na frente dela, a mão direita dentro do bolso, olha, almeida, eu me arrepio até hoje, cruz-credo, a dona melinha arregalou os olhos e saltou desta altura, sem tempo de reação pra ninguém, as bufadas babadas de novo, pra todo lado, entortando o pescoço, o padre quase caiu de costas, em tempo de morrer de um ataque, três pra segurá-la, e ela com uma certeza sobrenatural, aquela outra voz das profundas, *tira esse negócio de perto de mim, tira esse negócio de perto de mim*, ele saiu correndo, ninguém nunca mais viu de novo o valadares, nem o demônio voltou, deus seja louvado

brasileiros,

não olhamos pra trás, nunca

pé na cova

a hérnia descida, pior, não posso me sentar com sossego, e não é só a dor, não, tenho que ficar escondendo o saco, a molecada rindo escondida de mim, os pais fazendo cara feia pra eles, negócio cacete, mesmo, a gente fingindo que não percebeu nada, uma amolação dos diabos, não há meio de agachar, mal posso com meu peso de homem, que ainda sou e estou, apesar dos cabelos brancos, da manquitola que os anos fabricaram em mim, que fazer?, daquele, o meu filho, escondi dele o quanto pude a rendidura, ficou louco, no médico, quando viu, não gosto desse povo carniceiro, agiota de sangue vestido de branco, vão enfiando os dedos, apalpando a dor pra lá do gemido, só pra ouvir o canto destoar e estribilhar o que todos já decoraram faz muito, que a viola foi pro saco, que a viola está em cacos, ora, ora, isso é assim desde que o mundo é mundo, o canto mesmo é de deus, que está em todo canto, o resto é coro, cantado no lombo de quem dá as costas a nosso senhor, centro do universo, e esses doutorzinhos de merda pensando que solam e ressolam as dores do mundo, cambada, meu filho ficou possesso, o medicozinho disse que as tripas foram pro saco, que vou perder um bago, isso com sorte, que meu coração assopra, nunca vi ou ouvi isso, meu deus, por quê?, se no começo amarrei tão bem na cintura o barbante de são josé, a cinta santa, se pedi orado com a reza certa, contada e sentida, os nozinhos no cordão que cura, benza deus, nem bem saímos do consultório, meu filho gritou que sou um ignorante morrendo aos poucos de burrice, vi o gosto do médico quando cortou o barbante, os dois riram, riram de mim?, nada, estavam rindo de deus sem saber, meu filho também é estudado, trabalhei em dobro, vendi uns restos de herança que o tempo foi comendo, agora ele blasfema, escarra pra cima, vai pro inferno, pro raio que o parta, antes meu saco tivesse caído antes, antes de você nascer, seu lazarento, foi a resposta na lata, ele branquejou de palidez, não disse mais nada, o sujeito estuda demais, passa do ponto e perde os colhões, ele sim, com o rabo no meio das pernas, pesando, agora me arrependo, que estudar dá nisso, eu já sabia, perder o que vale na vida, o temor de deus, o respeito, depois mais respeito, aí tudo perdido de vez, meter a tesoura no cordão de são josé, com troca de risinho de escárnio, comigo, não, ninguém se alastra, não, olhe pra mim, morrendo de cabeça erguida, sim, pra encarar nosso senhor como se deve, não vou poder ajoelhar, que a dor tem me desdobrado muito, mas no outro mundo decerto que pros justos a dor é gozo, alegria de sofrer com jesus, se o barbante de são josé não deu certo é porque mereci, não amarrei direito, pedi com muita exagerada força de fé pra mim mesmo, a vaidade do pecado, o meu egoísmo, são josé, pai-não-pai do menininho jesus, se guiou a mãe de deus, valha-me nossa senhora, nunca que iria me faltar, se, pecador, não merecesse o castigo dessa quebradura que me puxa pras bandas do inferno arrenegado, então já sei, peço perdão, por minha culpa, minha tão grande culpa, depois digo que perdoo meu filho, que não quero saber de operação de cirurgia, deus quis assim, falo pra ele, na cara dele, que fiz alguma coisa de errado e é hora do derradeiro pagamento, devolvo a saqueira suspensória maldita que ele comprou, que o açougueiro apertou com o riso da minha dor rilhada nos dentes, com o perdão do arre, filho da puta, que soltei sem querer, mas bem falado, nossa senhora me perdoe, depois me conte, do outro lado, o porquê da provação, mas só lá, que meu filho não saiba, deus me livre e guarde

verbo

faz tempo que sou o vento, a tempestade que assola os farelos e as formigas nos campos das toalhas de mesa, sou o tremor de terra das aranhas, de toda sorte de pequenos seres que, de tão numerosos, inundam o mundo, eu sou o deus que atira cometas e meteoros de cascalho nas mangueiras, derrubando frutos verdes, eu, mecânica celeste no telhado dos vizinhos, atônitos, chacoalho galhos de limão-galego e amadureço-os no chão, apodrecendo-os, já me machuquei com isso, mas chupei meu sangue e me alimentei de mim, cosmos que dispersa o caos com o dedo no interruptor de luz do quintal, e vice-versa, arroto na cara do meu gato, a pestilência, a praga deliquescida, é engraçado, ele sai de perto meio que piscando, também cuspo nos cachorros grandes do outro lado das grades, nas ruas, caio de quatro e avanço sobre eles, que enfiam o rabo no meio das pernas e se afastam, tementes do ser imaginário em que me crio, nos cachorros pequenos eu meto o pé, que não vou perder tempo, bem entendido,

corto o bigode dos gatos de rua e dou-lhes a conhecer os motivos últimos
e primeiros da existência, isso quando não lhes corto também o rabo, eu
faço oceanos na pia do banheiro e consumo em redemoinho, o grande
sorvedouro, a mariposa que entrou pelo vitrô, atraída pela luz, minha luz
que sou e fiz, tudo, tudo em meu propósito, faço as aleluias, em órbita do
globo da luminária da sala, mergulhar na bacia d'água erguida por mim, que
recrio outra e melhor luz tremelicada na lâmina da superfície líquida que
sustento sem esforço, os mares que refaço, e finalizo tudo na privada, dando
a descarga com todas ainda em movimento, imaginando-se mergulhadas
finalmente na luz de todas as luzes, arranco as asas de mosquitos e ofereço-os
às aranhas, depois, às vezes, cansado de tudo, não permito que a natureza
se consuma e piso neles, em ambos, mosca e aranha, universo sob meus
pés, pingo água com detergente nas formigas lava-pés, cerco-as na pia da
cozinha, fazendo ilhas de granito com a ponta dos dedos, deixo-as uma
noite inteira presas, depois inundo tudo aos pouquinhos, pela manhã, o
cerco da morte estreitando a vida antes do café, e tudo isso começou com
um presentinho besta de meu avô, coisica de nada, uma lupa, uma simples
lupa, com a qual comecei fazendo raio laser com o sol, focando a luz no
ponto exato da queima, primeiro em minha própria pele, mamãe assustada,
pensando em doença ruim, depois esturricando os bichinhos, no quintal, o
pelo do cachorro, que saía ganindo, acabou ficando com medo de mim, o
desgraçado, dei um jeito nele, então, por fim, queimava cabelos que juntava
aos parentes, às escondidas, eliminando a família, que se evaporava fedida,
volatizada, sem estertores inúteis, não é fácil ser deus, mas eu acho fácil

circunlóquio

no aquário abobadado
o peixe dá mil voltas
e, a cada uma delas
solitário, *ab ovo*
demarca um novo périplo

por onde, forasteiro
observa, para além
do líquido, as pessoas
que nele se espelham
soltas no ar proibido
vagando na secura
de um inferno criado
por um deus (prisioneiro
atrás daquele vidro)

estava escrito

eu nunca leio essas coisas que escrevem em dinheiro, pedido, declaração, ameaça, você que me mostrou, naquele dia, lembra?, dizem que na vida sempre recebemos os avisos, avisos de coisas graves que vão acontecer, alguém que vai morrer aparece, dá o longo abraço, às vezes só telefona, passa um pouco e morre, a gente na hora não percebe, só depois, ele veio se despedir, então o caso é que estou numa baita de uma encrenca, você me mostrou aquela nota com qualquer coisa escrita, ri, achei você meio bobo, confesso, isso é coisa de desocupado, ou de gente desesperada, carente de tudo, sem mão amiga, brasileiro tira crença até da sombra, pensei, e esqueci o caso, cada mania tem a sua porção de loucos, não é?, hoje fui comprar umas flores pra vilma, nem sei por quê, deu vontade, ando meio estúpido com ela, essa nossa vida, paguei a meia dúzia de rosas, espera, está aqui no bolso, olha a nota de 1 real que recebi de troco,

quem pegar
esta nota
escreva júlia
5 vezes na
sua mão
ou pode perder

alguém que
você ama
júlia é um nome
de uma santa
ela sim poderás
te ajudar,

ri do erro de português, no final, mas depois vi que podia ser de propósito, do acaso, dirigido a mim, entende?, fiquei assustado, sabe, tudo encaixado demais, entrei num bar só pra gastar logo aquela nota, pedi um maço de cigarros e paguei sem olhar, correndo, pra ficar livre sem me impregnar, percebe?, em casa, ela adorou as flores e disse, até agora eu me arrepio, olha, *agora posso morrer em paz, o maridinho se lembrou da esposa, benza deus*, me arrastou pro quarto, olha, conto porque você é meu amigo e minha última esperança, foi tirando minhas calças com a bruteza do amor antigo, a carteira caiu, o dinheiro se espalhou, então eu vi, a nota ainda estava lá, me avisando, olha, conto só pra você, nem consegui cumprir minha obrigação de marido, tentei esquecer, não teve jeito, menti, dizendo que estava passando mal, tomei até sal de frutas pra disfarçar, minha mulher deu risada, claro que sem escárnio, disse que agora eu estava ficando velho, negando fogo, por brincadeira, que isso só acontecia quando eu dava na cachaça e ia além do gosto, além da conta, pra esquecer essa vida, depois de arranjado nunca mais, então arrotei que não ia trabalhar à tarde, que ia me deitar um pouco, mal-estar de canseira, tanta correria, na afobação, decerto dei duas outras cédulas, no bar, é lógico, mas era assim outro aviso, não era?, ou, sabe deus, o mesmo, repetido pra confirmar uma verdade no falso engano do destino, fiquei umas duas horas rolando na cama, cochilei de tanto apertar os olhos e sonhei com um caixão de defunto aberto, encostado na porta de casa, acordei que a camisa estava grudada no corpo, empapada de suor, peguei a caneta no criado-mudo e pensei, não custa nada, escrevi júlia 5 vezes nas costas da mão, sabe que foi mesmo um alívio?, dormi de novo, era o certo, não era?, acordei com um tapa na cara, vilma me chamando de sem-vergonha, quem era a biscate da júlia, a puta da júlia, por isso é que não dei no couro, safado, podia juntar minhas coisas e sumir, avançou de novo, com as unhas na minha cara, olha isso, jurei que não, mostrei a nota com o aviso, não adiantou nada, ela começou a chorar, trancou a porta do banheiro, que eu fosse logo pro colo da vagabunda, de uma vez, que as flores eram dor na consciência, ela que tinha me sustentado por três anos, a prova, que eu enfiasse as rosas no, naquele lugar, saí de casa e vim aqui, antônio, vai lá, pelo amor de deus, conta pra ela, conta tudo, antônio, se bem que ela não vai acreditar, demorei demais, não foi?

outra questão de método

quero e vou ficar cutucando a ferida, enfiando a unha do dedo mindinho em alavanca, preciso tirar essa casca, de qualquer jeito, faço um alicate com o polegar e o indicador para prendê-la sob a pinça da unha, puxando e repuxando para os lados até sangrar, devo arrancar essa casca como sina a cumprir, carma, religiosamente, retirá-la com a convicção de que outra casca, a mesma, será arrancada depois e depois e depois, como você fez comigo, como faz comigo, esgaravatar a dor ao ponto do hábito, da necessidade instintiva, cevar a certeza de poder dizer, olhando em seus olhos, era assim que você fazia, você fazia desse jeito, ó, agora chega, não precisa mais, virou esse câncer aí

só deus sabe

não sei por quê, não deixo os chinelos de borco de jeito nenhum, não durmo de frente pra porta, nem cochilar eu cochilo, rapaz, não cruzo as mãos no peito, nunca deixei que me costurassem as roupas no corpo, e não é só isso, não, quando alguma criança comendo pão cai perto de mim, acudo primeiro o pão, correndo, meu jesus, jamais vesti roupa do avesso, não faço barba à noite, cortar as unhas, então, nem pensar, a porta do guarda-roupa sempre fechada, e agora essa doença, nunca nem falei o nome dela, dessa doença, e agora essa doença, meu deus, não sei por quê

praga

      o jornal escapou da mão, minha mulher viu, caiu no chão molhado, peguei rápido, a mancha d'água crescendo pra todos os lados, devagar, não era tanta água assim, puxa vida, ela me olhou, com o câncer é desse jeito, falou

o freguês em primeiro lugar

      como ia adivinhar?, era um jeito de puxar conversa, é preciso cativar o cliente, falar do tempo?, do calor?, não dá, não deviam deixar caminhão de carniça entrar na cidade, disse, fiz careta, olha que fedor dos infernos, não é?, ela quieta, acho que até concordou, depois que saiu é que me contaram que era ela, câncer adiantado

a gente também tem que entender

      ela fingia que tinha essa doença, fazia as feridas com o ferro de passar roupa, quem iria imaginar?, tomou a frente do nosso grupo, deu exemplo, descia antes do ônibus em campinas, o irmão a levava para a clínica particular de um grande amigo da família, dizia, pagava quase nada, por isso não ia ao hospital da unicamp, ninguém desconfiou, ela era mesmo sacudida, hoje dizem que ia passear no shopping, também não acredito, ela foi a que mais trabalhou pelo nosso coral, era a que mais chorava no enterro de alguma companheira, com a lurdinha foi assim, não sabe?, a lurdinha perdeu a laringe, a faringe, não sei, não tinha voz, mas fazia questão de cantar no coral, não perdia nem os ensaios, a lurdinha ia por causa dela, que tomou mesmo a frente, incentivou, já disse, a coitadinha da lurdinha só mexia a boca, *a voz mais bonita que nunca tive*, escreveu num cartão de natal, pra nós, ela, pobrezinha da lurdinha, que sabia seus dias contados, por isso a beleza sem tamanho daqueles últimos tempos cantados em silêncio, afinada, sentimos um tanto mais quando ela morreu, então, na beira da cova, depois que cantamos, ou tentamos cantar, porque aí era a nossa voz que não saía, ela disse que o coral nunca mais seria o mesmo sem a lurdinha, e isso também conta, não acha?, uns caçoaram, piada na cidade, a gente entendeu, quem tem essa doença entende, ela traiu a nossa confiança?, o abraço maior era dela, a contribuição mais gorda ela conseguia, as melhores prendas para as quermesses, os grandes cartuchos de doces cristalizados, a psicóloga também não percebeu, tão falante nas sessões, a dor, o sofrimento, o nojo dos outros, a morte acenando, ela sabia, e ainda sabe, agora a doutora diz que desconfiava, que nós temos é que ter pena, que precisa de tratamento mais que nós, bobagem dessa psicóloga, mas depois que ela saiu, depois que descobrimos que ela não tinha nada, que era tudo fingimento, foi como uma piora dessa doença em nós, mais um pouquinho, a tristeza de novo espalhada, recaída, umas muito bravas, querendo arrancar os cabelos dela de verdade, mas a maioria sem palavra, o nó maior na garganta, como se contaminada pela mudez eloquente e triste da lurdinha, meu deus, a gente também tem que entender, não acha?, ela teve que se mudar de cidade, foi obrigada, isso já não é um castigo?, e o grupo de mulheres *amigas do peito*, o grupo de mulheres com câncer *amigas do peito* nunca mais foi o mesmo

eis teu filho

passou dos limites, meu filho, eu me descabelo, não durmo mais, ainda morro por sua causa, tenho medo de seu pai fazer uma loucura, ele, homem que nem fuma, filho, não põe uma gota de álcool na boca, já estamos velhos, eu e seu pai, de onde você traz tanta coisa boa, onde arruma isso tudo, quem empresta tanta coisa, você sem trabalho, sem serviço, quem anda ensinando coisa que não presta, menino, com quem você aprendeu isso?

       com ninguém, mãe

arqueologia

       entraram em casa e reviraram tudo, beberam vinho, uísque, quebraram garrafas, levaram computador, tv, som, cds, mijaram nos meus livros, um cagou dentro da gaveta da escrivaninha e limpou a bunda com o papel-bíblia da edição do machado, da nova aguilar, só guardaram de volta, na geladeira, uma peça de queijo prato com uma mordida deste tamanho

tour de force

       o vagabundo levanta a voz, depois sai correndo, claro, tem aqueles que correm mudos, esses afrescalhados não contam, o fujão papudo, então, se tem colhões, saca a porra do revólver ou da pistola e atira, são os que dão gosto pra se continuar nesse ofício, a gente faz muita questão de não matar o safado, pena que às vezes não dá, os tiros dão o azar de pegar na cabeça, no coração, na femoral, e o desgraçado tem a sorte de morrer num pá-pum, sem dizer ai, bom, pelo menos a gente não ouve o ai, o que dá na mesma, na correria é foda acertar, não dá pra mirar em perna, isso é coisa desses filminhos vagabundos, a gente sapeca pra pegar onde pegar, senão o sem-vergonha foge, mesmo, se enfia no bueiro, no mato, se entoca num barraco perdido e aí tchau mesmo, ah, mas quando o sujeito cai na mão, bom, todo mundo sabe disso, é limpeza sem perdão, o mundo precisa de vagabundo?, o balaço na barriga dele, ele chorando, algema, algema o vagabundo, ele com tanto medo que estica os bracinhos que nem criança, bom, se o estrago for dos grandes pode enfiar no camburão sem algemar, mesmo, a gente conversa no tom certo pro bandido ouvir e saber que se fodeu legal, que vai comer grama pela raiz, a gente fala entre a gente, vamos dar uma voltinha bem comprida antes de levar esse filho da puta pro hospital, ele pedindo pra socorrer, gemendo, chamando a mãe, cala a boca e morre logo, desgraçado, pra mamãe ver o filhinho na geladeira do iml, com o peito costurado, a vagabunda da sua mãe não liga pra você, não, e a gente tira umas da velha dele, dizendo que vai dar umas nela, pergunta se ele tem irmã, adrenalina legal, mesmo, agora, o mais gostoso pinta quando o malandro é dos espertos, na confusão vê que a casa caiu e se rende, mãozinha na cabeça, gritando pra não esculachar, caralho, aí é o canal, a gente mete umas porradas e manja as redondezas, pra se certificar de que não tem nenhum zolhudo caguete e linguarudo, não tem?, rá, vai pro buraco, mesmo, pra vala, mas vai com choro e sem vela, aí é que é gostoso, vai, filho da puta, agora você vai morrer, que mané família, o quê, rapaz, as putinhas da sua casa vão ter que dar o rabo e fazer chupeta pra comprar arroz com feijão, porque você já era, nego, toca pro matagal, criancinha o cacete, filho neném o caralho, fala quantos você já matou, vagabundo, tô conhecendo a sua cara, você já apagou compadre nosso, não foi?, vai pagar, desgraçado, sua mãe vai encontrar o filhinho com a boca cheia de formiga, cê tem mãe, sem-vergonha?, é?, tem?, foda-se a piranhona, urubu vai começar comendo os seus olhos, e por aí vai, bom, quando a gente chega na desova e arrasta o sujeito, engatilhando as armas, não tem um que não mija e caga nas calças, de verdade, então a gente esculacha mais um tanto, vai começar morrendo com tiro na bunda, no pau, no saco, pra aprender boas maneiras, porco fedido, desgraçado, vai cagar na casa do caralho da sua mãe, no raio que o parta, no colo da puta que o pariu, filho da puta, pelo amor de deus o escambau, lava a boca antes de falar em deus, já já você ganha o consolo do capeta, chegou a sua hora, aí a gente dá uns tiros de raspão, pegando de leve, só pra ver o marginal desmaiar de susto, acredita?, a gente tem que mandar umas bordoadas pro assustadinho acordar, uns não valem o que comem e se fingem de mortos, imaginando que erramos os tiros, cara, é muito divertido, a gente dá corda pra eles, são os mais gostosos, a gente finge que vai embora, vamos lá, pessoal, vamos embora que esse aí já foi, o lazarento fica que nem respira, pensando que deus ajudou, às vezes chegamos a dar partida no carro, espiando a simulação, de repente, para, para, não peguei as algemas, espera, o carro desligado, o barulho das portas se abrindo devagar, pega as algemas logo, e, naquele assombro fingido, peraí, peraí, acho que ele ainda não morreu, olha lá, puta coisa boa de ver, uns desabam a chorar feito criança, pra esses, então, a gente fala, ô nego burro, frouxo, veadão, se ficasse quieto mais um pouquinho não morria, porque a gente ia embora sem levar as porras dessas algemas que você empestiou, bom, ainda bem, agora você morre, mesmo, bichona, mas morre que nem homem, pelo menos, se não parar de chorar vamos enfiar um toco no seu cu, pra todo mundo comentar lá na favela, notícia na bosta da rádio comunitária, o filho da puta morreu com um pau enfiado no rabo porque era bicha, dava o cu, vão dizer que o seu namorado pegou você no flagra, chupando o cacete de outro, e arregaçou com a boneca, anda, para de frescura, bom, tem os outros que, na nossa volta, continuam quietinhos, como se tivessem morrido, mesmo, aí um dos nossos fala, olha a pistola 9 mm que comprei, e outro, caralho, bonitona pra cacete, inoxidável, me deixa experimentar, toma, atira no defunto, mesmo, pra ver o estrago que faz, atira na cara dele, na cabeça, pra ver os miolos pular fora, e pá, atira pro alto, não tem um que não ressuscita, uns de leve, outros com uma tremida maior, bom, aí, quando a gente mete bronca pra valer, mesmo, nem tem graça, mais

o tempo pobre, o poeta pobre

as ruas andam tão perdidas que nem sei

estilo

                me contaram meio por cima, disseram que foi até engraçado
                porque não foi com você
                podia ter sido
                o aleijadinho entrou no trem num carrinho de rolimã, remando com as mãos, coisa de dar dó
                é o país, você sabe
                é, mas ele gritou *eu poderia estar pedindo esmola, mas não faço isso não, é um assalto mesmo*, e puxou o revólver
                faz a gente até gostar daqueles bilhetinhos desgraçados
                pensei em meter o pé por trás, quando ele se virou, o trem não fechava uma porta, só não contava com o outro, que disse *nem pense nisso*, adivinhado, então recolheu passes, moedas e dinheiro miúdo, passou a mão no aleijadinho, que já estava com o rolimã assovacado, e desceu na estação seguinte, meio que dançando com ele

vagabunda

                ela passa fome, é?, não tenho um pingo nem uma enxurrada de dó, não, mãe, a senhora sabe disso, ela entrava no salão nem olhava em nossa cara, menos ainda na minha, vivia pra cima, pra baixo e pros lados com a nenzinha do coronel, com a lurdes do cartório, não se misturava, chegava de cabelo pintado arrumadinho, nunca deixava um broto de raiz aparecer, repintava, as unhas brilhando, um caquinho descascado na ponta do mindinho, pronto, lá vinha ela correndo refazer as mãos, os pés, pra aproveitar a viagem, passava na frente de todo mundo, a dona rosângela mentia na maior cara dura, ela marcou hora, ela marcou hora, acetonava tudo contando a maior prosa, a dondoca do pedaço, desfazendo de todos, enquanto passava o mesmo esmalte de novo, sempre gorjetona, a zureide adorava, né?, puxa-saco de mão cheia, as duas mãos, aliás, e ainda sobrava bago pendurado pra fora, a senhora sabe, ela acabou com o dinheiro do seu ricardo, ouvi da boca e da língua de gente da casa dele, a aproveitadora tinha carro, fusquinha novinho branco, tinha empregada, comprava de tudo, não passava vontade, não, o irmão dele é que falou, ela tomava remédio pra emagrecer, a cleonice contava que ela comia, comia e corria pro banheiro, enfiava o dedo na goela e vomitava, às vezes comia mais e vomitava de novo, agora está pagando, louvado seja deus, tanta gente passando fome e a marafona fabricando merda antes da hora, e pelos orifícios errados, a cleonice falava mesmo, não é porque era empregada que ia mentir, na segunda-feira a pia com a coiseira amontoada, ela contava, a vagabunda nem pra lavar os pratos de domingo, deixava tudo fedendo, já se viu?, empregada não é escrava, não, não, não é pra ter dó, não, vê se ela vomita, agora, só se for osso, os gambitos fininhos que só vendo, os joelhos mais grossos que as coxas, quando anda, um vão de quatro dedos no entre as pernas, castigo, ela se casou porque o ricardo, o seu ricardo, tinha dinheiro, sorte dele que não se viu velho puído, largado, morreu quando ficou limpo que nem bunda de santo, coitado, que ela limpou com nota graúda, mas lambendo só os buracos dela, foi coincidência, acho que deus teve pena dele, velho bobo, tonto, lembra, mãe?, me despediu porque quebrei um prato de sobremesa do aparelho de jantar da finada mulher dele, defunta que nem conheci, na época ele tinha começado a sair com a nojeira, o povo principiando o falatório, eu não podia acreditar, homem tão sério, respeitador, nunca veio com sem-gracezas pro meu lado, me despediu sem dó, acho que queria liberdade em casa, pra levar a cadela pro cocho dele longe de gente direita, então arranjou a desculpa espatifada, onde já se viu pôr a mão onde não devia meter o bedelho, gritou, e eu só queria mostrar que também podia fazer a mais, ele sozinho juntando poeira naquele casarão, foi o que foi, a sem-vergonha carrapateou estrela no cangote do homem, que deu sangue até morrer, isso bem feito pra ele, né, mãe?, mas foi sorte, o emprego no salão, nem bem pus a fuça na rua da amargura, agora ela pastando, e eu mais um mês o curso de cabeleireira na moldura, chega de juntar cavaco de pelo no chão, trocar a água das bacias, agora é a minha vez, né, mãe?, graças a deus a gente sempre foi igual, gente simples, humilde, fala igual com todo mundo, eu sempre a mesma, agora ela aí, por aí, a gente quer ter dó, mas não tem jeito, a senhora tem, mas a senhora quer ser santa, né, mãe?, missa todo dia, feitio de roupinha pra anjinho em procissão, de vez em quando uma sobremesa mais gostosa embrulhada com capricho, pano de prato branquinho amarrando com laço o emborcado dos pratos fundos, um sobre o outro, diretinho pra casa paroquial, agradando a deus por tabela, eu, não, sou normal, pecadora igual a todo mundo, jesus não salva?, fosse todo mundo como a senhora o perdão perdia os sentidos, é ou não é?, ela agora quer olhar na minha cara, puxar conversa, mas comigo não, olho por trás, só, pra ver o estrago de deus, vitrine de costas pra quem por perto admirar de corpo inteiro o exemplo da danação aqui na terra, o caquinho em que se transformou, né, mãe?, o padre dercy fala e refala que, com uma paulada só, jesus desanca dois, ou mais quantos quiser, e ai de quem não preparar a alma, não cuidar do lombo, já não ir misturando a salmoura em vida, por isso a gente acaba se acostumando com o seu amargo, a vantagem dos que sofrem sem motivos na terra, não acha?, mãe, promete que não conta pra ninguém, mãe?, a senhora não sabia, senão me tirava de lá com três pescoções, a senhora não sabe, eu gostava mesmo era do seu ricardo, só que não contei pra ninguém

sabe por quê?

ela não tem atitude de pobre

inocência

o segredo do casamento, minha filha, infelizmente minha mãe não me disse, é ser uma puta na cama, entendeu?

ela não teve culpa, mãe

eu tirei antes, mas acho que já tinha começado

escuta a tua mãe

larga a mão de ser bobo, seu tonto, para com isso, ela não prestava, vi logo de cara, quando descascou as batatas com a casca desta grossura, ó

vai ver se eu estou ali na esquina

ela é linda, mas não quer nada de graça comigo, trabalha ali na esquina, a desgraçada

os olhos de jussara

recebi pelos correios, também, dentro de um envelope manuscrito, as letras tremidas, pode levar, as páginas que faltam foram arrancadas por ele, mesmo, veio assim, olha, anotei pra mostrar que não fui eu, coloquei assim, *(página arrancada)*, toda vez que percebia que a página tinha sido arrancada, pode ser mais de uma, sei, aqueles fiapos de papel que ficam presos na espiral de arame comprovam o que estou dizendo, aquelas tripinhas de papel, sabe?, há algumas folhas soltas com anotações, olha, pode ficar com o caderno, ia jogar fora, um entendido me disse que não vale nada, sei lá, minha avó dizia que não presta ficar com esse tipo de coisa, atrai coisa ruim, o jeito que ele morreu, né?, não acredito muito, em todo caso, pode levar, na minha situação não é conveniente blefar com o além, vai saber, eu não arranquei nenhuma página, hein, já veio assim, mas dá pra entender a história, pode ficar,

(página arrancada)

NAUM *(em voz baixa)*

Cacete... Vou fingir que não estou... *(batem novamente, com mais força, depois de alguns segundos)* Mas será o Benedito! Só pode ser crente, a essa hora... *(gritando)* Já vai, já vai, caramba! Um homem não pode nem fumar sossegado num dia em que acordou com a pá virada? *(para si mesmo)* O negócio é ir dando esporro de cara, pro chato se arrepender e dar o fora sem torrar demais a paciência... *(levanta-se com raiva, olhando para a plateia)* Não vou nem abotoar as calças, pra afugentar o enxerido logo de uma vez... Bem, pode ser uma crente... *(para no meio do caminho)* Pera lá, vou ligar o rádio antes, pra espantar a chata com uma musiquinha porreta do capeta, bem alta, só por precaução... *(o rádio toca qualquer música estrangeira que faça sucesso)* Bom, pode ser que a testemunha de Jeová até goste do troço... Como é mesmo o ditado? Crente é que tem bunda quente? *(ri para si mesmo, enquanto ajeita o saco, dando-lhe mais volume; abre a porta; neste exato instante o rádio se cala)* Você?! *(ameaça fechar a porta, transtornado)*

CORA *(ainda do lado de fora)*

Não, Naum, não fecha a porta, não... Não vim fazer nenhum escândalo, espera...

NAUM

Você é louca? Que é que tá fazendo na porta da minha casa?

CORA

Calma, calma... Vim... Só vim conversar.

NAUM

Conversar o quê? Depois de tudo... A Gislaine...

CORA *(forçando com o corpo para entrar e, finalmente, entrando)*

Já foi embora trabalhar, calma, fiquei esperando ela sair, olhando lá da esquina.

NAUM

Mas e os outros? A vizinhança...

CORA

Você ainda tem coragem de falar em vizinhança, Naum? O que é que os outros não sabem, homem de Deus?

NAUM

Vai, então desembucha logo, senão é pior. Os outros sabem, mas já esqueceram...

CORA

Esqueceram nada. Quem ia esquecer uma história cabeluda dessas? Não seja bobo, Naum. Eu fiquei na outra esquina, no boteco, esperando ela sair com as meninas. Estava com fome, aproveitei pra comer uma coxinha... Agora não é hora de mais confusão. Elas estão grandes. Uma hora ou outra vão descobrir...

NAUM

É. Sei disso, mas uma coisa é a mãe contar, conversar aos poucos... Outra é dar de cara com você...

CORA

A Joselina está gorda. Posso me sentar?

NAUM

Você quer dinheiro? Já vou avisando que nem se eu quisesse; estou sem um puto. O filho da puta do seu Porfírio me mandou embora da mercearia. Não fiquei nem um mês! Isso depois de tanto tempo desempregado... Aquele filho da puta!

CORA

Não é dinheiro.

NAUM

Porra, Cora, que é que você vem fazer aqui depois de tantos anos, cacete? Essa história de conversar não cola. Não se lembra mais do que passamos, do tanto que a gente sofreu? Vai, senta, se bem que era melhor você puxar o carro logo...

CORA *(reparando no ambiente, enquanto caminha)*

Não mudou nada. Só um pouco mais arrebentado... Bom, não tinha o beliche e estas duas banquetas. Eu sei que você está na merda, Naum. Aliás, você nunca saiu dela...

NAUM

Vai tomar no cu, Cora. Você veio me encher o saco, foder mais um pouco a minha vida?

CORA

A nossa vida...

NAUM

"Nossa" o caralho. A minha vida, a vida da Gislaine e agora a das meninas... Você morreu, e fim de papo. Aqui você é um defunto, sempre foi...

CORA

Não, não... Sou um fantasma, Naum. Fantasma que nunca vai deixar de assombrar o seu passado, o seu presente. Sou um fantasma do seu futuro... E os fantasmas pedem orações, sabia?

NAUM

Pedem é macumba... Fala logo o que você quer e cai fora, os vizinhos...

CORA

Você acha que é dinheiro, mas não é... Lógico que também não é visita pra matar saudades...

NAUM
>Lá vem você de novo. Não perdeu o hábito de cutucar as feridas, né?

CORA
>Que ferida nem mané ferida. O negócio gangrenou faz tempo... E você é que gosta de pus, de nojeira...

NAUM *(agarrando-a pelo braço, enraivecido)*
>Fora daqui, some, mulher! A culpa também foi sua! A culpa também foi sua!

CORA *(desvencilhando-se com ódio e indo em direção à cama de casal)*
>Tira essas mãos de mim, safado! Não quero nada que não seja meu! Você me matou, esqueceu? Você acabou comigo e esqueceu de me enterrar... Você e a Gislaine... Fica longe de mim, pelo amor de Deus! *(começa a chorar, a voz perde a raiva)* Pelo amor de Deus, Naum, espera um pouco, eu não sou ninguém, se você quiser me tira daqui a pontapés, eu sei, mas não faz isso de novo, não, pelo menos agora...

NAUM
>Eu nunca encostei um...

CORA
>Eu sei, eu sei, você nunca me bateu. Talvez se tivesse...

NAUM
>Não seja besta, Cora!

CORA
>Talvez se tivesse me espancado, me arrebentado inteira... Olha aqui... *(levanta-se e pega a bolsa que deixara sobre a mesa)*

NAUM *(assustando-se)*
>Que é isso? O que você vai pegar aí, mulher? Não vai...

CORA *(tirando uma navalha da bolsa, abre a lâmina)*
Tá vendo isso aqui? É seu...

NAUM *(mais assustado ainda, afastando-se)*
Cora! Guarda isso! Tá ficando louca? Você vai machucar alguém...

CORA *(falando pausadamente, sublinhando as palavras)*
Você sempre foi um bundão, mesmo. Não vou cortar o seu pescoço, não... Não vou cortar os seus bagos, não... Estou devolvendo, seu banana...NAUM
Devolvendo?

CORA
É a sua navalha, tonto. Peguei quando fugi aqui de casa... Tantos anos... Não tive coragem de jogar essa bosta fora. Primeiro queria rasgar seu pescocinho, sim... Depois pensei em cortar meus pulsos... Pensei em matar a Gislaine, também... Sabe, você não sabe disso, mas cheguei a pegar um travesseiro pra afogar as gêmeas... Falei no serviço que eu estava doente, enfiei o dedo na garganta, vomitei o café, voltei... A Gislaine dormindo ao lado das crianças, faltou coragem. Dizem que a gente é pobre porque falta coragem na vida, não falam isso? Só que tem vezes que o medo salva, também... Mas até hoje tem hora que o desespero bate mais forte e eu me arrependo... Quem não tem peito de dar um fim na própria vida não merece nem encher os pulmões...

NAUM *(interrompendo-a)*
Oh, oh, que é isso, minha filha? Deus castiga...

CORA
Já castigou, mais do que deveria. E não me chame de filha... Deus, Deus... Qualquer coisinha todo mundo se agarra em Deus, se agarra em nada, isso sim...

NAUM

Cora, Cora, não fala isso que é pecado dos brabos. Você vai pro inferno...CORA
Que inferno, o quê! Inferno é essa merda de vida que levo, que levei, que vou ter que levar. Por isso não joguei essa bosta de navalha fora, por isso... Acho que sobrevivi porque sabia que ela estava lá na minha bolsa, pronta pra me remediar na hora em que eu quisesse... Sabe, às vezes acho que sobrevivi ao que vocês me fizeram porque sabia que, pelo menos, podia acabar com tudo na hora em que bem entendesse... Bastaria a coragem me empurrar um segundinho só...

NAUM

Cora, minha... Olha, criatura, já disse que isso é pecado, você sempre morreu de medo de ir para o inferno...

CORA

 Naum, nós é que fazemos o inferno, inteirinho, tudo, aos poucos, dia a dia; não sou mais a tonta que eu era; esse bem vocês fizeram pra mim... Taí o inferno, bem aqui, ou você acha que alguma coisa pode ser pior do que a merda dessa vida? Olha você, Naum, agora desempregado, fodido, ferrado, os outros dizendo que você não vale nada, que você vira lobisomem na quaresma... Se o inferno existisse depois da morte, você teria que virar lobisomem mesmo... As coisas não são lá e cá? Mas você não vira, Naum, você não tem capacidade nem pra isso... É, acho que nem isso você consegue... *(para e respira, cansada)* O que você aprontou no seu Porfírio, seu burro? Você sempre foi burro, Naum, isso é que é o diabo. *(Naum não tira os olhos da navalha, amedrontado; Cora, num gesto de mão, percebe o medo dele)* Ai, Naum, você não passa de um cagão... Se quisesse já tinha enfiado isso aqui no seu rabo faz tempo... Vou devolver pra você essa porcaria. Não preciso mais... Nem vou precisar...

NAUM *(com mansidão visivelmente forçada)*
Agora eu me lembro, tive que comprar outra... Essa tem o cabo de madrepérola, não tem? Me dá isso aqui, Cora, hoje ninguém usa mais esse troço... Dá?

CORA
Se você tivesse me batido, se você tivesse me espancado, Naum, arrancado sangue de minha carne, mais sangue do que você arrancou, se é que isso é possível, talvez eu tivesse cortado o meu pescoço, na época, então eu seria mesmo a defunta que vocês queriam que eu fosse... *(passa o dedo sem querer no fio da navalha, cortando-se)* Ai, ai, ai, filha da puta, cortei o dedo...

NAUM
Olha aí, não falei? Isso não é brinquedo! *(enérgico)* Vamos, chega de conversa e me dá esse troço logo...

CORA *(avançando de brincadeira sobre ele, que pula assustadíssimo para trás)*
Vupt, Naum! *(ri com desdém)* Não foi nada, cortezinho à toa, covardão... Vou dar uma lavadinha no banheiro, não gosto de chupar o sangue... Você gosta, né, Naum? Mas gosta de chupar até o fim, lamber os beiços, chupar o osso... *(Naum continua assustado, protegido atrás da mesa, os olhos arregalados. Cora observa com ironia)* Eu já volto, sei o caminho do "toalete"... Vou levar um pouco de açúcar... *(caminha até a pia e pega o açucareiro, despeja um punhado na palma da mão)* Você não prestou nem pra fazer um banheiro dentro de casa, hein? Devia ter vergonha, três mulheres... O mercurocromo ainda fica no armarinho? Deve ficar, não é? Você não mudou, você não vai mudar, você não consegue, não é? Você é uma despensa de desgraças, tenho dó das três coitadas que vivem aqui. Ou das quatro, porque na verdade, depois de tantos anos, sei que também continuei morando com vocês, aquele fantasma...

NAUM
Cora, você já passou dos limites, e...

CORA *(gesticulando as duas mãos com exagerada indignação)*
Eu passei dos limites? Eu? Você tem a petulância de falar em limites, você, que, com certeza, não sabe o que é isso? *(olha para o dedo cortado que, com o movimento, sangrou bastante)* Ai, olha quanto sangue, olha... *(Naum abaixa a cabeça)* Olha, Naum, tá com medinho, ainda? Foi você que fez isso em mim, de novo... Essa porcaria está enferrujada, é bem capaz de que por outra praga sua eu morra de tétano. *(caminha para o banheiro)* Mas não vou morrer de tétano, não...

NAUM
Então me dá a minha navalha...

CORA
Depois... *(Cora sai de cena, caminhando em direção ao banheiro)*

NAUM *(depois que Cora sai de cena, vai atrás dela, atravessando a porta do quintal com cuidado, risivelmente ressabiado, temendo ser surpreendido por um golpe; ouve-se apenas a sua voz, à porta do banheiro trancado)*
Já se lavou, Cora? *(ela não responde)* Quer uma ajuda? Responde, Cora! Você está bem? *(silêncio)* Cora! Cora! *(fica desesperado e grita)* Minha Nossa Senhora! O que essa maluca vai fazer, Santo Cristo? Eu pequei? Eu pago, caralho, pago o que tiver que pagar, quem nunca errou? Até Jesus, caramba, lá na cruz, deu esporro no Pai... "Por que me abandonastes?", ele disse; falou até em outra língua, pra não dar na cara dos que estavam por ali, não foi? Quem faz coisa errada precisa se cobrir de algum jeito; por que comigo tem que ser diferente, Jesus?! Cora! Eu vou arrombar a porra dessa porta! Você quer se matar aí e acabar de foder de vez a minha vida, não é? Mas não vai mesmo...

CORA *(interrompendo Naum)*
Cala a boca, homem de Deus! Acha que eu viria aqui dar mais esse gosto pra você? Fiquei quieta porque gostei de ouvir o seu desespero, seu bananão! E se essa merda de banheiro tivesse mais espaço deixava derrubar a porta, sim, só pra ver a sua cara de tonto... Vai lá pra casa

que o dedo não quer parar de sangrar, vai lá e pega mais um pouco de açúcar pra mim, traz um pano de prato velho, também, faz alguma coisa que preste, seu songamonga!

NAUM
    Olha, Cora, acho bom você parar de me humilhar, eu não estou acostumado com xingamentos, agora não sou mais nada seu, se não meti porrada antes era porque você era minha mulher, e...

CORA *(interrompendo-o)*
    Nada meu? Nada meu? Você tem coragem de dizer isso? Você tem mais comigo do que qualquer outro homem da face da terra... Se você não me batia antes, agora tem que me carregar no colo, seu filho da puta, desgraçado, lazarento... Xingo, xingo, xingo e xingo, mesmo! *(mais alto e articulado com prazer)* Filho da puta, desgraçado, lazarento...

NAUM *(volta para casa, gritando)*
    Isso vai acabar em desgraça, isso ainda vai acabar em desgraça! *(procura o açucareiro)* Onde você enfiou o açucareiro, meu Deus?! Não é possível! Será que tudo na vida, bem na hora em que eu preciso, desaparece? Cria pernas, sai correndo e desaparece? Puta que o pariu, vai ser cagado assim lá no raio que o parta!

CORA *(entrando em seguida)*
    Deixa, não vai adiantar. Vou ali na farmácia fazer um curativo, dar um ponto-falso, sei lá, pode ser que tenha de ir ao pronto-socorro, sei não... Toma a navalha.

NAUM *(guardando-a com alívio no bolso da calça, observado por Cora)*
    É melhor, é melhor, isso, isso, pode ser sério, vai logo, vai...

CORA
    Até hoje você não perdeu a mania de andar com as calças desabotoadas... Pensei que depois de tudo você tivesse criado um pouco de

vergonha na cara... *(repara no pinguim, sobre a geladeira, copulando com o elefante, enquanto se encaminha para a porta da rua)* Não acredito! Juro por Deus que não acredito! Você tem duas meninas em casa, agora... Quando você fez o que fez comigo foi a mesma coisa! Deu de colocar os enfeites em posições indecentes... Santo Cristo! O pinguim enrabando o elefante! O que você anda fazendo, Naum, o que você está aprontando, homem de Deus? Eu vou, mas volto, agora é que eu volto mesmo! É pá-pum, dois palitos, espera lá que é um pulinho... *(sai de casa)*

NAUM *(batendo a porta e correndo para a cama, onde se joga visivelmente alterado)*

Puta que o pariu! Não me faltava mais nada! O que essa louca veio fazer aqui, meu Deus? O que será o fim disso? O que é que a Joselina tem que ficar mexendo nos enfeites, meu Deus! Deve ter aprendido isso na escola, com os moleques maiores... Ela é bobinha, tadinha. Escola serve pra isso, também, ensinar o que não precisa... E agora essa doida...

CENA 3

As luzes da casa se apagam. Ao mesmo tempo, o lado esquerdo do palco se ilumina lentamente, enquanto um som confuso de vozes aumenta o volume. De vez em quando uma sirene que, ora começa alta e se distancia, ora começa distante, baixa, e se avoluma, se sobrepõe ao vozerio do pronto-socorro. Corre-corre, gemidos, choro, pedidos de ordem, xingamentos etc. caracterizam o ambiente. Cora fala com uma atendente invisível, mostra o ferimento. Supostamente a funcionária pede que espere, já que o caso não é urgente. Há apenas uma cama ou maca hospitalar ao lado, com uma cadeira branca, de plástico, próxima. Uma senhora parece dormir, deitada, imóvel no leito improvisado. Cora senta-se com o ar cansado, parece pensar, absorta. O barulho vai diminuindo aos poucos, até o silêncio total. Ficam assim por algum tempo.

MULHER *(dando um gemido, soerguendo-se com grande dificuldade)*
Ô, Jesus, será que ninguém vem me atender? Eu não estou aguentando mais de dor, minha nossa senhora! A minha barriga está mais dura ainda; ô, moça, enfermeira, enfermeira, por favor, meu bem, chama um médico pra mim, chama... *(choramingando)* Ai, ai, ai... Ninguém ouve, ninguém liga, isso é que dá ser pobre e sozinha neste mundo, ai, ai, ai...

CORA *(condoída)*
A senhora precisa de alguma coisa? Quer que eu vá pedir socorro?

MULHER
Ai, minha filha, obrigada, não adianta. Faz três horas que eu estou jogada aqui, apalparam a minha barriga, deram um comprimidinho e mandaram esperar quietinha, deitada, que o hospital sem leito vago, mas que já, já... Bom, é isso, não é a primeira vez, é que eu já estou ficando sem posição, a gente tenta mudar o corpo de lado, ajeitar a dor... Me dá uma mãozinha pra eu me sentar, quem sabe diminui um pouco...

CORA *(ajudando)*
Calma, levanta a cabeça devagar pra não dar tontura, isso, isso. Xi, sujei a blusa da senhora de sangue, é que eu cortei o dedo na cozinha, a senhora me desculpe...

MULHER *(espiando a blusa com uma careta)*
Não tem nada, não; é que sangue é difícil de sair...

CORA
É, eu sei, eu sei...

MULHER

Não liga, minha filha, eu ia lavar, mesmo, quando voltasse. Hospital é lugar muito sujo, muito micróbio, não é? Quando eu era pequena e ia ao hospital visitar algum parente nas últimas, na volta a minha mãe obrigava a tirar a roupa antes de entrar em casa, tirar os sapatos, passava álcool na sola, pra desinfetar. Fazia a mesma coisa na volta do cemitério. Peguei o costume, e deve ser o certo, mesmo. Minha mãe morreu com quase noventa, forte que uma coisa, deu um trabalhão pra morrer, muito grudada nessa vida. A vela na mão, pra passagem tranquila pro outro lado, quase que queima inteira, precisava ver, coitadinha, a ronqueira comprida que não acabava mais... Durou tanto porque muito, muito higiênica, não será? *(gemendo e fazendo careta, enquanto ajeita melhor o corpo)* Ai, ai, isso, assim, parece que aliviou um pouco... Pode sentar, filha, não caio, não, pode sentar.

CORA *(sentando-se)*
Que dor é essa, da senhora?

MULHER

Não sei, minha filha, é a segunda crise que tenho. Na primeira tiraram chapa, fizeram exame de urina, de fezes, até colocaram termômetro no meu... Bom, naquele lugar, acredita? Podia ser crise de apendicite, qualquer coisa assim. Passou sem que descobrissem um nada... Agora de novo, só que mais forte... Um medo danado de ser doença ruim, Deus me livre e guarde!

CORA *(abatida)*
Não há de ser nada, Deus seja louvado.

MULHER

É, mas não sei não, ninguém fala nada... Pobre nunca tem vez, nunca. Só quando diverte os outros com alguma desgraça mais espalhafatosa. Nesse meio-tempo que eu estou aqui já vi uma que só vendo...

CORA *(em silêncio, sem prestar atenção)*
  É.

MULHER *(percebendo o desinteresse de Cora)*
  Acontece cada coisa que só vendo...

CORA
  É.

MULHER
  Parece que o corte não foi fundo, já, já a senhora é atendida...

CORA *(ainda imóvel, o pensamento distante)*
  É.

MULHER
  Como a senhora se chama?

CORA
  Eu? Ah, Cora, Cora. E a senhora?

MULHER
  Gertrudes. Mas não gosto do meu nome. Prefiro Gê. Dona Gê. Acho que se falar Gertrudes lá no bairro ninguém sabe quem é. Se tivesse dinheiro sobrando trocava de nome. Se fosse mais moça, também. Punha Yolanda. É bonito, não acha? Sempre gostei. Yolanda do Espírito Santo, a seu dispor. Chique, né?

CORA
  É, bonito... Não acho Gertrudes feio, também. Tem coisa bem pior.

MULHER
  E eu não sei? Tem uma coitada vizinha minha que se chama Milda Miquelina, vê se pode, coitada... No fundo é até bom, tanto nome

mais horroroso que o nosso... Deixa a gente mais conformada, não é mesmo? Bom, ela deve achar o mesmo de algum outro nome, não acha? Mesmo que não seja tão desgraçado, acaba se convencendo de que é, então dá graças a Deus de se chamar Milda Miquelina... Pode ser até que ela ache o meu nome muito mais pavoroso, vai saber... É o mundo, a desgraça dos outros serve de curativo pras desgraças nossas, não é?

CORA

A senhora me desculpe, não prestei atenção, o dedo está doendo muito, pode repetir?

MULHER

Não tem nada, minha filha, estava dizendo que a gente vê cada uma por aqui...

CORA

O quê?

MULHER

Agorinha mesmo entrou um sujeitinho esquisito dizendo que sofreu um acidente, caiu sentado num engradado de garrafa, estava indo tomar banho, muito calor, não sei mais o quê... O pessoal todo começando a rir, uns escondidos, outros na cara, mesmo, principalmente os médicos. Disse que uma tampa de garrafa tinha entrado lá naquele lugar e não queria sair, tampa de pet, não sei. Os médicos dando risada na cara dele, os enfermeiros, uns dizendo que o acidente era comum, que todo dia alguém escorregava assim, e davam mais risada. Ele com a cara sem saber onde enfiar. Quem gosta de andar pelado precisa ter cuidado redobrado quando vai sentar, falou um doutor, todos rindo ainda mais. Agora vamos ter que tirar a fórceps, disse bem alto. Mas você aguenta sossegado, né? E mais risada de todos... Pra isso todo mundo presta atenção, pensei. Uma velha com dor na barriga pode esperar, né?

CORA
Isso foi hoje?

MULHER
Agorinha, agorinha, um pouco antes de você chegar. Precisava ver os gritos que ele dava lá na sala. Até os que estavam aqui gemendo pararam de doer pra ouvir o escândalo da bichinha... É, você sabe, né? Você não é boba... O mais gozado de tudo é que não era tampa de garrafa coisa nenhuma, era tampa de desodorante, acredita? Tampa de desodorante, tem cabimento? Não tem, lógico, entala mesmo... Decerto o negócio foi distorcendo com o movimento, desenroscando... O coitado saiu daqui quase correndo de vergonha, depois. Não correu porque estava impossibilitado, né? No fundo é uma coisa bem triste, concorda? O sujeito vai ver que sozinho no mundo, sem ninguém... Quem aguenta? Uma vez uma vizinha minha, já faz tempo isso, ficou presa no cachorro, acredita? Olha, penso de verdade que não é coisa pra rir, acho mesmo que não tem nada mais triste, juro.

CORA
Sabe, dona Gertrudes...

MULHER
Gê, dona Gê, por favor.

CORA
Sabe, dona Gê, tem coisa muito pior, muito pior.

MULHER
Opa, se tem! Na última vez em que estive aqui, na primeira crise, apareceu um casal grudado, acredita?

CORA
Grudado? Como assim?

MULHER

Olha, minha filha, tenho até vergonha de falar... A cidade inteira comentou, como é que você não ficou sabendo?

CORA

É que eu voltei pra cá faz poucos dias. Eu nasci aqui, sou natural daqui, mas me mudei, fui procurar a vida em outros cantos, serviço, Santo André, sabe... Mas onde é que a coisa não está feia? Pobre vive que nem barata tonta, fugindo do inseticida que o capeta despeja na gente todo santo dia... Isso sem contar as chineladas... Deus deixa, sei lá por quê... Sem nenhuminha valia as orações; então é aquele pula pra lá, pula pra cá, o pau comendo, o cacete descendo, a gente sozinha no mundo... É, é, a senhora tem razão, não é pra rir das desgraças de ninguém, não. Quem faz isso dá pontapé na própria bunda, entorta muito a perna e quebra os ossos... Pobre que ri de pobre dá risada sem saber na frente do espelho... Escangalhado das tíbias, com os fundilhos arrebentados, é a vida...

MULHER

É verdade, é verdade... Eu mesma mudei de religião três vezes, pra ver se Deus me escuta de algum lado. Acho que ele anda é meio muito surdo, isso sim. Falei isso pro pastor, outro dia, ele me meteu o fumo, acredita? Não gostei nem um pouco. Fumo a gente leva todo dia da vida, não precisa de estranho pra isso, disse à queima-roupa, na cara dele...

CORA

A senhora é corajosa...

MULHER

Corajosa nada. Tinha acabado de dar o dízimo, dízimo mais gordo, já que eu ando precisada ainda mais de Deus... E se Deus anda meio surdo, o negócio é sapecar um dízimo mais gordo nele, não acha? Pra Deus, dízimo é cotonete, você não pensa assim? Ô, meu senhor, me escuta que agora eu estou berrando, tira a cera dos ouvidos e ouve bem quem necessita...

CORA

A senhora tem razão.

MULHER

O pastor com o meu dinheiro na mão, a cara brilhando de alegria disfarçada, querer meter o fumo? Sabe, foi a primeira vez que senti isso na vida, eu estava por cima, entende? Parecia que eu era a patroa, coisa boa de sentir... Então ameacei trocar de igreja, bati o pé... Coisa boa que só vendo... O pastor murchou igual ao morre-joão quando a gente encosta o dedo em suas folhinhas. Fuuuuuuuuuuu... "A senhora tem razão, agora que eu entendi o que a senhora quis dizer, é isso mesmo, é isso", ele disse... E repetiu: "A senhora não entendeu o que eu quis dizer, eu falei isso que a senhora falou, também, mas de outro jeito...". Gostei tanto daquilo que nunca mais pensei em mudar de igreja, sabia? Entrego o dízimo, agora, só pra ele, em mãos, pessoalmente. E dou umas cutucadas pra ver ele desconcertar... Com patrão deve ser assim o dia inteiro, não será? Uma certeza de ter os rumos na mão, entende? As pessoas fazendo força pra agradar... Nunca me senti tão bem, juro... Mas depois, de volta ao mundo dos pecadores, dá aquela coisa ruim de novo, muitas vezes pior ainda... Você entende?

CORA

Entendo, claro. Por isso larguei mão de religião. Desisti. Pobre, quando percebe que Deus está olhando pra ele, fixa os olhos no Criador com alegria nunca vista e... Pimba, descobre que Deus é vesgo, tem os olhos tortos, não está olhando pra ele porcaria nenhuma, descobre que Deus é caolho, que está velando, isso sim, o condomínio fechado colado na favela, protegido aqui por câmeras, por arame farpado, cerca elétrica, segurança privada, uma outra porrada de coisas, além dos olhinhos tortos de Deus lá de cima, claro, passando vontade na gente, que deve pôr as mãos pro céu quando uma dondoca rica chama finalmente pra faxinar uma vez por semana alguma de suas propriedades... Não, não, já estou cansada, me cansei desse Deus, a senhora me desculpe a franqueza. Ele não é só surdo, não. Deus é surdo, cego, mudo e paralítico... Mas só pros pobres! Pros ricos ele corre que é uma beleza! Escuta até o que eles pensam! E faz eco na voz dos pedidos deles... E... É isso, a senhora me desculpe...

MULHER

Não... Claro, quer dizer, sim, sim, não há o que desculpar, eu entendo, mas... Você não tem medo de ir para o inferno?

CORA

Inferno? Chega a ser engraçado... Falei isso hoje mesmo pra tralha do meu ex-marido. Acho que não tem jeito de o inferno ser pior do que ele é aqui mesmo... Pode ser que já estejamos no inferno, vai saber... Pecamos demais numa outra vida, agora pagamos... E esse povo todo que dá certo na vida não existe de verdade, está aqui por obra do demônio, só pra cutucar melhor as nossas feridas...

MULHER

Olha, nunca tinha pensado desse jeito, pode bem ser verdade, cruz-credo... Que será que eu fiz lá do outro lado? Quem sabe eu não judiei bastante de alguma Gertrudes por lá, hein? Hein? *(a enfermeira invisível passa)* Moça, moça, por favor, será que já não desocupou uma vaga? Moça, enfermeira, enfermeira... Você viu? A entojada nem me deu confiança... Essa aí deve ser o capeta em pessoa... Bom, o que eu estava falando lá atrás, mesmo?

CORA

A senhora me desculpe, não me lembro...

MULHER

Era do veadinho com a tampa atolada no lordo, não era?

CORA

    Lordo?

MULHER

    É... lordo, fiofó... *(abaixando a voz)* Cu! Com a tampa enfiada no cu!

CORA

    Ah! A senhora já falou isso, sim, já falou...

MULHER

    Falei, é verdade, ando com uma cabeça... Do passado eu não esqueço um naco, mas do que almocei ontem não lembro um grão de arroz. A velhice... Prende a gente lá atrás, não é mesmo?

CORA

    O que prende a gente em qualquer lugar, em qualquer tempo, é a desgraça... A desgraça...

MULHER

    Ah! Já sei, já sei... Ia falando da minha primeira crise, em março. Tinha acabado de chegar, estava ali no balcão, chegou um casal grudado...

CORA

    Isso...

MULHER

    A mulher trazendo o homem puxado pelo pinto, acredita?

CORA

    De que jeito?

MULHER

    Assim mesmo, puxado pelo pinto, os dois de camiseta, só um braço vestido, desesperados, as pernas de fora, enrolados em toalha de banho; uma toalha de banho tampando as partes deles...

CORA
>   Por que não soltavam?

MULHER
>   Aí o x do problema... O marido desconfiado chega de supetão, armado, pega os dois, esposa e amante, em luta corporal... Aí já viu, né? O sujeito achou que fosse morrer, lógico, dizem que pediu pelo amor de Deus... Acho que o marido já estava de caso pensado, sabia de tudo. Colocou os dois de pé, pelados, mandou a mulher encher a mão de superbonder e agarrar o pinto do amante com força... Esperou secar e jogou os dois na rua pelados, deu uns tiros pra cima, pra botar o trem em movimento, e ficou vendo o comboio partir...

CORA
>   Acho que ele fez muito bem...

MULHER
>   O povo adorou, muitos chegaram a tirar fotografia, filmaram, até... Puseram até no computador... Parece que todo mundo viu... No Brasil inteiro! Sorte que uns cidadãos tiveram dó e deram as camisetas, a toalha... Que coisa, hein? E eu ali na estação, vendo a chegada da locomotiva e do vagão, engatados do pior jeito...

O som da confusão do pronto-socorro vai aumentando novamente. Dona Gertrudes agora se mexe sem parar, gesticulando e falando de modo inaudível, enquanto Cora está estática. Depois de algum tempo, o som vai abaixando aos poucos, até que se ouve repetidamente, cada vez mais alto, o nome "Cora Avelino da Silva", que se dá conta de ser chamada pela enfermeira apenas na quarta ou quinta vez.

CORA *(dirigindo-se à enfermeira invisível)*
>   Eu, sou eu... Obrigada, obrigada, naquela sala? Até logo, dona Gertrudes, quer dizer, dona Gê, isso com a senhora não há de ser nada, estimo suas melhoras... *(levanta-se depressa e começa a caminhar)*

MULHER

Cora Avelino da Silva? *(fala em vão, já que Cora não responde, saindo de cena)* Cora Avelino da Silva, só pode ser... *(supostamente alguém senta na cadeira)* Pode sentar, não tem ninguém, não. A mulher já foi atendida, acho que não volta mais, você conhece? Não? Pois acho que sei quem é... Uma tia minha morava perto da casa dela, faz uns tantos anos. Cora Avelino da Silva... É, só pode ser ela, mesmo. Sempre gostei do nome "Cora", não acha bonito? Bem melhor que Gertrudes, não acha? Cora, é ela, mesmo. História cabeluda, você já ouviu falar? Tenho certeza de que ouviu, na época todo mundo comentou, a cidade inteira. Não? Olha, nunca ouvi nada mais terrível, juro. Ela era casada, o marido tinha um nome árabe, não vou me lembrar agora, acho que era Naim, ou algo parecido, nome bem mais feio que o meu, não acha? Bom, eles tinham uma filha mocinha, Gislaine, uns dezesseis, dezessete anos, mais ou menos. Um dia a menina apareceu grávida. A mãe, essa Cora daí, que acabou de sair, ficou possessa. A menina parecia que não tinha namorado, uma sonsa, da escola pra casa, da casa pra escola, quem seria o desgraçado? A mãe passou a escarafunchar pelo bairro, procurando o safado, cobrando uma atitude do pai, também, que não prestava pra levantar um dedo, vagabundo, cachaceiro. A profissão do homem era ser desempregado, pondo a culpa no país, no governo, essas desculpas de quem não quer encarar o batente, sabe? A minha tia ciente de tudo porque deu uma forcinha pra ela, inclusive na caça ao desalmado. A polícia chegou a falar em estupro, apertaram um malandro na delegacia, que não houve por confessar um nada, nem sob argumentos estalados, entende? Então, pelo menos, aquele não era... Bom, a Gislaine teve gêmeos, duas meninas carequinhas, carequinhas. A desgraça é mulher da vida que nunca vem desacompanhada, não é mesmo? O capeta dá sempre duas bordoadas, martela o destino torto e, depois, remartela a dor, pro cristão perder as esperanças de vez na salvação, é ou não é? Essa aí já perdeu, ela acabou de me falar isso, então é ela, mesmo, e tem razão de não acreditar mais em Deus, coitada... Olha, as meninas tinham uns probleminhas, as duas eram carecas e continuaram carecas, o médico disse que não tinha jeito, era coisa de nascença, sem remédio, só as peruquinhas pra esconder o fato, bom, isso quando elas maiorzinhas... Ai, ai, meu Deus, se todo estrago da vida tivesse pelo menos uma peruca, hein? Uma delas era doentinha da cabeça, também, retardadinha, coitada. Nesse tempo a Cora nem pensava mais em achar ninguém, homem não tem filho, nunca, não é assim? Essa Cora tinha olhos só para as meninas. Avó é mãe duas vezes, concorda? Mas a desgraceira veio pouco depois, você não imagina... *(nesse instante, a enfermeira invisível chama dona Gê)* Já vou, graças a Deus, não aguentava mais de dor, calma, minha filha, calma, eu não consigo andar depressa, ainda mais encarangada como estou, calma, calma... *(anda um pouco, em direção oposta à da cadeira, esquecida de que contava uma história; lembra-se no meio do caminho, vira-se para dar alguma satisfação e percebe que a pessoa na cadeira estava dormindo; fica nervosa)* Ai, ai, ai, olha só o pouco caso *(conversa com a enfermeira invisível, que lhe segura o braço)* Será que a mulher morreu? Não convém dar uma espiada? Encosta esse trocinho lá no peito dela, vê se está batendo de acordo... Eu estava falando agorinha mesmo com ela, história interessante, tinha até me esquecido da bendita dor, olha ela aqui de novo, ai, ai, ai... É, está dormindo, mesmo, olha lá. Começou a roncar, a metida... Tem pobre que não dá confiança pra pobre... Os pés-rapados acham que estão nessa situação de necessidade por engano, que vão melhorar de vida, que Deus prepara alguma coisa boa em breve... Santa ilusão... Como tem gente mal-educada nesse mundo, virgem santíssima... *(o som confuso do pronto-socorro aumenta novamente, enquanto Gertrudes sai de cena, ao mesmo tempo que*

(página arrancada)

CENA 4

As luzes da casa de Naum se acendem todas de uma vez, depois de seis ou sete segundos de escuridão total. Ele está sentado à mesa, numa banqueta, os cotovelos apoiados, segurando a cabeça. O rádio, dentro da fruteira, está ligado. Um locutor desfia o horóscopo.

LOCUTOR
[...] coloque no papel todas as suas dúvidas para resolvê-las de uma vez nesta semana. Touro. Você, que é de touro, atenção redobrada nesses dias! Estresse e nervosismo na relação a dois podem comprometer seu relacionamento. Você não se entende? Então o outro menos ainda! Não procure chifre em cabeça de cavalo, touro! Deixe fluir os sentimentos sem a necessidade de quebrar a cuca por causa deles. Confie nos amigos. Boas perspectivas em projetos futuros, [...] *(batem à porta; no rádio começa uma música qualquer; Naum se levanta assustado)*

NAUM
Quem é?

VIZINHO
É o Joça, Naum, pode abrir.

NAUM
Ô, Joça, emboca logo, vai. Por que não entrou pelos fundos?

VIZINHO *(entrando rapidamente, sentando-se à mesa)*
Cara, já vou falando logo, estou com a pulga atrás da orelha...

NAUM
Por quê?

VIZINHO
Preciso falar?

NAUM

    É lógico! Acha que eu sou adivinho?

VIZINHO

    Porra, cara, acha que eu não vi a Cora saindo daqui agora há pouco?

NAUM

    Você viu? Então, Joça, nunca pensei que essa mulher fosse voltar...

VIZINHO

    Estava na janela, fumando um cigarrinho, vi quando ela disfarçou, bateu na porta, você demorou pra abrir, ela preocupada, querendo disfarçar, olhou pra trás, reconheci de bate-pronto... Pensei, xiiii, fodeu....

NAUM

    Será que mais alguém viu?

VIZINHO

    Acha que não? Com o bando de desempregados daqui, sem ter o que fazer, você acha que sou o único desocupado procurando a sarna dos outros pra ver se a minha coça menos? É lógico... Depois que ela saiu, fui até a esquina, manjar o movimento...

NAUM

    Caralho... Você não imagina, cara, ela trouxe de volta a

(página arrancada)

Os dois ficam em silêncio. Joça olhando fixamente para Naum, que tem a cabeça baixa. Ouve-se novamente o locutor que, depois da música, que ficara bastante baixa, quase imperceptível, retoma o horóscopo.

LOCUTOR

Gêmeos. Você, que é de gêmeos, aposte firme na mudança de cenário! O dia está para... *(o rádio emudece)*

NAUM

Puta que o pariu, essa merda quebrou de novo! *(chacoalha o rádio com raiva)* Justamente agora... Bem na hora que eu estava esperando... Vai tomar no cu!

VIZINHO

Vai ver que acabou a pilha...

NAUM

Acabou o cacete, comprei umas novas na semana passada! Caralho! Só pode ser um aviso! Mau agouro! Certeza, Joça... Esse urubu voltou pra casa pra foder com tudo... *(batem à porta)* Ô, meu Deus, não falei? Quer ver uma coisa? *(grita)* Quem é?

CORA

Sou eu, Naum, abre logo. Fiz o curativo, pode abrir. Demorei porque a porcaria de hospital está pior do que antes...

NAUM

Olha aí! Eu falei...

VIZINHO *(falando baixo)*

Eu vou sair pelos fundos, pela porta do quintal...

NAUM

Não, não, fica, fica... Você foi o único que entendeu tudo o que ouve, dá essa mão pra mim, agora, por favor...

VIZINHO

Olha, não vou mentir, não... E se ela veio acertar as contas com você?

CORA

    Abre logo, Naum!

NAUM

    Larga a mão de ser cagão, Joça! Fica aí e fim de papo!

VIZINHO *(caminhando em direção ao quintal, à direita, enquanto Naum vai abrir a porta)*

    Bom, então vou ficar aqui, qualquer coisa eu puxo o carro pro quintal e desembesto mundo afora, que não vou levar chumbo que não é pra mim, não...

NAUM *(abrindo a porta)*

    Entra logo, Cora!

CORA *(entrando)*

    Naum, eu não... *(vê Joça)* O que ele está fazendo aqui?

VIZINHO

    Nada, não... Já estava de saída...

NAUM

    Não estava nada, fica quieto aí! *(para Cora)* Olha, ele sabe de tudo... Todo mundo sabe de tudo. Ele viu você entrar...

CORA

    "Todo mundo sabe de tudo." Você diz isso com a boca cheia, né?

NAUM

    Nem cheia nem vazia! Porra, Cora, depois de tantos anos, tanto tempo pras feridas cicatrizarem, você dá as caras de novo...

CORA *(sem conter o choro, manso, mas profundo, calmo)*

    Ai, meu Deus, meu Deus... Eu não tinha aonde ir, Naum...

NAUM

Não precisa ficar assim, calma... Bom, se for dinheiro eu já avisei, não tenho um puto... É ou não é, Joça? Ele está de prova...

VIZINHO *(contrariado por ser citado)*

Prova nada, que eu não sei nem da minha vida...

NAUM *(interrompendo-o)*

Cala a boca, Joça, caralho, honra essa porra pendurada aí no meio das pernas e banca o homem pelo menos uma vez na vida!

VIZINHO *(explodindo, caminhando na direção de Naum)*

Vai se foder, Naum! Bancar o homem? Olha quem fala! Se eu não escondo seu rabo no porta-malas do meu corcel, naquela vez, você não estaria contando prosa agora, vai se foder... Tinha uma porrada de nego querendo capar seus bagos, desgraçado! Eu é que salvei suas bolas! *(lembrando-se de Cora, recuando dois passos, enquanto olha temeroso a sua bolsa a tiracolo)* Me desculpa, Cora. Eu sei de tudo, sim. Todo mundo sabe de tudo. Você sabe que todo mundo sabe. Isso é coisa que não se esquece... Se alguém faz alguma coisa muito boa, amanhã vão dizer: fizeram. Quem? Alguém... Agora, faz uma cagada, uma cagadinha só... Até a molecada aprende o seu nome e aponta o dedo na rua... Olha ali, olha lá o fulano que fez sei lá o quê... Arrumam até apelido que lembre o desvio de conduta! O povo sempre foi filho da... *(desistindo do palavrão)* Sempre foi safado... Bom, o único por aqui que ainda dá bola pra esse ingrato do Naum, até hoje, sou eu... Uma vez até tomei uns cascudos por causa disso, lá no bar da Lurdes, acredita? O machão aí viu tudo e picou a mula, me deixou apanhando sozinho...

NAUM

E era o melhor que eu podia fazer, bobão!

VIZINHO
É, acho que foi, mesmo... Você veio com essa, depois... Fui obrigado a concordar. Se você fica era bem capaz de a gente apanhar até morrer! Porque o negócio sempre foi com você, não é Cora? *(olhando a sua bolsa novamente)* Porque ninguém tem nada com o que ele aprontou! Eu mesmo fui o primeiro a reprovar! O primeiro! Só não atirei a terceira ou quarta pedra porque sou muito cristão! No confessionário, o padre disse que a gente, se quiser o céu, tem que saber perdoar... Eu só fiz isso. Fiz foi pensando na minha salvação, Cora, porque no fundo, no fundo ele bem que merece, quer dizer, merecia, uma tijolada bem dada na cabeça...

NAUM
Seu filho da puta bundão e...

CORA *(explodindo)*
Chega! Chega! Chega! Eu não aguento mais essa desgraça que não tem fim! Eu é que devia ter matado todo mundo! *(nesse instante, Joça escapa pela porta da direita e desaparece)* Ou devia ter morrido, o que dava no mesmo! Mas não morri, não me matei, não tive peito, não tive pulso, por isso essa merda toda que estou pagando agora, por isso... Bem feito pra mim! Eu mereço! *(chorando novamente)* Naum, Naum, eu não vim pedir dinheiro, não vim me vingar, não vim desgraçar a vida de ninguém, Naum... Não vim cobrar nada da Gislaine, juro...

NAUM
Não, Cora, não fica assim... Você sabe que eu não posso ver mulher chorando... Vem cá, vai... Senta aqui na cadeira com encosto. Nessas horas, se a gente não solta o peso do corpo, não aguenta o peso do mundo, senta aqui, vai, calma. Vou pegar um copo d'água com açúcar pra você...

CORA
Não coloca muito açúcar, não, que eu não estou podendo...

NAUM *(depois de pegar a água, mexê-la com uma colher)*
Toma, Cora, bebe tudo, bebe. Acho que você errou de ter vindo. Tudo muito dolorido, ainda... E essa dor, você sabe, não vai sarar nunca, nunca mais. É aceitar ou aceitar... Não digo isso por mim, sei que errei, eu errei, todo mundo dizendo que sou um animal, a molecada me chamando de Naum lobisomem... Nem passam na calçada de casa, acredita? Os menores com medo, um dia ouvi um pai ameaçar o filho, passando medo nele, apontando pra mim... Se não fizesse alguma coisa eu apareceria pra ele à noite, vê se pode... Não arrumo mais serviço por isso. A língua do povo lambendo sem perdão até os biscates que mal e mal vou arrumando pra remediar a ferida do desemprego, da falta de dinheiro...

CORA *(mais calma)*
Eu já disse que não vim arrancar casca de ferida...

NAUM
Veio por quê, então?

CORA
Eu também já disse... Não tinha aonde ir...

NAUM
Como não, Cora? Ouvi dizer que você estava bem com outro homem, arranjada, morando em São Bernardo, São Caetano, sei lá...

CORA
Estava... Santo André...

NAUM
O que aconteceu? Ele morreu? Escutei uns comentários de que era um velho...

CORA
Setenta e seis... Mas não parecia.

NAUM

Viram vocês por aqui, faz uns três ou quatro anos, pelo menos, me contaram...

CORA

Vim ver minha irmã, que não estava boa. Ela também sofreu, sabia?

NAUM

Por quê? Ela não tinha nada com o que aconteceu...

CORA

Não seja bobo, Naum. Você não é bobo... Só fica bobo quando lhe interessa...

NAUM

Bobo o quê? Cora, eu sempre fui muito esperto, esperto, que é bem diferente de...

CORA

Esperto demais...

NAUM

Não arrebentei na vida porque somente esperteza é pouco... Tem que ter nascido com a bunda virada pra lua, também...

CORA *(sorrindo, pela primeira vez)*

Por isso dizem que você vira lobisomem...

NAUM *(rindo, também)*

Larga a mão de ser besta, Cora...CORA *(ficando séria novamente)* Naum, eu não tinha mais aonde ir... O Eusébio foi embora, disse que o amor tinha acabado, que iria voltar sozinho pra Pernambuco, morar com uma filha...

NAUM
    Desgraçado!

CORA
    Não, Naum, não fala isso dele, não... Não fosse ele eu teria me matado, mesmo, por causa de você, por causa da Gislaine... *(Naum abaixa a cabeça, silencioso)* Deixou um dinheirinho pra mim. A casa não era nossa, disse que eu poderia ficar, que mandava o aluguel, todo mês. No começo mandou, escreveu duas cartas, depois desapareceu. Quase um ano nessa lenga-lenga. Tentei entrar em contato, mandei uma carta pro endereço que tinha, voltou... Parece que a rua não existia. Eu tenho inveja disso, morar onde não existe...

NAUM
    As pessoas diziam que você estava bem, trabalhando numa firma grande, bem de vida, até...

CORA
    Nada... Coisa da minha irmã, aqui. Pros fofoqueiros pensarem que toda desgraça pode ter o revés merecido... Que depois da tempestade o sol vem com mais força... Ele até pode vir, mas aí mesmo é que ele torra a pele da gente, sem abrigo, sem teto, sem nada... Eu respeito muito o Eusébio... Se fez o que fez, teve lá os seus motivos, tenho certeza. Você, Naum, é que nunca teve os álibis, não pode ter perdão...

NAUM
    Lá vem você de novo...

CORA
    E eu estou errada?

NAUM *(descontrolando-se)*
    Não, não está, ninguém nunca errou na vida, nunca... Só eu, só eu, sempre somente eu, eu, eu, eu, eu... Poxa vida, as coisas podem acontecer erradas porque elas é que estão erradas, caralho... A gente, então, pego

de calças curtas, sem opção, sem ter o que fazer, a não ser viver o que está para ser vivido, e pronto!

CORA

Naum, a gente sempre tem escolha, Naum, sempre, nem que seja escolher a dor maior... Não é difícil escolher o certo...

NAUM

Foi o que eu fiz, Cora, foi o que eu fiz!

CORA

Não, Naum, vocês escolheram o mais fácil. Acabar comigo...

NAUM

Cora, vai embora, vai... Já, já a Gislaine chega... Me deixa um endereço, eu dou um jeito de mandar um dinheiro pra você. Sempre que der jeito eu mando, confia em mim, vai...

CORA

Pela décima vez eu vou repetir... Não tenho aonde ir... Depois que a minha irmã morreu, o marido dela sumiu no mundo, vendeu a casa, casou de novo... Não sei se lhe contaram, ele fez o enterro correndo, cheguei e já tinha sido. Disse que ela inchando muito, em tempo de estourar o caixão. Tadinha... Enterrada à noite, a luz da veraneio iluminando o buraco, aquele monte de baratas tomando conta das esquinas quebradas do fundo do cemitério... Tinha até escorpião... Tadinha da Jandira, meu Deus... No dia seguinte o assunto era esse, baratas, escorpiões, prefeitura, dedetização... Ninguém falava "Jandira", ninguém... Penso que na mesma época o Eusébio tinha se decidido, já. Hoje sinto isso. Não foi embora naquela ocasião porque ficou com dó de mim. Esperou cicatrizar... Mas câncer não cicatriza nunca... Câncer dá certo quando aumenta seu volume, quando se desbeiça mais e mais pelas beiradas, quando aparece ele mesmo de novo noutro canto do corpo... Ela era o meu único lugar aqui... E pensar que cheguei a ter dois, ela e o Eusébio, lá, mas agora... Viver é aprender a perder... Vale pra todos. Bom, tem gente que perde tão devagar que, quando morre, morre pensando que ganhou... É bobagem, mas também tenho uma inveja desgraçada de quem morre assim... De quem vai embora do mundo pensando que deixou saudades... Que vai fazer falta pras pedras, pro céu, pro sol... Olha *(fala sublinhando sílaba por sílaba)*, eu não tenho aonde ir, eu não tenho aonde ir...

NAUM

E por onde você se meteu nesse meio-tempo todo?

CORA

Depois que o Eusébio se foi, fiquei por lá, mesmo. Fazia umas faxinas, ele mandava o dinheiro do aluguel. Não sobrava, mas também não faltava, o que é a riqueza do pobre. Viver sem acumular as necessidades, sem fazer a poupança das precisões de toda ordem... A caderneta limpa, o nome passando longe do SPC...

NAUM

O meu nome está sujo na praça e eu não estou nem aí...

CORA

O seu nome faz tempo que é pau de galinheiro...

NAUM

Não provoca, Cora, não provoca... Devo, não nego, e não pagarei nem quando puder, pra esses filhos da puta que venderam pra mim aprenderem a não sujar o nome de quem está na pior... Eles é que são culpados. Onde já se viu, venderem pra desempregado? Estão pedindo pra levar calote, mesmo. Sabe, uma vez me disseram que fazem isso de propósito, pra lavar dinheiro, sei lá, não entendo muito. Mas quem perde mais somos nós, sempre, põe isso na cabeça, põe isso na cabeça!

CORA

Sabe o que a minha avó falava de gente como você? "Aquele ali não *paga* nem fogo na roupa..."

NAUM

Sua avó, sua avó... Hoje a velha não é nem pó de osso; o que ela entendia de economia?

CORA

De economia, nada. Ela entendia é de gente safada, velhaca...

NAUM

Então, tá, então, tá! Toma o rumo da porta, então. Escreve, depois eu dou um jeito de ajudar você, vai, que agora a Gislaine está estourando por aí...

CORA

Eu... *(abaixa a cabeça)* Eu vim pra ficar uns tempos... Uns dias com vocês...

NAUM

É, você endoidou completamente! Lelé da cuca! Malucou de vez!

CORA *(com a voz engolida, suplicante)*

Por pouco tempo, juro... Depois nunca mais... Você vai ver...

NAUM

Não vou ver porcaria nenhuma! *(agarrando Cora, empurrando-a em direção à porta)* Vai chispando daqui, você quer ver outra desgraça? Toma tenência, mulher de Deus! Eu...

CORA *(interrompendo-o com violência)*

Eu estou morrendo, seu desgraçado, estou com câncer, câncer!

NAUM *(ficando imóvel)*

Câncer?

CORA *(com veemência)*

É, câncer, doença ruim, câncer, câncer...

NAUM *(desconcertado)*
>Isso hoje tem tratamento, hoje...

CORA
>Eu não quero! Cansei! *(recomeça a chorar)* Eu não queria chorar perto de você... Falei pra mim mesma que não ia chorar... E foi o que eu mais fiz... Treinei o nó na garganta, eu não queria chorar, não queria...

NAUM
>Cora, filha de Deus, deixa de ser boba! O que é que eu posso fazer? O que é que a Gislaine pode fazer? Aqui não cabe, olha o aperto, as duas meninas...

CORA
>É por pouco tempo... E eu vim por causa delas, que decerto nem se lembram mais de mim... Eu queria morrer em paz pelo menos com elas, Naum. Queria que elas se lembrassem de mim como eu me lembro da minha avó...

NAUM
>Mas o que aconteceu, Cora, não tem mais volta, você mesma disse, eu errei demais, errei sem tamanho...

CORA
>Eu sou a única que pode pensar em perdão... Perdoar, acho que não vou perdoar nunca, mas posso tentar, é a última coisa que eu quero, e isso vocês não podem negar...

NAUM
>Não é questão de negar...

CORA
>É o último pedido de uma defunta...

NAUM

O que todo mundo vai falar?

CORA

Defunta que vocês mataram...

NAUM

Não é assim, Cora...

CORA

Como é, então?

NAUM *(visivelmente desconcertado, não consegue dizer nada)*
É... É... A...

CORA

Como, Naum? Repete!

NAUM *(tentando dizer alguma coisa, entre sons ininteligíveis)*
Ah... É... O... Huum...

CORA *(agora com sarcasmo)*
Fala mais alto, agora...

NAUM *(desentalado-se de si, com raiva)*
Porra, porra... Você está pedindo pra morrer aqui, o que eu posso dizer?

CORA

Acabar de morrer aqui...

NAUM

Deixa de frescura, Cora...

CORA
>Você diz isso porque vocês é que começaram a me morrer... Isso, isso, vocês é que começaram a me morrer aos poucos... Custa acabar?

NAUM
>Com esse espírito que você está é lógico que não tem como ficar aqui!

CORA
>Espírito, não... Fantasma... Assombração... As correntes que eu arrasto são pesadas pra vocês, né?

NAUM
>Tá vendo? Tá vendo? Não tem jeito de ajeitar o presente, qualquer que seja ele! Você nunca que nunca vai conseguir deixar de jogar o passado na cara de todo mundo! Acho melhor você sair, ir embora e...

CORA *(desmontando-se, largada de corpo e alma)*
>Tem razão, Naum... Pela primeira vez em muitos anos você tem razão. Juro que perto delas não falaria nada de nada, nenhuma dor que não fosse a da carne se desmanchando... Olha, nem essa, juro. Morro quieta, no meu... Não, no seu, no seu canto, Naum. Prometo. Falo demais porque as coisas entaladas muito tempo... Agora me sinto até melhor, mais livre, não sei, desanuviada... Queria...

Gislaine abre a porta, de repente; vê os dois e fica estática; Naum, ao mesmo tempo, em sobressalto, olha para a entrada da casa e fica paralisado; Cora se enfia nas mãos, afundando o rosto nos dedos, nas palmas, em lento movimento dos braços, do corpo, que se enrola como que prestes a ser pisoteado; a luz do palco se apaga de repente, como num susto.

encontrei a minha

o derrame paralisou o meu
não, não é o que você
esse já faz
rio porque
paralisou todo o
quando desenho só faço
fazer o
pra dizer a verdade, é até
hoje, todos tentam me
de vez em quando me
a televisão fica
não sinto falta de
me trazem a
me levam ao
até me limpam a
só cantar que eu
isso é uma
mas se até pra falar eu
olha a
fica escorrendo sem
o rádio também fica
se bem que a maior parte
vou contar uma
isso me
juro por
porque acho que
obrigado por
é o que
não, não fico
agora é que sou

tua culpa

                me largou e foi morar com a vagabunda, e eu aqui no sofrimento, anos e anos, remoendo o de dentro escondida, que não sou mulher de chorar pelas beiradas da vida por causa de homem, homem é que nem cachaça, o que dizem só pra consolar as desarrimadas como eu, não sou boba, homem não quer velha pobre, gasta e usada, então fiquei sozinha, lavando e passando pra fora, criando galinha no quintal pra fazer salgadinhos, coxinha, empada, todos sabem que sou mulher muito asseada, diferente daquela lá, meus panos de prato, no quarador, até doem a vista, de tão brancos, peguei costura, que meu feitio é de uma medida só, não tem esse negócio de ficar provando e reprovando, não, e ninguém esconde um cerzimento como eu, ninguém, às vezes via os dois na praça, os dois no táxi indo sabe lá aonde, torrando os terreninhos da herança dele, comendo sem fome a aposentadoria, os vizinhos falavam, não liga, eu respondia, nunca liguei, o meu pouco, que é de meu direito, ele manda em dia, aceito porque é meu, e o resto vou fazendo, que não sou lambisgoia, puta de zona, vaca bichada, ele morreu, repetia que ele estava morto e enterrado, até que teve o derrame e ficou entrevado, sem palavra, babão de boca torta, a sirigaita não ia dar comida na boca, limpar bunda de velho, foi embora de casa, juntou-se amasiada com o outro que ela já cevava, nem muito escondido, que velho é sempre banana, cada vez mais songamonga de perrenguice, mulher da vida não gosta só de dinheiro, não, é bufunfa e pinto, com perdão da palavra, padre, então juntei minhas coisas e fui pra lá, pra casa que ele montou pra outra, melhor, mais arejada, fui quieta em minha obrigação, na alegria e na tristeza, não é?, fiz fraldão de pano de saco, levantei com toco os pés da cama, que homem largado, doente, mesmo com a pele nos ossos, pesa mais, mas sempre fui parruda, e nessas horas é que o resto de força se redobra, então me viram carregando o marido ingrato no colo, sozinha, me viram soprando a sopa, a comida de colher, rapando o babador e voltando ao prato, remexida pra esquentar de novo, me viram virando o colchão, lavando no tanque as nódoas fedidas de mijo, as lambuzadas cagançãs sem fim, uns disseram que eu era tonta, que bem feito pra ele, que devia pastar, morrer à míngua, que o diabo sovou a massa porque quis, não carecia comer o pão amanhecido, agora, se eu não tinha metido os dedos na cumbuca de farinha, sei que o senhor foi pelo outro lado, disse que eu sou um exemplo pra comunidade, que nosso senhor deu a outra face, mas só eu sei o que passei, padre, nosso senhor também deu repelão nos vagabundos, está escrito, ele, esse que foi a minha carne, só chora que chora, não tem mão pra escrever, não fala, não anda, então eu belisco o sem-vergonha por baixo, nas costas, nas escaras, toda vez que passo por ele, e falo baixinho, até que a morte nos separe, arlindo, ele chora resmungado, gemido, os olhos de querer ir embora, fugir, mas não vai, e belisco mais, a porta fechada, a janela fechada, belisco e falo alto, ai, meu martírio, minha pena, come mais, arlindo, só mais um bocadinho, ele chora mais alto ainda, querendo cuspir em mim, mas sem poder fazer o bico, espuma a boca e baba, eu adivinho o palavrão e cochicho, não diga isso, arlindo, que deus castiga, deus está castigando, a ponta das unhas na ferida, esgravatando alguma casca que deixo cultivada pra essas horas, sempre alguém passa na calçada e fica condoído de mim, que vou pagando em voz alta e sussurrada a dívida maior, com os devidos juros, que o outro fez em meu nome, na carne que é minha, também, por isso não é pecado, não, o senhor me perdoe discordar do senhor, olha as costas dele, falo virada pra janela, coitadinho, não chora, arlindo, não chora

oitenta anos

caramba, fiquei velho sem ver, sei disso, pelos nas orelhas, pelos saindo com mais vontade das narinas, é uma merda, não enxergo mais nem os cílios que caem nos olhos, quase toda manhã, uma purgação na vista, não deve ser normal, tenho que molhar o dedo com cuspe pra conseguir abrir as pálpebras, coladas com as remelas secas, bom, isso ainda é fácil, mas o pelo no olho, vou contar uma coisa, é uma bosta, uma ginástica, dobro uma ponta no pijama, na camiseta, na toalha de rosto, onde for, na parte mais mole, sem costura, e vou encostando na córnea até dar sorte, fazer o quê?, a desgraceira da velhice, a pele empapuçada de dobras, mas antes não era assim, eu era bonitão, a mulherada assim, ó, é um saco ficar velho, sabe, sempre tive uma raiva desgraçada de bancos, agiotagem institucionalizada, principalmente desses que fazem propaganda de melhor atendimento pra idosos, concurso disso, concurso daquilo, não é possível que ninguém veja a sacanagem por trás do negócio, melhor idade, melhor idade o caralho, bom, nem o caralho, antes fosse, agora, por fim, essa desfeita da minha filha, quem mandou casar?, quem mandou ter filho?, bem feito, bem feito, ela mora numa casona minha, em são bernardo, não paga um tostão de aluguel, tem um cômodo comercial, embaixo, que ela aluga por duzentos e cinquenta paus, não vejo um puto desse dinheiro, diz que é pra manutenção do imóvel, vê se pode, o meu outro filho um descabeçado, emprestei pra ele um balcão refrigerado, um freezer, quatro jogos de mesinhas com cadeiras, não aquelas de boteco, não, porcariada de ferro, todas de madeira, coisa fina, ele montou um barzinho em são caetano, ficou uns meses sem pagar aluguel, largou tudo pro homem, você acredita numa coisa dessas?, não, não é possível, meus filhos querem acabar comigo, largou tudo dado, como sossegar desse jeito?, vamos, me diga, o fim da gente começa lá no começo, tá entendendo?, e agora essa desfeita da minha filha, vou contar, você vai ver, minha mulher não fala nada, não me deixa meter um ponto-final na coisa e não cobra um til desses meninos, sempre foi assim, por isso deu no que deu, mas eu fico quieto, não adianta jogar verdades na cara de ninguém, mulher é assim, não vê defeito em filho, bom, minha filha é que viu em mim, disse que eu devia me cuidar, ser mais asseado, passava uns dias de férias aqui, de graça, né?, falou inclusive pra mãe que já estava na hora de contratar uma enfermeira pra mim, acredita?, falou da boca pra fora, aquela unha de fome, o que ela quer mesmo é que eu morra de repente, e a mãe dela pode ir tirando o cavalinho da chuva que ela não vai cuidar de velha incapaz, não, vai jogar a mãe numa espelunca qualquer e esperar o aviso do passamento, como se dizia antigamente, vai escrevendo o que estou falando, disse que eu estava sujo, que não tomo banho todo dia, que tenho de colocar uma lâmpada bem forte no espelho do banheiro, trocar de óculos, que os cravos pretos nas maçãs do rosto eram de dar nojo, bom, só então pus reparo, era verdade, pelo menos essa parte, por isso que digo que velhice é uma merda, entende?, se é assim, pode ser que o errado nessa história toda seja eu, caralho, aqueles pontos pretos e gordos de não sei quantos anos, cevados no descanso de mim para comigo, aos poucos, na minha derrota diária, derrota com carteira assinada e relógio de ponto, quer dizer, de pontos, né?, sabe como tive de fazer?, pegar uma lupa, uma lanterna, uma tralha filha da mãe pra ver os cravos, acredita?, é aí que a vida se explica, desde os pressupostos, sempre em confuso minguante pra pior, cada vez mais, nas respostas reticenciadas bem na minha fuça, cravo, cravo, cravo, então as marcas das unhas em meia lua de vergão inútil, impressas na cara da gente como vírgulas dispersas sobre aqueles pontos pretos, o rosto amassado e pálido, branco, carcomido, iluminado em suas linhas tortas de rugas, isso lá é papel que se preze?, é isso o fim da vida?, e, pra terminar, a cegueira esmurrada da luz, catapimba, você bate os olhos no flash da lâmpada sem querer, pronto, impossível terminar a tarefa, o sujeito feito bobo na frente do espelho, sem enxergar um rascunho de ruga da cara, que dirá as entrelinhas e os pontos encravados da vida, bom, de qualquer maneira você ali, enxergando sem ver o outro sujeito que você ficou sem nunca ter sido, ou seja, uma merda, mesmo, acha que exagero?, será que minha mulher está assim também?, bom, dizem que o casal, com os anos, vai ficando cada vez mais parecido, como dois irmãos, ou duas irmãs, o que é bem pior, mas na verdade a coisa é outra, não sei se apenas conosco, penso que com todo mundo, você me corrija se estiver falando besteira, eu e minha mulher fomos ficando estranhos um do outro os dois juntos, cada um em seu cantinho de si, devagar, e isso explica a semelhança de tantos velhos, ora, pareço com ela como pareço com o pai do japonês da feira, com o qual nunca troquei palavra, bem, ele já morreu, mas me lembro bem da cara dele, fiquei igual, pareço muito mais com ele do que com minha mulher, cacete, então é o afastamento, não é?, uma vez me assustei bastante, estava vendo o telejornal, matéria sobre londres, a câmera passeando pela cidade, de repente um susto, um sujeito com a minha cara andando por lá, e acho que posso dizer com certeza que não era eu, concorda?, olhei pra minha mulher, assustado, ela não viu nada, continuou do mesmo jeito em que estava, minha filha era pequena, na época, olhei pra ela, também, ela disse *papai*, o que me regelou a espinha, porque não sabia se ela me contava o que também enxergou, ou, lógico que é isso, se queria que eu a pegasse no colo, bom, tanta gente no planeta, vai saber se outro com a minha cara não está andando por lá agora mesmo, não é?, sem contar que muita gente já passou pelo mundo, concorda?, quem garante que, entre mais de cem bilhões de pessoas que já deram as caras por aqui, na história inteira da humanidade, li isso em algum lugar, pelo menos um não tivesse minhas feições?, pode ser uma questão estatística, apenas, nada de assombração, não acha?, ou coisa de espiritismo, sei lá, bom, os cravos ali, parecendo pintas, de tão redondos, o que vai sendo natural, caralho, o que é que ela queria?, pele de artista de cinema?, sabe o que falei pra ela no dia seguinte?, cristina, vem cá, não é que você tem razão, cada cravo de dar gosto, hein?, que nojo, pai, nojo o quê?, quando namorava, sua mãe não deixava um nada, sabia?, ela limpava meu rosto à unha, aquela beleza de minhoquinhas brancas retorcidas, a cabecinha de algumas pretinha, às vezes um pedaço de pele junto, os vergões da intimidade crescente, o amor é isso, filha, sabe, um dia ela fez uma fila de cravos, por ordem de tamanho, no banco da praça do jardim, confessou com água na boca que até dava pena de ir embora, aquela filazinha caprichada, pai, como o senhor anda nojento, olha, o senhor parece que nem é meu pai, ela disse, acredita?, bom, fazer o quê?, o tempo nos engurujando, o rosto de um homem de repente o de um velho, o nojo da filha, o alheamento da mulher, e cravos pretos tomando conta da vida

bolha e escuridão

acendi o fósforo
na vã tentativa
de encontrar, à noite
a chave caída
na porta de casa

tateei ainda
o chão, sem largar
o palito em chamas
último da caixa

nada, nem o alívio
de poder, enfim
cansado e ferido

suportar a vida
na pele dos dedos

(carvão retorcido)

ela talvez saiba

        a mente dela foi se despedaçando aos poucos, primeiro errava no crochê, ai, meu deus, não sei o que está acontecendo, não acerto mais, ia desmanchando as linhas com os olhos cheios d'água, enxugava as lágrimas com as costas das mãos, o líquido escorria pelos dedos enquanto desfazia os movimentos errados do engano, choro de corpo inteiro embebendo o algodão imprestável de um descaminho de mesa, de uma toalhinha torta de centro, ninguém em casa deu bola pra isso, ou fez que não deu, conveniência familiar de não se ligar os pontos de despesas talvez inúteis com a normalidade de sua decrepitude, e, por que não dizer, da família inteira, nesses tempos bicudos, quando todos apertados, enrolando as desculpas esfarrapadas pra não meter as mãos nos bolsos furados, vovó decerto está enxergando menos, papai dizia, só isso, ou é a caducagem aos poucos da velhice, que se há de fazer?, depois ela começou a embaralhar os nomes de todos, filho por filho, filho por neto, a família dizendo que tudo, tudo normal, a idade, que a memória dela melhor do que a de fulano, do que a minha, que ela se lembrava de coisas do arco-dela-mesma, o passado pra trás a limpo, desfiado do mesmo jeitinho, sem tirar nem pôr, todas as vezes, como se acontecido há pouco, agorinha, quando falava da infância, da fazenda, ou antes disso, até, histórias da bisavó, do pai, que morreu bestamente quando desmatava longe da sede, com uns caboclos, um pau que se desenroscou dos cipós, enquanto ele almoçava, sentadinho à sombra fresca da morte, nisso ela era boa, de fato, hoje sei que a memória pode ser uma chave de nós perdida para sempre, porque nunca possuída, o sujeito tateando o fundo de uma gaveta vazia, os bolsos, enfiando os braços embaixo dos móveis, querendo sair de um cômodo sujo de portas trancadas, entretanto, as paredes do quarto se fechando devagar, as lembranças escapando pelas falanges dos dedos, porque as juntas grossas de tempo, mesmice murcha e enrugada como a pele dos membros enfiados numa bacia d'água, transbordando os dias idos até encharcar tudo, no fim, olha, olha, não tinha posto reparo nessas manchas feias nas costas das mãos, crescidas, manchas de velhice, o tempo desenhando lento, sem parar, nas fronteiras escuras da superfície das coisas, poxa, tinha as mãos tão bonitas, agora, veja isso, como puderam se expandir nesse império de ruínas sem que eu percebesse?, desmancho-me?, então vovó começou a se esquecer das coisas mais simples, o sal no feijão, um ponto de crochê, o fogo ligado, as torradas fazendo um fumaceiro escuro de chamar a vizinhança, bilhete tardio no ar para os deuses caducos da razão?, o derradeiro sacrifício?, não, não, palavras, palavrório, amontoado sem sentido de bobagens, deuses?, bando de vagabundos, todos eles, lembro-me de que vovó se orgulhava de mim, o waltinho já sabe ler, adora mitologia grega e romana, o pai deu um livrinho, ele sabe tudo de cor, vulcano, hécate, essas coisas, as histórias, o menino vai longe, o menino vai longe, ah, vovó, eu acreditei na senhora, fui pular o muro do quintal e caí de boca, de cara, perdi os dentes da frente, não vinguei, não é assim que se diz?, agora ela caminha depressa para a demência, esquece uma assadeira no fogão, os vizinhos se ajuntam, alertados pela sirene estúpida de um carro velho do corpo de bombeiros, coisa de quase morrer sufocado pra desligar o forno, escancarar o vitrô e a porta do quintal, não foi nada, gente, não foi nada, a assadeira com os carvões pretos do pão amanhecido da caduquice, o capitão ferreira, chefe dos bravos soldados do fogo, mirando a família com desdém, vocês têm de cuidar melhor dela, da mãe de vocês, da avó de vocês, as tragédias acontecem desse jeitinho, bem assim, velho dá mais trabalho que criança, disse mais de uma vez, olhando meu pai, um pai de narinas pretas com a fuligem amarga do suor de seu rosto, mais uma vez repreendido, de novo, ele discordou com o movimento da cabeça pendulando uma negação pesada, cada vez mais cabisbaixa, o murmúrio crescente da concordância ao redor, ele foi balangando o não até encostar o queixo no peito e espirrar, e tossir, e babar, tudo ao mesmo tempo, enquanto vovó chorava ao seu lado, perdida, quer que eu vá buscar um copo de leite, papai?, ela disse baixinho, ele não conseguiu levantar o rosto para ela, não, mãe, fica quietinha, fica, não foi nada, ele subitamente pai de sua mãe, responsável pelos crimes pesados da humanidade, pela falta inconsciente daquela eva estranha, filha expulsa da própria maternidade nas fuças da cria, meu pai, órfão num estalo, deus da unha crescida do mindinho dos homens, ali, senhor das orelhas sujas cutucadas, daquela coceirinha boa cultivada desde que se fez homem, meu pai, menino decerto das bolinhas de gude que rodopiavam sem cair nas bilocas, e, depois, afinal, dono de seu mindinho, de seu mundinho quase virando fumaça, coitado, na maioria das vezes, quando um homem cai em si, sai com os joelhos arrebentados, dando graças a deus de não ter rachado a cabeça, com ele não seria diferente, meu pai, mudo, surdo, na frente da vizinhança em peso, o imbecil que não prestou pra olhar o que a louca da mãe xeretava na cozinha, brincando com fósforos, meu pai, de repente urinado por isso na frente da sociedade, fedido, meu pai, um adulto cagado de preto nos pelos grisalhos que pulavam das ventas, meu pai, empretecido até nos poros do rosto, escalavrados pela erosão sem fim de uma vida dura, levada a ferro e fogo, aquele mesmo fogo de uma assadeira fumegante de pães queimados, vi que uma lágrima escapou, ele passou rápido o dedo e ficou de cara borrada com o rímel do carvão, puta vagabunda que tomou uma sova daquelas do cafetão, só porque deu a boceta de graça pra um sujeito com quem se engraçara, coitado do meu pai, puta rampeira, pensei, tive de intervir depressa, então, repartir a culpa daqueles pães acarvoados pelo descaso de uma família fodida, estropiada, e cortei grosseiramente as palavras daquele capitão filho da puta que se sentia ofendido porque teve de sair sem precisão do quartel, onde provavelmente jogava truco, paciência, e, naquele momento, atiçava por pirraça preguiçosa a cabeça quente de todos, comecei a falar como se ele não existisse, como se não estivesse ali, recriminando-me também, *vó*, *vó*, a senhora tem de ser mais cuidadosa, vovó, qualquer dia a senhora, eu sei, meu filho, é que ando esquecida, acho que já vou caducando, a idade, eu sabia que seria interrompido por ela, muito mais coerente em sua bobice esclerosada do que qualquer um que assistia ao espetáculo de um incêndio que não houve, embora toda a plateia se consumisse nas labaredas invisíveis do fracasso familiar, da inaptidão social, da incompetência generalizada de não ser capaz de se ajeitar na vida, de contribuir com a merda da previdência, de pagar a porra de um plano de saúde, de poder contratar uma técnica em enfermagem que conseguisse, pelo menos, desligar um forno com os pães de anteontem, ah, vovó, vovó, depois desse episódio ela sucumbiu depressa, crente de que o cérebro se esburacava, coitadinha, tendo razão pela última vez na vida?, espero sinceramente que não, alzheimer, e era, mesmo, alzheimer, o médico disse a palavra mágica com o sotaque pedante dos que sabem alemão, ou fingem saber, raspando o h no céu da boca, pigarreando a ignorância de quem não teve os meios de lamber as folhas dos livros, pronúncia escarrada dos entendidos em qualquer coisa que vem de fora, do estrangeiro, longe das posses do homem comum, sem férias, acostumado a passear em aparecida do norte com um grupo de romeiros que, depois de rezar para a padroeira do brasil, dá um pulo na praia, desce a serra do mar, sai do ônibus metendo o pé na bola de capotão, pega uns jacarés com uma prancha quebrada de isopor, rola na areia brincando de croquete, e só, volta feliz pra casa, pronto pra se ferrar por mais um ano, alzheimer, o diagnóstico, alzheimer, não, não gosto de médicos, alzheimer, a família deve ter muita paciência com ela, todos vocês, não é que eles mudem, não é isso, na verdade vão deixando aflorar o que sempre foram, filosofou o doutorzinho, outro filho da puta, pensei, igualzinho àquele capitão de bosta, fui obrigado a interrompê-lo também, então isso não é de todo ruim, doutor, cheguei a ironizar, olhando bem a cara dele, ele disse apenas, é, sim, é muito ruim, sim, você não sabe o que é ser você, ainda, meu rapaz, ela vai virar um estranho para todos, e, por fim, para si mesma, e foi o que aconteceu, claro, a desgraça, quando se ajeita, é para se desgraçar ainda mais, acomodada na loca fria do destino, os remédios não valeram nada, infelizmente, nada, o homem vai à lua e não consegue entrar no cocuruto de uma velhinha coroca, foi assim, tivemos de prendê-la em casa, os parentes mais ou menos se revezando, uns quiseram pular fora, no começo, mas meu pai foi taxativo, judicioso, eu diria, pelo menos dessa vez, marcou uma reunião, um almoço com todos, churrasco, cervejinha, então comecei a entender um pouco a resposta daquele médico lazarento, não faltou ninguém, claro, papai esperou que todos enchessem bem o cu de carne, como gostava de dizer, e apareceu na mesa com um calendário, um caderno velho, uma régua, só vovó mastigava com dificuldade os pedaços ressequidos de um pão de alho que viviane, a netinha mais nova, tentava enfiar em sua boca, abandonando sobre o colo da velha uma barbie de cabelos engordurados, meu pai bateu na mesa com energia, chamando a atenção dos convivas, apontou a mãe, que arrotava feliz naquele momento, alisando os cabelos da boneca, puxou a toalha e bateu novamente na madeira, firme, com os nós dos dedos, a cruz é de todos, então vamos deixar de procurar em casa um simão cirineu para cristo, chega disso, vai ser assim, ó, dez dias na casa de cada um, sem desculpas, não é hora de lavar as mãos, ainda, meu pai sentenciou, acho que pela primeira vez na vida, sem apelação, exemplificando a possível desculpa com a voz afinada, a firma me obrigou a ir para ipatinga, podemos trocar?, ele mesmo respondendo, agora engrossando a voz, desafinada, trocar, é?, foda-se, contrata uma enfermeira, uma babá, se vira, falou desse jeito, sem desculpas esfarrapadas, mendigadas ou a rigor, tanto faz, dez dias cada um, três filhos, a amolação só uma vez por mês, um terço, trinta e três vírgula três por cento, dízima periódica simples, parece pouco, mas não é, finalizou, meus tios concordaram sem abrir a boca, o que seria de se esperar, em momento de uma quase indigestão generalizada, quando foram acertando a ordem do rodízio, que se há de fazer?, vovó se desfazendo, a mente se despedaçando, esboroada das beiradas para dentro, a velhice regando a morte a conta-gotas, o gosto azedo em pancada na boca do estômago, durante as refeições, pão e vinho estragados, além da picanha muito dura, desandando as entranhas da família inteira, nos últimos tempos ela começou a falar uns números, deixou de conversar, pega um algarismo e vai tentando desfiar a sequência, horas a fio, até cochilar, ou fala quantidades sem relação, quem sabe se buscando um fiapo de nexo, não sei, 21, 1, 618, 0, 33, 7, 3, 10.000, e por aí vai, sem parar, coisa de dar pena, um dia perguntei, o que a senhora está contando, vovó?, ela não respondeu, continuou sua matemática louca sem colocar os olhos em mim, sem falar letra, quer dizer, palavra que não fosse quantidade, e eu não pude entender sua resposta, talvez óbvia para um daqueles autistas que fazem contas monstruosas de cabeça, mas são incapazes de pegar um copo d'água, será isso?, em casa aceitaram a novidade sem sobressaltos, ela atrapalhava a tv, claro, mas fomos nos acostumando com aquilo, uma noite faltou energia por umas duas horas, ninguém se levantou, ninguém falou em acender velas, todos ouvindo seu discurso, a toada calma dos números, parecida com aqueles cds de sons da natureza que vendem por aí, para os insones, para os estressados, ou mesmo uma canção de joão gilberto, uma coisa boa no peito manso e esparramado da escuridão da sala, tanto que depois ninguém tocou no assunto, dia desses minha irmã contou que se diverte com o caso, achei muita maldade, mas não falei, porque é ela quem troca suas fraldas, é a única mulher em casa, então deve ter algum direito, talvez, e, quem sabe, a brincadeira seja até um pouco boa pra cabeça da velha, minha irmã chega por trás dela, quando a vê em sua interminável tarefa, e sussurra outros números, vovó se atrapalha, fica brava, apura os ouvidos, sem saber a origem daquelas outras tantas enumerações, minha irmã se cala, escondida, a velhinha recomeça, então, de onde parou, ou supôs ter parado, porque sublinha com a voz um algarismo qualquer que se preste para ser o começo, ou o fim, vai saber, dessa numérica e infinita sina arábica, sem o nascer do sol, mil e uma noites de diversas quantidades resumidas numa só, pronunciadas como o mantra interminável da dissolução, *koan* em charada para a derradeira inconsciência de si, caminho para a obscuridade final de todo ser, enfim, coisa de dar dó, como já disse, hoje peguei meu irmão meio escondido, anotando os números que ela falava, ficou encabulado, tentou disfarçar, mas acabou confessando que estava marcando as dezenas pra jogar na megassena, poxa, waltinho, o prêmio está acumulado, cacete, cinquenta e dois milhões, fingi que não ouvi e dei um puta esporro, megassena?, caralho, marcelo, você acha que a vovó começou a receber recados do além?, que a doença deu a ela a capacidade de enxergar o futuro?, que ela ficou assim pra tirar a família do atoleiro da miséria?, ele gaguejou, envergonhado, não é isso, waltinho, é só um palpite, poxa, tem gente que joga data de aniversário, número de celular, número de túmulo no cemitério, coisa à toa, ia dar um pulinho na lotérica, o prêmio acumulado, ela encasquetada com umas dezeninhas bonitas, desde ontem, ouvi, parei, peguei o papel e fui anotando, só isso, mas se é pra fazer escarcéu, pronto, não jogo, fim de papo, economizo, não está mais aqui quem anotou, olha, vou jogar lá no cesto do banheiro, você é muito chato, isso sim, sempre enchendo o saco, sabe, vou dar um rolê por aí, tchau e bênção, eta, sujeitinho estressado, poxa, e saiu batendo a porta da sala, eu, na verdade, não estava bravo coisa nenhuma, achei engraçado, só isso, queria tirar um barato, também, mas um sujeito pego no pulo para no ar, engasgado da gravidade, foi assim quando papai entrou no quarto anos atrás e deu de cara com o menino descascando uma bronha, eu mesmo tinha ensinado o moleque a bater punheta, ele entrando na puberdade, uns onze anos, acho, contou que uns amigos mais velhos zoando na escola, ele não sabia o que era, ensinei o que fatalmente descobriria sozinho, não pensei que fosse pôr a teoria em prática com a porta do quarto destrancada, papai entrou e, tcham tcham, o marcelo descabelando o palhaço com a revista cláudia da mamãe, aberta numa reportagem sobre câncer de mama, é brincadeira?, papai deveria ter ficado quieto, mas não se conteve, espalhando a precocidade do filho como galardão genético da masculinidade de sua estirpe, para desespero do menino, apanhado com o pau na mão, coitado, até a vovó cagou de rir na época, aliás, foi uma das que mais se divertiram com o episódio, quem sabe agora ele não estivesse se vingando dela, pode ser, vingança com a frieza dos números, na falta de um prato de sopa de letras que vovó, em sua caduquice, jamais prepararia novamente, por que não?, em todo caso não contei o flagrante a ninguém, agora marcelo é um homem, desempregado, mas homem, pelo menos por enquanto, como ele mesmo costuma dizer, referindo-se à penúria por que passa, bem como à possibilidade de se livrar dela de um modo digno, o que não está sendo fácil, então confesso que me arrependi do que falei, sei lá, eu mesmo numa pindaíba dos diabos, nem eco dos gritos com os quais matei a cachorrada dessa pobreza contínua, há muito, poxa, o marcelo pode ter tido um palpite de verdade, quem pode negar?, me arrependi, pronto, arrependido por inteiro, coitado do marcelo, coitado de mim, também, estava na rua pensando nisso tudo e resolvi voltar, corri, ainda dava tempo, 20 minutos pra lotérica se fechar, entrei em casa e fui direto pro banheiro, a porta trancada, ouvi minha irmã falando com vovó, resmungando do fedor da velha, da catinga que não saía mais, impregnada pra sempre em suas narinas, bati, vai demorar?, ela não respondeu, insisti, vai demorar?, espera, espera, caramba, não está vendo que estou limpando a bunda dessa velha cagona, meu deus, já vai, já vai, nesse instante vovó recomeçou a contagem, lembrei-me de uma das dezenas do jogo, 18, vai logo, cristina, 143, estou apertado, 70, pelo menos não eram essas, espera, waltinho, trava o fiantã que só falta o talco e a fralda, 22, caralho, acho que essa é nova, 24, vai, cristina, anda senão você vai ter outra bunda borrada pra lavar, 100, você não sabe o que passo, waltinho, vai brincando, vai, 12, 13, 14, xi, acho que agora ela perdeu o contato, 18, 19, pronto, waltinho, vai, caga também, homem de deus, pode cagar à vontade, 26, é a única coisa que os homens de casa fazem direito, 30, 31, puta, que fedor, 33, 34, e olha que eu abro antes o vitrô, 38, 39, 40, fechei a porta e fui direto ao cesto, o fraldão ali, melecado, seria um sinal?, desenrolei um tufo de papel higiênico e improvisei uma luva, tirei o pacote de merda do cesto, coloquei no chão, virgem santa, vovó obra mais do que come, se é que isso é possível, olha, lambuzou o chão, minha irmã vai ficar p da vida se vir um troço desses, ou esses troços no chão, pra ser mais exato, espiei, dei uma revirada, chacoalhei o cesto, que exalou o bodum curtido das tripas da família, puta, que fedor, achei, peguei o papel no qual meu irmão anotara as dezenas e corri para a lotérica, entrei na fila fazendo as contas de como gastaria o prêmio, propriedades alugadas, administração de fortunas, carros blindados, viagens, seis meses aqui, seis meses em são paulo, pronto, jogo feito, a vida vencida a fórceps?, seis dezenas, não é impossível, caralho, seis dezenas, se alguém entende disso é a vovó, o sorteio é hoje, acho que não vou passar muito bem as próximas horas, não, estou com um pressentimento de que vai dar, nunca senti isso, chega a dar um frio na barriga, meu deus, só não sei o que vou dizer pro meu irmão

corredor, 5º andar

      ô, pai, presta atenção, segura em mim, meu deus, anda, segura

      bom dia, eu seguro a porta do elevador

      cuidado com o pé, papai, a gente grita, mas não está brigando, ele não ouve direito, não ouve

      bom dia

      está vendo?

      bom dia, bom dia

é tão difícil, meu deus, ai, meu deus, ele fez xixi, é o terceiro moletom, hoje
    eu sei
    vem, papai, vem, vai, olha o degrau
    esqueci o meu lenço
    segura no meu braço
    até logo
    obrigada
    o lenço, mas o meu lenço

espelho

os dias escorrendo pela raiz dos pelos
    preciso urgentemente comprar aquela mãozinha de coçar as costas

a gente se entende

eu sei, você não tem outra pessoa e precisa de mim pra contar desgraças, dores, então entenda, poxa vida, que eu também preciso de você pra descontar

bodas

finjo que estou brincando de bater e bato mesmo

metafísica

    ele foi persistente, confessou que gostava mesmo dela, de verdade, ela nem tchum pra ele, o coitado insistiu, disse que estava amando, que era paixão, fez poema dele copiado de livro encardido, ninguém lê mesmo esses troços, falou, fiz pra você, pensando em você, desfiou o terço mirando o quarto, amada e amor, flor e dor, e tudo o mais, e coisa e tal, assim assado, mas entornou água no chope, a moça nem aí, negaceava, égua brava faz mais coceira nas esporas?, pensou que fosse culpa do poema velho, a patada por causa daquele trote manco de palavras, então pegou outro na internet, mais cara de jovem, talvez, nunca entendeu muito esse negócio de poesia, tirou cópia, admitiu que esse não era dele, mas pensou nela, olha,

I - Cerco

Oh! flor do céu! oh! flor cândida e pura!
Nascida reluzente em campo eterno,
Alva, realça a cor de um triste inverno
E a todos traz presente o que não dura...
Promessa de calor em noite escura,
Longínqua, mas à frente: sempiterno,
Beligerante Amor! Rechaça o inferno
Do olhar despiciente, captura
A luz de seu perfume, aprisiona
As pétalas da estrela, quando o dia,
Indiferente, banha-se, embaralha
A noite com seu lume, seu aroma...
Em guerra, por vencê-la, eu morreria...
Perde-se a vida, ganha-se a batalha!

se adiantou?, que nada, telefonava, ela mesma dizia que não estava, muito da entojada, ou, quando não tinha jeito de mentir, dizia que o patrão não gostava de conversa mole, funcionário pendurado em telefone, um cocô, passou a virar a cara pra ele, que mudou de tática, imaginando poder esfregar o cano do trabuco na mosca, sonho daqueles cujo destino não lhes concedeu boa pontaria, por isso sentou o dedo na primeira oportunidade, então só ficar, meu anjo, vamos dar uma ficadinha, o que você acha?, a molecada de hoje é que é esperta, curtir sem compromisso, só o bem-bom da coisa, hein?, hein?, ela fez mais tipo, ficou ofendidinha, ai, ai, não era disso, pensando que falando com quem?, não era dessas aí, não, qualquer uma, pô, no fundo do copo ninguém tem paciência, se a garganta seca, é ou não é?, ele perdeu a cabeça com razão, tudo bem que foi coisa mais ou menos feia, ela mereceu, e daí?, foi perto de todo mundo?, ele não deve nada a ninguém, um homem tem sempre sua reputação a zelar, não é assim que se diz?, a gente também dá volta por cima passando por baixo, a dor da desilusão pega fundo, meu rapaz, alastrada dos cotovelos pras cadeiras, e, daí, pra todo canto do corpo, até e principalmente naquele, centro do homem, onde o compasso gira certo, mas fura a folha, o pessoal rindo do papel dele, que se viu, de repente, sarambé nas mãos da mulher, de quatro, encabrestado, bananão, ele falou baixo pra mim, antes, ela tá fazendo cu doce, né?, é tchatcha dela, só pode ser tchatcha dela, quer ver o direto no assunto?, os olhos dele brilhavam como os de um mauricinho na frente do espelho, quer ver o dedo na ferida?, só pode ser isso, descobri meu erro, jacozinho, ela quer a dor boa da unha no calombo da picada, o bem-me-quer, malmequer até o caroço, depois eu te conto, neguinho, espia só, hoje eu acerto a mão, a gente toda no boteco, curtindo o papo vai e papo vem, ele chegou mansinho nela, de novo, agora ele conta com gosto disfarçado, tentando em vão afugentar o amor perdido, sussurrou, vem cá, minha menina, vamos sair e dar uma trepada bem gostosa, vamos foder, meter, eu sei que você gosta de dar a bocetinha, o rabinho, eu sei, aí nos seus olhos, o que você está querendo, ninguém ninguém vai ficar sabendo, falou segurando o pulso dela, alisando com o dedo, babão, eu vi, ela se levantou da mesa muito da indignada, escapando, seu nojento, asqueroso, eu tenho nojo de você, desfecho em voz descalibrada, o riso de todos estalando na cara dele, era ou não era pra perder a paciência?, onde enfiar a cara?, tenho certeza de que ele pensou exatamente isso, uns dizem que ele errou, eu acho que fez é muito bem, levantou-se e falou pro bar inteiro ouvir, enfia essa boceta no cu, e saiu, repetindo bem sublinhado, enfia bem enfiado essa boceta no cunos corredores da fflch

                vi sua ex com outro cara, no belas artes, não, não é um banana qualquer, não, se fosse eu diria que, pelo menos, ela estava acostumada, né?, ah, vai você tomar no cu, falo por falar, porque você mesmo disse que já esqueceu o pé na bunda, melhor, então, ficar sabendo por mim, queria que eu fizesse um drama?, e não é banana, não, ouvi dizer que phd por harvard e tudo, então tá, velhote o cacete, 28 anos, hã?, que gordo cdf o quê, parece que é decatleta ranqueado, hein?, como?, um pintinho desse tamanho?, olha, só repito o que escutei, ela anda dizendo por aí que nunca viu nada igual

ele

é mentiroso, segura o pau no cabo e puxa, quando mija

ela podia ser sua filha

        vocês pareciam tão bem, morzinho pra lá, momô pra cá, dois songamongas completos, dava nojo de ouvir
        você é um chato invejoso, uma menina linda, corpo, cabelo, olhos, mas olha, a verdade é transparência de 1 minuto, meu amigo, e a maioria dorme no ponto, eu, não
        o que aconteceu?
        conto pra você, que é meu amigo, só pra você, hein, de modo que, se algum filho da puta vier me sacanear, bom, fomos passear em monte verde, tudo muito bom, de primeira, amor da minha vida, querido, você é tudo pra mim, inventou uma caminhada bem pau até um morro qualquer, chapéu do bispo, sei lá, com outros hóspedes, programa

de ecochato, até aí tudo bem, mas ela tem pressão baixa, o médico disse que é coisa mais ou menos séria, não é que no meio da subida ela passou mal, quase desmaiou, ninguém com sal, claro, ela muito pálida, zonza, e você sabe que sempre tive muita presença de espírito, não dei certo na vida à toa, então disse, olha, querida, calma, lambe meu suor do rosto, era o que tinha, ela podia ter um troço, uma parada cardíaca

    e ela?
    fez uma careta e disse deus me livre

em pratos limpos

    vai embora, minha querida
mesmo que sem certezas
pode olhar pra trás, sim
o remorso não é mais que um esgar
uma dor incômoda nas cadeiras, um torcicolo
pode parecer difícil, mas pode olhar pra trás, sim
ninguém sabe o lado do começo, mesmo
vai, vai
quem faz isso já vai longe, de verdade
estou cansado e não vou
igual a tantos outros
resolvi ficar sentado
até hoje, cultivei contra a vontade a arte popular do tropeço
tropicão nos próprios pés
então já sei
resolvi me abandonar de mim, por mim, em mim
você, não
vai, vai indo, minha amiga
não quero chutar aquela caixa de papelão na calçada
talvez haja por baixo (e sempre há, meu deus)
uma grande pedra escondida

algum moleque espia da esquina, rindo de antemão
você crê que é dono de seu nariz
chuta o mundo com ódio
mete o pé com vontade e escangalha o dedo
não, não, chega
vai embora, amiga
esmaltar as unhas de vermelho vivo
lixá-las quadradas, redondas, o que for
aparar com cuidado o medo
não posso cultivar as boas maneiras
nada está, afinal, em pratos limpos
e você não vê, não quer enxergar
impossível trocar a faca de mãos, o fio do corte voltado para os convivas
para mim mesmo, ao mesmo tempo
penetra nessa vida como todos os outros
vocês
ressonados satisfeitos sobre restos de comida
(vejo-me no espelho bisotado da sala:
um bicão, um sapo, como dizem)
amiga, o tempo do amor é roupa esgarçada
tanto faz, algodão cru ou linho inglês
(dia desses, vi você escovar a boca até sangrar as gengivas
pensa que pode sorrir pra isso tudo, mas depois range os dentes quando dorme)
vai, então, vai logo, vai com a cara e a coragem
é cada um velar-se por si, não é?
vai embora, vai, já deu
é tudo lá na frente
sempre
não é isso que você está cansada de dizer?
enquanto eu só repiso, você tem razão
insisto nisso, estamos entendidos
fico porque não estou
nem aí pra você
nem aqui, pra mim
entendeu?

verso

fui obrigado a falar pra minha mulher, disse, meu bem, dei uma olhada no cesto, olhei por olhar, fosse outra época não falaria, sei que a mulher é mais sensível nessas partes, é que, bem, fosse outra época, é melhor ir falando logo, a gente usa o papel e dobra, usa de novo, não digo na 1ª vez, ou na 2ª, mas na 3ª já dá

culpado

era um desses negros milionários, jogador de basquete americano, *nba*, acusado de estupro, arreganhou as pernas de uma camareira de hotel no interior dos eua, agora ela quer indenização, talvez acordo milionário, essa teia de espetáculos armados para o mundo, as notícias internacionais, ele, na tv, todo pimpão, tomando conta da tela como se estivesse protegendo o garrafão de sua equipe, *defense, defense*, em rede nacional, retransmitido agora em roupas elegantes pro mundo inteiro, pro cafundó do judas do brasil, aquele negrão careca, a cabeça impecavelmente rapada, lustrosa, brilhando suada no calor dos holofotes de um importante estúdio de tv, dando entrevista pra mostrar que errou, mas não é nenhum criminoso, pelo contrário, ele, vítima nova do sistema, ele, que vencera como nenhum outro o preconceito filho da puta dos americanos, ele, na mão de umazinha aproveitadora, que usou a safirice dos olhos pra atiçar os instintos africanos do grande atleta, do animal enorme do basquete, do monstro voador que, por sinal, teve a mão direita gigantesca estampada em tamanho natural nos jornais do mundo inteiro, quando vencera o campeonato anterior, o que provavelmente despertou a curiosidade natural das mulheres do planeta, católicas, protestantes, muçulmanas, descrentes, todas elas, ele ali na tv, trajando provavelmente seu armani azul-celeste, uma celebridade muito civilizada, um astro, segundo o locutor, que traduzia a notícia em bom português, dando conta de que o jogador admitira o adultério, sexo consensual, e de que a esposa, muito compungida ao seu lado, perdoara tudo, enquanto segurava com paixão a mão famosa do *mvp* do último *all star game*, da estrela do jogo que todos amam, uma das infinitas invenções das antigas 13 colônias, ela muito linda, os olhos muito claros, loira, magra, imitando a pose das modelos nas passarelas de milão ou nova iorque, ou mesmo de são paulo, que as brasileiras fazem muito sucesso lá fora, então aqui esses concursos de modelo atraindo olheiros, as mães excitadas, arrastando meninas esqueléticas de 12, 13 anos pra lá, pra cá, ai, ai, o pai dela abandonou tudo só pra morar com ela em paris, no começo, ela é novinha, mas tem maturidade, isso pras duas ou três que tiveram o rabo de nascer segundo o gostinho do mundo *fashion*, criança com cara de mulher, bom, a maioria não dá em nada, 99,9% não dá em nada na vida, fazendo o que quer que seja, então o grande jogador também não fez nada de mais, fodeu com uma vagabunda aproveitadora, ela juntou tudo, cedeu à fama, matou a curiosidade e viu o tamanho do caralho dele, agora quer alguma compensação, percebeu um buraco na defesa da vida e penetrou por ele, ela, imaginando que pudesse fazer os pontos de sua independência, não foi assim com mike tyson?, chance única na vida, quantos conseguem tocar um astro?, pronto, a esposinha, por seu lado, entendeu tudo isso muito bem, como não perdoar o marido que reconhece em público a fraqueza de sua carne, de seus músculos de super-homem?, a boceta da *kriptonita*, é isso, nada mais do que isso, mas o herói sempre sai por cima, ali, portanto, a legítima consorte, ao lado do adúltero arrependido, provavelmente armou na frente do juiz e das câmeras uma ceninha comovente, ela que, no entanto, era fácil adivinhar, fora escolhida a dedo, palmo a palmo, então, o jogador segurava a mão dessa esposa como quem tem a certeza da cesta num lance livre, num *jump* de dois ou três pontos, certeza de que parte com a bola dominada para um contra-ataque, e, senhor da partida, resolve enterrar de costas, pra humilhar ainda mais a piranha que tivera a audácia de querer a grana suada de um vencedor, grana dele, que sabe que diverte o homem americano comum, mas também o *wasp* que paga fortunas pra se sentar ao lado da quadra, e este, o americano verdadeiro, desbravador, branco, anglo-saxão, protestante, que tem dinheiro pra se divertir com o que quiser, que no fundo sabe que aquele negro que se exibe pra ele é pixaim igual a todos os outros, mesmo que rape a cabeça ou alise e pinte o cabelo de loiro, de vermelho, da cor que quiser, não adianta, sabe que aquele negro serve mesmo é pra divertir os verdadeiros donos do espetáculo, nenhuma diferença filosófica ou ética em relação à época em que os pretos eram escravos e faziam, no fundo, a mesma coisa, a mesma coisa, sempre, negrada que planta, colhe, corre, salta, pula, joga, canta, dança, boxeia, tudo, tudo a mesma coisa, coisa coisa, mesmo, então, ao lado da quadra, o americano que pagou uma fortuna pra sentir na pele o jogo que todos amam, ou mesmo o cidadão que comprou o jogo pelo *pay-per-view*, no conforto de seu *home, sweet home*, sabe que aquele negro mereceria outro tratamento, e o certo mesmo seria arrebentar sua cabeça com um taco de beisebol, mas finge que não sabe, todos fingem que não sabem, que acreditam em direitos iguais, em luther king ou malcolm x, em liberdade democrática, em políticas de ação afirmativa, em cotas raciais ou revoluções, tanto fez, como tanto faz, é, ele tem razão, o homem norte--americano essencial está entupido de razão, tudo é, de fato, assim mesmo, por isso vibra com os lances, com sua imagem no telão do estádio, com a imagem de alguém da torcida que poderia ser ele, e vibra ainda mais com algum ator de hollywood torcendo pelo mesmo time, oh, deus salve a américa, que pode se divertir com aquele diretor negro que retrata tão bem o preconceito racial na grande nação onde tudo funciona, onde até o que dá errado obedece às regras estritas do dinheiro, deus seja louvado, isso, pensei em tudo isso, nos mais disparatados clichês estudantis que passaram pela cabeça por conta de uma reportagem boba sobre uma celebridade discutível, e me vi perdido como um trotskista histórico sentado em seu sofá, bebendo sua cervejinha, depois de guardar as compras do supermercado, tomando o devido cuidado de deixar os produtos com a data de validade mais antiga na frente da despensa, esperando a novela das oito, feliz, puta que o pariu, a reportagem acabou que nem vi, eu não vi, e, da sala de minha própria casa, no interior do brasil, no meio do quinto dos infernos da república, deu vontade de chorar, juro, minha mulher sentada em frente à televisão, foi aí que me dei por mim, não naquele momento, apenas, o que costuma acontecer com muita gente o tempo todo, foi aí que me dei por mim enquanto homem, enquanto cidadão de um país cujo centro é suas beiradas, parece pouco?, um tropeção vale mais que um tombo?, vale, sim, porque você pensa, puxa vida, poderia ter esfolado as mãos no cimento, ou batido a cabeça na sarjeta indo de bobeira pro beleléu, foi desse jeito, num catapimba de lucidez, minha mulher vidrada na televisão, foi aí que me dei de repente por mim, minha mulher dizendo pra sua mãe que, com tanto dinheiro que o filho da puta daquele jogador tem, com a fama que ele tem, até ela o perdoaria, comesse quem comesse, que a culpa devia ser da moça, mesmo, que a mulherada tem fogo na xereca quando vê um *homão* daqueles, aquilo bateu nos meus ouvidos como uma porrada bem dada, em mim, que tecia minhas teorias baratas de professorzinho de história do interior, mas estudado, unicamp, pós-graduação, o caralho, concursado na porcaria do estado, cujo governador se gaba de não mais parcelar o 13º do funcionalismo, eu, orgulhoso da boa colocação que peguei, eu, ali, tomei outra bordoada da realidade, aquele negrão filho da puta fez falta em mim e saiu jogando, o juiz não deu nada, esses juízes nunca dão nada, eu amo esse jogo a puta que o pariu, minha sogra doente, começando a caducar, com um riso escondido de mentira, só pra eu ver, no canto murcho da boca que não cessa de mascar a miséria, intrometendo-se na vida dos outros sublinhadamente com seu constante movimento negativo de parkinson adiantado, é, minha filha, eu avisei, casou com pobretão?, eu avisei, velha filha da puta, pensei, mulherzinha filha da puta, também, duas biscates, a filha igual à mãe, as duas com a bundona no sofá de *corvim* que comprei com meu salário de bosta, mas meu, porra, meu, na verdade, percebi que elas falavam comigo sem saber, davam opinião de mim sem querer, o que não tira a força do ataque, pelo contrário, minha sogra de olhar torto, trocando as confidências mudas com a filha sofrida, a minha condição, o meu estado, a penúria remediada, não posso falar nada de novo, não posso coçar o saco em casa com sossego, sem vigilância, meu vizinho é um alienado?, sorte dele, nesta casa, ali em casa, lá em casa, naquela casa, nunca fui dono de nada, não sou dono de nada, estudei tanto pra saber que não tenho nariz, que não sou dono de porra nenhuma, que não posso cheirar com prazer nem meu próprio peido, credo, joaquim, porco, no namoro você não fazia isso, a mamãe está aqui, é meio surda mas ainda sente os cheiros, joaquim, vai peidar no banheiro, que horror, e o astro do basquete americano enterrando a pica na bunda de um bando de mulheres em fila, doidas pra dar pra ele, minha sogra encabeçando o grupo, mostrando o caminho pra todas as outras, vai, filha, não banca a burra como eu banquei com o pé-rapado do seu pai, vai, empina mais um pouco o rabo, vai, filha, cambada de putas, elas não falaram mais nada, precisava?, tanto estudo pra entender que de qualquer modo estou fodido, ferrado, não, eu não posso pular a cerca, comer a professora de português que largou do marido, não, não, com sorte, devo ficar quieto no meu canto, e só

a vida imita a vida

[...] creio que reler é mais importante que ler, salvo que para reler é necessário ter lido.
jorge luis borges

encontrei outros dois que compõem mais certo a história, fiquei arrepiado, estava à toa em casa, coçando, fazer o quê?, fui dar uma geral nas gavetas e achei aquele papel que você me deu, lembra?, com o poema lá pra lambisgoia que deixou você na mão, sei, sei, você deu uma de macho no boteco, falou grosso, mandou a moça enfiar a boceta no cu e depois se arrependeu, ela perdida pra sempre, o amor que sabe latejar, você trocando até de mão, tão na mão ficou, porra, é pra rir, sim, quem está fodido e consegue rir dos outros põe em prática uma arte que começou lá atrás, dentro das cavernas, antes mesmo de se pintar as paredes, aliás, só começaram a pintar as paredes por causa disso, dos outros se ferrando, alegria aliviada, então começaram a mentir nas paredes, desse jeito, o nascimento do artista, de todos os artistas, mas não muda de assunto, não, fui conferir na internet, matar a curiosidade, e achei estes dois outros poemas muito de acordo, em continuação, é, o seu estava junto, era o primeiro, imprimi os três pra você ver, uns pedaços iguais, entre eles, iguais mas diferentes, do jeitinho que é a vida, não acha?, é, versos iguais, não foi você, mesmo, não, né?, ei, não precisa apelar, claro que estou brincando, você não é capaz de copiar um gibi e vai fazer poesia?, você é que foi burro de não ver o acontecido antes, escrito ali por um estranho, na sua cara, claro, o poeta escreveu os três textos juntos, tem data e tudo, parece que ficou sabendo da história antes de que ela se fizesse realizada, um barato, rapaz, pega, é muito difícil, na vida, alguém enxergar os fatos vividos por inteiro, e antes deles mesmos, bem, mistério, né?, você é que não soube enxergar o escancarado, pega aqui, ó, toma porque agora já foi

TRÍPTICO AMOROSO

I - Cerco

Oh! flor do céu! oh! flor cândida e pura!
Nascida reluzente em campo eterno,
Alva, realça a cor de um triste inverno
E a todos traz presente o que não dura...
Promessa de calor em noite escura,
Longínqua, mas à frente: sempiterno,
Beligerante Amor! Rechaça o inferno
Do olhar despiciente, captura
A luz de seu perfume, aprisiona
As pétalas da estrela, quando o dia,
Indiferente, banha-se, embaralha
A noite com seu lume, seu aroma...
Em guerra, por vencê-la, eu morreria...
Perde-se a vida, ganha-se a batalha!

II - Contra-ataque

Oh! flor do céu! Oh! flor cândida e pura!
Hoje essa conversinha não convence.
Cai fora. Sai pra lá. Vê se não enche!
Quero a palavra seca, sem gordura.
Você fica ensebando, criatura...
Ao escutar conversa mole, tem-se

a sensação de que você preenche
um formulário, faz literatura...
Olha, viver é guerrear, morrer
um pouco a cada dia, sem descanso,
espantar sonhos, recolher migalhas...
Pra mim, você não é ninguém. Fazer
o quê? Quer resumido este balanço?
Perde-se a vida e perde-se a batalha!

III - Armistício

Oh! flor do céu! Oh! flor cândida e pura!
Sinceridade? Isso não se faz.
O tempo inteiro com o pé atrás:
"*Não vou, não posso...*" Chega de frescura!
Por que não joga fora essa armadura?
O povo tem razão! É Satanás,
é Legião, o nome por detrás
do nome da mulher... Nem benzedura,
simpatia ou macumba, pra livrar
um trouxa dessa luta que é o amor...
Então direto ao ponto: sou canalha?
Sim, sou. Que tal se a gente só trepar?
Entenda a posição de um desertor:
Ganha-se a vida e ganha-se a batalha!

e a minha vida?

quando achar no índice a página do índice

resolução

sangue de barata?
deixo estar
a partir de agora
faço polenta com ele
esse aperto no coração decerto ajuda

teoria da obsolescência restrita da mercadoria no brasil

é uma arte, a lâmpada queima, você a desenrosca com cuidado, e se o filamento ainda tem o tamanho, você a gira até a posição correta, dá uns solavancos curtos, gira de novo, só que pouco, mais umas pancadinhas na mão que segura a lâmpada, pronto, o fiozinho está no lugar, daí é só enroscar com cuidado, pra não deixar escapar, e ela às vezes dura outro tanto

bom, com as econômicas não tem jeito, fazer o quê?

dois por um

a gente não vai usar, mas é bom ter

lojas brasileiras

tem tudo o que a gente queria

é simples

esse pessoal de rh é danado, eles são treinados, sabem tudo, um até me ensinou, entrevista, só no verão, a fulana apareceu muito pelada, o sujeito de mangas compridas, tchau e bênção

restaurante

bobagem isso, aqui não tem diferença, mas o cabelo de vocês tem que ser *à la* ronaldo, o fenômeno, lógico

em boa companhia

você ri, eu sei que pode ser engraçado, tem moleque que faz isso, sentado um bom tempo sobre a mão, até adormecê-la de todo, então uma punheta pela mão da moça tal, ela bem ali, outra nele mesmo, os olhos fechados, fazendo as suas vontades melhor do que ele próprio faria quando faz, ou do que ela, se fizesse de verdade, mas o ermelino não é mais criança, sei, sei, todo mundo sabe que ele tem problema, não bola muito bem, ninguém liga, essa é a verdade, ninguém ouve, ninguém está nem aí com ninguém, isso é que é, nesse caso só eu, fazer o quê?, escuto o coitado por uma espécie de dever de ofício, não é assim que se diz?, é, é, um coitado, sim, se abriu comigo porque sente que dou alguma atenção, o que nem é certo, converso mais ou menos com ele porque tenho de entrar no almoxarifado duas ou três vezes por semana, pego o que tenho de pegar, assino o papel e disfarço meia dúzia de palavras, é, um pouco de medo, também, afinal, falam tanta coisa, vai saber, o homem trancado ali sozinho, listando aquele mundo de coisas, só podia mesmo que birutar, não acha?, bom, é parente do homem, sim, a solange confirmou, mas faz o que tem de fazer, concorda?, é mais fácil você tomar o pé na bunda, espertão, bem, somando tudo o que conversamos lá dentro, nesses anos todos de firma, dá uma conversa só, acredita?, não pelo pouco do amontoado, mas pelas continuações sempre de onde paramos exatamente o diálogo, na maioria das vezes nem me lembro, ele faz um apanhado, então, e retoma certinho, avança um bocado, dou a trela medida, pro troço não desandar demais, sei lá, aqueles montes de estantes e caixas, sabe como é, né?, negócio estranho, confesso, a sensação de que nos encontramos uma única vez, percebe?, pô, sinvaldo, você fica com essas frescuras de *transforma-se o amador na coisa amada*, porra, é sério, ele é sozinho no mundo, mesmo no meio de tanta gente, no fundo você também é, eu sou, mas não sabemos, ou sabemos escondidos de nós, essa é a verdade, para de rir, cacete, ele já tentou se matar, todo mundo sabe disso, uma perna já pra fora da janela, ia pular, não deixei, tive que fazer força, mesmo, ele ia, sim, vocês é que inventaram história, disseram que ele estava me esperando, e coisa e tal, que homem que é homem se mata sem volta, que não é essa coisa de mulher, que toma comprimidinho pra não encarar o fim e acaba no hospital, fazendo faxina no estômago, não sei, pode até ser, como é que você tem coragem de troçar de novo?, olha, vou ser bem sincero com você, no fundo, às vezes, naqueles dias fodidos em que a gente fica com a pá virada, sabe, até tenho vontade, também, mas falta a coragem, diz que você nunca pensou, ah, não vem com essa, não, não é só questão de loucura ou macheza, não, pra falar a verdade eu tenho sim um puta respeito por um cara que tem colhão de meter um ponto-final nessa porra, e, que amor o quê, rapaz, vai tomar no cu, sinvaldo, vê se leva alguma coisa a sério na vida, caralho, concordo que o ermelino seja meio estranhão, mas, olha, na semana passada é que ele me contou essa história, você fica brincando, quase me esqueci do principal, é, foi do jeito que o carlos contou, mesmo, até me arrepio, olha, coloquei o material no carrinho, ia dando a corda de sempre na conversa, patati, patatá, o calor à noite, comentei minha dificuldade em pegar no sono, andava dormindo mal, mesmo, então ele me segredou que já não tem mais problema de insônia, fica deitado sobre o braço toda noite, bastante tempo, soltando o peso de acordo, estancando bem a circulação, depois se vira, coloca aquela mão adormecida, insensível e estranha no rosto, devagar, disse que só então consegue fechar os olhos sem medo, que só desse jeito passou a dormir de um sono só, a noite inteira, um novo homem depois que descobriu isso, fala que não é esquisito, fala que não é triste, fala

na mão

    e eu ia saber que a empregada estava grávida?, sétimo mês e ninguém aqui em casa notou, a mãe dela é que apareceu e contou, mas como não percebemos antes, meu deus?, também, uma sonsa, estivesse com nove, dez meses, a gente não percebia do mesmo jeito

mecanismo lógico

    registro pra evitar dor de cabeça

amanhã à tarde você volta pra acertar

    disse que era de forno e fogão, cartinha de referência, agência de confiança, telefonei pra confirmar, e de manhã, vê se tem cabimento, nem pra tirar as sementes da melancia

um cafezinho para são benedito

    fiquei doente, de cama, dona maria me deu um desses vidrinhos de remédio comprimido, as pílulas, adiantar acho que não adiantou, pelo menos pra mim, mais pode a força da reza, benza deus, é nisso que me fio, não falei nada, não sou boba, ela podia achar desfeita, me tocar do serviço, deus me livre, pelo menos meu são benedito deve de ter gostado, a boa serventia desse vidrinho novo vazio como caneca de tamanho certo pro seu merecido golinho de café, lá em casa, toda manhã, abandonei a obrigação, deus me perdoe, fui a culpada, minha a culpa, descuidei um pouco, tinha uma xícara sem asa, desajeitada, grande pro suporte de louça na parede, caiu, quebrou, não liguei, não tomei providência, tanta correria, nem café andava fazendo, vai ver por isso fiquei doente, o pouco caso com o santinho, presente tão recomendado de minha avó, tadinha, não deixa o são benedito sem seu cafezinho, menina, vai coar logo, serve o santinho primeiro, menina, anda, pula logo dessa cama, saudade dela, tadinha, não deixa ele sem seu cafezinho, deixei, deu no que deu, agora, graças a deus, está tudo quase resolvido

x da questão

a senhora me desculpe, ela sempre foi nervosa, antes era até pior, só vendo, quando era pequena, começou a arrancar as sobrancelhas até pelar tudo, não conseguia parar, não sei, acho que fazia sem querer, o médico receitou uns remedinhos, ela melhorou, depois pegou a mania de ficar enrolando os cabelos nos dedos, o dedo ficava preso, ela urrava, esperneava, só cortando com a tesoura, uma judiação, e não adiantava bater, um médico disse que era culpa minha, mas como?, meu marido não gostou nem um pouco dessa história, quase que mete um pé no ouvido do doutor, pra largar mão de ser besta, só porque a gente é pobre e não paga consulta particular, meu marido falou desse jeito, na cara dele, que não deu um pio, chorei demais por muito tempo, fiz simpatia, promessa, uma vez paguei uma adiantado, pra são benedito, mandei as roupinhas dela pra benzer, nada, deve ser quebranto dos fortes, mesmo, a senhora me desculpe, acho que é por isso que hoje ela não para em serviço nenhum

natal

marcelo, o filho da patroa, sempre teve de tudo, quarto cheio de brinquedo, brinquedo que nem brinca mais, dona silvana de vez em quando dá uns pro meu menino, outros leva na creche, quebrado ela manda jogar fora, que não dá coisa quebrada, eles podem até ficar com raiva, diz, esse povo é assim, ela tem razão, mas eu levo pra casa escondido, o weliton não liga, até arruma, ele leva jeito, igual ao pai, no natal, marcelo ganhou um helicóptero grandão e uns homenzinhos que entravam no brinquedo, tinham barba de verdade, as hélices giravam de verdade, os braços mexiam, as pernas, as mãos podiam segurar as arminhas, vestiam calça comprida, camisa com botões, caseada, calçavam botas, eu vi, fui dar uma ordem nas coisas da ceia, dona silvana pediu, prometeu até uma gorjeta, na mesma tarde ele levou os brinquedos pro quintal, brincou uma vez só, pôs fogo em tudo, disse que o helicóptero tinha sido atingido, explodiu, não sobrou muita coisa, dona silvana ficou uma fera, contou que muita mãe nem deixa a criança brincar, esconde os brinquedos, as meninas têm de guardar as bonecas em cima do guarda-roupa, dentro das caixas, vão repassar para as filhas, quando casarem, olhou pra mim e disse, não é, aparecida?, eu disse que sim, concordei com ela, falei, que coisa feia, marcelo, tem gente que não ganha nada, tanto pobre no mundo, pai e mãe sem emprego, contei que brincava com osso de vaca, de porco, manga com graveto espetado, era minha fazenda de criação, tudo na terra, no chão batido do quarto, ele nem sabe o que é isso, mas falei, porque era assim, e eu ia me lembrando daquela tristeza com saudade, acho que pela data, não sei, esses dias assim são como uma tesoura recortando nossos calos com cuidado, a gente fica como que meio besta, sem defesa, as coisas todas de antes, passadas, esticadas por demais na cabeça, chegando sem permissão até agora, lembranças no quarador, esquecidas até o tecido esturricar, pois é, quando me casei, nossa casinha já tinha contrapiso, o zezé começou aqui como servente de pedreiro, aprendeu fazendo, queria trabalhar contratado em zeladoria de edifício, morar em prédio, mas não deu, e, na vida do pobre, muita coisa que não dá continua não dando pra sempre, só porque não deu na primeira vez, o contrapiso está lá até hoje, o dinheiro não sobra pro material, contei também das bonecas de pano que minha avó fazia com trapo de roupa, que a gente gostava muito porque elas já ficavam da família, com nosso cheiro, dona silvana é que esbarrou minha descompostura, que eu ia colocando pra fora com gosto, esquecida da arte, do menino, do serviço, chegou a me cutucar, acho que percebeu que eu falava pra mim mesma, não sei, ou que minha vida não servisse de exemplo pro seu filho, ou pra qualquer outro, que talvez fosse até pior que ele escutasse que alguém assim tão perto pudesse ser tão diferente, vai ver foi isso, e não tiro dela a razão, não, em todo caso, ela deixou marcelo de castigo no quarto, acho que ele ligou o computador e ficou até a noite, fui embora com o coração batendo, a coisa não me saía da cabeça, quase tomei o ônibus errado, o t em vez do h, cheguei em casa e vi os carrinhos do weliton muito estacionadinhos, uns homenzinhos sentados, um deles com esparadrapo prendendo o braço, que ele pintou com caneta vermelha, sangrando sem parar, aquela ferida, não aguentei de tristeza, quando o zezé chegou da rua com ele, peguei 2 carrinhos maiores e falei, tinha que falar, vai, weliton, bate com um carrinho no outro, pode quebrar, arrebenta eles, brinca de verdade, menino

isso, benedito, não se rebaixa mais não

    não é mais assim, não, doutor, o pelourinho já foi faz tempo, não calo, não, vou embora não é porque o senhor mandou, não, vou porque quero e quero meus direitos, eu não sou sujo, não, minha cor é essa, mesmo, acabou, passo fome mas acabou, não sou mais capacho de ninguém, não tá vendo?

precisa-se

  aqui que precisa de balconista?
  pra senhora?
  não, pra minha filha, aqui, já está na hora de trabalhar, 16 anos, ter o dinheirinho dela, ajudar em casa, comprar suas coisinhas, não é, pâmela?
  ela estuda?

estuda, sim, passou para a oitava série, estudiosa, já fez até curso de computação, uma nota, faz conta de cabeça e então não, preciso de gente que não estuda

é coisa das mães

eu me dispus a pajear as sobrinhas, ontem, elas queriam brincar comigo, disseram que eu seria a babá delas, meu marido ouviu e não gostou nem um pouco

álbum

papai pegou a preta pra criar, menininha, não sei se foi largada em casa, ele dizia que não podia contar, acho que só pra mamãe, penso hoje que alguma promessa, levou pra dentro de casa, ela era muito miúda, deram banho, trataram de uma bicheira com creolina, muito chá de semente de abóbora pra matar as bichas, ela era preta, mesmo, não muito, mas perto da gente de casa, de olhos e cabelos claros, já viu, né?, chamávamos de preta com carinho, não porque fosse de cor, uma bondade de criatura, que nem filha, ficou nossa irmã logo de cara, bom, eu ainda não era nascida, mas sei que a preta sempre foi tratada desse jeito, e era muito agradecida, inclusive, fazia questão de cuidar da gente, da casa, da mesa, fazia porque queria, ninguém exigia nada dela, gostava, pegou o hábito, no começo decerto era só um brinquedo dela, ah, que saudade da preta, daquele tempo, da fazenda, hoje é só uma chácara no meio da cidade, a vida não nos dá nada, mesmo, como papai dizia, só tira, mamãe não se conforma com a perda, meus irmãos casando, eu por último, então vi tudo, papai morreu, ficou a preta pra cuidar da mamãe, não quis estudar, dizia que não dava pra coisa, que era burrinha, burrinha, e era, mesmo, mas que coração, ela, mais que as filhas, levava jeito, entendia nas entrelinhas os pedidos tortos e garranchentos dos velhos, principalmente quando mamãe ficou sozinha, os achaques, as teimosias e zangas, olha, a convivência estreita é que dita em voz alta o abecedário inteiro, mas em caminho nada suave, não, não, longe de mim fazer piada, estou contando a história de coração aberto, não diga mais isso que sou capaz de ficar ofendida, hein, bem, fora de casa os filhos perdem isso, desaprendem naturalmente o bê-á-bá pra reescrever outro lar de próprio punho, é a vida, e os pais viram estranhos próximos, apenas, então aquele filho que escolhe cuidar deles deve, de algum modo, manter o quarto na casa, morar um pouco lá, quando possível, entende?, do contrário, melhor contratar alguém, claro, se a família pode, só saio morta de casa, mamãe repete isso até hoje, enquanto desfaz de alguma enfermeira com menos paciência, um martírio, jesus, com a preta não era assim, mas fazer o quê?, deus devia precisar de algum cuidado especial no céu e levou a melhor das criaturas pra tarefa, nas bonitas palavras do padre lúcio, que tomava café toda terça-feira lá em casa, gostava muito da mamãe, morreu também, coitado, era muito gordo, a pressão lá em cima, a preta morreu moça, nem 70, tinha um probleminha de nascença no coração, poderia ter operado, cirurgia à toa, à toa, não quis, bateu o pé, sabia ser teimosa às vezes, foi melhor, poderia ter morrido na mesa de operação, não é?, aí a dor na consciência matava a mamãe, o remorso, deus sabe livrar sem alarde, nas coisas não acontecidas, também, o que só ele sabe, os tais mistérios de deus, a história da preta é essa, compramos terreno perto do papai, na mesma quadra, mamãe fez questão, o jazigo lotado, não é gratidão, sentimento oferecido a estranhos, com a preta não foi assim, ela ficou sendo da família desde sempre, desde que me dei por gente

lições

      era parenta da dona tonica, sobrinha, o enterro sai perto das seis horas, uns falaram cinco horas, outros, cinco e meia, não sei, a defunta veio de longe, parece que de uma clínica de belo horizonte, é o que consta, ninguém viu direito sua partida, todos sabendo depois, faz dez ou onze anos, um troço meio cabuloso, cabuloso e meio, pra falar a verdade, e só eu sei do sucedido por inteiro, acredita?, não por bisbilhotice, mas por um acaso, e sei porque ainda tive de intuir os rascunhos depois do ponto--final, aquela papelada que o sujeito escrevinhador joga fora porque sabe que fez papelão, isso sim, olha, filha, vou contar pra você porque as pessoas merecem algum crédito pelo menos na hora da morte, amém, principalmente se passaram necessidades na vida, e acho que é bem esse o caso, você vai ver, não contei pra ninguém antes porque não sou disso, bom, a tonica, ela, todo mundo está cansado de saber, eta mulher ruim, essa tonica, espírito ruim, de nascença e de antes do parto, com certeza das outras encarnações, também, penso que é assim, quem faz, volta pra pagar, sempre de novo, a dita-cuja renascida igual em si porque fez dívida maior em cada uma das passagens anteriores pela terra, e em juros sobre juros vem devendo um caminhão pesado de reencarnações, então vai voltar até o fiantã da mãe fazer bico, pobrezinha, se bem que a mãe dela tem também sua carga de culpa, concorda?, o que é sina de toda mãe, nas virtudes e nos defeitos da prole, olha, essa dona tonica é o orgulho do capeta, pode ter certeza, que esfrega essas vidas sem freio na cara de deus, do jeitinho que fazemos com as verdades jogadas na cara de um contador de prosa qualquer, engabelador, bom, mistério da vida, não acha?, chato é imaginar o diabo rindo de uns contos do vigário que imagina passando no todo-poderoso, coisa que decerto vai dando corda pras arruaças desenfreadas desse mundo, como fala meu sobrinho renato, seu primo lá de alfenas, pai matando filho, filho matando pai, e por aí, mas deus não é pras curvas, o que só ele sabe, ele e talvez os santos, adivinhados, levando a vida com o pé no breque, porque deus há de se fiar nele próprio, que não é bobo nem nada, então fica, isso sim, nas retas descidas da vida, com o talão de multas na mão, ai de quem desobedecer às placas, o que começou lá com moisés, tudo explicadinho nas escrituras, não é mesmo?, o diabo não passa de dono de posto em beira de estrada, vendendo pinga, oferecendo umas moças que não prestam pros desavisados, não estou certa?, bom, essa tonica alugava uma casinha pra dona maria, você não vai lembrar, a coitada sofria na mão do marido, pinguço cachaceiro, e penava outro tanto nas garras da tonica, que, de pirraça, jogava goiaba podre na cisterna da inquilina, vizinha de fundos, só pelo gosto de azedar os beiços, vê se pode, acho que também um tanto de raiva das filhas da dona maria, umas meninas muito educadinhas, boazinhas que só vendo, bonitas, enquanto as crias da tonica com as feiuras ajuntadas, vindas de pai e mãe, você talvez não se lembre do seu serapião, sujeito cabeçudo de ter que encomendar chapéu na capital, a molecada na rua se divertindo com o monstrengo, fazendo fila atrás dele com o andar pendulado, como se a cabeça pesasse duzentos quilos, o renato, inclusive, se é que não foi ele mesmo o inventor do apelido e do arremedo dos passos do marido da tonica, ô, menino, esse renato, um dia falei danada que ele devia ter parte com o coisa-ruim, ele chiou na hora, ah, tia, eu tenho parte com o coisa-boa, o que achei muito espirituoso da parte dele, nunca tinha pensado nisso, acabei que acabei concordando com ele, sabe, filha, isso de feiura nem sempre se matematica desse jeito, feio com feio igual a muito feio, sabedoria do criador, olha a zoraide, pai feiosão, mãe pavorosa, ela das moças mais bonitas da cidade, o resto é falatório do povo, que não tem o que fazer, mas voltando pra tonica, olha a tininha, a caçula, a mulher é muito feia, por isso não se casa, coitada, o povo diz que ela é sapatão, não é isso, não, ela é uma desgraceira de feições, pode ser até que vá aí por esse outro lado pela falta de homem, se é que a língua do povo tem alguma razão, não sei, o brinquedo do homem é de armar, então se olhos e tatos não ajudam, já viu, né?, isso de que cachaça dá as forças, isso de enfiar uma fronha na cabeça da mulher é conversa de botequim, piada de homem, o que vale é que a tininha, num concurso de mulher feia, era *hors-concours*, outra coisa que seu primo renato também vivia dizendo, enquanto rachava o bico de rir, parece que estou vendo o menino aqui mesmo, na sala, agora, ô, renato, ando com uma saudade danada dele, estudando literaturas em são paulo, sei lá o que vai fazer com isso depois, bom, ele dizia com gosto, fazendo careta de quem experimentou um amargo qualquer, aquela cara de quem espremeu sem querer a maria-fedida na roupa de domingo, tia, aquela mulher é o clóvis bornay da feiura, vê se pode, sei, sei, hoje tem plástica, lipo, mas no caso dela só nascendo de novo, coitada, bom, outro motivo para os azedumes da tonica, com certeza, apesar de que ela nunca precisou de motes para as suas ruindades, deus não é tão besta desse jeito, adiantou pra ela uns carretos, e, no fim, na hora h do acerto, caso tenha transportado a mercadoria frágil com os devidos cuidados, receberá tim-tim por tim-tim o merecido celeste, com as gorjetas de que terá tanta precisão na outra vida, não acha?, o problema é que a tonica não é de carregar cristais em duas viagens, se pra ela tudo deve ter paga por aqui mesmo, à vista, o dinheiro molhando a mão, e, como se sabe, o único com os cobres sem fim ajuntados é o capeta, a carteira sempre recheada, tentando todos e todo mundo, então era penoso por demais ter de cuidar na marra e de graça dessa sua sobrinha doente, agora defunta, deus a tenha, você vai ao enterro comigo, hein, e, por último, cuidar redobrado de seu menino retardado, você já viu o pobrezinho, não viu?, não é fácil ter filho demente, bom, pelo menos ela se viu obrigada a pagar algum frete adiantado, o que é muito justo, vai ver que pelo crédito de suas posses materiais acumuladas, que não eram e não são poucas, mas com certeza contrabandeadas pelo satanás, lá em suas outras tantas ofensas a deus, vai saber, é isso, esta sua sobrinha, de nome apelidado tetita, dava um trabalho danado, um reumatismo horrendo, toda deformada, incapaz de empunhar uma vassoura, sentia dores terríveis, diversos outros problemas, e, como do sangue só se pode esperar vermelhidão, a aleijadinha órfã vivia fincada nas janelas, espiando os outros, debruçada numa almofada grande, embirrando com tudo e com todos, decalcando as rabugices da tia com força especial, porque espalmando com dificuldade o lápis da vida, sem poder segurá-lo apenas de leve, com a astúcia e a saúde de dois dedos, então sobravam os rabiscos garranchados pra deus e todo mundo, pra dona maria, por exemplo, vizinha de quintal, como disse, bom, penso que a água entornou do balde, dentro da sala, justamente por causa disso, a tonica não mandou a sobrinha embora para tratamento, como disse no começo da conversa, colocou a tetita pra correr, isso sim, se me permite a piada, que eu também sou filha de deus, desconfiada de que a moça quisesse tapeá-la em seus negócios, quiçá passando-lhe a perna torta, inclusive, e a certeza disso presenciada por mim, em pessoa, com estes olhos que a terra ainda demorará a comer, não porque tenha de purgar muita maldade, vê lá como trata sua mãe, piada tem hora, menina, mas porque ainda devo repassar muita lição pros filhos, netos e bisnetos, queira deus até pra um ou dois tataranetos, bom, eu estava tomando um cafezinho com a tonica, a tetita pendurada na janela, quando começou a bufar e bufar, as narinas fazendo aquele barulho, a boca entortada pros lados, pra ser sincera a tonica detestava mesmo a obrigação de cuidar da moça, bom, detestava qualquer obrigação, no hospital diziam que tinha um brilho diferente nos olhos quando levava a sobrinha numa de suas inúmeras crises pulmonares, o que acho que pode ser exagero dos enfermeiros, esse povo não tem o que fazer e fica inventando história, bom, na ocasião do fato que vi e presenciei, a tonica parou de beber seu gole de café, pousou a xícara sem olhar o pires, fixada com grande interesse nos assopros da sobrinha, eu me assustei e perguntei, passando mal, tetita?, não, dona odete, estou vendo a dona maria vindo da igreja arrastando suas duas lambisgoinhas, e, virando-se para a tia, ela já pagou o aluguel atrasado?, a tia engoliu o líquido que guardava nas bochechas, deu pra perceber, com grande desgosto, e podia ser que não pelo dito de tetita, talvez simplesmente se esquecera do café na boca, preocupada com as bufadas da moça, e agora, naquele momento, a saliva estragara o sabor, tirando o gosto e a temperatura da bebida, por que não?, até o demônio terá seus momentos de comiseração, ou não?, nem que seja autocomiseração, não acha?, em todo caso, a resposta foi dura, por um ou qualquer outro motivo, menina, por que você não cuida da sua vida, que já está bem precisada disso, e deixa os assuntos sérios pra quem tem as certidões, hein?, ela ficou rubra de vergonha, e acho que teria cerrado os punhos, pelo menos um deles, se já não os tivesse bem fechados pelo reumatismo os dois, pedi outra xícara de café, desconversando, mas a tetita gritou pro lado de fora, se entortando contorcida ainda mais, o que dava uma coisa ruim de ver, porque parecendo que ela virada pra sala e pra rua, ao mesmo tempo, dona maria, ô, dona maria, vem cá, vem, não se via a vizinha inquilina de onde eu estava, a janela da sala um tanto alta, parecia que a moça, então, falando sozinha, com o céu muito azul, ou com as nuvens, talvez muito distantes, como vai a senhora?, e a resposta da natureza, então, vou bem, obrigada, e a senhora sua tia?, bem, vai muito bem, obrigada, está dormindo um bocadinho, agora, descansando o merecido dela, disse, fiquei branca, quase não engoli o pedaço de bolo que mastigava, com medo de que a garganta desmentisse a moça, e ela continuou, sabe, dona maria, faz tempo que quero falar isso pra senhora, não me leve a mal, a senhora sabe, tenho as licenças de deus pra observar, pra compor os juízos, olha, dona maria, não falo por mal, a senhora sabe, sou a última a ter esse direito, vou direto ao assunto, a senhora traz essas meninas muito engomadinhas, pra quê?, são crianças, trabalheira à toa, água de cisterna, ferro de brasa, lacinho de fita, trancinha, bobagem, dona maria, depois elas não vão cuidar da senhora, vai ver só, é muito trabalho pra nada, e aí a dor muito maior, a senhora comprando casa na rua da amargura, vai ver, e foi repisando por esse caminho da ingratidão mais um pouco, dona maria não retrucou, apenas riu, no começo baixinho, em seguida um pouco mais alto, como se abafando a boca com os dedos pra não acordar a tonica, ela não era boba, pode ser que soubesse intuída a presença muda da proprietária, visto que, em muitos casos, abafar a voz é um modo certeiro de gritar sublinhado com o vozerio da discrição, bom, dona maria tomou seu rumo sem tomar conhecimento das tontices da tetita, fim?, que nada, na sala, não tocamos no assunto, a tonica muito tranquila nos gestos, mais que o habitual, pois nem enfiou inteiro na boca o sequilho que segurava, mordiscou um pedacinho sem se importar com os inevitáveis farelos, bom, depois, na semana seguinte, a notícia, tetita viajou pra capital, a própria tonica informando, foi pro bem dela, a gente sem os meios aqui

estimação

não fico sem uma gata em casa, faz companhia, agora que só eu e o chico, tira mau-olhado, caça os ratos, pega e leva a nojeira pra gente ver, inclusive, pra conferir seu trabalho, faz isso com os passarinhos também, aí dá dó, se não for pardal, que é praga, mas uma gata só e pronto, quando dá cria, mando colocar num saco e soltar longe, na vila, a molecada pega, brinquedo de pobre é bicho, sempre foi, não tenho coragem de afogar, judiação, a dona maria aqui do lado afoga no tanque, diz que não é nada, que eles nem veem, os olhinhos fechados, põe no saco e afunda um tanto, lixo, fim de papo, os gatinhos anjinhos lá no céu deles, ela fala, que os bichos devem ter o outro mundo deles, também, quem sabe se não o mesmo do nosso, esses gatinhos anjinhos entretendo os meninos pagãozinhos, quem sabe?, essa minha última gata é que foi de dar pena, a primeira vez que escolhi a errada, sempre tem uma primeira vez na vida, não tem?, começou a cair o pelo, um vizinho disse que era dermatomicose, que tinha de dar banho todo dia, remédio na boca, trocar o jornal todo santo dia, assim também não, mandei o chico dar um fim nela

canarinho-do-reino

hoje é condenável, mas não posso me esquecer, eu tinha um canarinho-do-reino, sem nome, só do-reino, mesmo, gaiola de madeira e arame, os fios passando pelos orifícios certinhos das tabuinhas, hoje não vejo mais dessas, a não ser em casas bacanas, tem quem pendure agora essas gaiolas antigas como enfeites, sem nenhum canarinho, do-reino ou da-terra, tanto faz, sem passarinho nenhum, vê se pode, a gaiola sem o indivíduo, a coisa virando escultura pendurada na parede normalmente de tijolos de demolição, ou a imitação deles, por aí, moda, estilo, *design*, arte, fazer o quê?, as gaiolas novas de um metal feio, acho que galvanizado, sem poder pegar a ferrugem bonita dos dias, é isso, o metal tratado tomando conta de tudo e de todos, os fios soldados uns nos outros, sem os encaixes, os tempos sendo perpetuamente outros para trás, ao contrário do que a maioria imagina, enfim, eu tinha um canarinho-do-reino, não que brincasse com ele, meu pai é que soprava o alpiste, trocava a água, limpava o fundo, providenciava as folhas de almeirão, encaixadas com cuidado entre os arames e as tabuinhas da gaiola, aos finais de semana ele a pendurava na árvore em frente a nossa casa, o passarinho ficava muito alegre, cantava, se espanejava com mais vigor, talvez imaginando lá do seu jeitosinho que a liberdade fosse aquilo, a gaiola na árvore, o vento balançando os galhos, hoje sei que isso carrega alguma lição, ou seria um recado?, pra quem nasce em gaiola o universo é cercado de arames, e só, cada um na vida deve saber construir com o que tem a própria felicidade?, não sei, tem passarinho que não aceita a gaiola e morre, qual a conduta, então?, hoje sei que o canarinho talvez fosse muito mais dele, do meu pai, apenas dele, que de algum modo só podia se espanejar também aos sábados à tarde, olhando o movimento, conversando sobre nada com um vizinho, ameaçando com uma pedrada um gato da rua, de olho no canarinho e, quem sabe, nele mesmo, ali na calçada, à toa, como se o bichano fosse os dias de semana, suados, regrados, cobrando de um trabalhador aquelas indevidas despreocupações, um dia meu canarinho amanheceu morto, o susto do inesperado, por que, pai?, por quê?, é assim mesmo, ele respondeu, o bichinho já estava velhinho, canário não é como a gente, deixa disso, na hora fiquei bobo, meu pai não se assusta, pensei, não gostava do meu canarinho?, gostava mais do que eu, muito, mas muito mais do que eu mesmo, agora posso afirmar com toda certeza porque, como ele, aprendi a esperar as desgraças, enterrei-o no quintal, o rosto molhado, cruzinha de palito de sorvete, meu pai comigo, ajudando, sem saber o que dizer, só agora ouço as palavras daquele silêncio, bobagem?, o mais dolorido amor nasce na memória, depois dos fatos, porque não vai acabar mais, como todos os outros, a lembrança é um latejamento?, hoje sei que meu canarinho-do-reino foi a primeira pessoa da família que morreu, hoje sei que canarinho pode ser como a gente, sim, e meu pai sabia disso, e sabia também que isso não se ensina falado, vamos embora, antonio, voltei o rosto, o túmulo à sombra do limoeiro, não, antonio, a pedra não deixa nenhum gato pegar, fica sossegado, na escada, meu pai colocou a mão em minha cabeça, não costumava fazer isso, pronto, chega, acabou, depois a gente compra outro até mais bonito, não precisa chorar mais, só que nunca mais comprou, nem eu quis

a minha vez

deixava os gominhos miúdos da mexerica em cima do muro do quintal, para os anjos, o que primeiro aprendi, lição de como se portar no mundo, no outro dia não estavam mais lá, a vida correndo como tinha de ser, um dia, no entanto, vi que as galinhas é que pegavam os gomos, comecei a chorar, tudo pesando demais, minha avó acudiu, disse que os anjos se disfarçavam de galinhas, às vezes de outros bichos de asas, que eu parasse, coisa à toa, que deus não gosta de teima, sequei os olhos no vestido dela, suas mãos me apertando um carinho dolorido, parei de chorar, mas percebi naquele dia que as coisas não estavam muito certas

natureza

        você é cuidadoso, joão, eu sei, as gaiolas sempre limpinhas, os canarinhos muito felizes, jornal forrando os fundos, alpiste soprado, semente disso, daquilo, ovo cozido, as folhas de almeirão encaixadas com capricho entre os arames, frescas, eles tomam sol, tomam ar, os ninhos preparados com tanto cuidado, é bonito de ver, de ouvir, eu que sou boba, viu?, não liga, mulher é bicho diferente, você está coberto até o pescoço de razão, em cobertor de lã, embrulhado com o cachecol da verdade, touca enfiada na cabeça, dois pares de meias, vestindo pijama comprido, flanelado, um número maior pra não ficar nem as mãos de fora, do jeito que você gosta, sua mulherzinha é assim, mesmo, olha tudo pelo outro lado, o lado errado, não falei por maldade, não, só disse que prefiro o sanhaçu no retrovisor do carro, você nunca que iria notar, joão, só disse que prefiro o sanhaçu, arisco, livre, brigando consigo mesmo, com o próprio reflexo, dando bicadas no espelho do automóvel, não quis insultar ninguém, não, deixa de ser bobo

gravitação

        o carro esbagaçou a borboleta, achatou-a no asfalto, sumida de corpo inteiro, vi da janela, ficou apenas uma asa intacta, bonita, aquele olho no meio olhando no fundo da gente, então, quando dá o vento, ela bate seu movimento como se fosse a asa do mundo, do planeta inteiro, incólume em seu equilíbrio, querendo carregar o universo todo pra outro lugar, voando, isso doeu, isso ainda fica doendo, pensar assim, melhor se o carro tivesse esmigalhado tudo

lição

        fazia uma concha com a mão, aproximava-se do mosquito como uma cobra e dava o golpe, fechando os dedos em bote, depois, com muito cuidado, que a vida é tênue, dizia, arrancava uma asa, não sei se as duas, não me lembro, e falava, preste atenção, meu filho, você vai ver a vida, e soltava o mosquito perto da aranha, ela se virava muito rápido e vinha com aqueles seus movimentos de bruscas paradas, abrindo e fechando as quelíceras, e dava o salto sobre a presa que estaria voando, voando, voando

mãe, o que é o amor?

        na época do acasalamento, as borboletas ficam tiritantes, atravessam as estradas umas atrás das outras e se espatifam nos para-brisas, muitas vezes uma só, o que é triste, mas são tantas que talvez as que fiquem apenas partam para outra, como nós, é a vida, se o caminhão que vem depois permitir, bem entendido, e sempre há um caminhão que vem depois, desgovernado, solto na banguela, arrastando tudo, o ar, as pessoas, os fatos, certa vez, uma delas entrou pela janela do meu quarto e se encantou com a própria sombra no teto muito branco, tinha a ponta das asas verde, e, quando se aproximava da outra, esta ficava nítida, mas também o não definitivo, triste repelão, ela abaixava o voo, preterida pelo próprio movimento, enquanto a outra, ganhando força nesse desencontro, se agigantava e se diluía na luz (pode-se dizer que de beleza?), então a de carne voltava, sempre, e a borboleta negra do teto a perseguia e a expulsava em exatos próximos detalhes, ficou assim por uns 20 minutos, o que na vida das borboletas deve ser muito tempo, até que se cansou e pousou no teto, sobre si mesma, começo e fim de toda espécie

uma rodadinha

pulava corda melhor do que todas nós e ria da gente, de um tropeço mais estabanado, um homem bateu em minha porta e eu caí, ela cantava, rindo, nem era o joelho machucado que doía mais, aí até as outras riam, umas tontas que anteontem caíram feio também e fizeram cara de choro, a mais desgraçada do dia servindo de mercuriocromo pros arranhões das outras, elas não viam isso, bobonas, eu segurava a vontade de chorar e saía de perto, porque a metida aproveitava um tombo maior e entrava na corda, pulando como nunca, tudo pra grifar a diferença, com caneta vermelha, ela usava vestidos de loja, brincos diferentes, penduricalhos e balangandãs, ela falava, pulseiras que tirava pra não se estragarem enquanto pulava, cada dia deixava com uma menina diferente pra segurar, pra tomar conta, eu não pegava, tinha vontade, mas não pegava, vou ao banheiro, as amigas segurando aquelas joias enquanto a exibida pulava o tanto que quisesse, não adiantava atrasar a batida de supetão, nem correr e atravessar a música, muito menos bater foguinho, ela vinha e voltava, e também vinha e voltava de carro, com a mãe, todos os dias, a neuzinha junto, porque morava pros lados da casa dela, só que bem mais adiante, na vila progresso, de manhã ia a pé até a casa da aparecidinha e ficava esperando no portão da garagem, outra tonta, com o príncipe na barriga porque limpando os assentos da outra com a bunda, o diabo é que ela também pulava bem, o que chegava a ser engraçado, queria imitar muito igual a riquinha, uns brincos de camelô nas orelhas, que o duduca vende na praça do rosário, perto da banca de jornal, todo mundo sabe, o apelido dela é papel-carbono, e o pior é que ela gosta da comparação, cretina de tudo, sabe, todas puxando o saco, procurando assunto pra falar com ela, menos eu, mas no fundo todas todas tinham raiva dela, de tudo dela, ódio de tudo nela, raiva da professora, que elogiava a letrinha dela, ótimo, parabéns, que teteia, mal sabia a dona mariana que ela espalhava que a professora particular ensinava muito melhor, e isso deve ser verdade, mesmo, um dia a mãe demorou, ela quis ir sozinha pra casa, a pé com a gente, que sempre fazia hora depois da saída, brincando na pracinha, foi com a gente, foi na frente, topetuda, acha que iria atrás?, correu pra atravessar a avenida do ribeirão do meio, não viu o carro e morreu atropelada, senhoras e senhores, ponham a mão no chão, ela não viu o carro, mas a gente disse que viu, que ela viu, saiu correndo, mas não deu tempo

feira

vai, pai, compra, pai, o pastel, pastelão de vento e carne, compra, não é tapeação nada, a gente morde a pontinha, pra sair fumaça, depois a outra, sopra de longinho, sem encostar o bico, pra não queimar, faz aquela chaminé cheirosa, compra, o gostoso também é o vento dele, ele que faz vontade, de longe, perfumando, juro que não é tapeação, pai, não, não é só vontade, não, é fome mesmo, juro de verdade por deus, se não for, quero que o meu curió amanheça mortinho da silva, o senhor fica com o pedaço gordo, com o lado da carninha, compra?, tem aquele ovo azul, também, na caixa de vidro suado, compra, o espetinho, então, olha, olha, pega dois, dois não, três, se não for pedir o pastel, pode, pai?, puxa vida, quanto frango girando na televisão de cachorro, hein, pai, o cheiro bom na porta do bar, esse não, pai, esse não precisa comprar, tá?, o senhor tem razão, é muita coisa, é caro, é pra doutor, não é?, a gente mata as nossas galinhas de vez em quando e fica quase igual, não é?, mas bem que um dia a gente podia experimentar, nem que fosse uma coxa, a gente vinha pra cidade com o valdir e rachava com ele, né?, o senhor economizava e levava o bichinho ainda girando pra casa, será que tem jeito?, no susto, a mãe ia querer torcer o pescoço dele de novo, não ia?, e a gente dando risada daquele franguinho de uma perna só, batendo uma asa só, que a outra a gente tinha que dar pro valdir, o deolindo nem ia acreditar, frango de televisão de cachorro, falar nisso, a cachorrada lá de casa nunca viu televisão de cachorro, ou já viu, pai?, acho que não viu nada, aquela cachorrada é tudo ignorante, metida lá no mato, não é, pai?, só serve pra meter a boca em porco-espinho e dar trabalho pro senhor, né?, eu, se o senhor deixar, já vinha comendo a coxinha no caminho, chegava em casa medindo as mordidas pra ficar um tiquinho assim de carne no osso, olha, deolindo, eu falava, olha o que sobrou da coxa do frango, olha, então ele começava a chorar, o senhor, com dó, tirava a asa e dava pra ele, passando pito, não é, pai?, ele é tontinho, e a asa também é gostosa, não é tapeação, já pensou, pai?, o frango gira-girando aquele cheirinho bom de fome doída na boca do *estamo*, que nem fala o seu osório da farmácia, quando dá aquela beberagem ruim-amarga, pra vomitar o estragado, né, pai?, um dia a gente muda de vida, compra uma geladeira e nunca mais tem essa dor de *estamo*, não é?, não, pai, foi mãe que falou isso, não carece de ficar brabo comigo, não, olha, olha, olha, meu deus, olha aquele moleque com um cacho de uva de plástico na mão, faz tempo que eu quero um daqueles, pai, já vem com canudo, e o suco de uva é verde, vê se pode, pai, o menino chupa e mastiga, bobão, o canudo fica amassado pra sempre, será que ele não sabe?, vai ver que o nome dele é deolindo, também, o cachinho, depois, vira brinquedo, né, pai?, compra unzinho só, vai, pai, pai, eu quero, a fome eu até esqueço, juro por deus, o senhor aproveita e toma mais uma cachacinha gostosa, nós dois bebendo que nem dois amigos velhos, depois eu cacimbo água só com ele, eu empresto pro deolindo, juro, se o senhor comprar aquele cachinho de plástico de uva verde, verde é só o suco, o senhor sabe, né?, o cachinho vai ter muita serventia, depois, não vai, pai?, sobra uma canequinha lá em casa, a canequinha da moringa fica pra sempre sendo só do senhor, a mamãe também só vai querer saber do cachinho de uva de plástico, o senhor vai ver, compra, compra, compra, pai, o senhor nunca me ouve, pai

não, obrigado, estou satisfeito

bem que a gente até podia teimar, não, não quero comer mais, então a tia marica, que era de casa, se levantava e dizia, não quer, meu filho?, não tem problema, e pegava o prato, vou guardar no forno, para quando você tiver fome de novo, depois falava, virada para a minha mãe, estefânia, fartura é disciplina, mamãe concordava, dava muita corda para ela, a gente tinha uma raiva, mas respeitava, ela continuava, tanta fome no brasil, é de pequenino que se torce o menino, o menino decerto era eu, ou qualquer outro que largasse a comida no prato, um dia retruquei, o certo é pepino, ela me olhou feio, gaguejou para mamãe, depois resolveu de vez a questão, decidindo que para o nosso caso a tradução correta era menino, mesmo, menino insolente como eu, que deveria desentortar, a partir dali, com vara de marmelo, preciso fosse, mamãe discordou prontamente, ela riu, estou brincando, estefânia, fato é que pela primeira vez ela fez vista grossa para o restinho que deixei espalhado estrategicamente no prato, hoje sei que ela era boa pessoa, queria ajudar, mostrar-se útil, em todo caso, enfim, conto para você me entender, quando o prato rejeitado ia para o forno, era certo que voltava à tarde, no café, e a criança se via obrigada a encará-lo de novo, meu deus, não era possível um castigo pior, aquele café da tarde é a lembrança mais doce da minha vida, eco na língua de um mundo que ainda podia ser açucarado, até hoje encho a boca d'água, quando relembro, latas grandes de biscoitos de polvilho, roscas salpicadas com pedaços de doce cristalizado e uvas-passas, sequilhos, broas de milho, caixotes de goiabada cascão, as mais velhas ainda mais gostosas, com a pele mais grossa, contrastada com a umidade do meio, a faca grudenta raspada nas bordas do prato, enfeitado com fatias grossas de queijo fresco, tudo feito em casa, o fogão a lenha parece que continuamente aceso, preparando as comidas, esquentando em serpentinas a água do banho, que enchia banheiras e banheiras, a molecada se revezando naquela festa de fim de tarde, e sempre alguém da cidade para o café, o que não era de se estranhar, tamanha fartura, mamãe fazia tanto gosto, o tio sanico aparecia quase todo dia, então é isso, quando miseravelmente alguém deixava o prato no almoço, era nessa hora do café, como disse, que surgia a tia marica, senhora de si e de nós, crianças, com o mesmo prato nas mãos, requentado, sanico, sanico, aqui ninguém joga comida fora, não, que é pecado, não é?, não é, estefânia?, penso que mamãe não concordasse com o castigo, porque era um castigo, na época não víamos de outra forma, aquele prato com um naco de carne ressecado, um torresmo encharcado, o arroz duro pela requeima, mas como desdizer a tia?, como favorecer o pecado?, os outros, primos, irmãos, naquela algazarra de cochicho, de risada farelenta, fazendo fosquinhas, rindo da gente, por ter de retomar o não comido, então, peguei o costume assim, limpo o prato até hoje, tantos e tantos anos depois, saio da mesa sempre com um bocadinho de fome, por isso não repare que não queira repetir, a comida está deliciosa, por favor, gostei, sim, mas a promessa do café, depois, entende?, foi assim que fui educado, e era o certo, não acha?, olhe hoje aí, criança fazendo o que quer, o que bem entende, cuspindo a comida, não gosto disso, não bebo assim, não como assado, mastigando essas porcarias de saquinho com coca-cola, o barulho da empregada rapando o prato de comida no lixo, os pais sem dizer um a, não querem dor de cabeça, a médica falou para não contrariar, que é pior, que onde tem comida ninguém passa fome, e desse jeito vai, a meninada cresce assim, tem cabimento?, o que se esperar de um adulto educado nesse regime?, penso que o país não foi e não vai para a frente por isso, ninguém pode querer um café daqueles, do jeito que eu contei, na hora do almoço, na hora da janta, café que duraria um dia inteiro, uma vida inteira, então deu no que deu, olha aí, não repare, então, que não queira repetir, insisto nisso, juro que a comida está deliciosa, mas o café, sabe, um velho tem que tomar muito cuidado para não estragar o gosto bom das lembranças, entende?

descoberta

olha lá, ele deixa montar nele
eu sou forte

tordesilhas

ele disse que foi acidente, que enfiou uma garrafa naquele lugar sem querer, imagina, a tampa ficou lá dentro, gemeu que estava sozinho em casa, muito calor, que sempre gostou de andar à vontade, ia tomar banho, deu um pulo na cozinha, antes, escorregou e caiu sentado num engradado, quem acredita?, devia assumir, ninguém liga pra isso, hoje, o negocinho é dele, não é?, fez com a tampa pra não dar pressão, quem não se lembra da história da delma, tadinha?, no pronto-socorro ele deu escândalo, tiraram a fórceps, foi ver, era tampa de desodorante

zoeira

abriram um bar perto de casa, começou bem, depois é que apareceram as moças de roupa curta, música até tarde, varando a madrugada, aquele tipinho de gente, antes lá dentro, agora na calçada, os casais dançando, mexendo daquele jeito, vão para os carros, para debaixo das árvores, lá na frente, aí não dá pra ver, uma vez a pouca-vergonha em cima da moto, debaixo da janela do meu quarto, deu pra ouvir a moça, não acendo mais a luz da sala nem ligo a televisão, fico até tarde, sentada no sofá, quietinha, o fausto estranhou, fala pra eu esquecer, ir pra cama, que a prefeitura vai tomar providência, digo que perdi o sono, depois eu vou, essa zoeira dos infernos, na televisão só porcaria, e fico espiando o movimento do bar desse cantinho do sofá, só daqui dá pra ver, com a luz apagada, o reflexo de tudo tudo na janela de vidro liso da sala

solidão

eu não sei se tem jeito, credo, dizem que ela ficou presa no cachorro

sentença

ele é o que mais quer, acho que está até atrapalhando, desde mocinha eu imaginava que tinha que ter um pouco de amor, acho que não engravido por isso, ele nem termina direito e vai dizendo, vai, vai, levanta o quadril, estica as pernas na parede, do jeito que o médico falou

política

comício sempre foi festa, eu me lembro bem, milhares de pessoas, a praça da república lotada, todo mundo querendo ver o pai dos pobres, o povo gritava, *o povo não se engana, com casca de banana*, o que queria dizer?, sei lá, disso eu não me lembro

7 de setembro

o quarteirão da escola em festa bem fanfarra
crianças correm para todos os lados
em gritos preparativos cívicos

no alto-falante
my way
não na voz da voz
mas *ray conniff's world of hits*
(um coro orna mais)
enquanto o marceneiro
esqueci o feriado
prepara a mão-francesa
para o puxadinho da churrasqueira do professor de português
(vizinho infelizmente do local de trabalho)

7 de setembro pela tv

titio, eles não sabem andar direito?

mamãe ensina, você nunca mais vai esquecer

mãe, eu ainda não consigo prender a água na mão

pequeno sertão, junho

mãe, não quero chapéu de palha, não, eu quero aquele de caubói, senão não vou

caminho suave

contam de pai que empurra o filho na água e ele se vira, no aperto qualquer nó-cego enxerga, o que tem seu fundamento, sai nadando solto, de olhos fixos na linha seca da margem, não tem outro jeito, mas meu caso era muito bem diferente, não gosto de água até hoje por isso, tinha uns seis ou sete anos e um histórico de infecções no ouvido, era entrar em piscina, mergulhar por acidente a cabeça, pronto, o ouvido purgando, uma desgraça, algodão com óleo quente, novalgina pingada nos pavilhões auditivos, como se dizia no passado, por fim, antibiótico, um sofrimento, não adiantava chiclete, borrachinha, nada, nada, mas meu pai queria porque queria, onde já se viu?, moleque sem saber nadar?, ele que aprendera num açude, daquele jeito que disse, empurrado pelo pai, bebeu água pra dedéu, vomitou, mas saiu nadando, conta que se lembra como se fosse hoje, o pai rindo na beirada do açude, depois tomando o menino pela mão, tá vendo?, a vida é assim, desse jeito, é você com você, viu?, mete as caras, menino, não espera nadinha do céu, entendeu?, penso que meu pai entendeu tudo perfeitamente, deu certo na vida, como não se cansa de dizer, até hoje, quando peço qualquer coisa pra ele, vejo que fica muito puto comigo, mas os tempos são outros, ele é que não percebe isso, lógico que não quero nada de mão beijada e babada, mas ele se esquece, também, de que é do tempo da *bênção, papai*, quando amarravam cachorro com tripas, porque ainda não sabiam encher linguiça, aí pode, aí vale, né?, na hora de um socorro financeiro, olha feio, pra quê?, o que vai fazer com dinheiro?, não sai mais de casa, a segunda esposa também morreu, não tem com quem gastar as sobras, vai uma ou duas vezes por mês à zona, e lá ainda ficam rindo dele, que já não levanta o pau, e, se levanta, é por causa do viagra, mesmo que não tenha sido, paga a puta pra tirar a roupa e ficar empinando a bunda pra ele, nem encosta o dedo, me contaram, bom, mas cada qual com seu gosto, dentro do que pode, ele mesmo diz isso, acho que se justificando pra mim, pois sabe dos comentários, claro, eu não tenho nada com isso, gaste o dinheiro dele como quiser, mas já que sobra, por que não ajudar o filho?, como ia dizendo, não sabia nadar, não podia tomar o empurrão que, hoje vejo nitidamente, ele morria de vontade de dar, acho que tem até hoje, e, por isso, fica puto comigo, ou com ele mesmo, não sei, como já disse, então, lá estava eu, com seis ou sete anos, sem saber nadar, resolveu pagar uma professora particular de natação, frescura da minha mãe, segundo ele, o que depois descobri ser uma mentira deslavada dele, minha mãe morria de dó de mim, talvez a imagem do menino chorando até pelos tímpanos, não sei, fui, muito a contragosto, meu pai de longe, observando o que seria a primeira aula, nenhuma distância esconde a esperança de um homem, vi isso pela primeira vez na vida, maior do que ele, longe, fingindo desinteresse pra não entornar o caldo, pra não me empurrar também a responsabilidade de ter que aprender, a todo custo, a me virar sozinho, a boiar no poço da vida, a dar braçadas vigorosas na direção contrária ao sorvedouro da barragem, meu pai encarnava a distância sua última esperança em mim, descomunal, pesando chumbo, hoje sei disso, ele via o futuro, o que agora chamo de agora, compreende?, mas ele não era profeta de sua genealogia, como imaginava que fosse, como pensa que é, meu pai foi, na verdade, um tanto culpado de mim, entende?, não quero dizer com isso que vou me matar, dar um tiro na cabeça, pular do décimo quinto andar, nunca fui de me fazer de vítima, coisa de quem não bola bem, não, não é isso, é apenas ter consciência de que sou quem foi indo, e, por conseguinte, dado naturalmente em mim, sem mais nem menos, eu, eu, eu em mim, e fim de papo, mas não quero me justificar dos meus erros, dos erros dele, besteira, você deve estar querendo saber do que aconteceu na aula, não é?, a professora era bonita, muito bonita, fique bem tranquilo, ela disse, bate os pés, as mãos, assim, isso, eu seguro você, seguro sua barriga, olha, você não vai afundar, a mão dela tão macia, gostei de repente daquilo tudo, ela era obrigada a falar muito alto, porque eu estava com os ouvidos tampados com um protetor lá dela, produto garantido, trouxera a novidade de são paulo, a coisa ia bem, até que uns vinte minutos depois eu percebi, de supetão, que ela não me segurava, estava mesmo olhando pro outro lado, na direção do meu pai, não fiz por menos, fingi que estava passando mal, que ia me afogar, morrer de qualquer jeito, afogado ou de susto, e ela foi obrigada a me segurar, a me salvar, a me pegar com as duas mãos, então, comigo não teve jeito, foi aí que meu pai desistiu de mim pela primeira e última vez

bildungsroman

piolho-de-cobra não, mandruvá é que é gostoso, anda fazendo não, eu chuto, ele também se enrola, fingindo-se de morto, ah é?, e estalo ele

a lição

como esquecer?, foi quando descobri como funcionava o mundo de verdade, porque hoje eu sei, veja o que consegui, não é fácil juntar, não, meu filho, todo mundo quer comer você pela perna e arrotar na sua cara, chupar seu sangue e ainda dizer que ficou enjoado, que não caiu bem, ninguém quer mamar na vaca, não, a não ser que seja a vaca do vizinho, entendeu?, é a vida, nem mais nem menos, leite derramado é pra se lamber no chão, quem se faz de rogado perde a boquinha e vai lamber sabão na rua da amargura, portanto, sem frescuras de isso eu não faço nunca, já que isso nunca foi aquilo, percebe?, e aquilo, qualquer aquilo que seja, pode justamente ser o que lhe falta para dar o pulo do gato na vida, bem, estou generalizando, sei que entende, criei você pra vida, de maneira prática, de modo que lições faladas apenas passam a limpo o que você vivenciou, olhe, se aquilo deu nisso, e falo de qualquer situação em que haja algum interesse, material ou espiritual, é porque alguém pelejou bastante, correu atrás, ou teve uma sorte desgraçada, mas assim não conta, porque não depende de você, e a minha lição de hoje, culminante, perene e autobiográfica, é a prática sistematizada do comportamento do sujeito que vai vencer na vida por si só, percebe?, e não vai vencer custe o que custar, porque nesse caso o preço pode ser muito alto, e aí não compensa, a não ser que outro pague por você, mas de novo isso não conta, depender dos outros é dever antes de ter em mãos o lucro, e, normalmente, nesses casos, a vaca vai pro brejo, e você só a desenterra se entrar sozinho no atoleiro por baixo dela, o que nunca foi conveniente, concorda?, bem, é verdade que você pode mandar alguém entrar no barro por você, o que pode funcionar, supondo nesse caso que o camarada desatole o bicho, o que infelizmente nem sempre acontece, portanto, bem melhor que a vaca siga direto ao frigorífico, e, de lá, volte trotando ligeiro como capim graúdo pra carteira cada vez mais gorda, isso você já sabe, então preste bem atenção, vou contar uma história que não contei pra ninguém, nem pra sua mãe, ouviu?, mas a hora é essa, você homenzinho, já, bom, eu era criança e não tinha nada, os moleques com carrinho de controle, bola de capotão, de encher em posto de gasolina, dinheiro pra linha 10 e papel de seda colorido, pipa com rabiola vistosa, jogo de botão no estrelão, que era o campo oficial, de eucatex, o pai do birola trabalhava na marcenaria do olegário e vendia pra molecada uma imitação melhor que o original, os meninos organizavam campeonatos, eu só via, sem time, sem estádio, ficava feito besta lambendo os dedos na geral de minha pobreza, assistência banguela, rindo da alegria dos outros com os amigos desvalidos que também não tinham as credenciais da infância, por assim dizer, inclusive, o gosto do chico-capeta era correr e pegar a bolinha que algum daqueles moleques atirava longe, errando o gol com um leivinha, com um ademir da guia, precisava ver que beleza, eu não, gandula de jogo de botão?, era demais, concorda?, hoje o chico-capeta continua aí, ferrado, biscateando a pouca coisa dos afazeres menores, ou excursionando pelo centro da cidade mendigando esmolas, é isso, quando um moleque consegue limpar o próprio nariz sozinho, quando tira as melecas do salão sem ajuda adulta, já é possível perceber nele o homem embutido em si, pois o chico-capeta era assim, desses que enfiam o indicador no buraco fundo das narinas e ainda fazem pinça com a unha, pra melhor fisgar a caca, e, depois, felizes com a manobra, enfiam a meleca na boca, chupando os dedos, então deu no que poderia dar, um chico-capeta, mas não era só isso, não, um moleque tinha uma bicicleta com pneus de câmara, o dimas, ele não gostava de mim, o safado, nem uma voltinha, pedi uma vez só, ele riu, disse que não era bicicleta de rodinha, não, que eu fosse peidar n'água pra fazer borbulha, mas não tem nada, não, olhe, hoje eu bem, ele na merda, merda de mandar a pessoa errada peidar onde quer que fosse, peidar na cara dele, isso sim, tudo dado, tudo perdido, por isso obrigo você a trabalhar, pra dar valor, não vê?, é aí que um pai enfia no filho, nem que seja na marra, o homem que a criança deve encarnar na vida adulta, bom, eu pedia pra minha mãe esses brinquedos todos, mas ela só com esse negócio de bola de meia costurada, eu chutando feito besta os retalhos de nossas roupas desmanchadas, arrancando o tampo dos dedos com aquele troço vindo de nossa casa, de dentro das gavetas da cômoda, era como chutar minha avó, entende?, ora, ora, o mundo não é desse jeito, o melhor das coisas vem de fora, das europas, dos *states*, das chinas e cochinchinas, fabricadas sabe-se lá como, não é?, e, mesmo assim, e até por isso, era obrigado a chamar apenas os molequinhos menores pra jogar, coisa sem graça, então metia o pé neles, de raiva, pra me divertir um pouco, mas nem isso, em pouco tempo era uma luta achar adversário disposto a tomar pontapés, o que resolvia distribuindo uns chutes antes do jogo, pra mostrar a eles que era melhor apanhar jogando, pelo menos, claro que a escolha desses meninos era criteriosa, nenhum com irmão maior pra tirar satisfação, depois, bom, aí uma liçãozinha menor que acho que você já sabe, brigar, sempre, só com a certeza de bater, isso vale pra tudo, até no amor, mulher não gosta de homem bobão e babão, não, põe isso na cabeça desde agora, pra não sofrer escorrido à toa depois, cuspindo sangue, assoando o nariz nas costas da mão, secando os olhos com a gola da camisa, certo?, de vez em quando minha mãe aparecia com uma bola de plástico, no fim do ano, quando a prefeitura distribuía uma brinquedada vagabunda, com pirulitos e balas, tudo porcaria, chutada com força, a bola variava sem direção, estourava no mesmo dia e virava um gorro legal, pelo menos, um dia chorei mais, vomitei de vontade, queria porque queria uma bicicleta, no outro dia ela apareceu com um carrinho de rolimã, peguei e joguei pela janela, apanhei bastante, mandei minha mãe praquele lugar, ela me arrebentou a boca, fui dormir sem bicicleta, sem carrinho de rolimã, o gosto de sangue na saliva, um dente meio mole, pra eu aprender, e olha, eu aprendi, se não for do jeito que a gente quer, melhor deitar tudo janela a fora, pra não se acostumar com a esmola da vida, saber dizer não, não quero, e virar as costas pro agasalho remendado, mesmo se o frio estiver de rachar, é assim que se vence na vida, entendeu?, nunca mais fiz gorro de bola vagabunda, hoje sei que sua avó, sozinha, já fazia demais, coitada, bom, eu ali na cama, chorando e gemendo mais alto pra ela ouvir, bom, não adiantaria nada, mas da próxima vez, quem sabe, a mão pesasse menos, lembrando da amolação do choro esticado, chora bem quem chora pra depois, e não pro que já se perdeu, percebe?, então, ali chorando, assoei o ranho da raiva nas mãos, fiquei brincando peguento com o muco entre os dedos, foi secando, fiz uma bolinha, deslizando redondo a obra na pele dos dedos, tateando a tristeza, me deu uma coisa boa, sabia?, tanto que guardei a bolinha debaixo da cama, no estrado, dormi bem, como nunca, estava calor, os pés pra fora, balançando, refrescavam o sono, os sonhos, penso que senti que começava a colocar as coisas no lugar certo pela primeira vez na vida, sensação que não mais me abandonou, à custa, claro, da perseverança dos pequenos atos, entende?, o que se configura como o controle de um sistema em seu todo, a partir do que seria, pros desavisados, apenas perda de tempo, artesanato de inutilidades, você já vai entender, calma, na noite seguinte peguei a bichinha escondida, aumentei seu volume com mais meleca, guardei, foi indo, chegava a tirar sangue do nariz, mas toda noite ela ia aumentando, ganhando corpo, ninguém mais me viu com o dedo no nariz, hoje também entendo o por baixo dos panos da etiqueta, conjunto de comportamentos regrados pelos cidadãos educados que escapa totalmente ao dia a dia dos pobres, não em sua aparência, trejeitos facilmente imitáveis, o que não significa nada, mas em sua substância, naquilo que as boas maneiras têm de direção, de espírito, percebe?, esqueci bicicleta, bola, só eu, decerto, com um segredo inventado que ia rendendo segundo minha exclusiva vontade, de acordo com meu comportamento, toda noite tinha que umedecer meu brinquedo, minha construção, que pegou de esfarelar, jogando fora o esforço de dois, de três dias, o que se configurava também como um passo seguinte da lição, no começo punha guspe, depois descobri a cera do ouvido e vi que podia aumentar ainda mais rápido meu negócio, de dia ficava pensando nele em casa, na escola, onde estivesse, nada, nenhuma ação que desviasse de alguma forma minha intenção de melhorar e progredir, jogava bola?, lá estava minha bolinha, o prato de arroz?, amassava a comida com o garfo e via promessas de um futuro melhor, crescente, minha vida era minha bolinha, na fresta do estrado da cama, que tive de aumentar com um canivetinho, que o investimento já ia gordo, meu filho, a vida foi ficando mais feliz, ganhei coragem de meter a mão na cara do dimas, tudo se ajeitando, dando certo, pegando liga, entende?, às vezes o medo de ser descoberto, medo de que sua avó jogasse fora aqueles meses todos, os dedos tão acostumados, antes de dormir, amaciando a bolota sempre maior, amassando de novo um naco despegado, ressequido, então passava as unhas na cabeça, tirando as casquinhas que ia juntando, raspava atrás das orelhas, o sebo dos vãos, até do saco, a unha do dedão do pé seria uma fábrica formidável, não fosse o cheiro, o que me ensinou a desdizer o falso ditado de que todos os caminhos levariam a roma, rematada imbecilidade aqui no brasil, concorda?, acordava mais cedo pra aproveitar com calma a remela dos olhos, será que eu era o único no mundo?, não desperdiçava nada, nem um cravo do nariz, a caspa, uma casca mole de ferida, tudo de mim nessa empresa, pra mim, em meu benefício, tudo colocado em ordem em seu lugar, me ensinaram a bater punheta naquela época, mas infelizmente ainda não tinha porra, que os meninos maiores diziam ser uma cola, fazer o quê?, era esperar os momentos certos, que muitas vezes independem de nossa vontade, entende?, nem adianta fazer essa cara, sei que você já toca sua punhetinha, por isso falo sem pudor, de homem para o homem que você tem aí em você, bom, como ia dizendo, contentava-me com um líquido pegajoso que aparecia em muito pequena quantidade, na primeira semana cheguei a esfolar o pau, acredita?, você se lembra, também, de que a questão da liga era das mais problemáticas, certo?, bem, é preciso planejar os passos, mas não se faz caminhos por antecipação, abrir uma picada pra ser percorrida no ano que vem é desperdiçar suor, o mato fecha de novo, com mais força, isso na melhor das hipóteses, quando você não trabalha desavisadamente pra um desconhecido qualquer que, sem saber a direção, topa sem querer com sua trilha e desembesta por ela, largando você longe, percebe?, bom, minha mãe trabalhava muito, você sabe, quando limpava o quarto, eu ficava vigiando, o coração nas mãos, o que era inevitável, com o tempo, no entanto, fui relaxando, senhor de mim, percebi que não tinha por que ter medo, ela só chacoalhava o lençol e passava uma vassoura no chão, cansada demais pra detalhes de quem tem tempo pras minúcias, ela nunca teve, só depois que progredi, veja que hoje o gosto dela é não fazer absolutamente merda nenhuma, no que está muito certa, não é?, enfim, a troca do lençol era mais perigosa, claro, mas a bolota não ficava mais na beira do estrado, como no começo, fui obrigado a fabricar uma nova loca, mais protegida, mais pro meio das tábuas, é preciso ir sempre além, aperfeiçoando o que a natureza e o trabalho reservaram pro sujeito que faz mira além, como eu, como você, bom, agora que está ganhando de mão beijada a direção dos alvos, olha lá, hein, não vai comer seu pai pela perna, hein, quando virar o cano pro lado de seu pai, tira o dedo do gatilho, sempre, entendeu?, bom, um dia, num sábado à tarde, cheguei da rua e não vi minha caminha, minha mãe foi e trocou por outra maior, note que ela fez isso por amor, pensando no filho encolhido nas noites frias, mãe, por quê?, gostava tanto dela, mãe, no calor, era o que eu tinha de mais gostoso nessa casa, mãe, por quê?, você devia ter perguntado se eu queria, mãe, ah, mãe, bem, foi isso, chorei bastante escondido, bobagem, era no fundo minha formatura, meu filho, hoje eu sei, porque naquele momento eu tinha aprendido tudo, de a a z

bilhete ao pai

toma, pai, não consegui dizer nada, não disse nada, desperdicei um monte de papel, bola ao cesto, não consegui escrever o que precisava dizer, não sei o que quero dizer, umas verdades, pelo menos, mas não deu, toma, toma, pai, você tem razão, sempre teve, eu não tenho, nunca tive, toma desse jeito, mesmo, que é o que sou, toma, apesar de que adivinho sua conclusão, pra isso que eu já sei não precisava gastar tinta, mas gastei, ficou assim, toma desse jeito, mesmo, nem nisso aqui me saí direito, e o pior é que não posso dizer que tenho a quem puxar

homem, escada de si

"homem, escada de si"
era o que pensava, antes

subirei até diante
dos deuses, até o fim

os degraus que descobri
só desciam, entretanto

fui descendo tanto, tanto
cheguei ao fundo de mim

agora resta voltar
quero subir do meu ser

fugir de quem me empareda
de quem respira o meu ar

de quem sussurra, a dizer
"não sou escada, sou queda"

sofrimentos

seu morfético, lazarento, me contaram, você espalhando por tudo quanto é lugar que meu pai pagou, fez o que fez e pagou, tim-tim por tim-tim, aqui se fez, aqui se paga, tendo a cara de pau de repetir isso até no velório, dando uma de boca dura, seu filho da puta, desgraçado, achava que não iriam me contar?, fiquei com vontade de meter a mão na sua cara, mas tive dó, perder tempo com um joão-ninguém?, ignorei sua língua solta porque você me dava lucro, entendeu?, mas agora vem me falar de sua santidade, o papa, tem a coragem de me falar do papa, esse daí, dizendo que ele reviveu o sofrimento de cristo, e coisa e tal, um exemplo pra humanidade, você não vale nada, mesmo, cala a boca e me escuta quieto, agora você não vai fazer bonito de novo, não, fala do meu pai, fala, quero ver se você tem peito, vamos, fala, safado, sem-vergonha, meu pai é que arrumou emprego pra você, quando você estava com uma mão na frente e a outra também, pedindo esmola e mostrando a bunda, que sua fama não nega, não, ladrãozinho veado de meia-tigela, cala a boca e ouve tudo sem um pio, que você só matava cachorro a grito estridente, com homem a conversa é bem outra, noutro tom, achava que não iriam me contar?, meu pai pagou, né?, canceroso que definhou a conta-gotas, ele, aquele que pagou seu salário em dia, seu vagabundo, calhorda imprestável, agora vai procurar seus direitos com o bispo, não, com o bispo não, com o papa, que mal-entendido o quê, é olho da rua e fim de papo, fim de papo não, eu quero mesmo que você fale agora do meu pai como andou falando por aí, quero ver você falar isso na minha cara, vai, fala

não é como vocês falam

minha família tem muita gente de bem, sim, e não é de hoje, isso se chama berço, coisa que não se compra, viu?, vovó dizia que a avó dela era dona de muitos escravos, mas era uma mulher muito, muito boa, dona emerenciana, viúva do coronel tibúrcio correa, tanto é que depois da libertação eles nem queriam ir embora, ela não deixou, ficou só com duas pretas de casa

yin-yang

filmei tudo, é, com essas filmadoras antigas, mesmo, fita vhs, eu é que preparei o circo, não chamei ninguém especializado, não, nem precisava, bando de bundas-sujas, estavam me roubando, mancomunados, mas devolveram tim-tim por tim-tim, aqui se fez, aqui se paga, mas pagaram pra mim, senão não tinha graça que valesse a pena, e pagaram com juros, porque ameacei levar todos pro pau, meter todo mundo na cadeia, pediram pelo amor de deus, as desculpas de sempre, durante a conversa deixei uma espingarda cartucheira, de dois canos, do outro lado da sala, em cima da mesa, virada pra eles, todos perceberam, é lógico, mas só um teve a petulância de falar, você está ameaçando a gente, eu?, por causa daquela espingarda?, imagina, aquilo nem funciona direito, meu negócio é com o que vocês fizeram, puta sacanagem, dei emprego, confiei, falei uns 10 minutos, bom, claro que deixei uns camaradas do lado de fora, gente que eles não conheciam, caboclada parruda de cara amarrada que recrutei a preço de banana, prometendo um extra gordo, se a coisa engrossasse, preguei o ferro, cuspia quando falava, de propósito, enchendo a boca de saliva e babando aspergido pro lado deles, com a voz pesada saindo arrastada, raspando em tudo que é canto da boca, dos dentes, agora o negócio é o seguinte, vocês vão pagar tudo, senão, todos na cadeia, todo mundo na polícia, acabo com a vida de vocês, fiz assinarem promissórias, cheques, peguei documento de carro, de moto, tomei uma bicicleta, assinaram o pedido de demissão quietinhos, recibo de que paguei tudo nos trinques, a não ser o que só pode ser pago na frente do promotor, é lógico, mas ele é meu chapa, deu um jeito de me deixar sozinho com eles, lá no dia do acerto, um de cada vez, peguei a grana de volta ali mesmo, na sala da justiça, aí de novo o sem-vergonha do luís quis embaçar, acredita?, disse que não pegaram tudo aquilo, que era muito menos, eu estourei, ah, então eu é que sou o ladrão?, você não precisa devolver nada, toma, pega o roubo de volta, seu safado, joguei o dinheiro no colo dele, as notas caíram, ele estatelado, sem conseguir dobrar a espinha, ficou parecendo a estatuazinha da justiça em cima da mesa do promotor, duro, com medo até de olhar pro lado das notas espalhadas, eu é que abaixei e peguei, joguei de novo no colo dele, cai fora, some da minha frente que seu acerto vai ser de outro jeito, e vou começar agora mesmo, com o promotor, ele, que não é bobo, arregou na hora, mijou bonito pra trás, vai tomar no cu, dançou, dançou, foda-se que não pegou tudo isso, sei lá quanto pegou, desconfiei, filmei e vou pôr na bunda mesmo de todos os filhos da puta, a vida é a vida, quer roubar?, faz direito, não fez?, pau no cu deles, não estou nem aí pra eles, agora, com o carlos eu caprichei, com esse lazarento que não tem onde cair morto não podia deixar barato, chamei a mãe dele e mostrei a fita, disse, olha bem, olha bem o que o filho da senhora faz, olha, olha o naipe dele, olha, dei pause quando a cara dele ficou bem nítida, depois de enfiar o dinheiro no bolso, coloquei a fita na tv de tela grande, a senhora foi a minha casa, entrou, bebeu água, tomou cafezinho, contou da desgraceira da vida, dos remédios, da filha débil mental, retardada, sei lá, pediu emprego pra ele, eu não precisava, mas dei, olha o que ele fez, olha bem por que estou mandando seu filho embora, olha, mandei fazer uma cópia pra senhora, toma

ospb

rapaz, afanei o livro de piadas, não aguentei, de tão bom, enfiei na calça e saí tranquilamente do hotel, quem é que iria me parar?, que obra, tudo organizado, piada de político, de preto, de nordestino, de judeu, de português, de argentino, de mulher, de loira, de bicha, de gaúcho, de bêbado, de pobre, um espetáculo de mijar nas calças, a criatividade do povo brasileiro é coisa de louco, só vendo, se quiser ler é lá em casa, no sábado tem um churrasquinho, vê se aparece, não empresto nem a pau, esse negócio de emprestar livro sempre tem um bobo, ou quem empresta, ou quem devolve

força de vontade

é um martírio, mas consegui, agora a luta é manter, eu sei, não foi fácil, continua sendo difícil, o sacrifício no entanto compensa, pela manhã, uma xícara de café com adoçante, três ou quatro bolachas *cream cracker*, gosto daquelas com gergelim, uma leve camada de geleia, a *st. dalfour* é ótima, *rhapsodie de fruit*, boa porque *sans addition de sucre*, ou uma fruta, banana com algum cereal matinal de aveia, daquelas caixinhas com porções individuais, é claro, ou um *mix* de frutas, salada de frutas, como dizem por aí, sempre gostei de doces, você sabe, jogo sobre os pedaços, então, uns dois ou três saquinhos de aspartame em pó, fica uma delícia, pode ser um iogurte desnatado, bom, não gosto de leite, sabe, mas tive que me acostumar, abuso um tico e coloco na caneca uma colher de sobremesa de cacau em pó, com um bom adoçante, uso o *mixer* pra bater e fazer espuma, assim eu gosto mais ou menos, bom, lá pelas onze um lanchinho, uma fruta, um suco, um iogurte, se não optei por ele no café, uma fatia de pão integral sem casca com pouca manteiga, sei que não pode, mas nunca coloquei margarina na boca, troço de aparência rançosa, com cara de falsificação, credo, pode ser requeijão *light*, também, no almoço, aquele matagal, uma beleza, rúcula, alface, agrião, claro que dou uma incrementada, um faixa azul ralado na hora sobre as folhas, com um fio benevolente de azeite extravirgem, acidez sempre inferior a meio por cento, às vezes umas alcaparras salpicadas, uvas-passas, castanhas-do-pará moídas na hora, também, uns cubinhos de manga ou de abacaxi-pérola, umas rodelinhas de *kiwi*, um pouco de mostarda de *dijon*, adoro pimenta-branca, mas me pediram alguma moderação, e couve-de-bruxelas, então?, já experimentou alcachofra cozida com fatias de limão, folhas de louro, alho e tomilho?, algum legume cozido no vapor, uma colher de sopa de arroz integral, ou parboilizado, mesmo, uma fatia de queijo amarelo, que ninguém é de ferro, um generoso medalhão de filé com pelo menos dois dedos de grossura, ao ponto, de carne eu não abro mão, ou uma posta assada de um bom peixe, ou mesmo um filé de peito de frango grelhado, vá lá, pra variar, né?, uma lasquinha de chocolate *diet* de sobremesa, sempre fui viciado em chocolate, chocólatra mesmo, fazer o quê?, tem que ser importado, não é frescura, não, é a porcentagem de cacau, na europa, os daqui não passam de confeito, sabia?, depois, no lanche da tarde, as mesmas coisas do lanche matinal, variando, é claro, você já percebeu que está aí o segredo, no jantar, um sanduíche com no máximo três ou quatro fatias de peru *light*, por exemplo, queijo branco, alguma folha verde, cenoura crua ralada é muito interessante, faz um crocante gostoso no meio do pão, sabia?, pode ser uma sopinha, também, um caldo verde sem exagerar na calabresa, no bacon, por exemplo, perdi dezessete quilos, no começo tive ajuda de uma nutricionista, lógico, depois fiquei dez dias naquele *spa* que você me indicou, bom, se não fosse minha ajudante, também, deixando tudo preparado, não sei não se tinha saco pra essa força de vontade toda, dezessete quilos, está bom, não acha?, depois é aguentar até a hora de dormir, quando tomo uma xícara de leite desnatado bem quente com duas colheres de sopa de achocolatado *diet*, bom, não devia, mas já falei, leite só desce assim

kg

não, não é preconceito contra gordo, não, ele era chato, mesmo, a chatice deve ter acumulado, bum, arrebentou o coração, pior que colesterol, hein?, que o quê, antes ele do que eu, rapaz, você parece bobo, pesava uns 160 quilos, por baixo, e de chatice, por cima, uma tonelada, essa implicância politicamente correta, sai pra lá, vai se foder, o sujeito ensebava, chicletão, demorou pra morrer, até, irmão o caralho, estou me lixando pra justiça, lembra como respirava?, rei momo, servia pra isso, vagabundo, papai sustentando, bastardão filho da puta, mamãe é que foi uma santa, aceitando em casa o sanguessuga, e agora essa, quando a cidade se imaginava livre do peixe-boi, quando minha família parecia finalmente livre dessa vergonha tamanho família, pimba, ele de novo, começou uns dois dias depois do enterro, sei lá, deve ter sido mal vedado, imagine a rebentação daquilo, a onda de fedor se espraiando para além do cemitério, a carniça invadindo as cozinhas da redondeza, tirando o apetite de um bairro inteiro, puta que o pariu, minha família não vai se livrar nunca mais desse peso morto, dos seus filhos, da vagabundinha que ele dizia ser sua esposa, piranhona, você acha?, aquele gordo fazia tempo que não via o próprio pinto, nem a bunda ele alcançava pra limpar, ia enfiar o pau onde?, mais essa, agora, o sujeito fedendo por atacado, caso de calamidade pública, já sabe quem vai bancar o prejuízo, né?, sujeitinho enxerido é piada, pois é, inconveniente até depois de morto

casa nova

mandei fazer o cofre no banheiro, encaixado certinho, dentro do cesto de roupa suja, quero ver, agora eu quero ver se algum filho da puta acha, posso falar não tenho sem medo, leva isso aí que é tudo, pode revirar, não parece, mas a gente é gente simples, toma a chave do carro, leva tudo, pode levar

a minha, não

aquele é um sujeitinho de piscina de fibra

a família antes de tudo

era um homem bem alinhado, rico, mas rico de herança, não desses que descascam as mãos em qualquer ofício e ficam juntando na palma as camadas diárias de pele esfolada, curtindo em calos um miserê completo de privações, antes de finalmente poder dormir uma quinta-feira inteira, sem ter de dar nenhuma satisfação a ninguém, isso se der muita sorte na vida, pois é, patrão pequeno sempre foi empregadinho de si mesmo, esses não contam, rico nascido rico é que tem cara de rico, outra postura, inclusive, as mãos lisinhas no *como vai o senhor?*, já viu como esse pessoal calejado tem vergonha de cumprimentar?, entre eles tudo bem, calo com calo falam a mesma língua, e a comparação é boa, porque a pobreza de berço se aprende como se aprende o mau português, do papá-mamã ao a gente somos, pobre em aula de inglês?, então, o pobre que enriquece não perde as feições do sofrimento, nem os trejeitos, por melhor conduta que arremede, por tal ou qual manicure que frequente, cabeleireiro, o diabo, mudar até que muda, mas só as cascas, bom, no fundo, no fundo, de algum modo fica outro, concordo, porém com a cara mesma daquele um, lá atrás, mas, como eu dizia, ele era rico de herança, nascido sem precisão de qualquer ordem, os ternos de linho inglês, vestia e rolava na cama, amarrotando de leve o passado e engomado excessivo do tecido, pra ganhar um ar de elegância natural, dizia, que é a tal da elegância de quem já nasceu assim, entende?, rico de berço vive aos domingos a semana inteira, concorda?, algumas amantes, sim, mas muito discreto, a família antes de tudo, tudo o mais e bem-bom só depois, dizia para os mais chegados, no entanto, aquele falatório na cabeça da esposa, azucrinando, vizinha, empregada, amiga, carta anônima, os raios caindo no mesmo lugar, um atrás do outro, tempestades em copos, garrafas e moringas d'água, tudo ressoprado aos quatro ventos e cantos, de boca em boca, gastando as salivas até transbordar o poço, arrebentar o açude, essa maledicência pingada e gotejada, construída das verdades inteiras que desembocam em meias verdades, em mentiras deslavadas, no fim, tromba-d'água de um chuvisco, é isso, não há guarda-chuvas ou sombrinhas quando o aguaceiro vem de lado, quando a chuva vem de banda, ela pegou o smith & wesson do marido no guarda-roupa e deu um tiro na barriga dele, enquanto dormia, depois do almoço, dizem, quem correu e viu, conta, quem ouviu, repete, e deve ser verdade mesmo, porque as histórias batendo inteiras, sem gemidos a mais, sem lágrimas de menos, não, não, não chama a polícia, não, suas últimas palavras, fui eu, fui eu, não aguentava mais essa vida, não, por favor, ela não tem nada com isso, fala pra minha mulher que tudo está muito certo, a papelada no cofre, e morreu

os olhos de jussara

dei com uma folha solta dele, algumas observações acerca da peça, talvez fosse usá-las na encenação, é bem provável, *a plateia deve participar da peça, por exemplo, com os rumores do hospital (gravar antes do início das apresentações as conversas do público? amplificá-las?), a encenação se interrompe (no momento em que naum achar adequado) e o ator questiona os espectadores sobre o câncer (que fique claro que é o ator), alguém aqui tem câncer?, não?, serve na família, não, também?, um vizinho?, um conhecido?, vamos, vamos, cambada que sabe que pode ingressar no mundo cultural das diversões, vamos falar de câncer, sim, se tem um assunto que qualquer bundão pode falar com propriedade no universo é este: câncer, até aqueles que não têm onde cair mortos, vamos lá, sei que a maioria só queria se divertir, mas e aquela doença?, vamos falar umas palavrinhas antiangiogênicas, então, que tal?, ou preferem umas homeopáticas?, arsenicum album?, iodatum?, ou hydrastis?, uns sais de cádmio?, para a língua, mercurius cyanatus, para o seio, calcarea fluorica, ninguém abre a boca?, nem o peito?, eta, povinho de merda, acha que o dinheiro pra comprar o ingresso é salvo-conduto pra não abrir o bico e pronunciar de coração a palavra câncer por aí?, CÂNCER (talvez ficasse interessante incluir um narrador – uma criança?), se algum espectador falar, dê-se a corda, se ninguém tiver coragem, seguir com a peça, sem prévio aviso (a história de um homem só interessa se resumir a história inteira da humanidade? será possível?), os atores bem que poderiam parar com a encenação para ler alguns contos, textos de jornal, de revista, contar uns pedaços soltos da própria vida (ou tudo isso desde o começo, sem prévio aviso, misturado, sem marcações?), quero algo além do* happening, *do teatro invisível, mas aquém da* performance, *pretensão de completude utópica por aqui, chega dessas bostas e,* coisa doida, depois não consegui entender a letra dele, uns garranchos, acho que nem eram letras, nem desenhos, o cara devia estar muito doido, só pode, uns rabiscos de criança analfabeta brincando de escrever (se bem que algumas dessas crianças, quando questionadas, conseguem ler esses garranchos, vi isso em algum lugar), no fim da folha, uma frase em letra de forma, tomando conta da amplidão de duas linhas, *ESTAS, AS PALAVRAS DE MAIS SENTIDO*, e só

CENA 5

Quando as luzes se acendem, os três estão sentados à mesa, sérios. Naum, com o rádio nas mãos, finge consertá-lo. Tira as pilhas, recoloca-as em outra ordem, tenta ligar, em vão, o aparelho. Dá uns tapas nele, chacoalha-o. Gislaine come as cutículas, olha os dedos, raspa o esmalte com as unhas, varrendo o tampo do móvel com a mão, juntando os cacos. Sopra os que supostamente ficaram presos nas gretas da mesa. Repete a varredura. Está tremendo um pouco, incapaz de olhar Cora nos olhos. Esta, no entanto, observa um e outro, como que esperando algum contato. Ficam assim por um certo tempo, impregnando o ar cada vez mais com o peso insuportável do silêncio.

CORA
   Então? *(como ninguém responde ou olha para ela, repete a pergunta de modo mais incisivo)* Então?

NAUM *(levantando os olhos para Gislaine, depois para Cora)*
   Olha, já falei, acho que não vai dar...

CORA *(conformada)*
   Eu entendo...

NAUM
   Não é maldade, não é...

CORA
   Eu sei, eu sei...

NAUM
   Aqui é muito apertado, também...

CORA
   Você já disse isso, eu sei. Mas não é isso...

NAUM

Um pouco, também, é...

CORA

Não, não é... Espaço a gente sempre dá um jeito. As pessoas não ocupam muito lugar nesse mundo, não. Principalmente quando estão acostumadas a viver contando os dias, fazendo a conta da vida, indo de supermercado em supermercado com a lista na mão, molhando a ponta do lápis vagabundo na língua, marcando os preços de tudo numa caderneta encardida; tudo que na verdade é muito pouco, pra depois economizar uns trocados. Isso é também viver de sobras, de restos, viver nos cantos, se espremendo pelas beiradas... Ah, que bom! Sobraram uns ossos pra fazer sopa! Ossos da gente, Naum... Aqui nesta casa, se precisasse, cabiam mais duas, mais três pessoas... *(Naum esboça uma reação, reprimida por um gesto de Cora)* Olha, vou dizer uma bobagem, é bem capaz de tanta economia não dar em nada. O sujeito gasta sola de sapato, gasta energia, pulando de supermercado em supermercado, depois come dobrado, porque andou demais, carregando as compras picadas de tudo quanto é lado... Pobre, quando economiza, gasta mais... Eu não posso ficar por causa do que aconteceu... E olha que eu nem fiz nada...

NAUM

Todos fazem um pouco, Cora. Não existe esse negócio de eu não fiz nada...

CORA

Então fala o que foi que eu fiz, fala! Diz bem alto, pra todo mundo ouvir, o que foi que eu fiz!

NAUM

É por isso que você não pode ficar, tá vendo? Você vai ficar remoendo o passado sem parar, cuspindo em nossa cara o que aconteceu...

CORA
Não! Eu já disse que não! Você é que levou a conversa pra esse lado...

NAUM
O moedor, mesmo longe da carne, Cora, só pode moer, mastigar, entende? Não é culpa sua. Não adianta fingir maria-mole; o moedor mói, o moedor só pode moer, a manivela só pode girar e girar e girar...

CORA
Naum, Naum, o problema é que a carne que está sendo moída sou eu... A carne moída fui eu, eu, eu... Vocês é que me passaram pelo moedor, mais de uma vez, pra não sobrar uma tira de fibra, nenhuma... E vocês conseguiram...

NAUM
Viu, Gislaine? Não tem jeito...

CORA *(olhando para Gislaine, que ainda não conseguiu levantar o rosto)*
Eu não vim lavar roupa suja, não, Gislaine. Essa roupa não está só suja, não... Se estivesse era fácil. Está imunda, esgarçada, rasgada, rota, despedaçada, molambenta... Isso não tem mais jeito. São trapos sem remendo, sem cerzimento... Não cabe mais sabão, nem esperança branca de quarador... Melhor andar pelado, isso sim... Por isso que voltei, porque a terra está para comer tudo... Não para vocês, que têm as suas obrigações, ainda. O tecido não se arrebenta por inteiro... Mas para mim... Eu só queria morrer em paz. Não com vocês, entendem? Em paz comigo mesma... Por isso tinha que ser aqui... As meninas pelo menos um pouco apegadas de verdade comigo, sei que elas iam gostar de mim um pouco, ainda sei dar amor, porque acho que depois de tudo ficou um bocadinho dele em algum lugar no fundo de mim...Um bocadinho de amor empedrado, feito sabão, uma nódoa de amor, no mínimo... Mas com as lágrimas que despejei na vida, amolecia na marra esse amor, cuidava dele, esfregava com jeito até sair, oferecia límpido pras meninas, sem as dores sujas do mundo... Então morria feliz! Elas chorando de verdade por mim, lembrando todo ano de mim, pelo menos uma vez,

no meu aniversário... Duas... Em finados também... Vamos levar umas flores pra vovó? Só peço a Deus um pouco de força pra mostrar que alguém puro pode me amar de resto, de verdade, no fim das contas... É pedir muito, Gislaine?

NAUM
É, sim, Cora, porque a vida não é lista de supermercado...

CORA *(ignorando a observação de Naum)*
Fala comigo, Gislaine...

NAUM
Você mesma berrou que nunca mais olharia nos olhos dela! Que nunca mais queria ouvir a sua voz! Que ela não era mais filha! Que nunca mais diria o nome "Gislaine"! Que...

CORA *(interrompendo Naum)*
Cala a boca! Cala essa boca maldita, homem de Deus! Quem naquela hora diria coisa diferente, quem?

GISLAINE *(falando com decisão e ternura, sem levantar os olhos, porém)*
Você pode ficar, mãe... *(levantando-se e olhando finalmente a mãe, que não consegue conter o choro)* Pode ficar, mãe. A gente dá um jeito. A senhora tem razão. A gente sempre dá um jeito...

CORA
Ah! Meu Deus!

NAUM *(constrangido)*
É, a gente dá um jeito...

CORA
Me dá um abraço! *(as duas se abraçam, chorando; Naum se afasta, senta-se na cama, sério)*

GISLAINE

A Josélia pode dormir num colchonete, no chão. De manhã é só guardar embaixo da cama...

CORA

De jeito nenhum! Eu durmo no chão! Imagine que uma neta minha vai dormir no chão! Velha quebrada é fácil de amontoar!

GISLAINE

A senhora está doente, mãe!

CORA

A minha doença não piora com o chão. É capaz até de melhorar...

GISLAINE

A friagem, mãe!

CORA

Eu ando passando coisa bem pior...

GISLAINE

Que coisa, mãe? A senhora não estava bem, morando com um senhor, em Santo André? O que foi que aconteceu? *(as duas sentam--se novamente, uma segurando as mãos da outra; ao fundo, Naum permanece imóvel, na cama)*

CORA

Ele foi embora... Depois eu conto... Sabe, tem vezes que eu me pergunto: a gente não se repete demais, falando sempre e sempre a mesmíssima coisa, repetindo a pobreza na fala o tempo todo, o tempo todo, o tempo todo? Isso cansa... Cansa quem fala, quem ouve... Pobreza nunca foi boniteza... Melhor esquecer...

GISLAINE

Mas se a verdade é essa...

CORA

É, mas não precisa fazer mundos e fundos com isso. Desgraça nunca pode ser enfeite, Gislaine. Eu paro nas bancas de jornal todos os dias. Faço isso desde mocinha, leio as manchetes dos jornais, olho as capas das revistas... Muitas vezes de mãos dadas com você, não lembra?

GISLAINE

Eu também faço isso hoje, mãe! Bom, só com as revistas...

CORA

Então... Os jornais gostam tanto de desgraça! Mas fazem questão de fotos bonitas! Teve uma que não pude esquecer... A mãe com o filho, dentro de um ônibus, chovia... O vidro todinho respingado, as gotas certinhas. Ficou parecendo um quadro, de tão bonito, de tão colorido... Parecia que posavam, parecia uma pintura... Mas eles estavam fugindo da guerra, tinham perdido tudo, tudo, acho que uns parentes mortos, inclusive. A criança sem saber de nada, inocente, pobrezinha... Mas os olhos da mãe carregando o sofrimento da família inteira... Acho que a gente fala assim das nossas desgraças por causa disso, pra embelezar a feiura da existência, não será isso? Uma hora a gente acerta no modo como conta nossas desgraceiras, e o mundo desandado, quem sabe, acerta um ou dois passos... Será? Bom, no fundo, no fundo a gente fica chata, exigindo que os outros vejam a beleza de sabermos contar tão bonito a porcaria das nossas vidas... Então acho melhor ficar quieta...

GISLAINE

Mas essa doença, mãe, como foi que isso apareceu?

CORA *(com um ar repentino de preocupação)*

Você não me deixou ficar só por causa dessa doença, foi?

GISLAINE

Não, mãe... A senhora ainda é minha mãe... Vou levar a senhora lá em Barretos, a senhora não vai morrer tão fácil... Tem um ônibus da prefeitura que vai toda semana, de graça. Contaram que o atendimento é de primeira, mesmo pra quem não tem dinheiro...

CORA

Não queria falar disso... A que horas as meninas chegam?

NAUM *(levantando-se)*

Daqui a pouquinho, mas olha lá o que vocês vão contar pra elas...

CORA

Um dia elas vão ficar sabendo de tudo...

GISLAINE

Bom, mãe... O Naum tem razão...

NAUM

É lógico que tenho! Elas não precisam saber de nada, não! E...

CORA

É pior saber na rua...

NAUM

Que mané saber na rua! É só desmentir!

CORA

Mesmo que fosse mentira... Boato, boato, boato, um dia vira fato... E não tem como desmentir a verdade a vida inteira... É saber contar, isso sim...

GISLAINE

Nisso acho que a senhora tem razão... Mas não precisa ser agora, né?

CORA

Claro que não! Não disse isso, tem que ter jeito, também...

NAUM

Jeito! Jeito! Parece que vocês têm jeito pra tudo! Tem coisa que não tem jeito, nunca!

GISLAINE *(alterando-se)*

Para com isso, Naum! Já vi que você é que põe fogo!

CORA

Calma, filha. Se você ficar assim, ele tem razão... Queria que comigo aqui, no pouco tempo que vou ficar, vocês não brigassem... Principalmente por minha causa.

GISLAINE

Que pouco tempo, mãe! Essa doença a gente vai dar um jeito nela...

NAUM

Eu não falei? Jeito...GISLAINE
Cala a boca, Naum! *(lembrando-se do que a mãe disse)* Eu não quero brigar com você...

NAUM

Olha, eu não vou mentir... Tenho dó de você, sim, Cora, mas acho que isso acaba em tragédia... Não vai dar certo...

CORA

Não é pra ter dó de mim! Eu sei que você nunca teve!

GISLAINE

Naum, você é o homem da casa, a gente sabe disso, mas quem anda trazendo o sustento aqui já faz um bom tempo sou eu! Então eu mando um pouco também! Pensando bem, pouco, não! Mando muito! Eu também sei falar o português claro! As coisas já foram, já aconteceram, você errou, eu errei, todo mundo sabe disso, mas agora não é ontem mais! A minha mãe está aqui de coração aberto, sei disso, sou mãe, também... Não é questão de bater o pé, não... Se ela não pode ficar, você muito menos!

NAUM *(surpreso)*
Eu?

GISLAINE
É, você, sim! Quero dizer que, se alguém tem que sair, pode ir tirando o cavalinho da chuva, que é você, mesmo! Deus às vezes faz as coisas chuviscadas, mas noutras vezes despeja a tromba-d'água sem três trovões de aviso...

NAUM
Que é que é isso, mulher?

GISLAINE
Eu quero dizer que já estou com você até o pescoço, homem! Você anda muito mudado... Tenho certeza de que tem sirigaita na história!

NAUM
Que é isso? De onde você tirou isso? Foi alguma vizinha? Foi...

CORA
Vamos parar com isso...

GISLAINE
Mãe, acho mesmo que a senhora apareceu não foi à toa! A mão de Deus... Safanão pra endireitar... A dona Matilde me disse que eu estava pra levar um tapa do destino que, no fim das contas, ia me aprumar a vida, apesar do vergão vermelho e roxo do pescoção... A senhora se lembra da dona Matilde, não lembra? Mulher poderosa... Enxerga dentro da gente, sabe o passado, o presente e o futuro... Acerta tanto que faz medo...

NAUM

Então foi ela... Safada, sem-vergonha que toma dinheiro das tontas, das bobonas...

CORA *(levantando-se)*

Estou indo embora...NAUM
É melhor, mesmo...GISLAINE *(ao mesmo tempo)*
De jeito nenhum, mãe... Tenho sofrido demais, achava que ia morrer amaldiçoada... Não perco a chance de ganhar o perdão da senhora de jeito nenhum!

NAUM

Ela não veio perdoar ninguém...

CORA

Você, nunca, Naum... Mas minha filha é diferente...

GISLAINE *(visivelmente emocionada)*

Ah, mãe, quanto tempo esperei por isso...

NAUM

Então, tá, não está mais aqui quem falou... Depois não vão dizer que não avisei... *(sai para o banheiro, resmungando)*

CORA

Estou um pouco tonta, preciso sentar...

GISLAINE

Senta, mãe... Me conta, como é que a senhora descobriu essa doença? Vou pegar um copo d'água com açúcar pra senhora. *(serve a água com a colher dentro do copo)* Conta tudo, mãe, eu preciso saber...

CORA *(bebendo aos poucos)*

Não compensa contar, filha...

GISLAINE

Mãe, quero saber tudo... Eu também sei escutar a dor dos outros...

CORA

Descobri e pronto...

GISLAINE

Mãe...

CORA

Tá bem, mas não conta pra ninguém, nunca, você promete? Nem depois que eu morrer, promete? Principalmente pro Naum...

GISLAINE

Prometo.

CORA

O Eusébio foi embora de casa, acho que com uma mocinha que fazia faxina em casas bacanas... Não tenho certeza, acho isso porque ele um dia perguntou se eu não queria faxineira, que tinha ficado sabendo de uma menina que andava precisada... Que eu merecia um descanso. Na hora eu não atinei... Disse: ficou doido, homem? O nosso dinheirinho contado e você querendo que eu banque a madame? Bom, resumindo, senão o Naum volta...

GISLAINE

Volta nada... Homem, quando senta na privada, parece que vai cagar parafuso... Sei lá por que homem gosta tanto de banheiro. Conta sossegada... Se ele aparecer, mando ir encher o saco do Joça, que a gente tem muito que conversar...

CORA

É que eu sou boba, filha... Bom, o Eusébio foi embora, disse que queria voltar pra Pernambuco sozinho, morar com uma filha, não sei, disse que o amor tinha acabado, que já não tinha força de homem... Depois uma vizinha veio com essa história da faxineira... Deve ser verdade...

GISLAINE
Ô, mãe...

CORA
No começo ele mandava um dinheirinho, dava pro aluguel. O resto eu me virava. Depois, a fonte secou de vez... Bom, dele eu não consigo deixar de gostar... Nem desse jeito... Ele sabia que a mentira faria menos arranhões em mim...

GISLAINE
Mãe, você ficou doente de tristeza...

CORA
Não tristeza dele, que foi meu alívio...

GISLAINE *(acabrunhada)*
Mãe, não diz isso que a consciência dói mais, se é que tem jeito...

CORA
E é pra doer, mesmo, filha... Mas eu sou mãe... Você... Você... Esquece um pouco, faz de conta que não aconteceu nada, finge, faz força, filha... A gente falando e falando, repetindo e repetindo o não acontecido sem parar, de repente só se lembra daquilo que não se passou, mas era exatamente o que a gente queria que sempre fosse... Finge, filha, finge...

GISLAINE
É o que eu mais tenho feito na vida, mãe...

CORA
Mas ainda é pouco, não é?

GISLAINE
A senhora sabe...

CORA
Sei porque também já nem tenho mais forças... Nem pra odiar você... Então acho que fica aquele amor de fundo, de resto...

GISLAINE
Mãe!...

CORA
Vamos parar de falar disso?

GISLAINE
Não, mãe... Tenho que saber o que a senhora passou. Tenho que dar um corpo, dar carne, dar sangue ao que apenas imaginava... A dor de verdade nunca é maior do que aquela que inventamos na distância das pessoas perdidas... Mãe, eu pensava que tinha acabado com a senhora... Que, quando eu morresse, a minha mão fosse secar... Que ninguém no mundo conseguiria deixar meu braço debaixo da terra... Cheguei a ter pesadelos com isso. Mas eles acabavam bem... A senhora ficava sabendo dessa maldição, ia até o cemitério, chorava aos meus pés, me perdoava, as suas lágrimas caíam sobre a minha mão seca, desenterrada, e pronto, ela ia afundando, afundando, até descansar finalmente no peito... Então, mãe, eu preciso saber de tudo, sim! Agora eu tenho a chance de saber do sofrimento real que eu causei na senhora, entende? *(elas se abraçam, mudas)*

CORA *(afastando-se devagar)*
Minha filha, o certo era esquecer isso...

GISLAINE
A senhora sabe que é impossível... Não por nós, mas pelas duas meninas...

CORA
Como elas estão?

GISLAINE
A Josélia está bem... Só é careca, a senhora sabe. Sofreu muito quando era menor, os moleques riam dela, tadinha... Uma vez, no Carnaval, um deles arrancou a peruquinha dela perto de todo mundo... Eu queria matar o moleque! Já a Joselina é doentinha da cabeça, também, não entende muita coisa... Ela mesma arrancava a peruquinha pros meninos rirem dela... Se divertia, acredita? Não adiantava ensinar... A vida é assim, mãe. Se a gente não tem consciência de nada, pode até se divertir com as próprias desgraças... Acho bom, juro... A Joselina é a mais feliz aqui de casa...

CORA
Ah, Gislaine, isso é bom no papel... Pena a vida não ser de papel, filha. A gente não passa a borracha nos dias... O que se vive é que é o pior de tudo, escrito de verdade, na verdade... Quando alguém fala: vivi, aí sim, bom ou ruim, nem chega perto da linha da vida... A memória sublinhando tudo errado na palma das mãos... Quem fala sobre calos não cumprimenta com força, entende? Por isso melhor ficar quieta... Ah, chega disso, minha filha... Não vejo a hora de reencontrar as meninas!

GISLAINE
Mãe, termina a história, então, já que ela não é nada, já que ela é creme pras mãos ressecadas... É isso? *(sorri)* Vamos recortar logo de vez esse calo que nunca parou de crescer...

CORA *(depois de alguns segundos de silêncio)*
Eu sozinha não conseguia dar conta dos compromissos... O Eusébio sumiu de vez. Tentei entrar em contato... Nada. O endereço não existia... Demorei pra escrever porque estava muito magoada. Pegava o dinheiro que chegava porque não tinha outro remédio... A fonte

secou, a vida cada vez mais difícil... Fui despejada, fiquei morando nas ruas... Queria morrer, juro... Mais uma vez... Ficar com a minha irmã, com a Jandira, Deus a tenha... Escrevi uma carta dizendo isso, guardei bem guardadinha no bolso, deixei o endereço daqui, o seu endereço, Gislaine... Ficava com ela no bolso, pro caso de morrer de repente... Pedia que vocês não me deixassem enterrar como indigente... Queria descansar, dormir com a minha irmã...

GISLAINE
Que horror, mãe, a senhora não podia...

CORA *(transtornada)*
Podia! É lógico que podia! Voltar? Ver você? O Naum? As meninas? Isso nem passava pela cabeça... Um pai casado com a própria filha! Um pai casado com a própria filha! E com duas filhas! Filhas e netas, ao mesmo tempo! Eu... Não... Eu... Duas meninas inocentes!

(Gislaine sai cabisbaixa do palco. Cora fica sozinha, caminha para a boca da cena, as luzes se apagam. Ela31

começa a cantar e, à medida que canta, uma luz a pino, cada vez mais forte, a ilumina)

> ir pelo suicídio
> depois voltar
> incapaz de tocar
> a morte
>
> o medo divide o
> caminho em dois
> ficarei aqui, pois
> (que sorte!)
>
> quase ter ido

        trouxe à lembrança
        o que me coube:

        ter vivido
        foi vingança
        que não houve

GISLAINE *(volta assustada com o que ouviu)*
Mãe! Mãe! A senhora mesma disse que não era hora de falar disso! Parece que eu...

CORA *(tentando a custo se acalmar)*
Sei! Me desculpe... Você tem razão... Não fica assim, filha. O culpado foi o Naum! Foi...

GISLAINE
Não, mãe, não foi! Fomos nós dois! Eu também quis! Eu amava meu pai de verdade! Amava! Pra mim, ele nunca foi meu pai! Não sei explicar isso... Ele não parava em casa, não sei... Parece que eu nunca fui filha dele, mesmo sendo! Mãe, acho que fomos nós três os culpados! A senhora também... Os três! A senhora não pode jogar nada na minha cara, mãe! Às vezes penso que a senhora tinha que ter percebido tudo antes, antes de mim! A senhora não podia ter deixado, mãe!...

CORA *(desesperando-se)*
Chega! Chega! Chega! Não adianta, filha! Chega! Vamos falar de outras coisas, vamos falar do meu câncer! Câncer! Filha, eu estou morrendo, não tem mais cura... Estou morrendo de câncer! Isso encobre qualquer assunto, não encobre? Câncer! Logo, logo todo mundo livre...

GISLAINE
E eu, mãe? Quando fico livre?

CORA
    Não sei, Gislaine! Não sei! Será que alguém sabe as respostas na vida?

As luzes se apagam.

CENA 6

Depois de um minuto de escuridão, acendem-se apenas as luzes do lado esquerdo do palco, onde era o pronto-socorro. Agora, estamos na entrada da casa.

JOSELINA *(agachada, pega algo no chão, examina com cuidado, aproxima dos olhos, sorrindo, cheira, ri mais ainda)*
    Fica quietinho, fica!

JOSÉLIA *(impaciente)*
    O que foi que você achou aí?

JOSELINA
    Nada... Um bichinho...

JOSÉLIA
    Joga isso fora, vamos entrar, vamos...

JOSELINA
    Piolho-de-cobra... Eu gosto. Tem gente que pisa neles, eles fazem trec-trec... Eu não gosto disso. Maldade, não é?

As luzes se apagam. Acendem-se, ao mesmo tempo, as luzes da casa. Cora e Gislaine continuam a conversa.

CORA

Fiquei jogada no mundo. Eu me joguei... Tanta gente mora nas ruas... Pensei: o que é que tem? Pelo menos as preocupações serão outras, me esqueço da vida, preocupada com o dia a dia. A comida num pote de sorvete, uma garrafa de dois litros, pet, com água, uns sacos de lixo com algumas roupas...

GISLAINE *(inconformada)*

Mãe do céu! A senhora virar mendiga! Com uma filha com casa! Você...

CORA

Você casada com seu pai, com meu marido! Pensa bem! Vivendo em pecado, me humilhando!

GISLAINE

Já falei pra senhora... Tem coisas que a gente não escolhe! Não queria que fosse assim, mas foi... É, ainda... As pessoas me olham com nojo, sabia? Pensa que isso é fácil?

CORA

E como você queria que fizessem? Acha que isso é certo? Quem no mundo vai achar isso certo, minha filha?

GISLAINE

Mãe, e o que é certo nesse mundo? Qual é o filho de Deus que pode dizer que faz o que quer? Jesus mesmo não queria o cálice... Pediu, implorou... Teve jeito?

CORA

Você vive em pecado... Olha, no fundo acho que voltei também porque acredito que posso desfazer...

GISLAINE
>Desfazer o quê? Como desfazer o acontecido? A vida não tem como desviver... Sem contar as meninas...

As luzes se apagam. Como na vez anterior, ao mesmo tempo acendem-se as luzes do lado de fora da casa.

JOSÉLIA
>Jose, você precisa parar de ficar pegando bicho no chão, eu já falei! Lembra da picada daquela aranha? Lembra da dor? O dedo inchado, a mão inchada...

JOSELINA
>Eu apertei muito ela, tadinha... Por isso...

JOSÉLIA
>Apertou nada! Tem bicho que é bravo! Morde, pica! Tem...

JOSELINA *(interrompendo-a, chorosa)*
>A Zélia não gosta de mim! Zélia, você é um bicho muito mais brabo que os bichos brabos! Quando você fala, às vezes pica muito mais doído!

JOSÉLIA *(sorrindo)*
>Você diz cada uma!

JOSELINA
>Digo mesmo! É verdade! Todo mundo é pior comigo que os bichos! Quer saber de uma coisa? Nunca mais vou usar essa peruca! *(arranca-a da cabeça, jogando-a na direção de Josélia)*

JOSÉLIA *(para si mesma)*
>Ai meu Deus! Que cruz! *(para Joselina, brava)* Eu já falei pra você não fazer isso! Todo mundo fica achando que você é uma bobona!

Quer isso? Quer? Eu sei, Jose, eu sei! Você faz isso porque sabe que eu não gosto! *(pega a peruca no chão e caminha para a irmã)*

JOSELINA

Eu não sou bobona, não! Nem bobinha! Bobona é você! Você que nasceu primeiro! A mamãe falou, viu? *(tentando desviar a cabeça)* Não quero pôr isso nunca mais! Essa coisa coça! Se eu fosse você jogava a sua fora também! *(arranca a peruca de Josélia)*

As luzes se apagam. O processo se repete: ao mesmo tempo, acendem-se as luzes da casa.

CORA

Eu gostava da rua, juro. Uma liberdade sem tamanho... Lógico, tinham muitos problemas, também, mas outros, e isso era bom demais, até! As necessidades... Pedia pra entrar no banheiro de um bar, muitas vezes não deixavam, acredita? Mesmo quando comprava uma coisinha, pra disfarçar. Tocavam a gente feito bicho... Vai saindo, vai! Já comeu a coxinha, vai indo, vai indo, você está muito fedida, vai espantar a freguesia, vai! Fedida? Nunca na minha vida... Mas a aparência... Olha, mesmo sem cheirar, acredito que eles sentiam a catinga, sim... Isso eu aprendi bem... As coisas todas existem só dentro de nós. Esse mundo aí, que você vê, a maioria dele está dentro de nós, sabia? As pessoas veem as mesmas coisas diferentemente, percebe? E penso que todas verdadeiras, todas... Então eu estava fedendo, sim, fedendo de verdade... E outros fregueses que viram o dono do bar me expulsar sentiram também aquele cheiro que não existia e estava ali, atrapalhando o apetite deles todos...

GISLAINE

E como você fazia, mãe?

CORA

Tinha que descobrir um canto qualquer, improvisava uma barraca com um cobertor velho... E saía de perto, depois, senão era capaz de apanhar, até...

GISLAINE

Minha nossa, mãe! Quanto tempo nisso, mãe?

CORA

Até descobrir essa doença... Mas não quero falar disso, Gislaine...

GISLAINE

Mãe, por favor, eu preciso saber! Eu já disse que preciso saber!

CORA

É triste demais, você não merece, apesar de tudo... Principalmente se quisermos salvar alguma coisa de nós...

GISLAINE

É o contrário, mãe...

CORA

Não sei, Gislaine... Tem gente que diz que as dores trocadas se anulam... Nesse caso acho que elas se somam, filha...

GISLAINE

O que pode ser bom! Elas ficam tão grandes que a gente desiste de carregá-las...

CORA

Ou morremos sufocadas embaixo delas...

GISLAINE

Pelo menos chegamos a um fim!

CORA
As meninas só estão no começo... São inocentes e precisam de você...

GISLAINE
Precisam de nós, mãe... Agora elas precisam de nós!

Novamente as luzes se apagam na casa. Lá fora, Joselina não quer entrar...

JOSELINA
Eu vou levar o piolhinho pra casa, eu cuido dele! *(guarda-o na mochila)*

JOSÉLIA *(arrumando, ainda, a peruca)*
Eu já te falei um milhão de vezes, menina tonta! Não coloca a mão no meu cabelo!

JOSELINA
Você não tem cabelo! É careca, carequinha...

JOSÉLIA
Peruca é a mesma coisa, bobona...

JOSELINA
É nada! Cabelo cresce, é grudado na cabeça, mas mexe pra frente um tiquinho todo dia! Você não sabe porque não tem! Fica com vontade de fazer penteado na cabeleireira, mas não pode! *(canta, de maneira sublinhada, cada uma das sílabas)* Bem fei-to, bem fei-to, bem fei-to!

JOSÉLIA
Ai, minha nossa senhora! Os outros dão risada da gente quando você faz isso! É feio! E não pode fazer nem com você! É feio! Todo mundo fica rindo de você...

JOSELINA

Feio nada! Eu gosto... Fica fresquinho, e os outros gostam mais de mim assim, sem mentir com a cabeça... Você não gosta de alegria? As ideias não ficam presas. Por isso que tem muita vez que você fica mais boba que eu... Bem mais! As minhas ideias podem correr à vontade, que nem os bichos, soltinhas... A peruca não deixa os pensamentos avoarem...

JOSÉLIA

Então tá, vamos entrar, vamos... E joga esse bicho fora; coisa nojenta, menina... Piolho-de-cobra não é bicho de estimação! Joga fora, vai!

JOSELINA

Não quero! Agora ele é meu! Agora ele tem dono e não vai mais conseguir viver sozinho! Quem tem dono uma vezinha só, na vida, nunca que nunca mais consegue ficar sozinho na vida! A mamãe que falou, quando eu queria soltar o canarinho do pai... Disse que ele morria no mundo... Então não pode, agora é pecado...

Nova troca de luzes.

CORA *(flagrada no meio da fala)*

[...] a política da prefeitura. Então tinha que ficar esperta... Descobri uma pracinha bonita, muito tranquila, então. Tinha um coreto no meio. Às vezes uma bandinha municipal tocava lá. Parecia uma cidadezinha do interior, acho que fiquei gostando mais do lugar por isso, também. Dormia dentro do coreto, não pegava sereno, o portão ficava destrancado. Além disso, era baixinho, da altura das grades de ferro fundido. Foi aí que aconteceu... *(fica em silêncio, como que avaliando se deveria continuar)*

GISLAINE

Conta, mãe... Eu quero saber... Aconteceu o quê?

CORA
> Um grupo de pedintes apareceu no meio da noite... Não liguei, normalmente as pessoas que vivem nas ruas são unidas, por incrível que pareça. Mas homem é homem, não importa se tem ou não tem dinheiro, não importa se tem berço, se dorme no banco da praça... O ser humano é ruim por natureza, filha...

GISLAINE
> Pelo amor de Deus, mãe, o que eles fizeram com a senhora?

CORA *(emocionada)*
> Foi até bom, por isso que voltei...

GISLAINE
> O que eles fizeram, mãe?

CORA
> Eles me estupraram... Um depois do outro... Tentei fugir, bateram muito em mim, quebrei um braço, olha... *(suspende a manga da blusa)* Gritei desesperada... Ninguém ouviu... Se ouviram, não deram bola... Viraram pro outro lado, colocaram o travesseiro sobre o ouvido, xingaram os desocupados que ficam fazendo algazarra à noite... A gente dorme, Gisele, não é pra descansar, não... Dorme pra se enganar. Dorme pra pensar que o outro dia é um novo dia... Que tudo será diferente, que tudo nasce de novo, com o sol... Então vira pro lado, puxa a coberta, pensando que a vida pela manhã terá um novo rumo melhor... Besteira! Quem passa a noite em claro percebe isso fácil, fácil... Mas tem que passar sem querer, fazendo força pra dormir, cansando de ficar com os olhos fechados... Aí, de manhã, tudo pesando na cabeça, desde o começo dos tempos, tudo acumulado no peito, sufocando... E você de repente descobre que todos os dias são um só... Que a vida começou a se enroscar lá longe; que o nó-cego da dor ninguém desata...

GISLAINE
Meu Deus, mãe!

CORA

Eu pensei que fosse morrer... Uma hora a gente desiste de lutar, quer desistir de tudo... No fim, o mais drogado deles me agarrou e mordeu o bico do meu seio, quase arrancou o bico do meu seio com os dentes...

GISLAINE *(desesperando-se, começa a chorar convulsivamente)*
Mãe... Mãe... Ô, mãe... Eu ajudei a desgraçar a senhora! Fui eu, mãe! Mãe...

CORA *(abraçando a filha)*
Não fica assim, filha... Você vai ver que isso acabou sendo bom... Juro, hoje entendo isso...

GISLAINE
Bom de que jeito, mãe, de que jeito?!

CORA

Acho que quando Deus se esquece da gente, por descuido, ou porque está vendo alguém mais precisado, o demônio toma as nossas dores pra ele... É ele, então, o diacho, que empurra a nossa vida pra frente, mas do jeito desajeitado lá dele... No hospital, cuidaram até que bem de mim... Lavaram, engessaram, costuraram o bico do meu peito no lugar... No outro dia tiraram chapa, o médico veio falar comigo e disse na bucha que eu tinha câncer no seio, vários tumores... Disse que provavelmente, pelo tamanho, já espalhados pra outras partes... Ossos, fígado... Que eu não tinha muito tempo de vida, então... Que ali eles não poderiam fazer nada, que eu procurasse o hospital sei lá qual, depois que me restabelecesse...

GISLAINE
Mãe do céu! Que desgraça! Mas em Barretos...

CORA *(interrompendo a filha)*
Você não precisava saber... Agora que sabe, não quero compaixão por causa disso... Morrer todo mundo vai morrer... Como já disse, tive sorte, porque criei a coragem que pensei que nunca teria... Demorei um pouco, ainda, mas voltei pra cá, voltei pra ver você, pra ver minhas netas... Penso que até o dia da minha morte, quem sabe, consiga perdoar o que...

Josélia abre a porta de repente, entra puxando a irmã pela mão. Cora levanta-se, olha as meninas por alguns segundos, começa a rir e corre até elas. Abraça Josélia com força, chegando a gargalhar, emocionada. Joselina, com medo, corre para o beliche, entra embaixo das cobertas, desaparecendo, gritando palavras sem sentido. Gislaine está em pé, extática. As luzes se apagam lentamente.

CENA 7

As luzes se acendem, em intensidade menor, de modo que o palco fica a meia-luz. Naum conversa com Cora, enquanto Joselina brinca com sua boneca de pano, artesanal – a mesma que estava na estante, na primeira cena. O que chama a atenção na boneca são seus olhos, exageradamente grandes. Josélia lê uma revista, sentada no chão, próxima à porta do quintal, aproveitando a claridade do dia. Cora está deitada na cama, coberta.

JOSELINA
Ô boneca boba! Come direito!

GISLAINE
Fala baixo, menina! A sua avó está dormindo!

JOSELINA
  Agora é de dia! Não é hora de dormir!

GISLAINE
  A sua avó está doente! Eu já expliquei! Ela ficou acordada a noite inteira, agora é que conseguiu pregar os olhos... Fica quieta, brinca de vaca amarela com a boneca, vai!

JOSELINA
  Eu não brinco mais disso... Toda vez ela ganha!

GISLAINE
  Mas será o Benedito?! Menina, brinca do que você quiser, então, mas fala baixinho, fala baixinho, brinca quietinha, entendeu?

JOSÉLIA *(fechando a revista, sentando-se perto da irmã)*
  Eu ensino você a ganhar da boneca, quer?

JOSELINA
  Não tem jeito, eu sempre acabo falando antes... *(lembra-se do que a mãe disse, abaixa o tom de voz)* Aí ela fica com essa cara lambida, rindo da gente! Zolhuda! Então sabe o que eu faço? Bato nela, pra aprender a não desobedecer mais!

JOSÉLIA
  Ela chora?

JOSELINA
  Chora, quer ver? *(bate na bunda da boneca e imita o choro de uma criança)*

GISLAINE
  Baixinho, Joselina!

JOSELINA *(chorando baixinho, ainda)*
    Eu vou tampar a sua boca, pra não atrapalhar ninguém mais! Ô, boneca bocuda, sô!

JOSÉLIA
    Quer ver uma coisa? *(pega a boneca)* Como você se chama, boneca? *(fazendo outra voz, respondendo)* Eu me chamo Judite, e você?

JOSELINA *(interrompendo-a)*
    Não é Judite! É Jussara! Jussara! E é você que está respondendo! Não é a boneca! Boneca não fala!

JOSÉLIA
    Mas a boneca não estava chorando agora há pouco? Era você?

JOSELINA
    Chorar é diferente! Chorar todo mundo chora! Até boneca, viu?

JOSÉLIA
    Às vezes elas conversam, também, não é verdade, mãe?

GISLAINE
    É.

JOSÉLIA
    Olha... Jussara, o que você quer ganhar de aniversário?

JOSELINA *(com ansiedade)*
    Um boneco *Bob*, que é o namorado da *Barbe*!

JOSÉLIA
    Nossa, olha só, a boneca respondeu!

JOSELINA
Fui eu...

JOSÉLIA *(fingindo que não escutou a irmã)*
Pois eu vou dar a você de presente um boneco menino do Rob, você quer?

JOSELINA *(depois de hesitar um pouco)*
É, a boneca falou, mesmo!

JOSÉLIA *(fingindo novamente que não ouviu)*
Você quer um Rob?

JOSELINA *(afinando a voz, imitando a boneca)*
Eu quero, sim! Mas não é Rob... É Bob! *(Gislaine e Josélia começam a rir)* Agora que prometeu não tem mais jeito, hein!

JOSÉLIA
Viu como ela falou? Viu?

JOSELINA
Nossa, falou mesmo!

JOSÉLIA
Então agora é só brincar de vaca amarela com ela... Olha: vaca amarela pulou janela, quem falar primeiro come a bosta dela... *(imita a voz da boneca)* Eu vou ganhar de você, Josélia! *(volta à voz normal)* Ah! Perdeu, perdeu, você falou! Você falou!

JOSELINA *(rindo bastante, eufórica, canta)*
A Jussara perdeu, A Jussara perdeu! A Jussara perdeu! Agora é minha vez, dá a boneca aqui! *(pega a boneca e começa a brincar)*

GISLAINE
Você tem jeito com criança...

JOSÉLIA
Ela gosta de mim... Mas não é mais criança...

GISLAINE
Você não é mais criança... Ela sempre será. Nossa, daqui a um mês vocês fazem dezessete anos! Com a sua avó aqui vamos caprichar na festa!

JOSÉLIA *(falando ainda mais baixo)*
O pai disse que ela não passa desse mês... É verdade?

GISLAINE
Seu pai não sabe o que fala! Nunca soube! Os médicos lá de Barretos disseram que essa fraqueza é coisa normal, nessa fase do tratamento. E o doutor Carlos, aqui, tem sido mão na roda pra gente... Não vai ser fácil, mas pra Deus todo caminho pode ser descida...

JOSÉLIA
Não sei, mãe, ela está bem fraquinha...

GISLAINE
Bom, Deus sabe o que faz...

JOSÉLIA
Mãe, eu sei que a senhora acredita muito em Deus, mas tem vezes que penso que ele não acredita em nós...

GISLAINE
Larga a mão de falar besteira, menina! Olha que Ele castiga!

JOSÉLIA

Será que tem jeito de castigar mais? A senhora fala, mas eu também não aguento mais essa vida! Eu tenho vontade de... Nem sei... Eu queria sair de casa, mãe... Deve ter alguma coisa lá fora melhor que tudo isso... E também... Cansei, quero ir embora... Eu preciso ir embora, mãe... Me ajuda?

GISLAINE

Ê, menina! Tem gente em muito pior situação do que nós... Tem que saber olhar pra trás, também! A sua avó é que me ensinou isso... E desse jeito, pelo menos, a gente se conforma um pouco mais, toca o barco num dia sem vento soprando as velas com a boca! O peito fica bufando? Fica, é lógico, mas olha o tanto de gente sem barco, sem jangada, boiando sozinho no pretume escuro do mar bravo... E aquele emprego na loja da Sofia?

JOSÉLIA

Ah, mãe, olha a situação ali da *vó*... Às vezes é muito melhor boiar sem barco, porque quando o negócio afunda, não arrasta a gente pro abismo... O negócio com a dona Sofia não deu certo... Contratou outra moça. Não adianta, mãe, aqui eu só vou me ferrar...

GISLAINE

Não fica assim, Josélia...

JOSÉLIA *(num crescendo de aflição)*

Mãe, eu preciso ir embora daqui! Eu quero ir embora daqui! Eu tenho...

GISLAINE *(interrompendo-a)*

Calma, filha. Uma hora a vida endireita...

JOSÉLIA

Mãe, a senhora não sabe... Eu... Mãe, a vida fica tão torta que não tem jeito de endireitar mais... Ela já foi pra tudo quanto é lado, mãe, e não tem como saber qual lado é o direito... Pra gente, a vida não tem lado nenhum, mãe... Eu não tenho lugar pra ficar...

CORA *(erguendo-se com esforço, apoiada nos cotovelos; fala com alguma dificuldade)*
Não fica assim, Josélia. Eu acordei já faz um tempinho. Estava quietinha pra não incomodar... E pra ver se esquecia um pouco esse meu incômodo, também... Acho que não vou longe, mesmo...

GISLAINE
Eu disse que as meninas iam acordar a senhora...

CORA
É bom, senão a noite fica mais comprida... Josélia, minha filha, o céu muda os ares de repente. A correnteza leva sem querer as pessoas para a praia, também... Então não precisa sempre saber o lado certo... O que não se pode fazer é desistir de boiar...

JOSÉLIA
Eu sei, *vó*... É que... Bom, eu vou dar uma saidinha. Disseram que a loja do Landinho precisa de balconista, vou dar um pulinho lá... *(corre e dá um abraço na avó)* Tchau, mãe! *(passa pela mãe, evitando-a)*

GISLAINE *(depois que Josélia sai)*
Eu não sei, essa menina anda diferente comigo, ultimamente... Anda revoltada demais... Até entendo, mas... É pior ficar assim, as amarguras não saem pelo ladrão... As tristezas em nós não têm ladrão... Vão enchendo a caixa da cabeça sem parar, sem parar, transbordando dentro da gente as mágoas todas... Eu entendo esse ódio dela, eu, que a coloquei no mundo... Eu sinto que ela me acha culpada, e a senhora sabe o tanto que sou...

CORA *(pensativa)*
Tomara Deus que seja só isso...

GISLAINE

Credo, mãe! O que mais poderia ser?

CORA

Não sei... Você conhece as companhias dela, com quem ela anda saindo?

JOSELINA *(cantando e gritando)*

A Jussara perdeu! A Jussara perdeu! A Jussara perdeu! Mãe! *Vó!* Agora eu ganho todas da Jussara! Ela come a bosta da vaca amarela toda hora!

GISLAINE *(ignorando Joselina)*

É tudo gente daqui, mesmo... Ela é caseira... Sabe, é difícil uma menina como ela, responsável... Pega a Jose na Apae, quando eu não posso, cuida dela, tem carinho... Eu saio de casa sossegada, fazendo as minhas faxinas por aí. A senhora vê, ela cozinha direitinho, não é? A comida mais gostosa que a minha.

CORA *(gemendo um pouco, enquanto procura uma posição de conforto)*

Pega o remedinho pra dor... Está começando a ficar insuportável...

GISLAINE

Acho que ela arrumou namoradinho. Faz uns dois meses que ela anda assim, esquisita. Às vezes muito alegre, cantando; noutras está tristinha, cabisbaixa... *(pega um copo d'água)* Eu perguntei, ela ficou sem graça, sem graça... Saiu sem falar um "a"... Se for um moço bom, acho bom... Tira essas ideias bestas da cabeça, fica acreditando melhor num futuro...

CORA *(tomando o comprimido)*

Obrigada... Parece que já não está fazendo o mesmo efeito... Será que tem algum comprimido mais forte? Me lembra de perguntar na semana que vem. Você não viu ainda o namoradinho dela?

GISLAINE

Não, ela foge do assunto... Coisa de menina.

CORA

Em todo caso, fica em cima... Pode ser gente que não presta... Você sabe, o mundo está tão perdido... Tanta droga, hoje em dia... Maconha, cocaína, essas coisas...

NAUM *(chegando da rua)*

Puta que o pariu! Não tá fácil, não! Eu tenho vontade de matar um caboclo!

GISLAINE

O que é que foi, homem de Deus?

NAUM

Viver de biscates! Viver de bicos! Você acredita que o Batata quis o dinheiro de volta? Consertei a bicicleta dele, as marchas estavam engastalhando. Trouxe aqui pra casa, desmontei tudo, limpei, engraxei, regulei... Faz uma semana, já. Cobrei só dez reais, isso porque ele é conhecido... Sem contar que peguei a bicicleta lá na casa dele, na vila Descanso, lá na puta que o pariu! Disse que eu não arrumei merda nenhuma, que a bicicleta zangou de novo... Que teve de levar em bicicletaria... Olha, por pouco não parti pra ignorância, juro.

GISLAINE

Olha, larga a mão de ser besta e devolve o dinheiro do homem! Você nunca consertou bicicleta de marcha na sua vida! Só se for de marcha a ré!

NAUM

Você é engraçadinha, né? Tirei os dez reais na hora e mandei o veado enfiar no rabo... O desgraçado deve ter caído, isso sim, escangalhou o serviço e veio com esse papo...

GISLAINE

Naum, eu já te falei um milhão de vezes! Conserta só o que você sabe!

NAUM

Aí é que eu não faço nada, mesmo! Quem não sabe aprende! É ou não é, Cora? Cobra não tem perna e anda, não é mesmo?

CORA

Eu não acho... A gente deve fazer só o que sabe, saber fazer aquilo que é certo...

NAUM

E quem não sabe nada? Morre de fome?

CORA

Não. Procura saber antes, corre atrás... Se for errado, se não tiver como, é melhor morrer de fome, sim... E por aqui ninguém morre de fome, não! Sempre tem um coração misericordioso que estende a mão...

NAUM

É, estende a mão com pão murcho...

CORA

Pão murcho também enche barriga!

NAUM

Encher, enche... Mas o bom da vida é a manteiga no pão quentinho!

CORA

Se você não tiver de ser rato de padaria...

GISLAINE

Vamos parar com essa conversa! Não tem uma vez que vocês não ficam se cutucando! Eu não aguento mais isso! Chega! Cansou!
(sai de casa, resmungando)

NAUM
Viu o que você fez, Cora?

CORA
Eu fiz?

NAUM
Você, sim!

CORA
É... Mas o que eu fiz foi o que eu não fiz! Foi lá atrás, foi o que eu não fiz lá atrás! Agora que estamos sozinhos eu posso falar, porque aquela coitadinha ali não entende nada! *(aponta para Joselina)* Eu devia ter imaginado de algum jeito a loucura que você fez! Hoje eu entendo os sinais... Fazer sexo com a própria filha! Com a própria filha! Pra mim isso era coisa de cinema, coisa de gente pervertida... Nunca que nunca...

NAUM *(interrompendo-a)*
Você só está aqui porque disse que nunca mais tocaria nesse assunto!

CORA *(respirando com dificuldade)*
Não tocaria com elas! Com você posso tocar, sim! Antes você tivesse me largado, metido o pé na minha bunda com vontade! Antes fosse morar com uma puta! Como foi que eu não percebi? Eu vou morrer sem me perdoar! Eu tinha que ter percebido!

NAUM
Eu amava a Gislaine!

CORA
E hoje? Não ama? Vai dizer que...

NAUM *(desconcertado)*

Você nunca vai entender... Acha que eu queria? Acha que não lutei? Fui atrás de umas putas, sim, pra ver se tirava da cabeça aquelas ideias! Comi uma porrada de puta! Não adiantou merda nenhuma! Pensei que era um doente, sei lá...

CORA

Você não presta, nunca prestou!

NAUM

E você, presta? Casou comigo grávida da Gislaine... Na época uns amigos me contaram que eu era um chifrudo burro! Que você dava pra todo mundo! E eu não liguei... Depois do pecado, é fácil posar de santo...

CORA

Homem maldito!

NAUM

Maldito, é? Depois que a Gislaine nasceu, recebi uma carta anônima, contando que ela não era minha filha, que eu era um corno de primeira! Não mostrei pra você nem sei por quê, Cora... Joguei fora, esqueci o assunto, mas de verdade isso é coisa que ninguém esquece... Será que...

CORA *(interrompendo-o com mais ódio)*

Mentiroso! Nunca me disse nada! Nunca que nunca você perderia a oportunidade de jogar essa sujeira na minha cara! Não tem mais jeito de virar aquele jogo, seu safado! Agora quer insinuar que eu... Tenha santa paciência! Nunca disse nada sobre isso? Inda mais você!

NAUM

Não disse porque te amava...

JOSELINA *(que prestara atenção a tudo, começa a cantar)*
   O papai ama a vovó! O papai ama a vovó! O papai...

CORA *(muito surpresa e assustada, grita com a neta)*
   Cala a boca, menina! *(Joselina começa a chorar; Cora se arrepende)*
   Minha filha, você não sabe o que está...

JOSELINA *(indo para o quintal)*
   A vovó não gosta mais de mim...

NAUM
   Viu o que você fez?

As luzes se apagam.

revelação

meu tio não aguentava os pé no chão, toda cidade tem uma família pé no chão, povinho alastrado pelo brasil, molecada miudinha, ingrisia das graúdas, sempre, a vizinhança providenciando os cacos de garrafa espetados nos muros, descabelada com as artes daqueles meninos desgrenhados, desfilando os umbigos, berrando os vai tomar no cu, lazarento, desgraçado, fidumaputa, e por aí vai, nenhum varal de roupa mais em paz, a polícia sem dar jeito, tapando os olhos com desculpas remendadas, tudo de menor, dona, a gente não pode nem pôr a mão, a prefeitura sem dar as caras, alô, não, a assistente social está na vila lambari, hoje, e vai ver que todo dia, porque nunca com tempo para os pé no chão, a racinha brotando dos buracos do cortiço, onze ou doze, um atrás do outro, sem contar os adultos, tantos, também, que impossível deslindar os parentescos, e tome pedrada para todo lado, xingamentos, cusparadas, nenhum quintal sossegado, nem as mangueiras em paz, as goiabeiras tremendo sob os pezinhos daquela criançada largada, as jabuticabeiras espavoridas, nenhuma vidraça em segurança, o fim das portas encostadas, houve quem enxergasse nisso a chegada do progresso, rematada besteira, nas palavras de dona martinha, os caminhos das redondezas, diga-se de passagem, marcados com catarro, que os sem educação usavam as paredes como lenço, limpando o ranho dos dedos, para horror das senhoras, e, por que não dizer, dos gatos e cachorros, que iam recebendo em bicadas, pelas calçadas, a cunhagem dolorida do sobrenome desses rebentos de tão ilustre estirpe quatrocentona, como ironizava meu tio, inconformado, repetindo que tinham parte com o capeta, com o diabo, com toda a legião infernal, aliás, na época, eu pensava que tal juízo fosse apenas uma licença poética dele, que sempre detestou criança, não escapando da ojeriza nem aquelas devidamente calçadas, tivesse o sobrenome que fosse, diga-se a verdade, de modo que fui me divertir com sua rabugice bem mais tarde, quando provavelmente ascendera em seu conceito, bom, meu tio acreditava muito mesmo no aqui se fez, aqui se paga, e os inocentes, caso o dinheiro dos que pisaram torto tivesse sido suficiente, pagariam pelos pecadores, com os juros justos da agiotagem natural da vida, o que explicaria de modo piedoso aquela desgraceira infantil alojada num cortiço instalado bem no casarão que pertencera ao coronel diogo, um dos fundadores da cidade, bairro bom, onde já se viu isso?, fosse na vila santa clara, vá lá, mas aqui?, e repetia que não suportava a voz daqueles meninos que se comunicavam com grunhidos, mais ou menos como os estudantes de escola pública saindo da aula, comparava, um inferno, ou, na melhor das hipóteses, as portas dele, semiabertas justamente no bairro da aparecida, aparecida de nossa senhora aparecida, frisava, algo como uma prévia do armagedão, batalha diária que os pés-rapados, designação geral dessa nação de despossuídos, cujos representantes principais, por direito nobiliário, com certeza seriam os pé no chão, travavam com os cidadãos de respeito que pagavam religiosamente seus impostos, ou seja, com meu tio, que, apesar de nunca ter gastado um vintém com tributos trabalhistas, por exemplo, sempre quis saber de investir pesado em seu sossego, nada mais, portanto era uma luta contra sua família, na verdade, que trabalhara duro pelo ócio das gerações seguintes, o que até a chegada dos pé no chão era ponto pacífico, pelo menos para ele, em sua solteirice silenciosa de meia-idade, comendo pelas beiradas seus restos de herança, mas com colher de prata, ele que decidira ser o ponto-final, ou, pelo menos, o ponto e vírgula da família, definhada de caráter e de posses nesses tempos bicudos em que, para se manter com algum conforto, era preciso sujeitar-se às ordens de algum cretino diplomado, o que seria inaceitável para meu tio, até porque nenhum desses cretinos, caso tivesse ao menos um parafuso no lugar, teria coragem de contratá-lo para qualquer função, visto que o sistema ainda não abrira vagas para patrões, fato que meu tio, em sua lucidez donatária, bem sabia que talvez demorasse a acontecer, enfim, para não encompridar a história, que é curta, esse meu tio pegou um dos pé no chão em seu quintal, o menino de mãos vazias, sondando o terreno, como disse na polícia, depois, ou apenas preenchendo o tempo, brincando, escondido de algum irmão maior, talvez, deu-lhe uma surra tremenda, com a cinta, arrancou sangue, pois que uns golpes fez questão de aplicá-los com o lado da fivela, posto que não dispensaria ao bandido o mesmo tratamento destinado às crianças da família, os pé no chão, nesse caso, agregados pela afronta, ameaçaram invadir a casa, linchar meu tio, a molecada jogou umas pedras, quebrou umas telhas, uns vidros, juntou uns porretes, como para sublinhar um discurso conhecido deles, enquanto os vizinhos, trancados em casa, sem a mínima solidária política de boa vizinhança para com o vizinho que, bem ou mal, tomara uma atitude contra os invasores, fato que até hoje contribui para sua indignada misantropia, mas não a explica de todo, como você vai ver, bem, restou ao meu tio, então, diante de tão solitária defesa da propriedade, dos bons costumes e da própria vida, contra-argumentar com uns tiros para o alto, de modo que os atacantes, cobertos com a razão dos novos tempos, houveram por bem chamar pela primeira vez a polícia, que atendeu, segundo as testemunhas, tão prontamente como nunca, presteza que foi motivo de revolta, nos dias seguintes, em toda a cidade, analisado com mais vagar o caso, ou seja, o descalabro de o estado socorrer com mais eficiência justamente a rafameia, a bandidagem, os vagabundos, os sem-vergonha, os sem-teto, como hoje se nomeiam, tirando a razão a quem, de fato, era dono e proprietário dela, bem, tomaram o *smith-wesson* do meu tio, que chegou a choramingar, jurando de pés juntos, mas nem tanto, pois não convinha ensejar justiça ao inimigo, que o revólver era herança de seu avô, tudo, porém, inutilmente, e, desse modo, como esses tempos querem parecer realmente outros, ficou sem a arma e teve de pagar não sei quantas cestas básicas para os pé no chão, que se esqueceram da história toda como se nada tivesse acontecido, tirante a comida, recebida de muito bom grado, dizem até que pegaram o pai do moleque, meses depois, fazendo escadinha para o mesmo menino, no muro da minha família, procurando, sabe-se lá, prolongar o benefício, o que não sei se é verdade, porque, conhecendo meu tio, bisneto e trineto de afamados fazendeiros, tal fato poderia muito bem ter sido engenhosamente plantado por ele, não porque pretendesse alguma justificativa ou vingança, mesmo porque recomprara seu revólver no mês seguinte, mostrando que o bom senso do passado não fora de todo corrompido, mas apenas por precaução, mesmo, caso os marginais tivessem a ideia, o que seria natural, vindo dessa ralé, bom, falei demais para contar uma história que, na verdade, começa aqui, e não é grande coisa, mesmo se verdadeira, e penso que é, tudo para confirmar minha teoria que nem é minha, é do mundo, desde que o mundo é mundo, você há de concordar, bom, é o velho ditado, nenhum nada acontece sem a permissão de deus, tudo, as maiores desgraças, os erros sem tamanho, as tragédias e os acertos, também, por que não?, tudo tudo sendo o certo e resultando em acerto, é nisso que insisto, em todas as vezes, por completo, e, o que muitos não querem enxergar, bem explicado por fatos conseguintes, para paz de espírito e lição repassável, quando não em antecipados pressentimentos, quem já não os teve?, assim regido o andamento do mundo, da história, um embate sem pontos perdidos entre deus e diabo, no campo dos homens, percebe?, livre-arbítrio?, claro, existe, está aí e aqui, em todos, para todos, mas nossa existência tão embrenhada no meio das engrenagens que, faça-se o que quiser, e isso vale para quem for, o mecanismo sem tamanho não parará seu movimento nem inverterá sua direção, mesmo que, de fato, mude, pare e inverta o giro, entende?, se alguém matasse getúlio em 1930, por exemplo, talvez algum onofre tivesse a oportunidade de fazer sua presidência e seus mandos e desmandos pelo país, concorda?, e ele, esse onofre, não teria surgido do nada, mas daquilo que seria natural naquela outra possibilidade, que é a mesma, então, olha, penso que esse onofre existiu mesmo, e, talvez, tenha sido um getúlio à sua maneira, ou o próprio, por que não?, ou ainda, melhor que o getúlio original, o onofre mesmo, e sabe-se lá se o que esse sujeito fez não direcionou sem querer, de algum modo, nossa maneira de pensar, nossa história, entende?, sei, sei, não quero amolar com essa história complicada, me desculpe, voltando então ao meu tio, agora quero que você faça as pontes, certo?, no fundo a vida é isso e apenas isso, aquele que percebe as proximidades encostadas das diferentes regiões atravessa as pontes do entendimento, que não precisa ser consciente, mas intuído, também, aliás, esses dois locais em nós, matéria farta e gratuita para a construção firme de tais passadouros, é assim que um sujeito vivo pode dizer, no fim da vida, que viveu, que fecha os olhos sossegado, bom, outra hora prometo que vamos os dois um pouco mais por esses caminhos, a hora não é boa, você fica fazendo essa cara, calma, preste atenção, meu tio resolveu, depois de toda aquela confusão, criar codornas no quintal, livrinho do governo e tudo, é, embrapa, acho, passo a passo, fez dois viveiros, pintou de azul, teve gente que disse que ele montava, isso sim, uma arapuca para pegar bicho-pé-no-chão, o que pode até ser verdade, já que ele passou a reclamar como nunca dos vizinhos molambentos, da assuada que faziam, que o inferno tinha novo endereço, que o capeta andava descalço pelas ruas, o demônio solto na aparecida, lúcifer iluminando as noites do bairro com sua algazarra das profundas, convidando os desavisados, os inocentes das comunidades de base, por exemplo, a tocar fogo no mundo, e chuvisco de água benta de padreco comunista, depois, só faria estalar as línguas da chama e do caos social, aí entra minha teoria, bom, pintou de azul, como dizia, trabalho bem feito, foi dormir, uma lagartixa rajada, das grandes, amanheceu grudada na tinta, meu tio sempre foi medroso, chegou perto com nojo, um pedaço de pau na mão, então ela gritou, a lagartixa gritou doído, um geco rascante, ele jura, entendeu como recado, só não sabe da parte de quem, desistiu da empreitada, tocou fogo nos viveiros e nunca mais reclamou da barulheira dos pé no chão, que continuam lá, o cortiço mais gordo, entende?, é só, o que mais você queria?, eu disse que era coisa pouca, o negócio dependendo de quem ouve, o que mais você queria?, agora não reclama, que de hoje em diante você caiu muito em meu conceito

eu não pedi

ele apareceu na porta de casa, um dia, e arrancou o mato da rua, do vão das pedras, da calçada, eu perguntei quanto era, ele disse que não era nada, fez isso outras vezes, eu perguntei mais uma vez, ele não cobrou, acho que por causa de uma carona que dei, gente simples sabe ser grata, pensei, mas outro dia ele arrancou o matinho de novo, tocou a campainha e disse que eram 3 reais

concentração

a paulista é uma beleza, você não imagina, ontem eu vi uma coisa muito legal lá, um mendigo velho, manco, preto e gay, só em são paulo, mesmo

bom, ela não tem geladeira

           porra, cara, tive a manha de pegar o pote vazio de sorvete, passar uma água, ajeitar as pelotas de arroz, o mó cuidado pra não colocar as placas meio queimadas do fundo, tem gente até que prefere, arroz moreninho, mas ela poderia bronquear, não sei, achar que era resto demais, despejei o resto da carne moída por cima, aplainei com o dedo, o gosto ainda bom, tampei, sei que eles gostam desses potes, vão ajuntando, sei lá, fazendo um capital de amontoados de tranqueiras, de vez em quando a gente lê umas coisas assim no jornal, um sujeito que juntou toneladas de lixo em casa, a vizinhança desesperada, o fedor, os ratos, até que alguma autoridade toma uma providência, e os caminhões de lixo levam tudo embora, caminhões e caminhões, o trabalho de uma vida perdido, como se o sujeito falido de repente na bolsa e nos negócios crescentes da miséria, dizem que é doença, não sei, parece que tem até um nome, bom, penso que esse cara, em outras condições, seria mesmo um milionário, bom, ele era um milionário de alguma forma, não era?, desses da revista *forbes*, só que *forbes* ao contrário, *sebrof*, o que dá no mesmo pra quem sabe ler, porque no mundo não há pontas soltas, e, nas voltas dos fatos e atos, essas pontas muito bem amarradinhas, isso sim, gostei da ideia, *sebrof*, os cem mais fodidos e ferrados do mundo, acho que a revista ia vender legal, enfim, pra não esticar a história e arrebentar os fios com o que não precisa dizer, puxei do puxa-saco uma sacolinha de supermercado, nó no capricho, a velhota mora na rua, nômade da turiaçu, sempre falei oi, ela oi, já é muito, a maioria passa que quase pisa nela, ou se desvia aquele tanto do cheiro, não se desvia dela, que não é ninguém, se desvia é do fedor desgraçado, da catinga, certo?, uns panos velhos enrolados na cabeça, deve ser pra proteger do frio, do sol, por causa dos piolhos, sei lá, roupa típica da tribo dos mendigos, vai saber, aquele amontoado de sacos sujos na calçada do parque antártica, porque sem dono, acho, mais ou menos que nem o brasil, então vive ali, uns restos de comida da pizzaria, esmolas sem conversa, em dia de jogo desaparece, que não é boba, de vez em quando faz uma cabana com um cobertor cinza, acho que pra cagar, pra mijar, por isso pulando pra frente um dia, pro outro lado no outro, decerto o fedor que se lava por si, bom, então tá, ia pro shopping, desci, levei a comidinha pra ela, no capricho, o potezinho de sorvete lavadinho, ela não quis, você acredita, cara?, *já tenho*, disse, insisti de novo, aquele trabalhão, é arroz com carne moída, tó, pode pegar, sabe o que ela respondeu, escondendo as mãos nas costas?, *eu não como carne*, dá pra acreditar?, depois ligou um toca-fitas velho, as pilhas fracas, joão gilberto exangue de tudo, aumentou o volume, *não quero mais esse negócio de você longe de mim*, virou a cara, e eu com a sacola na mão, meio que perdido na rua da minha própria casa, o lixo lá na puta que o pariu, aquela filha da puta, nunca mais

juízo

caridade é isso, a porta de casa era conhecida, batiam, pediam, minha mãe ouvia como se fosse com a gente, seus filhos, escutava até os cachaceiros, se bem que dinheiro ela não dava, o que fazia diminuir consideravelmente a afluência daqueles apenas sedentos, ela achava o certo, podia ser um santo disfarçado, testando o mundo a mando de deus, todo--poderoso, antes de aplicar uma devida punição contra os homens, dizia, o que aprendera com a avó, então podia estar salvando muita gente de um novo dilúvio, ou de um fogaréu dos infernos, porque dessa vez parece que é o que apregoam as escrituras, confesso que não fui conferir, nem vou, o fim do mundo numa chuva de fogo, qualquer coisa assim, e pra isso não tem barco, não tem pombo com raminho no bico, todos os pecadores no espeto porque o bicho pegou para os homens, bom, não acredito um pingo nesse negócio, mas vá lá, quem aprende no chicote acha a salmoura doce, meu pai uma vez chiou com essa mania dela, foi aí que fiquei sabendo de sua triste missão, bem verdade que naquele momento ela enfiou o patrão no meio da história, ou o capataz, vá lá, uma vez que meu pai não era assim muito católico, ela sabia, e o marido poderia bem desconfiar dos santos, meros trabalhadores braçais que usariam a fé dos incautos pra amassar com mais suavidade e menos esforço o transpirado ganha-pão, mamãe era fogo, sempre entendia os fatos antes de seu ponto-final, sabendo como ninguém adivinhar os desenlaces e meter de antemão os pontos e vírgulas, desembocando os atos, acontecidos ou não, nas cumbucas por ela pretendidas, então disse na lata, de bate-pronto, como se o dito fosse anterior à faculdade divina do pensamento, disse calmamente, olha, pode ser jesus em pessoa testando a gente, sabia?, e aí, nélio, como é que a gente fica?, então eu ajudo, sim, nélio, que deus não há de me pegar de calças curtas, muito menos sem calças, deus me livre, já vou salvando os pecadores aqui de casa por antecipação, viu, nélio?, porque só ele vê tudo e sabe de tudo, mas dá um jeito de esparramar as notícias também, sabia?, meu pai nunca mais abriu a boca, contentando-se em, no máximo, observar indignado um ou outro mendigo mastigando o almoço de boca aberta, enquanto agradecia com seu *deus ajude a senhora* aquela refeição caprichada, e era mesmo, mamãe fazia pessoalmente o prato de papelão, tudo arrumadinho, o arroz de um lado, o feijão do outro, o bife esparramado deitando-se numas rodelas de tomate, algum bolinho, se havia, chegava mesmo a temperar, azeite, sal, uma pitada de pimenta-do-reino, acredita?, e oferecia o prato pro desgraçado da vez, toma, meu filho, pode levar, não precisa devolver nada, viu?, o garfo é de plástico, pode ficar, o copo também, é de requeijão, já tenho um monte, pode levar, vai comer lá na sombra do jardim, vai, o sol está muito quente, não deixo você entrar por causa do cachorro, que é muito bravo e pode estranhar, o que era mentira, a gente nunca teve cachorro, se for jesus, mesmo, ele saberá perdoar um tal cuidado, nunca se sabe, e, se alguém conhece o diacho pessoalmente, esse alguém é jesus, concorda?, precaução e caldo de galinha, então, no prato de papelão, com endereço lá no jardim, onde a sombra é mais ou menos comunitária, debaixo das palmeiras imperiais, ele, nosso senhor, sabe disso melhor que todos, judas que o diga, bem, mamãe sabia se desculpar do que talvez nem fosse ainda pecado, não é?, um dia, eu tinha uns 6 ou 7 anos, ela deu o prato pro desgraçado da vez, como disse, e saiu, entrou em casa, fiquei espiando o homem indo embora, querendo ver se ele era mesmo jesus, forçando a vista na palma das mãos, pra descobrir os buracos, não sei por que ele voltou, fiquei olhando, olhando, ele ofereceu, aceitei, entrei em casa mastigando, de boca cheia, minha mãe viu, o que você está mastigando, menino?, contei, na maior das inocências, olha, foi a maior surra que levei em toda a minha vida, e dou graças a deus, assim é que comecei a tomar juízo

mal-agradecido

vou cuspir no prato em que comi, sim, prato bicado

meio-dia

tem que ter um pouco de consideração, eles batem palmas na hora do almoço, a gente não atende, mas também não fica fazendo barulho com os talheres

ei,

não

entrada grátis

nada tira a gente do buraco, sei disso, foda-se, mas tenho lá meus pequenos prazeres, uma mijada boa na porta de uma loja, o alívio de cagar sossegado num terraço de muro baixo, o bom de dar uma vomitada pedacenta, azeda de cachaça, ao lado da fonte luminosa do jardim da matriz, jardim das palmeiras imperiais, depois lavar a boca com aquela aguinha até que bem fresca, me deitar num banco e puxar um ronco gostoso, agora puseram uma escultura dentro da fonte, ficou bonito pacas, um sujeito à toa sentadão lá no meio, molhando a bunda sem ligar pra ninguém, é ou não é um puta monumento?, mas nada é mais gostoso do que andar como se ninguém me visse, eles estão me vendo, sim, é lógico, fingem que não veem com medo de que eu possa pedir uns trocados, um cigarro, um prato de comida, sei que eles estão me vendo de dentro dos carros, por detrás das janelas das casas, atrás dos portões de ferro com pontas, lanças, ofendículos, um advogado uma vez me contou, desconfiado de que eu pudesse estar pensando em pular seu portão, fiz de sacanagem, é lógico, negar um prato de comida, não fizemos almoço, hoje, estamos comendo o de ontem, pra cima de mim?, voltei à tarde e fiquei meio que sondando, pra ele ver, pra dar um espeto nele, o que esse povo faz de melhor é desconfiar, poxa, negar pão com um pedaço de carne, até o cachorro dele mastigando, que eu vi, aquele cheirão de churrasco, queria que tivesse chamado a polícia, mas não, veio que veio pessoalmente, querendo dar esporro, você de novo?, nem pense em pular o portão, você enfia os ofendículos no rabo, cai, é capaz até de morrer e me dar um trabalhão desgraçado, isso se o cachorro não escangalhar seu pescoço, vai procurar seu rumo, vai, fingi que não entendi, o escritório ao lado de sua casa, doutor sei lá o quê, tabuleta de bronze, observei com a maior cara de pau, parece coisa de cemitério, doutor, troca isso, troca, esse negócio não presta, atrai coisa ruim, falei sério, saí resmungando o que seria na cabeça dele uma praga, baixinho, pra não entender de propósito, ofendículos, então é isso, todos atrás dos muros me olhando, lá vai o chico-bufa, fedido, mendigo lazarento, então, quando sinto que tem bastante gente me vendo sem olhar, de repente tampo uma narina e assopro com força o catarro, que sai num jato e faz aquele barulho estalado de tapa bem dado, quando bate esparramado na calçada, limpo o grude pendurado com as costas da mão, que sempre fica, só aí tampo a outra narina e pá, outra chicletada verde, faço isso sempre depois do almoço, com gosto, porque sei, sabe-se lá por quê, eles não conseguem virar o rosto pra isso, o nojo não deixa, e o almoço deles também não cai bem, não vai cair amanhã, eles têm boa memória, graças a deus, e vão dizer que eu sou nojento, que o chico-bufa até estudou, mas é um vagabundo porco e filho da puta, que a assistência social da prefeitura deveria fazer alguma coisa urgente, enquanto vou embora também fingindo que não sei deles, que estou cagando e andando pra eles, viro a esquina sem chupar o catarro escorrido, sem engolir o ranho, o que então faço com barulho, meu bis improvisado, resto para os que perderam o principal, é só virar a esquina que outros cidadãos estão fazendo questão de não conseguir tirar os olhos do meu espetáculo

quero sim

eu faço sopa

a essa hora?

disfarça a fome

vagas

são uns vagabundos, vêm de carro, estacionam na entrada da cidade, o benjamin viu, colocam fantasia de mendigo, uns panos puídos e remendados amarrados no corpo, chapéu de feltro mole, pegando os contornos da mão no *pelo amor de deus, uma esmolinha*, e vão de porta em porta, fazendo cara de fome, mas não vão depois do almoço, não, que não são bobos, sabem que o estômago do proprietário faz coro com o pedido de voz mansinha, fraqueza deslavada, isso sim, eu mesmo já caí nessa, os sem-vergonhas fazem rodízio, no mês seguinte é outro do bando que toca a campainha e bate palmas, as duas coisas, pra fingir as urgências, salário com carteira assinada, que é bom, eles não querem, ganham muito mais desse jeito, os vagabundos

você não conhecia o finado

tinha pão com mortadela

volta

          o urias queria bater em todo mundo, desconfiado de que estivesse sendo chifrado, eu vou matar o desgraçado que está comendo a minha mulher, eu vou matar, gritava pelas ruas, chorando, só o padre acalmá-lo de vez, toda vez, aliás, bobagem, urias, vem tomar um café, vem, acabei de passar, vem, e entrava na casa paroquial encabrestando o urias, rindo muito, como se tivesse salvado, ele, o mundo, nunca fui com a cara desse padre, acho que é comunista, o desgraçado, grande coisa apaziguar cachaceiro, grande coisa

vou mandar desligar a campainha

          pelo menos eu não conto mentira, é pra tomar cachaça, sim

no morro da babilônia

madeira, prego e lata
em pontos de ferrugem
por onde o mar se mostra
sendo a pele das coisas

óleo de milho, azeite
leite em pó, tinta acrílica
quarto, sala, banheiro
(mas é preciso sol)

então uma janela

recorta a construção
feia, torta, zarolha

nas friagens de julho
alguém sempre dirá
enquanto um filho tosse

cansei de tampar frestas
nenhum barraco é bom
como os de um samba-enredo

fechada para reforma

                a janela está muito velha, inteirinha mastigada de cupim, carunchada no miolo, as lascas agora despegando das tábuas, a senhora sabe como são os meninos, descobriram de cutucar, fura mesmo, só pelo gosto do estalo, a senhora já viu aquele plástico de bolinhas, de bolhas, pra embalar mercadoria?, dá até aflição, a gente não sossega enquanto não arrebenta todas, tinha lá na firma, um dia o gerente me meteu o fumo, pipocando sem parar, um barulhinho que pega no tato da gente e dá coceira nos ouvidos, na cabeça da gente, que não consegue mais parar, esse mundo é casca de ferida, a senhora não acha?, os meninos têm a quem puxar, a janela, então, naquele estado, um despejar de farelos e farofas do trabalhinho dos bichos, o cocô deles, me contaram, a senhora sabia?, quando percebi arrumei querosene, joguei, pincelei a madeira, adiantou por uns tempos, mas o fedor, melhor deixar do jeito que está, veneno nem pensar, os meninos alérgicos, então fui deixando, aí é que descobriram o gosto de escarafunchar, criança é criança, não para quieta, dei uns cascudos neles, ô, moleque, fazendo porcaria, se enfiar o dedo na janela de novo vai lamber o chão, adiantou?, vê lá, agora capricham mais, que escondido é mais gostoso, a gente vai deixando e não dá conta de que os buracos vão engordando em seus vazios, feito mulher sossegada, depois que acerta a mão no casamento, de estria em estria vira bucho sem atinar a balança, tribufu num pá-pum, quando vê, o marido marmitando noutra cozinha, antes e depois do serviço, picando o cartão em outro ponto, isso sim, acho que daqui mesmo a senhora enxerga os buracos, olha lá, cupim é ruga no rosto, aparecem uns pezinhos de galinha no derredor dos olhos e a gente nem percebe que o tempo vai ciscando em nossa cara, debaixo do nosso nariz, e em cima, e dos lados, bom, estou exagerando, falando muito de mim mesma, a senhora não tem nada com isso, né?, este ano esfriou mais cedo, um vento encanado à noite, as crianças com febre, tosse, catarro, acho que a senhora escuta daqui, não escuta?, dinheiro pra trocar a janela?, de que jeito?, o serviço da gente é saber ser pobre, e o sabão em pedra amolecido, fechando a buraqueira de cima em baixo, tapando, endurecendo, a janela velha fica novinha em folha, como se fosse, três pedras acho que já dão, no começo do mês eu devolvo, a senhora me empresta?

a morada

bem-vindos à casa
que construo agora
com o que imagino
seja verdadeiro
inútil convite
se o andaime da vida
eia, lá no alto
estou operário
só, a construir
com pedras de carne
tiradas de mim
repouso e agasalho
obra inacabada
do princípio ao fim

dezembro, janeiro

os meninos ficavam presos naquele barraco sem eira nem beira, o maior tomando conta do menor que nem o nariz dele, mas que jeito, meu deus?, até que ele se virava, eu saía de madrugada, voltava à noite, ônibus, trem, os pés latejando, e todo mundo ainda dizendo que eu tinha que dar o benza deus, que só se chuta o balde quando a vaca já secou as tetas, empregada com carteira assinada, 13º, férias, grande coisa essas migalhas, o patrão, quando vem, chega às 10 horas, 10 e tanto, carrão importado de vidro preto, decerto blindado, nunca conversou comigo, mete o ferro no gerente, que, depois, vem descontar nos desgraçados aqui, a sandra chiou, uma vez, ela não tinha nada com a cagada que obraram, sobrou pra ela, que não fechou o bico e falou na lata que o culpado era o gerente, vacilão, e o que deu?, pancada nela, o olho roxo da rua, patrão ouvir empregadinha?, ainda mais coreano, parece que tem nojo da gente, lógico que não devem ser todos, mas conhecer, mesmo, eu só conheço esse, pior o gerente bunda-mole, um bosta que tem nojo do mesmo jeito, mas brasileiro até na raiz do silva, não tem onde cair morto e torra o saco de todos, então, bom, melhor pingar, mesmo que na cabeça, do que faltar, aí o mistério?, pelo menos foi o que entendi no último culto de domingo, mas, pra não mentir, não concordo muito com isso, posso estar errada, não sei, falam tanta coisa que as ideias zureteiam, ai, sagrado coração, você me desculpe, essa vida, se arrependimento matasse, duas bocas pra sustentar, bom, eram três, né?, sem contar a minha, maldita hora em que conheci o randolfo, aquele vagabundo vivia repetindo que serviço não tem, ninguém emprega preto, se puder escolher, e a branquelada toda desempregada, também, cortando as filas, mas quem quer corre atrás, não acha?, não fica o dia inteiro de short, sem camisa, sentado pelos cantos coçando o saco, afinando o cavaquinho enquanto fila cerveja dos desocupados, preocupado com futebol, com sinuca, baralho e dominó, secando a bunda das meninas que passam e bem podiam ser filhas dele, sem-vergonha, a água batia no rego do fiofó?, não levantava um dedo, pra quê, mulher, pra quê?, vai caçar um servicinho, vai, lambisgoia, tinha a coragem de dizer, só falava isso, o desgraçado, a merda de barraco pipocando de goteiras, água que corria sem rumo no eucatex, empenado cada vez mais, apodrecendo, enferrujando o pouco das coisas de cozinha, o latão da parede do fundo, o mofo lambendo a casa inteira, o de dentro da gente, o robson, coitadinho, já sabe tossir o alfabeto inteiro, não sarou mais, nunca que o desleixado olhou os meninos com carinho, acredita?, os biscates que fazia só pra encher o cu de cachaça, de cerveja, de rabo de galo, e vomitar pra todo lado, pra mudeira aqui limpar e ficar com o azedo das tripas dele enfiado nas narinas, tinha vez que eu perdia a fome um dia inteiro, contaram que andava de caso com um travesti, a valeska topa tudo, vê se pode, na hora não acreditei, mas vai saber, né?, homem é tudo igual, eu sei, sei bem, um bom tanto deles não começa a fazer sexo com bicho, galinha, cabrita, égua?, um travesti deve ser uma tentação parecida, não será?, bom, mais ou menos um mês antes do natal, percebi os meninos aquietados demais à noite, fui espiar, não saíam de perto da janela, que nem abria mais, é que o randolfo pregou duas tábuas por dentro, porque uma vez pularam aqui, é baixinho, e levaram duas panelas minhas, os meninos, então, estavam espiando por uns buracos que pedi pro randolfo deixar, pra entrar pelo menos umas sopradas de ar no calorão, no frio é só enfiar um pano de prato e pronto, bom, os meninos espiando pelos buracos, o que é que vocês acharam aí, ralhei a pergunta, porque sei o tipinho de gente que mora lá pra cima, medo de estarem vendo alguma coisa que não prestava, hoje digo isso, mas na verdade as pancadas da vida é que vão embrutecendo tudo, e a gente pergunta pros mais chegados que horas são com duas pedras na voz, não é?, as luzinhas, responderam, fui ver, na porta do vizinho pisca-piscava, alternado, um *fel, nata, fel, nata*, bugiganga do paraguai, pisca-não-pisca meio queimado, ou aceso pelas metades, decerto presente de alguma dondoca que fez limpeza no quartinho dos fundos, ou então o filho do vizinho, que não é flor que se cheire, arrancou de algum jardim, e, no puxão, queimou as três letras, desconfio que ele é que roubou as panelas, o randolfo tinha certeza, mas as certezas dele sempre com os pés nas nuvens, um pai e uma mãe têm que olhar o que um filho traz pra casa, uma vez o rikson apareceu com uma bola de capotão novinha, não faz muito tempo, rikson, onde você arrumou isso?, ele desconversando, onde foi, moleque?, ganhei, mãe, de quem?, do homem, daquele homem que dá de caminhonete, seu mentiroso, sem-vergonha, não é natal, não é são cosme e damião, safado, peguei a faca e rasguei a bola, você que me apareça de novo com coisa desse jeito, e dei uma surra como nunca pensei que pudesse dar, arranquei sangue, mas não estou certa?, você acredita que o desgraçado do randolfo disse que eu exagerei?, e se fosse promessa de alguém?, bom, podia ser, mas então outros moleques com bola, concorda?, e seria bola de plástico, também, não tem promessa de bola de capotão, você já viu isso?, bom, os meninos olhando o pisca-pisca pelo buraco, encafifei com aquilo, rikson, robson, vêm aqui com a mamãe, deixa os meninos, mulher, o imprestável resmungou, pelo menos não ficam torrando o saco da gente, aí entretidos com essa porcaria, no outro dia não almocei, não tirei a ideia da cabeça, fui atrás de uma televisão nova, desistida do conserto da velha, quase um ano, já, o randolfo dizendo que faltava uma peça, peça usada, que a nova o olho da cara, nem compensava, era paciência, dizia, o filho da mãe deve ter bebido o aparelho, isso sim, ou enfiou no rabo da valeska, não duvido, agora, bom, não gosto de prestação, certeza do meu nome limpo, evitei sempre que pude, mas os supetões da vida são pra pegar de surpresa, mesmo, então às vezes não tem como escapar, não é?, vanderleia gomes de souza, sim senhora, rg este, cic assim, carteira de trabalho nº tal, tudo aqui, pode conferir, o comprovante de residência é que empatava, mas na maioria das vezes levei aquilo de que precisava só com os números da minha pessoa, me orgulho muito disso, gente honesta é no olho da cara, você não acha?, não podia ficar daquele jeito, os meninos sem diversão, eu mesma gosto tanto, meu deus, comprei mesmo, ele me xingou de tudo quanto é nome, vaca lazarenta, aonde é que eu andava pra ter aquele dinheiro, nem quando mostrei o carnê ele sossegou, que se foda, se bobear, a gente não paga essa bosta, quero ver, ele falou, fiquei bem quieta, a gente, a gente, quem vê pensa, mas o pior sempre por vir, a vida do pobre desgraçado sempre correndo pro sem saber aonde, goteira sem balde dançando pra lá e pra cá, molhando as roupas, enrugando a pele, encharcando os passos dados à toa e as correrias atrás das coisas no futuro sempre e sempre adiado, atolando até o pescoço, promessa de um metro e meio de água e lama, no de repente de todo dia e noite, sem descanso, estou acostumada, vamos, gente, rápido que a água vem vindo, as coisas pra cima do guarda-roupa, suspende, suspende, vem, fulano, corre, sicrano, o balde, o rodo, a pá, põe o colchão pra secar, vem, vai pra puta que o pariu, beltrano, pro diabo que o carregue, leva o traste do meu marido ensopado junto, larga no entulho, despeja no rio, foda-se que depois vem outra enchente por causa dele, não, não estou chorando desesperança, não, choro certeza, como todo mundo, espera, me deixa terminar, você vai me dar razão, esse o consolo, o meu consolo, a espuma do colchão seca no sol, depois de bem lavada, me xingou de tudo quanto é nome, que se foda, mesmo, pensei na hora, quem gosta de cu de homem quer mesmo é dar o cu, pensei, a valeska pelo menos é veado macho, gosta de dar o cu e pronto, não fica amoitado em si mesmo, uma mão na frente e a outra atrás da vontade, entende?, não é que naquela noite choveu, e uma goteira filha da puta bem em cima da televisão?, meu deus, acudi no meio da noite, bênção a necessidade de me levantar, quando vi, aquele bofetão do susto, puxei a mesinha desesperada, praga desse urubu que encarnou em mim, um pano de chão correndo, as mãos tremiam de medo, apertei o botão com o cu na mão, de verdade, borrada, mesmo, meu rosto gotejado, também, de aflição, ligou na hora, graças a deus, aquela beleza, a propaganda cheia de gente bonita, credicard, mastercard, ou visa, nem me lembro, isso não tem preço, felicidade não tem preço, mas tem, sim, como não?, mês a mês, suada e transpirada, alegria à prestação, enxuguei o rosto com o mesmo pano de chão, ouvindo o ar que respirava com o peso do alívio assobiando, que sorte que me levantei na hora, pensei, tão cansada que nem ouvi a chuva, alguma coisa que comi desandou a barriga, mas me salvou do prejuízo, uma sensação boa, então, a sorte virando pro meu lado, finalmente?, mas o cheiro escorrido pelas pernas, só aí me dei conta de que tinha cagado de medo, pode?, usei de novo o pano de chão, toda desgraça tem seu contrapeso?, isso valeria também pras marés de sorte, só que ao contrário, a secura no depois?, diarreia, mas a tv salva, desemprego, amanhã?, bom, quem sabe uns biscates mais gordos que a mixaria do salário, e, sem mais nem menos, outro emprego, mais perto de casa, melhor, comissionado, fiquei pensando nisso tudo no chuveiro, mas cabreira com o pinga-pinga, se o filho da puta ajudasse na alvenaria, no madeiramento, nas telhas de barro, mas não, que preto não tem vez, que pobre nasceu pra tomar na bunda, e eu?, negra e sempre com meu emprego, fazendo até conta pra aposentadoria, e os amigos ferrados brancos dele?, é um malandro, mesmo, ele não vale o que caga, vagabundo cuspido e escarrado, homem que não prestava pra comprar papel higiênico, meu deus, trazia jornal pra casa e passava um bom tempo dobrando e rasgando a porqueira em quadradinhos, vê se pode, isso faz até mal, a tinta, a sujeira, filho da puta, o cu da valeska não devia ser borrado, não, foi na semana passada, à noite, os meninos dormindo, a minha novelinha de novo, depois de tanto tempo, sei que é sempre a mesma lenga-lenga, mas a vida também é assim, não é?, apareceu um moço bonito, eu falei sem pensar, que moço mais bonito, meu deus, não falei pra ele, que estava esticado no sofá, meio que dormindo, arrotando torresmo, peidando fedido, é, é, só se conhece o homem depois de casado, falei com o pensamento, que moço mais bonito, meu deus, não falei pro traste do randolfo, falei pra mim mesma, que moço mais bonito, falei baixo, uma vez só, ele se levantou de bruto, deu um pontapé na televisão, fiquei paralisada, me chamou de puta rampeira, vaca bocetuda, não aguentei, você quebrou a televisão, desgraçado, sua puta, mãe o que é que foi?, vagabunda, vagabundo é você, seu imprestável, para de chorar, moleque filho de uma égua, égua a tua mãe, para, pai, vai tomar no cu, vai você, que anda dando o rabo escondido, que eu sei, que todo mundo por aqui sabe, vai quebrar a televisão do teu macho, lazarento, desgraçado, filho da puta, veado, mãe, não, é?, é?, quem te falou isso?, todo mundo, veadão, todo mundo sabe que a valeska tem um pau deste tamanho, cusudo desgraçado, ele deu um murro na minha cara, não esperava, quebrou dois dentes, olha, bateu no rikson, também, que entrou na frente pra me proteger, me levantei meio tonta, pra tirar o menino da frente dele, ele me chutou, caí de novo, chutou minha cara, rasgou minha orelha, que ficou dependurada, chutou de novo, não vi mais nada, acordei no pronto-socorro, aquela confusão, ele do meu lado, me perdoa, não fiz por mal, é que eu te amo, preta, tentei xingar, não saiu a voz, a boca inchada, a cabeça doendo muito, latejando, cheia de pontos, perdi a cabeça, minha neguinha, o menino não aconteceu nada com ele, ficou só um pouco assustado com você desmaiada, eles ficaram na casa do januário, brincando perto do pisca-pisca, eu disse que ia cuidar da mamãe, comprar presente de natal, depois, carrinho de controle remoto, panetone, falei aqui que você foi atropelada, o carro fugiu, não me desmente, não, fiquei bem quieta, depois tomo uma atitude, um olho não abria, tampão nas narinas, ninguém desconfiou da mentira dele, acredita?, bom, acho que ninguém ouviu o que ele contou, nem ouviria, mesmo que eu morresse, tanta gente gemendo em volta, choro, um zumbido dos infernos nos ouvidos, uma falação de todo mundo, o maldito pobre que se foda, melhor mesmo quando morre de vez, eu te amo, minha neguinha, aquele negócio de homem bonito me tirou do sério, tinha tomado umas, também, não era eu, aquele, minha neguinha, fiquei puto, homem bonito é homem feio, falou, por isso nem bem melhorei fugi com as crianças, não tinha outro lugar pra ir, é por pouco tempo, juro

brasil, um dom do açúcar

cama
cana
como
cana
casa
como
cama
é o cansaço, ana
calma
desencana

inspiração: natureza-morta

ainda mato aquela sem-vergonha

fotocópia

desculpe eu me desabafar com você, mas já estou por aqui, ó, nunca pensei que a separação fosse tão trabalhosa, casar é fácil, ou parece fácil, só anteontem gastei 50 reais no banco, pedindo uns extratos, um roubo, 5 reais por mês, a gente acabou bem, sábado ele disse, *regina, hoje é o último dia*, e eu terminei a frase dele, *que a gente fica junto*, ele ficou espantado, como é que eu sabia, mas já estava me preparando faz tempo, lembra daquelas xérox que tirei uns meses atrás?, a gente tenta salvar o casamento, mas é bom assim, enquanto ainda tem carinho, mas sabe o que foi?, a família dele se metendo em tudo, *clécio, você precisa controlar sua mulher, aonde é que ela foi?*, amantes, o povo me arrumou uns 3, cidade pequena é assim, a mulher vai trabalhar, chega mais tarde e está dando por aí, falam desse jeitinho, ele nunca deu bola pra isso, mas não ficava só nisso, *clécio, seus filhos tinham que estudar em escola pública*, imagine, desde pequenos que faço questão, não vão mesmo, e não é só o ensino, são as amizades, o ambiente, que é outro, você sabe, minha advogada é amiga dele também, acho que ela está amolecendo, eu falei, *olha, se for assim, estou indo agora mesmo procurar o doutor armando*, ela disse que era pior, que eu estava de cabeça quente, muito melhor o consensual, no litigioso aparece muita roupa suja, eu disse que não estava nem aí, que podia aparecer o que fosse, eu não devo nada, ele ofereceu só 200 reais por filho, não sei ainda se abro mão da minha pensão, que é minha, cheguei nele e falei, na bucha, *clécio, você pode dar muito mais*, ele disse que não, que só comprovava aquela renda ali, no papel, *e o gado do sítio?*, eu perguntei, ele disse que aquilo era negócio com o pai dele, mas o promotor falou bem falado que temos 3 filhos e não preciso ficar com todos, eu até disse pra ele, depois, de pirraça, *olha, clécio, só se você ficar com os 3, eu pago os 600*, disse brincando, claro, mas ele arregalou dois olhos assim, pedi pra ele escolher um, então, sabia que ia querer ficar com o mais velho, que gosta dessas coisas de roça, tem mais afinidade com ele, o menino vai reconhecer isso, no futuro, quem sou eu pra impedir, não é?, meu primo é advogado em belo horizonte, está me orientando, também, disse que mesmo se fosse um caso de traição, mesmo, só se tivesse prova, fotografia, gravação, os amantes pegos com as intimidades se embaraçando, está entendendo?, porque palavra contra palavra não vale de nada, e no meu caso, então, que não tem nada disso, eu devia é pedir minha pensão, sim, exigir, que é meu direito, dei quantos anos da vida nesse casamento?, juventude não tem preço, sei disso, mas a velhice tilinta nos ossos e cobra seus juros de agiota na carcaça de quem fica pra semente, concorda?, e família não precisa de desculpa pra mandar velho coroca plantar batata na rua da amargura, e, o que é pior, comer dela bem assadinha e quente pra não morrer de fome, é triste, mas é o mundo, fazer o quê?, o promotor também disse, amanhã nunca se sabe, não é?, é, é, o povo fala demais, sabe, até me viram em arceburgo, outro dia, o que é que eu ia fazer lá?, tem um carro igual ao meu, lá, me falaram, um del rey vinho, mas melhor assim, não é?, acaba tudo enquanto ainda tem respeito, tem carinho, não precisa tirar cópia desses aí, não

dois anos de separação

ele entrou e foi falando pra mim, *ô zoião azul*, arregalei mais e fiz, ó, pescoço esticado pro lado dele, que riu, acho que tinha se esquecido deles

o encontro

estava na fila do cinema, o moleque me cutucou, depois que peguei o troco, é, pequeno, uns cinco anos, pode ser, eles parecem mais novos do que são, falta de comida, genética, tudo isso, enfim, um menino bem esperto, vira-lata que passa fome é de raça sem saber, é, acho que ainda era criança, mesmo, me espetou com decisão e disse, moço, se você gosta de deus, me dá esse troco, eu?, você me conhece, pra cima de mim, não, olhei bem na cara dele, eu detesto deus, moleque, odeio deus, falei engrossando a voz, ele?, bom, ficou preso no chão, com os olhinhos deste tamanho, ó

cinema

puta que pariu, o cara veio se sentar bem na minha frente, tem gente que não se toca, né?, vai, troca comigo, você é mais alto, isso, vai, agora tosse na nuca dele

com espírito

já virou ritual de fim de ano, sempre convido uns empregados da firma, digo que foram escolhidos a dedo, e foram, mesmo, vou variando de ano em ano, um setor agora, outro que não tem nada a ver depois, e assim por diante, levo pra dentro de casa, pra verem aonde cheguei, pra ficarem admirados com meu modo de vida, contarem pros outros, é, isso mesmo, quem não ostenta é como se não tivesse, e esse negócio, vou ser sincero com você, vale inclusive pra quem não tem, mas quer ter, eu?, posudo?, até na frente do espelho, rapaz, vai dizer que você também não treina um ar, um sorriso superior, uma gargalhada escrachada pra mostrar que às vezes, dependendo da rodinha em que esteja, você não está nem aí com ninguém e poderia exigir com toda a naturalidade do mundo que a cambada lambesse seus sapatos, o que muitos fariam, diga-se *en passant*, com enorme gosto, espalhando inclusive, a passos largos, a notícia de que sua sola é de couro legítimo, sapato italiano, cromo alemão, o que fosse, fala que não, ainda mais você, fresco pra caralho com essa coisa de moda, grife, perfume, como assim?, alta roda?, você vem me falar em vicissitudes de se frequentar a alta roda?, já notou que até no palavreado você quer aparecer mais que os outros?, essa é boa, você finge que não está me entendendo, ora, ora, ora, eu manjo você, daqueles ricos que perdem a hora mas fazem de volta todo o caminho pra ver se encontram um níquel que caiu das algibeiras, al, gi, bei, ras, gostou do meu troco em nota de cem?, você é foda, cara, sabe de tudo melhor do que eu, sabe tudo tim-tim por tim-tim, mas não perde a chance de escutar de novo, só pra ficar no lucro, porra, alta roda?, tudo bem, um termo às vezes fica *démodé* de caso pensado, pro povão não atinar com o clássico dele, que, desse modo, integra verdadeiramente apenas o patrimônio refinado de quem pode falar grosso, é ou não é?, fazia tempo que não ouvia, alta roda, alta roda, bom, se tem quem a segure lá em cima, essa tal de alta roda, girando sobre a cabeça de muita gente, são eles todos, querendo ou não, eles, os despossuídos, cacete, então exatamente por isso, sei disso muito bem, não se pode tirar o mérito daqueles que se equilibram com elegância nas alturas, claro, tampouco dos pés-rapados, com todos os olhos gordos voltados miseravelmente pra cima, entorcicolados de inveja, porque todo mundo quer é subir na vida, e, nessa tentativa generalizada, bíblica, atávica, onde a porrada come solta, mesmo sem querer os fracassados contribuem, com a massa falida de seus corpos, no mínimo, para a manutenção, lá nos cumes, dessa alta roda sobre a qual alguns poucos fingem que brincam de roda, dando-se as mãos desconfiados uns dos outros, temendo o empurrão de uma concorrência disfarçada que os atirasse na vala comum daqueles tantos que os alicerçam, é, meu amigo, é esta a alta roda, lugar onde vamos solando desafinados nossas vidas, cada um por si, sapateado pesado no coco dessa cambada desvalida, eles que se fodam, é, sei que você está entendendo tudo, tudinho, não adianta fazer cara feia, não, o trabalho social de que você conta tanto papo não passa de travesseiro ortopédico para as noites barulhentas e insones, quando aquele nosso rodopio dançante provoca uma enxaquecazinha, uma tontura besta, labirintite de alta roda, ui, ui, ui, vertigem autocomplacente de ter dinheiro saindo pelo ladrão, ai, ai, ai, o ritmo do mundo sempre foi esse, quem discorda fica fora do baile, passando vontade, o nome disso é antigo, o nome disso é poder, não seja hipócrita, então você, eu e os outros mais que choram menos, ou nem choram, porque podem mais e demais, é que estamos no alto dessa alta roda, caramba, porra, você ficou queimado à toa, não é pra mim que você tem que se justificar, aliás, não tem que se justificar com ninguém, nem com você mesmo, esta é a questão, a nossa questão, pros outros lá de baixo isso é resposta, e ponto-final, entendeu a diferença?, para a maioria, portanto, a pose é o rosto invertido do desejo, para outros é a própria face no espelho do mundo, presta atenção nisso, a pose, meu caro, é sempre o rosto de uma verdade deslavada, e, em nosso caso, é a cara de quem está cagando e andando, percebe?, melhor dizendo, dançando e cagando lá pra baixo, quem recebe merda na cabeça que levante as mãos pro céu, isso sim, tanto é que muitos que chegaram lá, lá que é aqui, em nosso caso, faço questão de repetir, dão num certo ponto de ostentar ao contrário, às avessas, ocasião em que o sujeito obrigatoriamente tem que estar nadando de braçada, de vento em popa, fornido, sem ter que fazer biquinho e soprar as velas, coisa que muitas vezes é conveniente quando a corda bambeia, na calmaria brava dos negócios, e o sujeito se desequilibra lá em cima, aproveitando pela última vez a imagem giratória de seu clichê, de sua alta roda, como?, porra, você já viu isso, o sujeito não tem mais onde enfiar o dinheiro e fica chorando as pitangas amontoadas, e aí mesmo é que a fama de podre de rico se instala de vez, ele pode se dar ao luxo de andar em carro popular, por exemplo, sem que sua pose sofra um arranhão na lataria, pelo contrário, o que chega a ser perverso e engraçado, não acha?, mas não era isso que eu estava contando, o que era, mesmo?, ah, bom, dizia que costumo levar uns empregados da firma lá em casa, no *réveillon*, lógico que eles ficam meio deslocados, deslocados por inteiro e um pouco mais, mas dou a maior atenção, igualzinha à que destino aos outros convidados, é, é isso mesmo, a mesma pose refletida de modos diferentes pra cada lado, boa, boa, essa foi boa, eu falo, você é um filho da puta que entende disso mais do que qualquer um e fica aí fingindo sonsice, bom, mas o melhor de tudo vem agora, ouve só, não os deixo ir embora de jeito nenhum, digo que ficaria muito ofendido, que faço questão de amanhecer o dia com eles, e coisa e tal, eles ficam, é lógico, pra puxar o saco, claro, então, depois da festa, de manhã, saio de carro com eles, invento qualquer troço, em casa todo mundo já sabe, minha família também se diverte depois, quando conto os detalhes do episódio, chego a encenar, mudo a voz, meu filho até filma, todo mundo caga de rir, bom, você está curioso, né?, os empregados me acompanham, paro numa rua de um bairro qualquer, com as características suburbanas ideais, vamos dar uma voltinha a pé?, dar uma espairecida, comi demais, e vocês?, aí, meu caro, eu é que procuro aqueles moleques na rua, primeiro dia do ano, é muito engraçado, ando na frente como quem não quer nada, eles vêm correndo, moço, moço, me dá boas-festas?, digo, claro, chego perto, pego a mãozinha deles e falo, boas-festas, deus te abençoe, precisa ver a carinha que fazem, uns não sabem o que dizer, outros escondem a mão, enfezados, fugindo ao cumprimento seco, essas eu não quero, falam na lata que é dinheiro, mesmo, eu, então, digo que ele pediu boas-festas e estas eu já dei, de coração, que mané dinheiro, o quê?, pra ganhar dinheiro tem que trabalhar, suar no batente, pegar no pesado, do jeito que fiz desde criança, quem pede esmola é mendigo, vagabundo, uns xingam, eu dou risada na cara deles, eu ia te dar dez reais, agora fodeu, moleque, some da minha frente, vai, trombadinha, senão te meto a mão na cara, vai chispando, vai, vai pedir pra tua mãe, agora, e continuo a caminhada, o moleque com cara de choro, ou xingando desaforado, meus empregados ficam escandalizados, não sabem onde enfiar a cara, com o rabo no meio das pernas, engraçado demais, fico até meio perdido, sem saber se observo o moleque ou os meus convidados se entreolhando mudos, mas tem os saidinhos que ameaçam dar alguma coisa, é o que é mais gostoso de tudo, então fico mais puto ainda, brusco, proíbo em cima da pinta, grosso, até hoje nenhum me peitou, então enfiam o dinheiro miúdo de novo nas calças, os trocadinhos, é bonito de ver, os sujeitinhos transformados em moedinha se enfiando no bolso das próprias calças, obedecidos na sem-graceza de correr o risco inútil de ficarem plantados na rua da amargura do desemprego, esta sim a rua em que se dão conta de repente de estarem, rua de endereço em qualquer que seja o bairro desgraçado onde moram, transmudados para lá pelo medo da voz do patrão, vejo isso muito bem na cara deles, nos olhos perdidos, na gagueira dos gestos, na vergonha dos outros amigos infelizes ali perto, vivenciando aquilo, cara, você não imagina como me divirto com isso, sei que acham maldade, falam mal de mim, depois, por trás, e é exatamente isso que eu quero, falam por trás, porque na hora não têm coragem de abrir a boca

cá entre nós

ssae nhatigen de jeho em adi, nem em glêsin a tegen depo larfa

cobrança

é ele, mesmo, deve pra mim, também, a conta já fez até aniversário, apareceu de novo, do nada, uns meses atrás, as cartas de cobrança voltaram todas, mudou-se, essa associação comercial não vale nada, também o governo protegendo os velhacos é isso que dá, bom, ele apareceu de novo, pediu pra dividir a dívida, a vida apertada, farmácia, serviços estiados, dividi como pediu, tirei os juros, deu a entrada, então pediu pelo amor de deus pra levar mais umas coisinhas, as crianças, não sei o que mais, nada nada o dobro da entrada, eu disse que assim não dava, ele repetiu a história das crianças, que agora empregado na fazenda água limpa, depois descobri que era mentira, pondo a vidinha de pobre em ordem, o escambau, deixei, banana que sou, feito e dito e refeito, sumiu de novo, desapareceu, perdido por perdido, melhor esquecer, dormir sem molas arrebentadas nas costas, não é?, eu sei como é, eu também, rapaz, hoje não faço mais isso pra não morrer de raiva, mas também já somei meus fiados, dava pra comprar um carrinho, acredita?, mas se não vender fiado não vende, concorda?, só que o sujeito tem de ser meio puta velha, se arreganhar demais pra qualquer um toma na cabeça, depois no corpo inteiro, sobrando as vergastadas mais doídas pra mulher e pros filhos, que não tinham nada que ver com a história, o tião da padaria fez isso e quebrou, lembra?, os comerciantes muito desunidos, então dizem, na inocência da necessidade, ah, ele não pagou pro fulano mas paga pra mim, ilusão mais besta de quem se acha diferente, dando corda pra essa gentinha, que vai vivendo assim, pulando de porta em porta, de trouxa em trouxa, pondo na bunda de todo mundo, rindo por trás e tocando a vida com mais sossego do que a gente, povinho à toa, cobra não tem perna e anda, não é mesmo?, olha, ninguém gosta de comerciante, não, jesus mesmo não sentou o braço nuns coitados que vendiam uns pombinhos no templo, umas galinhas, essas coiseiras miúdas?, deus me perdoe, mas onde é que ele queria que os comerciantes ficassem?, onde não passava ninguém?, onde não trafegava uma viva alma?, pra ele que sabia o caminho dos milagres podia ser que fosse até fácil, que numa pescaria de almas desastrada, sem as fisgadas, ele se entendia lá na hora com o pai e sapecava uma multiplicação de peixes, pães e vinho, só pra acompanhar, molhar o bico dos homens e pronto, resolvido, o desejado das gentes com a freguesia garantida, espalhados os produtos que deus e todo mundo querem, até o capeta, com os olhos gordos na mercadoria dos homens, então pra ele, jesus cristo, é fácil, mesmo, o pai garantindo, olha, eu disse isso outro dia, minha mulher me mandou bater na boca, bati, tudo bem, mas repito pra você, se deus perdoou na primeira vez, por que não perdoaria de novo?, bom, jesus, jesus, se tem alguém no mundo mais filhinho de papai é ele, é ou não é?, tudo bem, tudo bem, bato de novo na boca, olha, batido, não repito mais isso, está certo, mas coloque-se agora na situação desgraçada de um filho de deus sem pai nem mãe, tendo que suar o rosto e o corpo inteiro na massa amarga de um pão incerto, que farinha não cai do céu, é mole?, é isso, deus me perdoe, já disse, bom, esquecido o pra esquecer é bola pra frente, na semana passada fui viajar, fazer compras pra loja, saí de madrugada, saio cedo pra pegar a 25 bem antes das 8, antes da lojaiada abrir as portas, os camelôs com os preços ainda lá embaixo, você sabe, e não é que ele na esquina, sentado no degrau da venda do porfírio, esperando o caminhão de turma, fumando encolhidinho, lenço na cabeça, boné de redinha, aliás, estava na minha lista de compras, que na soalheira o cangote arrepia e o couro ferve, então eu vendo desses bonés que nem água, e o boné dele novinho, deu pra reparar, filho da puta, a camisa também, novinha, de mangas compridas, que o neném não pode com o sol, não pode se arranhar, você acredita que ele virou o rosto rápido, escondendo a cara de pau, conhece meu carro, o safado, então está trabalhando na *panha* de café, caloteiro, olha só, dinheiro pro cigarrinho ele tem, ia parar, bater cobrança, quase parei, mas acredita que de repente tive dó, naquela hora o frio cortava e doía o molhado dos olhos, a gente nem lava o rosto por causa do friúme, e deixa as ramelas pra proteger um tantico a mais, tive dó do sem-vergonha, acredita?, por isso também que meu negócio não vai pra frente, eu falo pra minha mulher, não sirvo pra isso, não sirvo

livre curso

eu estava no canto do balcão, ele chegou falando, moça, isso é pra você ganhar dinheiro fácil, mais um chato, pensei, ele me deu uma nota de 1 dólar, saiu, ainda disse, todo apressado, é pra pensar com todo o carinho, viu?, não, lógico, não era de verdade, era dinheiro de propaganda com texto no verso, sabe, faz 5 anos que estou nessa loja, qual a chance de crescer aqui?, nenhuminha da silva, concorda?, então estou pensando seriamente, olha, escuta, *descubra como ganhar de 300 a 3.000 reais de renda extra, trabalhe em tempo parcial ou integral, pessoas bem sucedidas ganham acima de 100.000 reais/ano, não é emprego, treinamento e sistema de apoio, os ganhos dependem unicamente do seu esforço pessoal, é a sua independência com baixo investimento inicial, multinacional conceituada, oportunidade de negócio próprio sem custos fixos ou empregados, marcos ou carlos, (35) 2519-4407,* não é?, daqui a pouco ligo lá, o joão sai pra almoçar às onze e meia, não custa

acho que sete anos

boneca não, ela já é mocinha

cartão cidadão

vê se pode, todo mundo quer ir ao banco, agorajornal horóscopo, falências e obituário, pra que mais?

melhor do que tentar a sorte

o certo era uma megassena ao contrário, o governo pegava esse povo endinheirado, só eles, e fazia preencher um cartão, seis dezenas, toda semana, vinha o sorteio, tudo igual ao outro, mas o vencedor seria o perdedor, o premiado perderia tudo, dinheiro, propriedades, móveis, joias, roupas, aplicações, ouro, ações, empresas, ficaria limpo, bunda de santo, mão na frente, outra atrás, pé de chinelo, duro, quebrado, liso, pé-rapado até o osso, o que fazia com as coisas deles?, sei lá, qualquer coisa, dava, punha fogo, melhor ainda, dava dado de graça pros outros ricos, deixava acumular mais, pro medo de perder aumentar semana a semana, virar pavor, pelo menos a gente não ficava puto quando acertasse três dezenas nessa nossa loteria de desesperados, santa edwiges zonza, sem ação, essa bosta de ficar batendo na trave da vida, é isso, dava tudo dado só pros ricos, pra ficarem mais ricos mais depressa do que já ficam, e então um ou dois deles por semana quebrando a cara, você ia ver, pelo menos a gente tocava a vida mais conformado

dizem que eu devia

acertar o passo
dar o sangue
mas
em mim
em minhas mãos
veias, artérias
tudo contramão

ato átrio

um dia, um dia ainda saio por aquela porta

falência

     dizia que matava a família inteira e depois se matava, só que não teve peito, deu um tiro na cabeça, errou e ficou aí, pobretão, com essa boca torta

sofismas diários

     Cada criatura humana traz duas almas consigo: [...]
               machado de assis

     pegou todo mundo de surpresa, ele parecia bem, coitado, não, não deixou bilhete, carta, nada, matou-se e pronto, sem aviso, sem justificativa, a família tratou de sepultá-lo o mais depressa possível, um tio dele que mora no interior nem chegou a tempo do enterro, pois é, ninguém sabia que tinha uma arma, não combinava com ele, para a maioria das pessoas tão cordato, educado, inteligente, acho que isso pesou um pouco, sabe, um sujeito se prepara, entende das coisas, estuda, faz o que deve ser feito, corre atrás, como se diz, e se ferra legal, desempregado, fazendo bicos, biscates, enquanto as bordoadas redobrando as forças, os vergões da vida nas faces, o indivíduo revezando quieto os lados da cara estapeados por deus e todo mundo, dá nisso, não acha? ele era um pouco revoltado, sim, acho que não me topava muito por isso, mas não tenho culpa de ter nascido com dinheiro, caramba, herança de trabalho honesto de não sei quantas gerações, nada que ver com o bando de filhos da puta se dando bem sem o mínimo esforço, metendo a mão nas oportunidades, sem escrúpulos, agarrados nos testículos do primeiro oportunista bem-sucedido que aparece, sócios da firma desconfiada daqueles que não valem nada e estendem à comunidade os serviços amealhadores de coisas públicas e privadas, é isso, quem não vale nada gosta de ostentar seus bens valiosos, o patrimônio, conheço um monte de gente assim, eu não sou desse tipinho, poxa vida, você sabe muito bem, em todo caso, olha, respeito muito um homem que se mata desse jeito, sem mais nem meio mais, que em algum capítulo da vida, pelo menos, pôde meter por conta própria um ponto-final, não, não é isso, bem, claro, meio dramático é, mas ele tinha suas pretensões continuamente goradas, escrevia umas peças teatrais, nunca vi nenhuma, mas me contaram que talvez tivesse um naco de talento, não sei, não entendo muito disso, abandonei o curso de artes plásticas porque não aguentava a presunção intelectual daquele povinho, aliás é por isso que pedi pra você vir aqui em casa, quero sua opinião sobre uns escritos dele, levei um baita susto, cheguei do enterro e o envelope jogado no terraço de casa, postou no dia em que se matou, então não foi uma atitude impensada, percebe?, se não fosse estourar os miolos não tinha por que enviar essas folhas pra mim, concorda?, agora não tenho ideia do motivo pelo qual fui escolhido, eu que nem era muito chegado a ele, que fazia questão de me olhar meio de esguelha, como disse, cutucando o fato de que nasci bem, sugerindo com palavras variadas, sempre que nos cruzávamos, que nossos esporádicos encontros punham o dedo na ferida, mas na ferida dele, apenas, chaga sem lenitivo, aberta mais e mais, porque a minha seria, em contrapartida, *pensada* em consultório particular, usava exatamente esse verbo, muito mais apropriado à hagiografia de são sebastião, enfim, dizia que a minha ferida era tamponada com a gaze sempre limpa de quem desconhece o pus da vida, umas besteiras engajadas desse tipo, que eu fingia desentender pra não mandá-lo à puta que o pariu, tínhamos grandes amigos em comum, de modo que o suportava, apenas, em consideração a eles, bem, agora isso, essa responsabilidade, talvez por isso tenha me escolhido, não sei, o excesso de zelo diante de tudo e de todos, ele sabia que o meu respeito ao alheio, mesmo que entendido por ele como tributário de um legado, poderia dar algum encaminhamento aos seus escritos, um destino que não fosse o verso das folhas como papel de rascunho, este, por sinal, o grande medo dos escritores virgens, que suas criações forneçam nada mais que os fundilhos brancos para anotar recados sem importância ao lado de um telefone qualquer, fodidos e inéditos, dando finalmente em carrinhos miseráveis abarrotados de todo tipo de papel e papelão, puxados por um coitado qualquer com o endereço certo de um estabelecimento especializado em aparas, literatura por quilo, sem palavras, sem comentários, aquela esperança de não fazer parte de um incomensurável cemitério de obras-primas natimortas, onde a maioria dos que se dizem artistas é enterrada em finados perpétuos, evocada em silêncio todos os dias do ano, desde que o mundo é mundo, flores de plástico sobre covas anônimas, eles pensam assim, pobrezinhos, besteira, não acha?, se tais defuntos artistas indigentes ganhassem de repente um nome, o planeta seria um enorme campo-santo, onde todos, *requiem aeternam*, passariam o final dos tempos no purgatório terreno de uma leitura interminável, ou no inferno, lugar que me parece mais adequado à metáfora, bem, bem, bem, quero que você leve estas folhas dele, dê uma espiada, afinal, o que eu posso fazer com isso?, tem umas frases interessantes, outras um tanto obscuras, colocou o nome de *sofismas diários*, talvez esperasse escrever 365 frases, ou 366, pra garantir os anos bissextos, certo?, em todo caso não completou a tarefa, como não completou a vida, tanto que as frases vieram em ordem alfabética, direto do computador, ícones organizados, ou você acha que os únicos que completam a tarefa da vida seriam justamente os suicidas?, sabe, penso agora que o escritor, de alguma forma, busca organizar os ícones de sua existência, mas o computador da vida sempre dá pau, travado, então aqueles que têm peito arrancam de vez o fio da tomada, cansados de *resetar* o próprio fígado, olha, escutei uma história muito curiosa no velório, quem contou disse que ouviu da boca da noiva do defunto, e talvez tenha alguma ligação com estas folhas que ele me enviou, bem como com o caderno que mandou pro odinílson, que o recebeu do mesmo jeito, pelos correios, no dia do enterro, caderno com uns trechos de uma peça teatral que vinha escrevendo, qualquer coisa assim, pensei em dar uma espiada, também, talvez tenha alguma ligação com as frases, pode ser, disseram que o odinílson procurou um grupo de teatro na mesma hora, mostrou os trechos da peça, contou que era de um ator e autor suicida, o diretor que o recebeu se interessou pela história, não pela peça, mas pela história do ator, do autor que se mata, pediu detalhes, anotou endereços, disse que faria uma pesquisa e escreveria, ele, uma peça sobre o episódio, ficou uns dois dias com os manuscritos e devolveu-os, dizendo que dali não aproveitaria nem uma fala para a peça que a personagem suicida escreveria na peça baseada na história do suicida de verdade, vê se pode um negócio desses, disse que o enredo era até que bom, mas tudo sem nenhuma novidade, que qualquer obra, por melhor que seja, quando decalcada de outras, não tem valor algum, com o que não concordo, às vezes um artista se vê na obrigação de repetir o que outros disseram, o que ele mesmo já disse, apenas porque na verdade ninguém escuta nada, e um artista também precisa identificar no ruído geral aquilo que pede um coro sublinhado por parte de quem tem algum bom senso, fazendo eco não em razão do próprio tom, mas pela arte de fundo que precisa ser identificada, entende?, mas o que eu dizia há pouco, mesmo?, ah, que ouvi uma história curiosa no velório, não é?, pois bem, parece que o eusébio se matou por causa de um episódio bobo, banal, acontecido com ele, a famosa gota d'água, isso, ninguém quer saber do que enche o copo de um homem, não é?, estão interessados apenas na toalha de mesa encharcada, no piso molhado que faz um sujeito escorregar e arrebentar a cabeça, isso, isso, então escute, ultimamente ele vinha ganhando uns trocados se apresentando como sombra em feiras, exposições, até em aniversários, sombra, aquele sujeito que fica esperando alguém passar e sai em seu encalço, procurando imitar os mínimos movimentos da vítima, espelhando-a para o riso daqueles imbecis que se imaginam indivíduos, uns tantos que, na verdade, quando riem, se reproduzem multiplicados sem saber na pequena multidão que observa o espetáculo deprimente do sombra, arremedando um desavisado qualquer, poxa vida, a que ponto um ator desempregado deve chegar para comprar comida e pagar a porra do aluguel, não é?, o fato se deu numa feira de fabricantes de brinquedos, ele e outro sombra andando pelos corredores, fazendo os compradores se divertir com a duplicação ridícula dos transeuntes, enfim, há algo de pedagógico nesse tipo de espetáculo, não acha?, um sujeito andando com uma sacola, todos rindo ao redor, e, de repente, ao se voltar para tentar entender o porquê de ser o centro cômico das atenções, aquele susto, ele mesmo ali, segurando uma sacola invisível, reproduzido ao absurdo de si mesmo, não obstante a cara pintada do outro, talvez numa realidade muito maior do que aquela que imaginara ser ele mesmo há tempos, por isso ri também, como se descoberto de si, envergonhado, então tenta atabalhoadamente fugir, no que acompanhado com maior velocidade pelo sombra, atitude que invariavelmente resulta em mais risos e gargalhadas por parte dos espectadores a esmo desse tipo de apresentação, bem, mas ninguém se pergunta da vida daquele que se desfaz a cada olhar, daquele que não passa de sombras, bem, quer saber o que aconteceu, não é?, havia um amontoado de pessoas paradas no fim de um corredor do pavilhão de exposições, todas com medo de saírem andando, os dois sombras contratados, um deles o nosso caríssimo eusébio, no meio daquele círculo, correndo, procurando o primeiro incauto que se movimentasse de maneira mais brusca, ensejando, desse modo, o início da duplicação, bem, olha, há sempre no mundo uns tipos espevitados, estouvados, como dizia meu avô, gente que parece ter nascido para virar o jogo, seja ele qual for, bem, o eusébio percebeu que uma moça se esgueirava lentamente pela multidão, procurando sair aos poucos, para não chamar a atenção de ninguém, principalmente dos sombras, está claro, ela já estava quase fora da multidão quando ele, então, virou-se, fingindo dar-lhe as costas, despercebido de sua fuga, ela animou-se com aquele suposto descuido e passou a andar de forma natural, certa de que estava livre, foi a deixa que eusébio esperava para pular atrás dela e sair imitando seu andar rebolado, para deleite de todos, bem, ele não contava com uma coisa, ela estava acompanhada por um daqueles sujeitinhos sem peias, marido dela, que, então, para surpresa de todos, pulou quase que imediatamente atrás do sombra, mimetizando, por assim dizer, a cópia que eusébio fazia de sua mui digna esposa, ou seja, o sombra se viu, de repente, sombreado, o que quadruplicou de imediato as sonoras risadas de todos, descambadas em ruidosas gargalhadas, dá pra imaginar?, a princípio eusébio sentiu uma felicidade que há muito não experimentava, palavra da viúva, que dizia ter ouvido desse jeitinho a narração de nosso autor e ator, entretanto, como a assuada se multiplicava inexplicavelmente, e, mesmo porque, a moça se virou e começou a rir, ela própria, de um jeito incomum para a situação, e também porque sentiu algum movimento estranho atrás de si, ele se virou quase que instintivamente, virou-se como quem escuta o próprio nome, no meio de uma rua movimentada, reconhecendo o timbre familiar da voz que o interpela, virou-se e deu de cara consigo mesmo, em todos aqueles exatos movimentos, sombra da sombra, susto reproduzido no espelho inusitado daquele outro ele mesmo, ficou paralisado, o outro também, as gargalhadas se transmudaram num zumbido dolorido, *preciso fugir daqui*, deu alguns passos de lado, no que foi acompanhado, correu para o centro do círculo, imaginando que a vergonha do outro pudesse lhe servir de escudo, nada, em vão, o outro ia aonde ele ia, bem, seu companheiro correu em seu socorro, procurando chamar a atenção daquele terceiro sombra de modo que um mínimo movimento próprio e desviado fornecesse a ocasião para que eusébio invertesse o jogo, passando a reproduzir o enxerido de alguma forma, tudo isso inutilmente, o marido ignorou por completo o companheiro, até mesmo as bombeadas de veneno que ele lhe endereçava de uma bomba de flit gigante e também invisível, aliás, como todas as mercadorias que sempre carregaram até então, bem, num lampejo de lucidez, lembrou-se de uma técnica aprendida com um amigo justamente para reverter situações como essa, e, imediatamente, colocou-a em prática, saiu andando rapidamente, seguido, como era de se esperar, pelo sombra, de repente pulou e se virou para o perseguidor, dando-lhe um tiro com o revólver dos dedos, tudo isso com a intenção de que o sujeito também pulasse, virando-se de maneira semelhante e, portanto, dando as costas para o infeliz eusébio que, assim, poderia inverter a perseguição, começando de imediato a imitar os movimentos do imitador, de novo, porém, falhou, talvez o desgraçado também fosse um sombra profissional, desdizendo o que era de se esperar de uma pessoa comum, talvez fosse o demônio, que passava por ali para lembrá-lo de sua condição verdadeira no mundo, é, devia ser isso, representava ali mesmo, aos olhos lacrimejantes de tanto rir daquela multidão, o show gratuito da falência do espírito de um homem, de sua falência agora também como homem e sombra de homem, combate no qual as entidades que o constituíam eram entregues derrotadas à malignidade universal, o sujeito não pulou para trás, simplesmente levantou os dedos e retribuiu-lhe o tiro fatal, cuspindo baba, inclusive, para intensificar o barulho do estampido, foi isso, o sujeito, então, próximo à cerca viva das pessoas que se divertiam à sua custa, deu de ombros com um *ah* bastante sonoro e escapou por entre o povo, abandonando-o sozinho, deixando-o na verdade nem consigo mesmo, ali, cercado pela gentarada que cagava de rir de sua completa diluição, foi isso, teve de voltar para casa, contou tudo para a noiva, naquela mesma noite, ciente de que não voltaria mais a exercer aquele ofício estúpido de ser ninguém, menos que alguém, sempre, a noiva concordou, disse-lhe que seu futuro o esperava, com certeza, que aquilo tinha sido, isso sim, muito bom, para que ele largasse de vez uma ocupação que nada tinha a ver com ele, com seu gênio, que a vida isso, a vida aquilo, pronto, acabou?, não, não, no dia seguinte, com a noiva, num ônibus, passaram por um amontoado de pessoas na rua, algumas demonstrando grande desespero, ele se assustou com o que viu, colou o rosto na janela, quem sabe com a lembrança amarga do dia anterior, e, sem nenhum motivo, teimou em parar, deu sinal para que o motorista encostasse o carro, chegou a gritar com ele, a noiva o acompanhou, certa de que ele vira algum conhecido, perguntava quem era, nervosa, ele não abria a boca, desceu do ônibus e correu em direção ao tumulto, abrindo caminho aos empurrões, alguém se atirara do nono andar, alguém que, na verdade, não conhecia, disse isso para a noiva com os olhos úmidos, um desconhecido estava agora esborrachado no asfalto, a polícia não chegara, nem a ambulância, o que seria mera formalidade, rodeavam o defunto apenas aqueles que viram a queda, aqueles curiosos que ouviram o baque tremendo e saíram para assuntar, dando de cara com a tragédia, o porteiro do prédio, trêmulo, dizia que o seu carlos morava sozinho, *o seu carlos, meu deus, por quê?*, eusébio sentou-se na sarjeta e começou a chorar, sua noiva, como é mesmo o nome dela?, ah, isso, mara, acho que é isso, mesmo, mara, bem, mara levou-o para casa desolado, ele não abriu a boca, a não ser para dizer que *ninguém consegue ser outro impunemente, ninguém*, no dia seguinte, à noite, se matou, sem bilhete, sem carta, nada, como lhe disse, e, para piorar tudo, quando chego do enterro, essa correspondência estranha do além, vê se pode, quero que você me ajude com isso, nem sei como, olha, dê uma espiada, pode levar,

SOFISMAS DIÁRIOS
(por Eusébio Sousa)

– e veio-me grande enjoo às adivinhações e aos aforismos.
Graciliano Ramos

A agonia é a recompensa daqueles que teimam em não desistir.

A autoajuda é o pontapé inicial da espécie humana.

A benzedeira que tira o mau-olhado racionaliza a crença incondicional do homem na autoconfiança.

A Biblioteca Universal, com algumas óbvias variantes temporais, que nada significam, está completa nos dicionários. A questão para os leitores, então, é de ordem e reincidência, apenas. Fausto, na verdade, explicita a luta malfadada pela suprema ignorância, analfabeto da própria história, inteira debaixo de seu nariz.

A carapuça da conduta reprochável que o homem de bem oferece em discurso à sociedade nunca passou pela cabeça daqueles nos quais ela se ajustaria perfeitamente.

A certa graça das incertezas é a obra única de Deus. Inacabada.

A contribuição dos intelectuais, ao longo da história, tem sido relativamente importante para a sociedade dos cupins.

A *customização* da mercadoria estampa em cada consumidor, com sua caligrafia própria, a fórmula geral da alienação.

A defesa do formalismo, qualquer que seja ele, ratifica a permanência superficial dos clichês. É uma das duas *tábuas de salvação* da mediocridade. A outra é a intercessão por uma liberdade que fosse inquestionavelmente visceral.A dicotomia entre o consentimento daquele que cala e o suposto valor de lastro econômico do silêncio deve ser colocada, em toda a sua extensão – pois vivemos um tempo em que as meias palavras enganam primeiro o bom entendedor –, da seguinte maneira: aquele que entende a eloquência do silêncio profere o discurso mais contundente para os que não precisam ouvi-lo.

A Dinastia do Capital abalada em seu fulgor. A centelha maoista não passou de uma fagulha de medo se comparada ao que a poderosa forja da indústria chinesa da falsificação inaugurou com sua crescente e rentável atividade. A duplicação da mercadoria despeja nos mercados a sombra de corpo inteiro do que se supunha único. Como se fosse possível engordar por meio da autofagia, um encontro de morte parece ter sido finalmente marcado.

A esperança é a face diurna da insônia.

A falta de tato social dos imbecis chega a ser desculpável. Mas não toque no assunto com eles, nunca. É inútil, principalmente para você. Falta-lhes o gosto, bom ou mau, pouco importa, para vislumbrar um lampejo, que seja, da visão de mundo suficiente para ouvi-lo em alto e bom som. Por isso mesmo, de nada vale gritar e espernear com o tipo sensaborão. Não passe nem perto desse tema (em verdade, de qualquer outro) com eles. Caia fora o mais depressa que puder; do contrário, você corre o risco de quebrar a cara. Infelizmente, nesse caso, poucos fazem ideia de onde estão se metendo. A imbecilidade não fede nem cheira, e pouco valeria um seu qualquer odor, de merda ou santidade, porque os completos imbecis, por todos os sentidos, nunca souberam onde têm o nariz.

A fé cega de São Tomé.

A fé dos despossuídos se fundamenta injustamente em nada.

A fidelidade masculina se equilibra numa imaginativa empresa manufatureira que costumeiramente desperdiça milhões de possibilidades de vida.

A filatelia nasceu da necessidade de se encontrar uma justificativa para o hábito que classificamos inadequadamente como correspondência.

A fórmula do sucesso mistura o exemplo dos vendilhões do templo com a desculpa da outra face.

A História como ciência será sempre uma arte de variados gêneros.

A humildade é o esconderijo a céu aberto da inaptidão.

A indagação anda em espirais. A hesitação, em círculos. A ignorância não sai do lugar. As paragens mais aprazíveis, pois, como simples lembranças.

A indústria da informática, ao invadir o mercado de ações, desmascarou à força a face mística do fetiche da mercadoria. Os iniciados, porém, ainda creem ser possível discorrer com segurança, para uma plateia de investidores, sobre uma absoluta concretude virtual dos papéis da *Nasdaq*. A oscilação dessas ações apoiadas firmemente em nada transcende qualquer capacidade racional de abstração, e, por isso, faz com que elas prescindam por completo, pela primeira vez na história, da materialidade da mercadoria. Poucos se apercebem, no entanto, de que o grande interesse pelos espetáculos com mágicos que revelam os segredos de seus truques não pode durar muito tempo.

A justificativa: deus não é atemporal. Ele não tem tempo.

A língua pode ser a instância de encontro entre a abstração artística da obra e a crueza nua da realidade: notou como os pobres estão cada vez mais acabados?

A *mais valiosa* virtude não prescinde do outro lado da balança.

A mão da Divina Providência? Não, não. Canhoto é o capiroto... Deus é maneta; as linhas tortas da vida pela mão que não há, isso sim...

A maternidade foi a inspiração para o cavalo de Troia.

A misantropia é o arquétipo primevo da civilização.

A morte eterna dispensa evangelhos.

A mudez dos livros tem a voz do leitor.

A obra de arte, quanto mais perfeita, mais copiosa de defeitos.

A ostentação é uma forma irônica de indigência. Como um morto querido é evocado sem que se perceba, de igual maneira, em sentido inverso, porém, a demonstração da posse da mercadoria empurra as individualidades também para o anonimato de uma vala comum.

A poesia hoje deve dizer nada com nada. O esforço poético moderno se traduz como um exercício constante da redundância: sabemos de cor todos os poemas por fazer.

A ponto de ser o ladrão da própria casa: roubar de si mesmo para se entregar.

A posse se alimenta de absenteísmos.

A preservação da espécie humana é desastrosa para a humanidade.

A queda é a única experiência de fato para aqueles que jogam com a sorte ou correm atrás dos sonhos: o mundo é estreito demais para os que dormem no ponto.

A sabedoria é o excerto de um monólogo ensaiado num teatro vazio por um ator consciente de sua canastrice.

A sabedoria precisa do senso comum: o caráter é forjado nos olhos. As chamadas armas inteligentes expõem cirurgicamente a espinha dorsal da vilania humana.

A solidão, para os espíritos verdadeiramente superiores, ensina sobre o outro – esse fantasma que teima em habitar nossas entranhas – como nenhum mestre seria capaz. O que muitos ex-amantes comprovam impensadamente na própria carne: a convivência a distância aproxima como nunca os casais separados.

A tiragem de qualquer livro, na história da humanidade, é de 1 exemplar. Quando muito.

A trilha dos que tentam fugir da própria espécie, em verdade o único movimento instintivamente racional do homem, termina de modo inequívoco no próprio umbigo.

A verdadeira amizade é estabelecida pelo exercício mútuo e constante da difícil faculdade da surdez.

A vida é um mal curável.

Agarrar com força todas as chances. Eis a maneira mais rápida de se atingir o fundo do sucesso.

Ah! O peso do mundo sob nossos pés!

Algo um pouco além da língua: aqueles que imaginam poder vencer pelo diálogo, ou mesmo atacar com palavras, na verdade atiram pedras com as quais o interlocutor afia melhor as armas que usará para cortar a garganta dos ingênuos.

Ao contrário do que supõem os adeptos de uma pseudoética das leis, o limite da mais-valia é temporal.

Ao redor, pedra sobre pedra. O bombardeio de certezas a erguer as ruínas habitadas com pompa pelos idiotas.

Aparar os calos dos pés com uma lâmina; depois, cortá-los logicamente com uma pequena tesoura de ponta. O produto dessa arte é atemporal.

Apenas ao suicida se perdoa a crença na arte da hariolomancia. Também por isso as religiões o condenam com tanta veemência.

Aporismo: morre bem quem morre bem de vida?

Aquele cético queria suicidar-se fazendo *bungee-jump*.

Aquele que chama outro homem de cachorro beira as fronteiras do ilimitado.

Aquele que fala com toda clareza não se enxerga. Observação facilmente comprovada pela presença sempre marcante dos loucos, mesmo daqueles que não abrem a boca para dizer "*a*".

Arrancar a própria língua com os dentes. Não dizer tudo para si mesmo.

As almas têm bilhões de motivos para crer em corpos penados.

As criações da pobreza universal são necessariamente regionais.

As crianças pobres já não podem brincar com os restos das coisas. Os donos dessas coisas desenvolveram com brilhantismo sensível a pedagogia do descarte respeitoso. Seria inquietante se tais crianças continuassem a construir seu pequeno mundo, de outra ordem, dentro do grande mundo. Hoje, sabe-se muito bem que não se deve doar nada quebrado.

As fundações do lucro se assentam firmemente, em todos os casos, no sólido terreno que atola alguém até o pescoço.

As lágrimas descendem daqueles bravos que não tiveram um pingo de medo.

As leis, então: o Leão, no Circo. O Touro, na Arena. Em Verdade, em Verdade, Grades são Espadas.

As mãos não cabem no vidro de bolachas do passado.

As religiões condenam os suicidas por despeito.

As técnicas cirúrgicas de redução do estômago servem muito bem ao escritor.

Ateu a ponto de planejar a vingança contra Deus para depois da morte.

Autópsia: agora que me perguntas, vejo a ti, disse o vesgo absoluto, com os olhos totalmente virados para dentro de si.

Best-seller: um artista da fome anoréxico.

Bola fora. Falou o que não queria e acertou em cheio.

Cada lado, um lado: o homem que entra no leito seco de um rio demarca as margens da filosofia.

Cansado do próprio espetáculo encenado sob a decadência, o suicida enfim se apresenta, marionete de si.

Ceder às pressões das elites democraticamente constituídas ou corromper o representante delas que, hipoteticamente, garantiria com seu apoio as desejadas mudanças estruturais? O que se coloca como único método possível para as esquerdas brasileiras que chegaram ao poder, na verdade, é um falso dilema, como é falsa uma moeda de duas caras.

Cegos, pagamos para ver. Dobrado.

Cercado, quem tem certeza de que vai morrer ganha mais se cair fora.

Clássico brasileiro. De um artista popular em propaganda de TV: "tenha fé na tecnologia".

Cobaias de uma experiência fracassada, engolimos à força o livre-arbítrio, placebo para a grande estupidez Daquele-Outro que somos.

Comunicação inequívoca, a humanidade a passos largos, todos saberão tudo de todos e de tudo: finalmente um organismo unicelular.

Concordar com o inimigo até o absurdo é o único modo de arrastá-lo consigo para a derrota.

Consenso é o exercício inacabado do fingimento unânime.

Contra a ignorância, a violência é um argumento refinado.

Convém muito mais, para quem anda sob a corda bamba, saber onde põe os pés.

Das duas, uma: nenhuma.

De fato, sem Deus não haveria limites. Mas nem tudo seria permitido a todos. Supondo uma inexistência divina histórica (cumpre lembrar que toda observação desse teor deve resguardar de algum modo a integridade física de quem a profere), os maiores crentes desse mundo inexistente continuariam sendo os cidadãos mais perigosos, ocupando de igual maneira a linha de frente do processo civilizatório. A ironia teológica tem apenas um sentido.

De modo geral, a principal criação dos intelectuais é a de traças.

Demarco o terreno com saliva, até aonde vou, ou posso ir, quando cuspo para cima e espero.

Descaramento: a máscara com a qual me disfarço tem a minha cara.

Descer pela escada que se jogou fora.

Até o Paraíso perdido: o filósofo num labirinto do jardim da Infância.

Descobrir-se o peso das palavras vazias.

Destino é a ficção por redigir daqueles que não sabem ler o que já foi escrito. Das duas, as duas: quando finalmente tudo está em minhas mãos, elas estão atadas. Quando alguém está de mãos atadas, apenas o destino tem as mãos livres.

Desviar-se para o acidente.

Deus é Ele. Tu és pó, teologia instinto-macho-filosófica. Quem espirra sai de si; quem esporra – meio que espirra...

Dever até esquecer.

Dialogar com o próprio eco.

Diálogos são monólogos que se encaixam a marteladas.

Dispor dos bens, em testamento, para transpor o conceito de limite que, enfim, estabelece as fronteiras da individualidade, é a tentativa derradeira de conferir aos pertences próprios um destino que fosse além do maior erro da natureza.

Diz-se que a política é a arte de mentir com verdades e de dizer verdades mentindo. Em qualquer caso, a falsificação supera a obra. Eis o conceito estabelecido para a ideia de modelo soberano.

E digo mais: a reencarnação é gagueira da lucidez; a metempsicose, soluço. O carma é diferente. Não passa de mal-estar.

É mais fácil imaginar o passado.

Ecumenismo é uma forma subliminar de ateísmo.

Em claro e bom tom: os pulmões abastecem a teologia com a matéria-prima possível da fé.

Em favor de uma Grande Teoria da Unificação: a ignorância contraria as leis físicas do magnetismo.

Errar na certa.

Esmurrar alguém é dar à outra face um modo mais verdadeiro de ser.

Espelho, pedra, pedra, Espelho

Esquecer de cor e salteado.

Esquerda é apenas a outra mão. No espelho d'água dos palácios, nem isso. É a mesma.

Estar sujeito. Ter a consciência de que não há escapatória.

Exercer a incapacidade em sua plenitude. Lutar com todas as forças para não alcançá-la.

Explique-se: apenas na mudez de Deus os atos falam por si.

Fã-clube: o culto ao ídolo pop instaura uma forma ocidental de iluminação centrada no que se poderia chamar de meditação publicitária. Em todo caso, a diluição do indivíduo em opostos que não se encontram...

Falar da armadilha de dentro dela. Eu não tenho forças. Queria estar correndo por aí, imaginando bestamente que existem pessoas livres, capazes de pular a arapuca que nos cobre a todos...

Fatos inexplicáveis ocultam respostas econômicas.

Fisiologia metafísica: o *nonsense* da vida suprido pelo bocejo, que captura o ar que tediosamente nos falta.

Forjar com energia o caráter na cabeça dos outros.

Fragmentos não constituem obras. Obras fragmentadas podem constituir fragmentos.

Há pessoas que morrem antes da hora, enquanto contamos os minutos para que calem a boca logo.

Hoje, o filósofo acerta, quando acerta, da mesma forma como não erra um suicida morto por bala perdida.

Igualdade disfarçada: volto em cinco minutos ou não volto nunca mais.

Insiste-se na fineza da boa educação, em outras palavras, até que ela se espatife sob o peso da saliva dos bárbaros, finalmente.

Insistir na força bruta da filantropia?

Inspiração boca a boca.

Instinto de preservação é o argumento teológico que define a fé daqueles que possuem no bolso alguma forma palpável de bem-aventurança.

Inventar uma língua única para si, depois esquecê-la, e, a partir daí, comunicar-se apenas por ela, esperanto nem de um homem só.

Justificativas morais são econômicas: à moeda de livre curso, o terrorismo propõe o escambo.

LÚCIFER

Eis o barro da criação: minha luz própria, concebida do Supremo Egoísmo que se fez reconhecido, condenou-me à gênese de todas as oposições fictícias, pai e mãe do gênero humano. É fácil ser aquele que é, quando o outro sou aquele que não sou.

Madrasta da pertinácia, mãe da preguiça.

Máxima futebolística brasileira: a língua é a defesa da pátria.

Memória boa o suficiente para não lembrar sequer o meu nome.

Milagres não caem do céu.

Moral é o nome de um ingênuo demônio proselitista criado para entretenimento dos adeptos da seita Civilização, composta em sua totalidade por exímios ateus.

Na fila do gargarejo: a mercadoria única oferecida pelas religiões é reposta com um simples copo d'água.

Na guerra, o trovão ameaça os deuses.

Na terceira margem do rio, a sétima face do dado.

Não, não. Todo abrigo é eufemismo tolo. Estamos cada vez mais enfiados no buraco.

Não raro, o cansaço arrependido, depois do sexo, resulta da sensação incômoda, porque correta, de que a nossa espécie foi longe demais.

Não se pode entender a personalidade de um homem observando-se apenas o seu rosto. Entretanto, aquilo que ele fez (ou fará) de mais importante na vida, ou mesmo deixou de fazer, o que pode não ser uma escolha deliberada dele, está impresso em suas feições em clara caligrafia, como o título em letras garrafais na capa de um livro célebre, sobre o qual todos opinam com irresoluta autoridade, mesmo aqueles que não o leram.

Nenhum fenômeno natural tem o poder de destruição da ignorância em movimento.

No avião, sobre o peixe e o pássaro. Agora o certo sentido.

No frio de algumas madrugadas nestes trópicos, a diferença explicitada como se o eco desdissesse toda vez o grito: o pobre bufa e faz fumaça, enquanto o rico embaça.

No rio raso de Heráclito: nascer para encontrar a mesma bala perdida.

Num mundo de santos, Deus seria o primeiro a pecar.

O alastramento da cana no país não inibiu o Executivo brasileiro, que continua a investir pesado na produção de laranjas.

O arroto é a única forma autêntica de expressão linguística.

O ateu fanático torce inconscientemente pela existência de algum deus?

O ateu questiona-se com acerto quando, como um cético, faz roleta-russa no quintal, sozinho, apontando para o céu.

O avarento rico acumula sínteses. O pobre, hipóteses. Em outras palavras, os despossuídos sempre tiveram muito mais a perder.

O *best-seller* recria com precisão as diferenças culturais da humanidade num sempre mesmo texto taquigrafado em Esperanto.

O bom-senso reconhece, no ataque do hipócrita, uma confissão velada de culpa e uma confiança descarada no sucesso.

O cão de guarda do ladrão late como qualquer outro.

O chamado ato falho pode ser apenas um caso do que seria a capacidade de a língua construir pensamentos estruturados por si e em si mesma; a saber, linhas de raciocínio que se sobrepõem à individualidade do falante. Ouvi de um completo idiota, ontem à noite, as seguintes palavras: "desarmamento isso, desmatamento aquilo, sem-terra assim, casamento gay assado, aborto não sei o quê... O negócio é meter o pau em tudo com vontade!".

O crente, outro nome para o capitalista, crê que o todo será sempre uma soma de partes que resulta num produto.

O Deus dos bois é um boi, disse o homem diante do boi, antes de sangrá-lo.

O diálogo é o lugar da utopia do indivíduo. O discurso do outro é invariavelmente uma confissão de quem o escuta.

O doce da vida pode ser açúcar para diabéticos.

O especialista em praga de gafanhotos observa, derrotado, uma única formiga a inspecionar os víveres de sua despensa.

O exagero dos pessimistas inocula uma forma atenuada de realidade.

O filantropo exerce a sua gana de aliviar-se livremente.

O funileiro conserta a marteladas.

O futuro nas crianças, quando fizerem mais crianças.

O gosto de regar as plantas nasce de uma sede futura, mas atávica. Quando um suicida ganha um vaso de presente e desenvolve o prazer de manter aquela folhagem viçosa, descobre, com tristeza disfarçada e assombro, que jamais dará o passo definitivo com o qual sempre sonhara.

O gosto dos imbecis se espalha como um autêntico e permanente interesse por tudo aquilo que todos estão cansados de sentir.

O grande temor de quem escreve é ser acometido, como se diz vulgarmente, por um perpétuo *branco*. O escritor despreza, desse modo, o que seria provavelmente a sua melhor página na exígua história da literatura. Tal feito não o livraria, contudo, da justa pecha de descarado plagiário...

O hábito de não se repetir.

O homem maduro nasce quando finalmente a memória apodrece os verdes anos.

O limite da dor é o corpo. O mal-estar não tem fronteiras.

O masoquista suicida se mata de velhice. O suicida sádico também. Nada do que é humano escapa à intersecção. O paralelo, além de seu conceito, é precisamente um ponto de contato.

O melhor rumo é ficar sentado.

O néscio, travestido com as palavras do sábio, é sempre um maltrapilho. O que não o impede, porém, de se sair muito bem nas altas rodas intelectuais.

O ódio gratuito ao outro é uma confissão desesperada para si mesmo.

O problema de São Tomé não era teológico. Era neurológico.

O problema é que nos lembramos minuciosamente apenas das coisas futuras.

O suicida que se afoga mergulha no princípio. Donde se conclui que não há pior maneira de se matar.

O trabalho acadêmico no Brasil é uma teorização climática. A quase totalidade das teses produzidas são negativos da fotografia dos ventos.

O trabalho intelectual é doentio. Um autêntico moribundo se esmera para não acabar bem.

O trabalho já enobreceu os nobres.

O universo no que não posso dizer.

[...] obrigando o autor a escrever de forma cada vez mais abrangente apenas para si mesmo, até o momento em que ele próprio deixa de ler aquilo que, não obstante, continua a escrever.

Onisciência, onipresença, onipotência: Deus demite-(Se) por justa causa.

Para a maioria dos homens, um minuto de sabedoria é uma eternidade.

Para criar algo muito ruim, é preciso ser muito bom.

Passar do ponto até perceber o gosto de podre nas frutas verdes.

Pé ante pé: para não acordar a criança que temos em nós.

Pedagogia política em braile: sentimos geralmente na pele o lugar para onde nos leva a obediência cega.

Perguntar sobre o que foi exaustivamente respondido é uma forma de dar respostas diferentes às mesmas perguntas.Pitágoras, Buda, Sócrates e Jesus não escreveram uma única palavra. Acreditaram, com razão, na criatividade dos tempos.

Poliglota é alguém infectado dente por dente, língua por língua.

Por acaso, um dos lugares ideais da filosofia é o confessionário católico. As penitências podem ser as mesmas, mas nunca são iguais.

Qualquer um que veja o passado como idade de ouro valida com sua fé a ciência da alquimia.

Quando a arte tem pressa, melhor não perder tempo com ela.

Quando não souber, pergunte à porta.

Quando no par ou ímpar ambos perdem.

Quando percebo que as coisas finalmente estão entrando em ordem, pronto – estou fora.

Quando teremos a liberdade de existir cada vez menos?

Que grande livro aquele! Ao terminar a leitura, a certeza de que é obra inteiramente inacabada.

Quem aplica a lei do outro não sabe o seu lugar.

Quem culpa o demônio acusa Deus.

Quem dá as caras apanha de todo mundo.

Quem dá sopa pro azar acaba os dias passando fome.

Quem de tudo e todos desconfia deve temer antes o espelho.

Quem diz qualquer coisa para si mesmo não sabe com quem está falando.

Quem diz que não sabe por que faz algo, na verdade confessa que tem todos os motivos do mundo para fazê-lo.

Quem faz planos compõe minuciosamente parte da grande obra inacabada daquela que é a mais antiga forma das artes coletivas: a frustração.

Quem não gosta de ficar só está sempre mal acompanhado.

Quem não sabe o que faz age muito bem.

Quem não sabe ouvir ensina a fazer barulho.

Quem procura sempre ver muito longe tropeça nos próprios pés.

Quem se utiliza de citações deve obrigatoriamente empreender um movimento de completa usurpação para não apenas copiar errado:

um mesmo conselho é o modo de terminar a mesmíssima história de tantas diferentes maneiras quantos forem aqueles que o pedirem:

para criar um rato, o artista deve gestar um homem.

Se, em todas as coisas, uma presença numinosa, nenhuma desgraça é por inteiro. Ora, também nenhuma graça, então (o que poucos reconhecem): a falência das religiões não se completa justamente pela mediocridade divina.

Se alguém lhe disser: "está nas mãos de Deus", comece a fazer contas. A partir daí, tudo dependerá de estatísticas e probabilidades.

Se nos processos canônicos o advogado do diabo fosse obrigatoriamente um matemático, não haveria tantos santos.

Se o Diabo ameaçasse triplicar as riquezas de Jó, este seria um homem intocável.

Se o homem foi criado à imagem e semelhança de Deus, rezemos com fervor pelo fogo eterno.

Se os dentes crescessem como as unhas, há muito a espécie humana estaria extinta.

Sem os braços e antebraços, por gentileza: as boas maneiras implantam pelo tato uma custosa espécie de polidactilia nas mãos dos ociosos.

Sem tirar nem pôr, o mundo é mais ou menos assim: a rapadura amolece para os diabéticos e salga debaixo do nariz dos banguelas.

Somente a distância aproxima as famílias.Somente quem não sabe o que faz pode confessar o que fez.

Somos animais inadequados para o tamanho da concha de nossas mãos.

Sou um pobre comerciante estabelecido à força numa rua deserta, sozinho na empresa, extático por detrás de balcões vazios, as portas da loja continuamente abertas, à espera de ninguém, e, o que é pior, no entanto, obrigado a conviver 24 h por dia com a estupidez incomensurável do patrão.

Tentar a roleta-russa com o tambor cheio.

Ter que respirar de novo.

Terminado o livro, a certeza de que aquilo que valeria a pena ter sido escrito está impresso depois da última página.

Terminar é começar o fracasso a partir de um ponto-final.

Tinha o nosso rosto. Por isso conseguiu o que queria travestido de serpente.

Tipologia plástica: fulano não tem talento, mas pinta.

Tocar a vida: dúvida perene atravessada na garganta de quem imagina poder escorraçá-la de si, sujar os dedos, ou assobiar em vão as notas de uma pauta vazia.

Toda formação tem arquitetura própria? O alicerce do pau a pique, da barraca de lona, de plástico... As fundações das paredes de madeira aglomerada, de papelão, de zinco... Aqui, pelo menos (o que pode ser catastrófico, no entanto), bombas são pontapés e lajes recobrem impertinências.

Todas as vezes – basta saber olhar – a superficialidade corpórea da piada que tematiza o sexo desnuda um receio social profundo de violação daquilo que possuímos de mais caro: quem tem – tem medo.

Todas as vezes, sem o saber, falamos em nome de outro. Mas ninguém, em momento algum, fala por nós.

Todo projeto de vida é ciclópico ao revés. O futuro como desejo vislumbrado em sua totalidade pelo olho do cu.

Um artista da fome arrotava o quê?

Uma prova? A experiência de corpo e alma é sentida na pele.

Vaidade artística: se o homem fosse criado à imagem e semelhança de Deus, o Dilúvio universal provaria, pelo menos, que Ele chegou a exercer a autocrítica com algum bom-senso.

Veredicto é uma forma particular da mentira estendida publicamente para todos os lados.

Vir a ser infinito é uma pretensão comemorada no dia de nossos anos.

o bom relacionamento com a chefia

a gente se sujeita, fazer o quê?, participa pelas beiradas, rindo, abanando que sim, repetindo nos outros dias os ditos espirituosos, as piadas, os conceitos, mesmo que furados, mesmo que arrombados, eles sabem, também, não são bobos, todo mundo puxando o saco, mentindo as verdades, fazendo o papel besta de si mesmo, mas ai de quem falar qualquer coisa, você sabe como é, né?, perto da gente, eles fazem questão, trocam livros de que nunca ouvi falar, fazem arte como *hobby*, um dia ainda pedem demissão pra viver disso, ou daquilo, e as observações?, nossa, eu fiquei bobo que fulano conhecesse aquele diretor de cinema russo e escritor muito, mas muito bom, e se viram pro meu lado, o qualquer-coisa-kovski já morreu?, como vou saber, eu mesmo um fantasma?

faz tempo que não vemos o carlim

passei perto do palácio do trabalhador, ele estava na fila do almoço de 1 real, que tem ali encostado, você sabe, entrada à direita de quem desce, uma multidão, estava na frente de uns moços algazarrando, o que é raro, normalmente todo mundo muito sério, a fome salivando até a boca do estômago dos coitados, o cheiro da gordura depois de chiar na frigideira, poxa, chamou a atenção, ele ali, na fila do almoço de 1 real, fazia tanto tempo, a gente fica velho sem ver, carlos nestor de não sei o quê, que não me lembro, cara inteligente, os boys girando pastas de elástico nos dedos, uma amarela, a outra vermelha, o menorzinho girando a verde, mas aprendendo, ainda, a pasta caía, os maiores riam dele, parecia que estava sozinho, o carlim foi amigão do peito, agora ali, comissão de frente no desfile diário das derrotadas, puxando o bloco pobre de uns moleques ainda capazes de sorrir, poxa, o carlim era um cara muito capaz, agora coçando a testa, a ponta da sobrancelha esquerda, o olho esquerdo, a asa do nariz, bobagem, o que é que tem de mais?, é a vida, se me viu, fingiu que não viu, e eu também

curriculum vitae

                por isso que só tomo na cabeça, li o que fiz como se fosse outro e me senti roubado

armadilha

                eu não precisava passar o que estou passando, meu bisavô era fazendeiro grande, dos brabos, herdeiro de herdeiros, mas morreu muito moço, tinha acabado de casar, filha de colo, ainda, a minha avó, ele estava desmatando bem longe da sede, com uns caboclos, foi almoçar, sentou-se, e um pau se desenroscou dos cipós, direto em nossa cabeça

foram as velas

                o enterro da velhota saiu da casa dela, é, coitada, minha vizinha, ela não queria velório de deus e todo mundo, tinha ódio mortal do velório municipal, sei que parece piada, mas não é, detestava hospital, também, e não passava nem na calçada do asilo, então nem o último suspiro longe de casa, morreu no seu quarto, coitada, da minha sala ouvi no fim aquela ronqueira comprida, o triste sarrido vascoso, e pronto, e fim, umas poucas amigas cantando *ave, ave, ave-maria*, não sei mais o quê, *ave-maria*, as luzes da veraneio chevrolet tremelicando passagem, ia fazendo fumaça, só uns dois quilômetros até o cemitério, mas um chuvisco chato, e *ave, ave, ave-maria* na orelha da gente, eu estava com fome, sabia que ela era pobre, mas quem não é?, que o filho fazia mal e mal uns biscates, mas nenhum comes e bebes era demais, a noite inteira, embrulhou o estômago, aquela catinga de vela derretida e flor murcha, me arrependi de não ter deixado o antônio sozinho de madrugada, só eu de seu amigo ali, mas há muito sem contato, a vida esparramando cada um pro seu lado, eu também tendo que dar meus pulos, as amigas da dona ziquinha mais mortas do que ela, umas dormindo sentadas, outras pescando, o pescocinho fino ameaçando quebrar com as fisgadas, ia em casa, fritava um ovo, um pedaço de pão, bebia um copo de leite, peguei da carrocinha ontem mesmo, fresquinho, bom, não fui, errei, fim de papo, o estômago revirado com nada, uma queimação, graças a deus amanheceu logo, a funerária sempre pontual, aliás quem já viu atraso de funerária?, é engraçado, o dono da festa com todo o tempo do mundo, e do outro mundo também, com o tempo enfiado nas narinas, nos outros orifícios, não é?, coitado de quem morre, isso sim, bom, o enterro já pela metade do caminho, a chuvisqueira que não parava, decidi, retardei o passo até a beira da sarjeta, longe da cantoria, do bodum ardido do diesel, lambi com o dedo a sobrancelha molhada, taturana, escorri a palma da mão na cabeça, alisando a cabeleira ensopada, que deve ter ficado bonita, arremedo à gomalina, o povo olhando o enterro, as moças espiando o enterro, fui andando paralelo à parede, o elias fechou uma das portas da venda, o valdikson nem meia porta do botequim, nem saiu pra ver, ainda bem, é um pulinho, pensei, ninguém vai notar, da calçada para o bar foi girar o corpo, o valdikson arrumando uns ovos coloridos e cozidos na estufa, o vidro da porta quebrado, de modo que a operação era difícil, dois azuis e um rosa nas pontas dos dedos, a outra mão no vidro de correr trincado, quase me arrependi, o que teria sido minha salvação, vai, val, anda, um azul, rapidinho, nem deu tempo, meu deus, que vergonha, o antônio, filho da defunta, o antônio-faz-de-tudo, meu amigo de infância, me chamando da porta, chorando escorrido de chuva, pingando sem graça o pedido indeciso, com a cara triste da pobreza então mais órfã, o favor da boa obra de uma caridosa mão na alça do caixão, que os homens contados, ali, o frio na barriga espetou fundo o estômago, que roncou mais alto que nunca, todos vão ouvir lá fora, pensei, a cidade inteira vai ouvir minha barriga roncando, ave-maria, a maldita veraneio foi quebrar bem agora

uma chance de se acertar

boa sorte
você que pegou

*esta nota
que são cosme
lhe ajudasse
que nunca
lhe faltava
dinheiro*

*copie 3 notas
o mesmo*

os olhos de jussara

outra folha com observações, *queria que as cenas da peça fossem acenos, gestos recortados de uma rua movimentada, repetidos sem querer por um bando de pessoas que nunca se encontraram e, de repente, estão irmanadas no drama sem ensaio de viver, não interessa mais a tragédia de um herói que não há, todos os espectadores sabem muito bem o que houve, sabem como ninguém o que está acontecendo na vida, por que seria diferente no palco?, deixei o enredo claro desde o princípio, caramba, o subentendido social é o grito silencioso da hipocrisia, até pros surdos ouvirem, o ator que faz o naum, se tivesse um pingo de vergonha na cara, vejam que pra isso usei o clichê mais sem-vergonha, deveria descer do palco e dar a cara pra bater, a porrada sempre foi um refinamento corpóreo dos sentimentos, pensando bem, em certo sentido, nelson rodrigues empatou a foda do teatro brasileiro, é um gênio, sei, daí a obrigação de chutar a bunda dele do jeito que posso, bem, arrastei-o à força até o centro do palco apenas pra meter-lhe o pé, mas, sem talento, tomei o pé na bunda?, juro que vou pedir aos atores um outro final, um final diferente a cada espetáculo, hoje, eles, os atores, deveriam sequestrar o autor de qualquer peça, amarrá-lo dos pés à cabeça, enfiar uma estopa em sua boca, amordaçá-lo, carregá-lo até o proscênio e largá-lo ali, estatelado, enquanto o espetáculo se desenrola, depois de-*, que pena, a outra folha provavelmente se perdeu

CENA 8

As luzes do lado esquerdo do palco se acendem, mostrando novamente o pronto-socorro. É possível ouvir o som da confusão, sirenes etc. O volume abaixa aos poucos, até ficar quase imperceptível. Gislaine conversa com um médico invisível.

GISLAINE *(a partir de um determinado ponto da conversa)*
[...] nem um remedinho mais forte, uma injeção?... *(espera a resposta)* Credo, que caro! Não tem como o senhor passar uma receita pra que eu possa retirar lá no posto de saúde? *(espera)* Como é difícil a nossa vida, doutor... E o senhor tem sido tão bom... Nós não temos como pagar, o senhor sabe, mas Deus saberá recompensar o senhor, tim-tim por tim-tim... *(espera e sorri, agradecida)* Imagine, doutor, eu sei pra qual lado o mundo gira... O senhor não tem essa obrigação, não... O negócio do mundo é derrubar com o rodopio da vida aqueles que andam soltos... E a gente vai se virando com ele, fazendo força pra girar pro outro lado, torcendo pra tontura passar... Passar, não passa, mas Deus vai colocando as paredes no lugar certo pra apoiar, coloca uns postes... Bom, de vez em quando a gente se desequilibra e dá umas cabeçadas... Olha, parece que é mais difícil morrer do que viver, valha-nos Deus, todo-poderoso! *(espera)* Eu sei... Ela vai sofrer muito? *(espera)* Não adianta, doutor, ela diz que não sai mais de casa, quer morrer ali, em paz, perto das netas... *(espera)* Tão rápido assim? Ela não parece tão ruim... *(espera)* Não, lógico, o senhor sabe mais do que eu, quem sou eu? Eu... *(espera)* Certo, certo... Acho mesmo que ela esconde a dor, agora, porque deve estar pior, não é? *(espera)* Não quero atrapalhar o senhor, longe disso. *(espera)* Certo, qualquer coisa, então... Obrigada... O senhor gosta de doce de figo? Vou trazer um vidro pro senhor, então... É o mínimo... Não, eu mesma faço, vendo na cidade... Todos gostam, uma delícia! *(as luzes se apagam de repente, ficando assim por alguns segundos; o barulho de fundo do pronto-socorro desaparece com a iluminação)*

As luzes do palco se acendem lentamente, deixando o cômodo, no entanto, na penumbra. Cora está deitada, apoiada em vários travesseiros. Naum desmontou o rádio deixando as peças sobre a mesa. Tenta consertá-lo. Josélia está sentada ao lado dele, escrevendo num caderno. Joselina está no chão, ao pé dos dois. Brinca com cinco pequenos saquinhos de areia, costurados, atirando um deles para cima, tentando pegar os que ficaram no chão antes que aquele que foi atirado caia. A menina, evidentemente, não consegue o que quer, o que a irrita bastante. Conforme erra, seus xingamentos se misturam às falas, sem que interfiram no diálogo.

CORA
    Josélia, pode abrir a porta, a janela. Você está escrevendo, faz mal para a vista... Não fica forçando a vista, não...

JOSÉLIA
    Aqui está claro, *vó*. Pode descansar sossegadinha...

NAUM
    Abre lá, ela já acordou, mesmo. Não estou enxergando nada... Por isso não consigo consertar essa bosta.

JOSÉLIA
    Pai, a vovó precisa descansar...

NAUM
    Ela já descansou bastante... São quase dez horas, já. Depois à noite é pior, ela não dorme, fica virando pra lá, pra cá... Aí ninguém dorme com ela. A sua mãe tem faxina amanhã lá na casa da dona Antonieta, velha chata que nem ela só... Tem mania de limpeza. Explora a sua mãe que só vendo...

JOSÉLIA
    Ainda bem que ela tem mania de limpeza! Serviço garantido...

CORA

Pode abrir, minha filha, senão ele acaba de estragar o rádio... E é verdade, preciso ficar acordada. Não quero passar o fim dos meus dias sonhando... Nem tendo pesadelos...

JOSÉLIA

Muita luz nos olhos é ruim... Desse jeito a senhora descansa mais.

CORA

Não, filha. É melhor abrir, mesmo. O seu pai tem razão. Dormir, mesmo com sono, tem sido uma luta pra mim... Abre bem a janela, a porta do quintal. Quero a luz entrando. Eu tenho medo de que a morte me pegue no escuro...

JOSÉLIA

Que morte o quê! A senhora ainda vai longe!

CORA

Josélia, você é mocinha, já. Precisa saber...

NAUM *(assustado)*

Saber o quê? Não precisa saber nada de ruim, a senhora parece que está variando, já... *(vira-se para Josélia)* Acho que são os remédios, ela não está falando coisa com coisa... Ela...

CORA

Não seja besta, homem! Homem tonto! Variar eu variava antes, já faz tempo que eu deixei de tontear pelo mundo, você sabe disso!

NAUM

Nem pense em...

CORA

Vou dizer, sim!

NAUM *(com muito medo, manso)*
   Mas, mas... É...

CORA *(com um sorriso sarcástico)*
   Josélia... *(faz uma pausa, enquanto Naum está paralisado)* O médico disse que eu estou para morrer... É coisa de pouco tempo, não tem mais remédio. Agora a conversa é com Deus...

NAUM *(visivelmente aliviado)*
   Tudo bem... A menina precisava saber... Tudo bem, Cora...

CORA
   Agora a conversa é com Deus, e eu sei direitinho o que dizer a Ele... É pra Ele que o dito pelo não dito se esparrama com todas as letras, fazendo eco no salão do céu, pra tudo ficar esclarecido em todos os cantos escondidos... Pôr a minha vida em pratos limpos! Garfada por garfada... Com todos os convidados e penetras que passaram por ela, pela mesa malposta dos meus anos...Um por um... Quem sabe a morte não é a sobremesa da vida... Morrer seria descansar, fazer o quilo... Descanso... Não é o que está escrito na porta do cemitério?

(Atenção: reescrever a fala de Cora. Retirar dela a literatice... Manter as imagens)

JOSÉLIA
   Credo, *vó*! Não fala assim!

NAUM *(fingindo valentia)*
   É isso mesmo, Josélia! A sua avó não está mentindo, não! É lá que a verdade perde o sumo, descascada por inteiro, gomo por gomo! O que parecia uma coisa, aqui, lá se vê que pode ser bem outra!

CORA *(indignada)*

    Isso, Naum! Isso mesmo! É lá que Deus sapeca no lixo as laranjas podres! É lá que ele separa as sementes!

NAUM

    Semente de fruto ruim ele joga fora! Pode até estar com a casca lustrosa, brilhante... Por fora, bela viola, por dentro... Deus põe a boca e percebe o azedume, descobre que o negócio passou do ponto... E cospe tudo pro lado do quinto dos infernos!

CORA

    Deus queira, Naum, que você esteja enganado... Olha como as suas filhas são bonitas, são diferentes da gente, não acha?

NAUM *(desconcertado)*

    Olha, Cora, eu não gosto dessas conversas de morte... Chega... a Josélia tem razão.

JOSÉLIA

    Isso, vovó! A gente sempre tem que ter esperança... A senhora não acredita em milagres?

CORA

    Acredito pros outros... Se algum milagre fosse pra mim, já teria acontecido há muito tempo... Depois que a vida deu uma bordoada muito forte, a gente tem a certeza de que o galo na cabeça está ali, basta passar de leve os dedos... E o milagre não seria passar a dor, porque a dor sempre passa, de um jeito ou de outro... Milagre seria a despancada, entende? Você passando a mão esquerda na cachola e ele ali, aquele calombo, enquanto corre pra pôr uma faca sobre ele... Na cozinha, abre a gaveta do armário, coloca antes a outra mão, aquele baita susto! O galo desaparecido no caminho... E isso não tem jeito, nem pra Deus! O tempo do meu milagre já passou, filha... Ele não veio, veio a bordoada, o galo, o calombo...

JOSÉLIA *(correndo para perto da avó)*

Ai, *vó*... Que coisa triste de ouvir! Dói em cima da dor... O que eu posso fazer pra senhora, *vó*?

CORA

Nada, minha filha, nada... Só peço pra você se lembrar de mim, rezar de vez em quando pras almas do purgatório, porque acho que fico ali uns tempos...

JOSÉLIA

Eu acho que a senhora ainda melhora de repente, vai ver...

CORA

Não... Mas você pode fazer algumas coisas, sim... Olha sempre a sua irmãzinha, olha, cuida dela... Seja uma boa filha, olha a sua mãe sempre com carinho, também... Perdoa qualquer coisa dela, nela... Promete isso, então, promete? Promete pra mim, que estou deixando este mundo... *(Josélia começa a chorar e sai correndo para o quintal)*

JOSELINA

Josélia! Não chora não! Eu deixo você brincar, vem aqui! Eu deixo! *(sai do cômodo correndo desajeitadamente atrás da irmã)*

CORA

Naum, me desculpa... Elas não precisam...

NAUM

Eu sei, Cora... Ela se apegou a você, é isso. Você sabe que se tocar naquele assunto...

CORA

Não precisa mais cagar nas calças... Decidi morrer quieta... Não é da minha boca que elas vão saber o que você fez com a sua filha... Com a mãe delas... Sabe, Naum, até hoje, quando acordo, quero pensar que tudo foi um pesadelo. Eu sei que não foi, então faço força pra dormir de novo, quem sabe acordo depois e percebo que tudo não passou de um sonho ruim, mesmo...

NAUM

Eu sei o quanto você sofreu, Cora...

CORA

Não, não sabe...

NAUM

Imagino, então. Mas saiba que eu e Gislaine também sofremos muito... Até hoje... A cidade não aceita... Tenho certeza de que não arrumo emprego por isso. A Gi, pelo menos, já não enfrenta tanto isso. Sabia que tem gente que tem dó dela? Acham que eu sou um monstro...

CORA

Mas foi uma coisa muito feia, mesmo... De novela mexicana vagabunda. Pai com filha... Não sei como alguém, só por maldade, não buzinou a história no ouvido das meninas...

NAUM

Fomos ao psicólogo, pra ver se tinha alguma coisa errada com a gente, depois que você foi embora... Bom, o promotor também obrigou... Espera, acho que a Josélia está voltando...

CORA

Não... Daqui eu percebo... Ficou no banheiro.

(Atenção: alguém beirando a morte consegue falar assim? Perguntar para um oncologista)

NAUM

No começo o doutor disse que tínhamos que parar, que estava errado... Depois, percebeu que a gente se gostava de verdade. Me desculpa falar isso desse jeito pra você...

CORA

Não, Naum, fala, pode falar... Se é que é possível entender alguma coisa...

NAUM

É, eu também devia uma explicação... Bom, o doutor pediu pra que fizéssemos uns encontros com ele, duas vezes por semana. Disse que não ia cobrar nada. Viu que a gente se amava de verdade... Contou que isso é muito mais comum do que se imagina! Tio com sobrinha, irmão com irmão. E primo com primo, então, nem se fala! Coisa natural...

CORA *(nervosa)*
Como natural? Natural?!

NAUM

É, natural! Natural! Não é comum, mas é natural! Explicou lá do jeito dele, falou em tabu, não sei mais o quê... Disse que um tal de Nelson, não sei, ganhou fama contando esses casos... Isso tem faz muito tempo, mas as pessoas não têm coragem de falar... A Gislaine entendeu muito mais, fez bem pra ela... Só o peso de ter feito o que fez com a mãe é que pegava...

CORA

E as meninas doentes?...

NAUM

Doente só a Joselina! Falta de cabelo não é doença! E os filhos de casais sem parentesco com doença? Como explicar? Pode ser que a doente, então, seja a Gislaine, por ter se apaixonado pelo pai! Então você carrega metade da culpa, Cora! Sabia que o padre Darcy chegou a dizer isso? Veio lá com a história da Bíblia, o homem quieto no seu canto, vem a Eva com a maçã, enche a paciência dele... Deu no que deu... Lógico que o Adão teve culpa, mas quem torrou o saco dele, antes, foi a Eva... Então o padre disse que era a minha obrigação, como homem, pôr um fim naquele pecado... Bom, eu resmunguei que não tinha mais jeito, nem eu queria... Ele pensou em falar grosso, acredita? Eu sapequei na hora, em cima: tem coisa que não tem volta, padre... Ou o senhor ficou sabendo que Adão e Eva voltaram pro Paraíso? Ele balançou, gaguejou, depois veio com a história de que Jesus chamou de volta a humanidade para o paraíso, sim. Pensou que eu afinaria... Respondi de bate-pronto: então tudo bem... Jesus vai me perdoar. Ele entende os homens melhor do que qualquer homem, não é? E fui caindo fora, que um sujeito de saias não pode saber direito dessas coisas...

CORA
Você... *(percebendo que as netas estão voltando)* Fica quieto! Elas estão vindo!

JOSELINA *(entrando em casa, alegre)*
A Zélia passou maquiagem em mim, olha! Fiquei bonita?

CORA
Linda!

JOSELINA
Agora também posso arrumar um namorado!

CORA
E pode, mesmo! Você está um chuchuzinho!

NAUM
Que namorado, menina! Ficou boba?

CORA
   Ela está brincando, Naum...

JOSELINA *(quase ao mesmo tempo)*
   Eu não sou boba, não!

JOSÉLIA *(que entrou em seguida, intervindo)*
   É brincadeira do papai, Jose... Ninguém aqui em casa é bobo...

JOSELINA
   O papai às vezes é um pouco bobo, sim! Faz coisa feia...

NAUM *(demonstrando muito arrependimento)*
   Eu estava brincando, Joselina... Não fica tristinha, não...

JOSELINA
   Eu vou lá no quintal contar tudo pra Jussara! *(pega a boneca na estante e sai)* Vem, Jussara, vou contar tudinho pra você, vem.

CORA
   Você precisa ter paciência com a Jose, Naum... Ela não é igual à irmã, apesar de serem gêmeas...

NAUM
   Tem razão... Mas eu... Bom, sei que elas são diferentes...

JOSÉLIA
   Meu Deus! Que conversa! Não existe ninguém igual no mundo... Nem no espelho! *Vó*, a senhora não pode ficar dando corda pro que ele fala, não...

NAUM *(conciliatório)*
   Eu não disse que vocês são iguais! Nem a sua avó... O povo fala: cada um, cada um... E é o certo. Ninguém é igual a você, Josélia, ninguém... *(Josélia se acalma)* Como ninguém é igual a mim. Esse

negócio de "cara de um, focinho do outro", é conversa de quem não sabe ver, de quem imagina que consegue pôr coleira no mundo e sair passeando por aí... Vocês duas têm que dar um desconto para as bobagens que a Joselina fala... Ela inventa muita coisa...

Gislaine chega nesse momento. Carrega uma sacola nas mãos. Naum retoma o trabalho com o rádio quebrado.

GISLAINE

Então, mamãe? Melhorou?

CORA

Parece mentira... Fazia tempo que não me sentia tão bem... Estranho, até...

GISLAINE

Consegui um remédio mais forte. Dei uma sorte danada! O médico disse que na farmácia popular eu podia esquecer... É mais caro... Mesmo assim dei um pulo lá, não custava tentar, né? Não é que dei sorte! Olha o vento mudando de direção, mãe! Não é um bom agouro, isso?

CORA

Ter achado um remédio mais forte?

GISLAINE

Claro! Sei o que a senhora está pensando... Sorte seria não beber remédio nenhum... Conheço a senhora! Mas o vento que emborca a canoa é o mesmo que sopra as velas do navio... Então há sempre um tantico do que seja certo naquilo que é errado, entende? O rumo das coisas...

CORA

E tudo aquilo que é certo teria seu bocadinho de errado, também... Sei disso. É assim, mas não gosto desse jeito de pensar... Quando você era criança, não havia meio de fazer você tomar remédio... Um pouquinho mais amargo, pronto! Aquela ânsia de vômito, aquele escarcéu, punha tudo pra fora... Então eu inventei uma coisa. Pegava um pedaço de goiabada cascão, punha na sua mão... Dizia: vai, menina, toma tudo de uma vez, sem respirar, depois enfia rapidinho a goiabada na boca, mastiga... Você nem vai sentir o gosto!

GISLAINE
Eu me lembro...

CORA
Não adiantava nada... Você dizia que o remédio estragava a goiabada... Vomitava o remédio, vomitava a goiabada... Mais trabalho pra mim.

NAUM *(levantando o rosto para Gislaine)*
Essa conversa de goiabada me deu fome... Pega uns doces de figo pra mim, Gislaine. Põe um pedaço de queijo junto, se tiver, ainda...

GISLAINE
Queijo tem, mas o figo acabou...

NAUM
Olha o vidro cheinho ali em cima da geladeira...

GISLAINE
Aquele eu prometi pro doutor Carlos... Mas na semana que vem faço outro tanto. Tenho umas encomendas.

(trecho rasurado)

NAUM
Que doutor Carlos, o quê! Médico não gosta desse tipo de doce, não. Eles só tomam sorvete, Gislaine...

GISLAINE
    De onde você tirou essa ideia de jerico?

NAUM *(falando como se estivesse com a boca cheia)*
    Sorvete de flocos... Flocos...

GISLAINE *(rindo)*
    Você é um tonto, mesmo... Sem contar que está na hora do almoço...

NAUM *(percebendo que Gislaine achou graça, exagera no tom)*
    Eu quero sorvetinho de flocos, de flocos...

As luzes se apagam.

(página arrancada)

CENA 10

As luzes se acendem aos poucos. Agora, o beliche ocupa o centro do palco. Duas banquetas estão ao lado da cama. Todos os outros móveis estão amontoados ao fundo, em desordem. Cora está deitada. As luzes oscilam, com rapidez, dependendo do seu nível de consciência, latejando entre a claridade e a penumbra. Pela primeira vez, a cor azul deve ser utilizada. Gislaine e Naum estão em pé, próximos à cama. Agem como se o cômodo estivesse em perfeita ordem.

GISLAINE
    Naum, você cuida de tudo, por favor...

NAUM
   Pode deixar, Gi...

GISLAINE
   Não passa de amanhã... O doutor Carlos...

NAUM
   Eu... Bom, não adianta esconder, eu já dei um pulo no cemitério e acertei tudo...

GISLAINE
   Onde ela...

NAUM
   Consegui no túmulo da Jandira, mesmo, como ela pediu. Fica sossegada... Conheço o administrador. É gente boa, de vez em quando me passa uma limpeza de túmulo pra ganhar uns trocos... Seu Sebastião. Poder, não podia... Ainda não fez cinco anos pra exumar. Vou ficar devendo essa pra ele...

CORA *(erguendo-se na cama, com muita dificuldade)*
   Meu Deus... Chega... *(desaba e começa a gemer)*

GISLAINE *(assustada)*
   Mãe!

CORA
   Pode chamar o padre pra mim, filha... E o farmacêutico, também, pra aplicar a injeção mais forte, aquela... Acho que o meu janeiro chegou... Tomei um punhado de comprimido... Acho que não fez bem, estou tontinha, uma luz...

GISLAINE *(para Naum)*

Vai até a farmácia, corre, Naum, pede lá pra ligar pro padre... *(Naum sai)* Mãe, fica quietinha, fica, eu vou chamar o Joça pra ficar com a senhora, vou buscar as meninas...

CORA

Vai, filha, eu quero ver as duas antes da injeção, corre... Depois fica tudo nublado... Corre, senão pode nem dar tempo... *(Gislaine sai)*

CORA *(sozinha)*

Nossa Senhora da Boa Morte, olhai vossa filha nessa hora, pelo menos... *(começa a rezar, enquanto as luzes se apagam aos poucos, até a escuridão total e o silêncio absoluto)*Quando as luzes se acendem, de repente, todos estão em cena, ao redor de Cora: Gislaine, Naum, Josélia e Joselina.CORA *(delirando por causa do remédio)*
Que coisa boa... Que injeção batuta! Parece que eu estou voando, voando... Tudo tão claro, tão bom... Olha as nuvens, tão branquinhas, tão bem lavadas... Ai, ai... Esse sol de vez em quando nos olhos...

JOSELINA

A senhora está sarando, vovó, é isso...

GISLAINE

É o remedinho que ela tomou, Jose... Fica quietinha, fica, vovó vai descansar...

NAUM *(preocupado)*

O farmacêutico contou que a dose de morfina foi grande... Ela vai dar umas variadas... Acho que não convém as meninas ouvirem os desatinos...

JOSÉLIA

Não. Eu quero ficar... Não sou mais criança. Quero saber olhar a morte, também... *(para Naum)* Você fica sempre achando que eu sou criança...

GISLAINE

Não precisa, Zélia. Fica lá fora com a sua irmã, tem tempo pra você aprender a sofrer...

JOSÉLIA

Mãe, eu já sei isso de cor... Já sei todas as notas... Dó, ré mi, fá... Sei de cor e salteado... Quem sofre geme o tempo todo, até em pensamento, só pra não desafinar a dor na hora "h"...

GISLAINE

Que coisa besta, menina! Parece velho falando! Pega a sua irmã e vai dar uma volta... Vai lá pra fora, vai!

JOSELINA *(que prestava atenção a tudo)*

Bom, eu vou lá pra fora, mesmo. Vou ficar com a Jussara. Agora estamos muito apegadas. *(abraça a boneca com carinho)* Sabe, ela é meio bobinha... Então eu tenho que ensinar tudo pra ela. E aqui está muito chato, todo mundo querendo ficar quieto... Eu não gosto. A gente devia todos cantar! *(levanta a boneca, balançando-a no ritmo da canção e sai, cantando)* Mamãe é uma roseira/ Que o papai colheu;/ Eu sou o botãozinho/ Que a roseira deu./ Osquindô lê lê!/ Osquindô lê lê lá lá!/ Osquindô lê lê!/ Não sou eu que caio lá!

CORA

Jandira! Jandira! Eu estou ouvindo a Jandira cantar! Entra, entra! A festa já começou...

NAUM

Não é a Jandira, é a Joselina, Cora...

GISLAINE

Deixa, Naum... É o remédio... Já, já isso passa.

CORA

Eu vou alcançar aquele passarinho! Agora parece que eu posso voar... Eu vou fugir da gaiola do mundo! Pra que lado fica a porta aberta da gaiola da vida? Ai, meu Deus, lá vem o capeta com seu estilingue! Corre, Jandira, voa atrás daquela árvore azul! Olha a pedrada do capeta! *(ergue-se na cama)* O demônio entrou em casa! O vento abriu a porta, um dia, e ele entrou... Derrubou de propósito a garrafa com água benta. Quebrou... Fui limpar e cortei o dedo, olha... Quanto sangue... A navalha dele! Olha ele ali, Gislaine! O capeta voltou! Sai de perto! Corre, filha!

GISLAINE *(abraçando a mãe)*

Calma, mãe! Não tem nada, pode se deitar sossegadinha, vai...

CORA

Não, minha filha! Ele vem vindo por detrás da porta! O capeta mora detrás das portas das casas... Olha... Escuta... Ele vai aparecer... Creio em Deus Pai! Olha ali o mafarrico! Meu Deus! Creio em Deus Pai! *(Gislaine se levanta e abraça Naum; Josélia está catatônica)* Ele roubou o rosto do Naum! Vá de retro! São Miguel Arcanjo! Espada sagrada! O demônio está usando a máscara com a pele do Naum! Sai, capeta! Não! Não! Não! A minha filha, não! Ele pegou a Gislaine! *(virada para os dois)* Sai, diabo, deixa a minha filha em paz! Socorro, alguém! Ninguém me ouve, Santo Cristo! Quem vai me acudir? O diabo está levando a minha filha! *(para Naum)* Ela, não, tinhoso... Vai atrás de outra, qualquer uma... Me mata, então! Pode me matar, vai! Leva a minha alma, mas fica longe da Gislaine... Jandira! Acode! *(vira-se para Josélia)* Ela ficou amarrada na figueira! A figueira está florindo! Nunca vi uma árvore desse tamanho! Jandira, pra que tanto vidro?! Onde você juntou tanto vidro? Você não vai vencer de fazer tanto doce! Olha como eu já estou cansada! Ninguém vai aguentar com o peso do tacho! *(cai de costas na cama)*

JOSÉLIA

Mãe, eu não quero mais ouvir nada... *(sai da casa, correndo)*

GISLAINE *(aflita, depois que a filha sai)*

Naum, a gente não pode ter perdão... Ele nunca virá! De ninguém, nunca... Nem de Deus...

NAUM

Perdão nós mesmos nos damos, Gislaine... Nenhum outro vale nada... O fim da vida é assim... O dela até que não está tão desgraçado, Gislaine...

GISLAINE

Está, sim... O fim dela está parecendo o começo do nosso fim, também. Sinto isso como um peso sem tamanho no peito...

NAUM

Eu sei... Mas depois que ela for embora, a gente deixa esse peso num canto... Larga lá por muito tempo... Passa alguém e carrega ele embora, pra sempre. Gislaine, sei que o que fizemos tem muita gente que não acha certo...

GISLAINE

Ninguém acha certo, Naum...

NAUM

Tudo bem, ninguém, então... Mas nós sabemos que não tinha outro jeito...

GISLAINE

Tinha, sim, Naum... Era fechar os olhos pro que estava claro até demais...

NAUM

Por isso, Gi! Estava claro até demais... Atravessava as pestanas, as pálpebras... A verdade não se esconde por detrás de olhos fechados... O amor...

GISLAINE
   Amor errado...

NAUM
   Mas amor! Todos não vivem dizendo que ele é cego, Jesus?!

GISLAINE
   Jesus... Ele tinha que ter feito a gente enxergar, também, Naum...

As luzes se apagam de novo, totalmente. Quando se acendem, o quarto está novamente em ordem. Cora continua deitada, gemendo. Gislaine está ao seu lado. Joselina brinca no chão.

GISLAINE *(sempre baixinho)*
   Mamãe, mamãe... *(vira-se para Joselina)* Filha, fica quietinha aí. Papai e Josélia saíram e a mamãe vai até a farmácia pedir pro moço vir dar outra injeção nela... Ela está dormindo; quando acordar vai precisar...

JOSELINA
   Eu odeio injeção!

GISLAINE
   Mas a vovó precisa... Senão dói muito o machucado dela... Não sai daqui, hein! Você é mocinha e tem que ficar tomando conta dela, entendeu? Será que você consegue cuidar da vovó?

JOSELINA
   A Jussara pode me ajudar?

GISLAINE
   Pode, pode... Mas não vai bulir com a vovó! Ela está dormindo! Se acordar, o efeito do remédio já passou e ela começa a chorar de dor, hein! Você não quer isso, quer? *(vai até a estante e pega a boneca para a filha)* Jussara, fica aqui com a Joselina e toma conta da vovó, hein!

JOSELINA
Ela não vai sarar?

GISLAINE
Vai... Logo, logo ela sara e vai passear... A gente tem que deixar, viu? Ela dorme, descansa e vai passear num lugar muito, muito bonito... Cheio de árvores, de nuvens de algodão doce, de anjinhos que sabem todas as músicas de roda...

JOSELINA
Sabem "a canoa virou"?

GISLAINE
Sabem todas... Até o "sapo jururu"...

JOSELINA
A gente pode ir junto?

GISLAINE
Não! É só ela...

JOSELINA
A gente pode ir depois?

GISLAINE
Pode, pode... A gente vai depois...

JOSELINA
Vai a pé ou de ônibus? Eu não gosto de ônibus, mãe... Eu vomito...

GISLAINE
Chega de conversa e fica aí tomando conta dela, hein! Eu volto rapidinho... *(sai)*

JOSELINA *(pegando a boneca no colo)*
Jussara, tem gente que pensa que você é boba... Mas eu não! Sei que você é esperta! Só não sabe brincar de vaca amarela... Perde toda hora! *(ri)* Bom, é que eu jogo bem... *(imita a voz da boneca)* Joga nada! Você é que me faz perder, Jose! *(responde com a própria voz)* Faço nada! Você é que não sabe jogar! *(voz da boneca)* Sei muito melhor que você! Você é bobinha, Joselina! *(com a própria voz, querendo chorar)* Eu não sou bobinha! *(grita)* Eu não sou boba! Não sou!

CORA *(acordando com o grito)*
Quem? Ai, meu Deus! Que dor! Gislaine! Gislaine!

JOSELINA
A mamãe saiu, vovó.

CORA *(fraca como nunca)*
Onde ela foi, meu Deus?!

JOSELINA
Foi chamar a injeção pra senhora...

CORA
Eu não aguento mais... Quem está com você, minha filha?

JOSELINA
Só a Jussara. Mas ela anda meio besta, ultimamente... É bom a senhora nem dar confiança a ela...

CORA
Faz tempo que ela foi?

JOSELINA
Não sei... A senhora estava dormindo...

CORA *(tenta se levantar e não consegue)*
   Joselina... Pega aquele vidrinho de comprimido ali e me traz um copo d'água, também, vai...

JOSELINA
   A mamãe disse que eu não posso pôr a mão em remédio... Ela me bate...

CORA
   É pra vovó, vai, tá doendo muito... Depois eu explico pra mamãe que você estava cuidando da vovó...

JOSELINA *(pega o remédio e o copo com água)*
   Isso não é bala de chupar, hein, vovó! Nem gominha... Parece, mas não é...

CORA *(bebendo)*
   Joselina, chama alguém aí do lado, não estou bem...

JOSELINA
   Eu não posso... A mamãe falou que de jeito nenhum eu posso sair sozinha... Tem homem que pega a gente...

CORA
   Chama da porta...**JOSELINA**
   O homem do saco... Carrega a gente embora! Uma vez a Jussara sumiu, pensei que era ele, chorei, chorei... O homem do saco... A Josélia que achou. Contou que a Jussara estava escondida no quintal porque pensou que eu ia falar besteira dela...

CORA
   Jose, vem aqui perto, então...

JOSELINA *(senta-se na cama)*
   A senhora tá gelada, suando...

CORA

    Pega a minha mão, Jose...

JOSELINA

    A senhora quer que eu abane? *(sem esperar resposta, levanta-se correndo e pega um pedaço de papelão)*

CORA

    Eu só quero a sua mão... Está doendo muito...

JOSELINA

    Quer que eu assopre, também? *(começa a agitar o papelão e a soprar o rosto da avó, ao mesmo tempo)*

CORA

    Segura a minha mão, filha, só isso...

JOSELINA

    A senhora quer dar uma volta? Pra atravessar a rua, tem que dar a mão, viu?

CORA

    A vovó vai embora, Joselina...

JOSELINA

    Pra onde?

CORA

    Pro céu, eu acho... Paguei tudo o que tinha que pagar por aqui mesmo...

JOSELINA

    Lá na venda do seu Porfírio, ele não deixa levar mais nada, faz tempo... Falou que tem que pagar, antes... Eu fiquei com vontade daquelas jujubas e ele não deixou! O Joça estava comigo e falou que não tinha dinheiro... Acho que a senhora se esqueceu de lá, *vó*... A senhora precisa pagar o seu Porfírio antes de ir passear, *vó*...

CORA

Eu... Estou com medo de morrer...

JOSELINA

Deve ser ruim, mesmo... Eu estava com o meu piolhinho-de-cobra bonitinho, mas me esqueci dele. Quando lembrei, ele estava sequinho dentro do vidro... Joguei na água, rapidinho, pra ver se ele acordava... Não adiantou. Morreu. A senhora vai ficar seca que nem o piolhinho-de-cobra?

CORA *(sem dar atenção ao que a menina falou)*
Eu não quero morrer sozinha... Segura a minha mão...

JOSELINA

A gente pode deixar a senhora dentro de um vidro, também... Bom, nunca vi um vidro desse tamanho, mas deve ter, né? Vidro de figo gigante... A senhora gosta de doce de figo em calda?

CORA

Joselina, você tem que ser boazinha com a mamãe...

JOSELINA

A gente deixa a senhora em cima da geladeira, bem tampada por causa das formigas...

CORA

Presta atenção... É a última vez que a vovó vai falar com você...

JOSELINA

Pode falar, *vó*, pode falar.

CORA

    Obedece a todos, sempre...

JOSELINA

    Opa! Se eu não obedeço eles me batem...

CORA

    A sua irmã vai cuidar de você pra sempre, Joselina... Ela é a pessoa de que você precisa gostar em primeiro lugar, depois da mamãe, entendeu?

JOSELINA

    A Zélia é braba comigo! Não gosta de ficar perto de mim...

CORA

    Lógico que ela gosta! Ela ama! E não precisa ficar o tempo todo grudada nela...

JOSELINA

    Nem a Jussara pode ficar com ela, a senhora precisa ver...

CORA

    Ela já é mocinha. Não gosta mais de boneca...

JOSELINA

    Só porque a Jussara viu ela com o namoradinho!

CORA

    Ela tem as coisinhas dela, também...

JOSELINA

    A Jussara me contou... Ela viu tudo... A Jussara é linguaruda que só vendo!

CORA

    Segura a minha mão, filha... Eu estou piorando... Não fica assustada, não... A vista escurecendo...

JOSELINA
O papai é o namoradinho da Josélia.

CORA *(muito assustada, tentando se levantar, sem conseguir)*
O que foi que você falou? Repete, meu Deus...

JOSELINA
O papai namora a Josélia...

CORA *(tentando se levantar, sem conseguir, transtornada)*
Você está brincando! É mentira, menina! É mentira! *(começa a chorar)*

JOSELINA *(indignada)*
Mentira nada! Todo mundo acha que eu sou boba! Eu não sou!

CORA *(tentando se acalmar)*
Minha filha... Conta isso direito pra mim...

JOSELINA
Contar o quê?

CORA
Isso que você falou... O namorado da Josélia...

JOSELINA
É o papai.

CORA
Assim... Namorado de mentira, brincadeirinha...

JOSELINA
Nada! Namorado de verdade! Mas ninguém pode saber, hein!

CORA
> Meu Deus! De novo, não...

JOSELINA
> A Jussara viu tudo, tudo...

CORA *(desesperada)*
> De novo, não...

JOSELINA
> O papai dá beijo na boca da Josélia! O papai beija a boca da Josélia! Assim, ó... *(pega a boneca e beija-lhe a boca)*

CORA *(sem querer acreditar)*
> Foi a boneca que viu? Só a boneca, não foi? Conta direitinho pra mim... Foi só a boneca, não foi?

JOSELINA
> Acho que foi... O papai depois ficou brabo, eu acho... Subiu em cima da Zélia, ficaram brigando... Um machucou o outro. O papai quase amassou a Zélia de raiva... Ele pôs a mão onde a gente não deve pôr... A Zélia parece que não queria, mas o papai é mais forte... E a gente tem que obedecer, não é, vovó? A Jussara ficou quietinha, com medo, espiando tudo... A mamãe tinha ido fazer faxina. O Joça me trouxe mais cedo da escola, que a mamãe pediu pra ele, naquele dia. Eles iam jogar veneno na escola... Entrei pelo quintal e peguei a Jussara espiando. Só a Jussara... Eu odeio veneno. Mata os bichinhos. A senhora não pode ir lá de jeito nenhum, hein, vovó! Do jeito que a senhora está é capaz de ficar murchinha que nem as aranhas, mortinha da silva, de ponta-cabeça que nem as baratas...

CORA *(chorando)*
> Será, meu Deus?! Você contou pra mais alguém?

JOSELINA

    Pra Zélia... Ela é que contou que foi a boneca que viu tudo... Boneca zolhuda. Que, se eu contasse pra alguém, a Jussara fugia pra sempre de casa... E ela ia junto... As duas. Que nunca mais eu ia ver elas... A Zélia foge com a Jussara... As duas! *Vó, não quero que a senhora conte que eu contei... Promete, vó? Jura por Deus? Que se a senhora contar cai mortinha, com um raio na cabeça? Por favor, vó, não faz essa cara... Eu não quero ficar sem elas, não quero...*

(página arrancada)

As luzes começam a oscilar cada vez mais. O rádio toca a mesma música da primeira cena. Em seguida, ouve-se o som confuso do pronto-socorro. Ouve-se a voz da enfermeira. Todos os sons ao mesmo tempo, misturados. A oscilação das luzes aumenta ainda mais, indo da escuridão à claridade ofuscante, alternadamente. Joselina está paralisada. A luz azul e a vermelha **(trecho ininteligível).** *Todas as personagens entram em cena, correndo desordenadamente pelo palco, inclusive Joselina; todos repetindo falas anteriores do texto, misturadas e sem nexo. Descem do tablado, entrando no meio da plateia, caindo no* **(trecho ininteligível).** *As luzes do teatro se acendem repentinamente, ao mesmo tempo que tudo e todos silenciam. Então, os atores conclamam o público a se manifestar:* **diz alguma coisa, você, que está vendo tudo. Diz!** *(trecho rasurado) buscando aqueles que tiverem peito para soltar o verbo. Se ninguém abrir o bico, arrastam qualquer um, mesmo. No palco, então, Cora olha no rosto de cada um deles. Os outros atores ficam na* **(trecho ininteligível) vocês estão rindo, não é?** *Se estiverem calados, apenas, troca a fala, conforme a reação:* **vocês estão mudos, não é? Os culpados são vocês! Agora é que o drama vai começar...** *Nesse momento, os*

(página arrancada)

na última página ele só escreveu "FIM?", espera, olha, isso, bem grande, com o ponto de interrogação, mas acho que não era uma pergunta, era o fim, mesmo, terminado desse jeito, perguntando, ou ele falava dele mesmo?, bom, quando é que um fim não é o fim?

olha, tudo bem, eu pago o que você quer

quer comprar um nariz?
é, é que estou vendendo o meu
preço de ocasião
sim, sim, em perfeitas condições
não, não é isso, é só que eu ando meio precisado, sabe
sobrou o nariz
de família, sim
pois é, nunca deixou escapar nada debaixo dele
disso eu me orgulho
ofereço pra você porque sei que você sabe aproveitar as ocasiões
todo mundo na cidade comenta isso de você
sei, sei, inveja de quem não pode andar com ele empinado
bom, calma, não é isso, disse porque sempre me considerei seu amigo
querer vender eu nem queria
não diga isso
não foi barca furada, não
sempre soube onde metê-lo, sim
a precisão pouco tem a ver com isso
claro que sim, com você posso ser sincero, não posso?
os outros cacos que carregava pela vida já foram
você não ia se interessar, juro
não valiam muito
três ou quatro fomes e uns goles
então
sobrou o nariz
não, não, de onde você tirou isso?
ainda sou dono dele, sim
empenhei foi a pulseirinha de ouro 18 que ganhei da minha mãe
deixei lá
essa eu perdi, não teve jeito
bom, paciência
não, não, lá vem você de novo
claro que é meu

problema com a polícia?
nunca
quem você pensa que é pra falar assim?
não quer, não quer
diz isso pra pagar merreca
deixa pra lá, meu amigo
não vamos foder com a amizade por causa de um nariz
essa conversinha não está me cheirando bem

hoje ou amanhã

esses malditos penicos de plástico, não posso soltar o peso, as pernas vão doendo, a coxa queima, relaxo um tantinho e o penico cede, firmo os músculos de novo, apoiando as mãos na estante carregada com essa porcariada de banheiro, água-de-colônia, polvilho pra frieira, desodorante, os badulaques todos, tudo treme, como se estivesse rosnando, ameaça cair, e o esforço pra não esborrachar com o penico da minha filha esbarra a tarefa, contração involuntária, respiro, suspiro, largo o corpo o tanto certo e recomeço concentrado, destravando, pensar em alguma outra coisa, a cabeça na casa do meu avô, ai, cacete, essa dor nas pernas, o pé dormindo, mas não desisto, é desaforo, vou apelar pra um purgante, se não der certo, bom, ia pensando no meu avô, em seu quarto, lembro bem, havia um penico de louça branca e frisos negros sob a cama, a casa tinha banheiro, apenas um, é verdade, mas do lado de dentro, de modo que não entendia, criança, a necessidade daquele panelão fedorento, minha avó dormia noutro quarto, também com seu penico, o dela menor, enfeitado de flores pintadinhas ao derredor, nas bordas, vovó era muito diferente de todos nós, por sinal seu penico nem tinha cheiro, tia odete dizia que a velha entojada bebia perfume, no que acreditei por um bom tempo, penso até hoje que ela seria capaz de dar uns golezinhos em água de rosas, vovó era mesmo diferente de todos, nem parecíamos parentes, a cara fechada, sempre com a chave do quarto no bolso, avessa às portas abertas, ao sorriso sem motivo, este, sem dúvida, o mais alegre, sorriso descoberto desde que me conheci por gente, expressão que ultimamente venho desaprendendo na marra, bom, nem é bom pensar essas coisas agora, lembro que notei cedo, ou melhor, pus reparo nisso desde bem menino, que meu avô dormia sozinho na cama de casal, a mesma das núpcias, segundo meu pai, marchetada e com entalhes encardidos nas fendas, o pó fazendo o tempo, nunca perguntei o porquê daquilo, era a vida, e vida é vida, nem pra mais nem pra menos, um menino sabe aceitá-la como é, vovó em sua cama patente de solteiro no quarto da grande cômoda, o mundo inteiro nas gavetas, e talvez algo mais, uma curiosidade só, era assim, o oratório também fechado à chave, em multidão de imagens, ela muito carola, sempre, deus como chave mestra?, não, pra ela chave mestra seria o diabo, com certeza, o oratório não tinha espaço pra mais nenhuma grande virtude, por menor que fosse o santinho, santo antônio olhando por sobre os ombros de são benedito, de são roque, são geraldo pisando o cachorro que trazia o pão na boca, são francisco de mão quebrada, com um pombo solto, meio estropiado, também, desasado de um lado, manco de voo, de vez em quando eu entrava correndo no quarto, ela me chamava gritado, o assoalho se movimentava um pouco mais e o pombinho caía, ela ficava fula, eu dizia, pro pito ser menor, a pombinha avoou, vovó, a língua enrolava, ela não ria, mas também não tentava despregar minhas orelhas, o que já era uma bênção vinda de sua brabeza diária, ela, então, abria a porta do oratório e, não sei como, enfiava a mão por entre o povaréu sem empurrar ninguém, sem dar safanão em santo, eu torcia, confesso, pra ver o dominó de imagens, os primeiros enfiando a cara sonsa no vidro, mas o quê?, ela pegava o pombo com a ponta dos dedos e o recolocava no lugar, apoiando sua única asa no ombro de são sebastião, que devia fazer aquela cara de cansaço por causa do passarinho pesando, o braço levantado na altura certa, uma flecha escorando o pouso, havia outros santos, não me lembro de todos, são martinho, por exemplo, são josé, e por aí vai, ela me chamava pra rezar, e não havia desculpa, rezar e rezar com ela, os olhos em jesus crucificado, reinando sobre aquelas cabeças todas, e, por incrível que pareça, ocupando a posição mais confortável do oratório, pensava isso comigo mesmo, na época, tenho certeza disso hoje, quando pego o metrô às seis da tarde, as santas ao fundo, uma sagrada família na fronteira entre homens e mulheres, nesse caso concordo com vovó, não ficava bem a mistureba, com o perdão da imagem, santo encoxando santa, imagine, era mais fácil vovó ter um treco, então todas lá no fundo, santa terezinha, santa bárbara, nossa senhora de fátima, de lurdes, do perpétuo socorro, santa edwiges, santa luzia, e o penico dela sob a cama, com flores decalcadas no esmalte esfolado, expondo, como os santos, chagas negras de metal, penico no soslaio da oração, como a descoberta de um segredo, de sua intimidade resguardada à chave, o cheiro outro do quarto, se comparado com o do meu avô, que era de um azedume de conversa e resto de urina, talvez, o que contava e recontava feliz, época de plantações de arroz, de cheias alagadas, época de cavalos, de revólveres e cartucheiras, de tiros em tatus e gambás que invadiam o galinheiro, à noite, de fuzis ensarilhados na revolução de 32, a família saindo às pressas do fogo cruzado entre mineiros e paulistas, o que certamente aconteceria de madrugada, mas não aconteceu, como tudo neste país, revolução de sopapos em meia dúzia de coitados, que ficaram sem galinhas, confiscadas pela tropa que atravessou o rio canoas e se entrincheirou perto do cemitério, o quarto de minha avó era de um perfume menos ácido, lavanda e velas, pecado que rondava em sua primavera de medo e penumbra, no penico, chutado mais para o fundo, debaixo da cama, da infância, da vida que ela sabia dolorida e agora relembro bestamente, só pra relaxar, reinvento melhor do que foi?, não creio, porque aquela era uma época de coisas dadas, tidas e sidas, hoje tudo sem volta, por isso conto o que conto pra mim, já sabendo que perdi, isso desde que comecei a ter de comprar meu sustento, o resto é conversa, por isso estou aqui quase sentado neste maldito penico de plástico, pela segunda vez, o corpo doendo, minha mulher nos meus ouvidos, repetindo sua ladainha por trás da porta, como sempre, pra eu esquecer esse negócio, que agora já foi, que estou fazendo meio de ela ter que comprar outro penico pra soninha, coisa porca, mas não vou perder minha ponte de jeito nenhum, uma fortuna, aliás, qualquer quantia anda sendo fortuna pra mim, mesmo que o protético tire molde e faça por conta dele, como na primeira vez, é meu amigo, disse que cobrou apenas o material, não sei, tudo sem passar por mão de dentista, que veste a gengiva com o nosso couro, puxa vida, como fui engolir minha ponte?, não vou perdê-la, não, agora é ter paciência, hoje ou amanhã, poderia evitar essa trabalheira e fazer no vaso, mesmo, pescar com cuidado depois, mas a maré de azar que vou atravessando, não sei não, é bem capaz que a ponte faça tobogã na privada, quando der o tigum, e aí babau, eu é que entro pelo cano, hoje ou amanhã, com certeza, não é parafuso, o peniquinho aguenta, procuro, lavo bem lavado, é meu mesmo, que é que tem?

covardia

o cara estava comigo, eu vi, sou testemunha
não é possível
ele latiu pro pit bull, rosnou
o cachorro estava atrás das grades, por isso
é, mas o bicho deu ré, o dono não acredita até hoje
o cara não bola bem?
sei lá, meio esquisitão ele sempre foi, depois disse que se tivesse caído de quatro e avançado no cachorro, então
também
o cachorro latia e olhava pros lados, você precisava ver, o rabo no meio das pernas, desamparado, acho que procurando seu dono, que não estava em casa
por que acha isso?
não sei, o bichinho deve ter pensado que eu estava atiçando meu amigo contra ele, pode ser, que eu era o dono dele, dono do meu amigo, então o pit bull afinou, deu ré, até ele, olha, acho que qualquer um, é muito triste se ver acuado, sozinho no mundo

herança

meu avô gostava demais do brasil, aqui é que é terra, dizia, estrangeiro é sempre raça ruim, todas, povo empinado, vê se vira-lata morre de doencinha, gente cheia de frescurada, lá pedra é pedra, não pode ser outra coisa, aqui não, qualquer lasca pode valer um seixo, dependendo da inteireza da precisão, então, aqui sim, o lugar, o pessoal de casa sabia os motivos dessa opinião, mas dar o braço torcido a torcer só é negócio se o giro for pro lado certo, e, falida em bando, como ficou a família, melhor não arriscar os membros e aceitar o ódio do vovô como birra besta de caducagem, ou mero nacionalismo, o que além de tudo ficava bem na sociedade, principalmente naquela época, só que a verdade não foi, agora é, espero mais pra frente não seja de novo, esta de hoje, entende?, pra você posso dizer, vovô falava isso porque vendeu a fazenda para a multinacional, essa daí, que agora despede um mundaréu de gente, bem feito, na época, recebeu um dinheirão, a cidade repetindo que ele era o homem mais rico das redondezas, dinheiro em poupança, garantido, o governo militar botando banca, banco e ordem, finalmente, mas em pouco tempo a inflação, os filhos ferrados, os milicos, mesmo, emprestando ao povo suas armas de culatra escangalhada, fogo, gente, podem cuspir chumbo à vontade, vamos meter bala, ninguém segura este país, que vai porque vai pra frente desembestado, em correria, e a carabina máuser, modelo 1895, arrebentando a cara do meu avô, que fazia mira num futuro de sossego, esbagaçando enfim a nossa cara, os cortes nos zeros do dinheiro, a crise do petróleo, pronto, a fortuna dando aos poucos pra um homem só, morreu de caixão pago, pelo menos, ajazigado, túmulo de granito e tudo, vaso de bronze chumbado na lápide, enquanto os netos chupando dedo, no bem-bom-ruim da lembrança enganosa do que poderia ter sido o futuro, não fosse o que fora, faltando o dinheiro de sobra, hoje, pra comprar sem fazer conta uma dúzia de cravos-de-defunto em dia de finados, percebe?, a cidade, desde então, isso sim, fazendo os juízos, os filhos e os netos do pedro de albuquerque garcia, vejam só, nenhum deu gente, homem que teve tudo e um pouco mais, e, pior, esses pais safados de hoje em dia, de resto, repetindo nossa história pra aliviar a consciência por deixar a própria família na merda, filosofando barato que ensinaram os filhos a pescar, tudo gentinha, tenho certeza de que muitos nunca viram as fuças do meu avô, arrotando essas besteiras de que deram estudo, coisa que ninguém tira, grande porcaria, apontando o dedo pra nossa genealogia de fracassos como se meu avô tivesse culpa, culpa de nossas desgraças, coitado, se teve, teve muito pouca, vidinha regrada, não torrou o dinheiro com putarias, cachaçadas ou noitadas de baralho, esses ofícios afins, pelo contrário, gastou tudo porque guardou demais, penso mesmo que elogiava em demasia o país também por tal motivo, que ele soubesse em suas entranhas sem as palavras certas, já que não teve os estudos, por isso o resumo saía invertido, o que não está errado, também, não quero explicar isso pra você agora, coisa muito complicada, quem sabe outro dia, bom, a verdade é que não desperdiçou, não esbanjou, não enfiou o dinheiro no rabo de ninguém, pra você ter uma ideia, uma de suas tristezas foi ter morrido sem ver o mar, gostava de mim, via alguma esperança, talvez, pro caso de viver alongado demais, não sei, posso estar sendo leviano, acho que gostava de verdade, deixou pra mim o relógio de bolso dele, raridade, coisa das europas, dizia, povo que só presta pra isso, fabricar pecinhas de encaixe, engrenagens, tudo porque se instruiu na arte da pancadaria, na ciência de forjar porretes, espadas e canhões, povo quizilento na tecnologia da guerra, então, pra relógio foi um pulo, pulo pra meter o pé com pontualidade britânica no cu das calças dos desavisados, e, com os norte-americanos, valeria o mesmo raciocínio, com força redobrada, até, enfim, os xingamentos de sempre, bom, ontem peguei o relógio no fundo do guarda-roupa, ando meio apertado, a gente não dá corda na vida, não é?, e levei minha única herança pra avaliar, o relógio d'além-mar, deu dó, mas era um jeito de me safar, e meu avô bem que gostaria de remediar por uns tempos a vida do neto preferido, não acha?, pois não é que o relojoeiro entendido disse que meu relógio, o relógio do meu avô, valia pouca coisa, pra ser sincero, bosta nenhuma, caixa de um relógio, máquina de outro, misturado, mas funcionando, funcionando, mas sem valia, meu avô, pensei, esse relógio é um pouco a cara do meu avô juro, pode acreditar, tirei até uma foto, olha

não adianta, não acredito mesmo

questão de princípios

a caneta estourou, porcaria, é uma coisa essas coisas feitas pra quebrar, deveriam, pelo menos, arrebentar onde não emporcalhassem outras coisas, mas não, deve ser conluio das empresas, certeza, a gente tonta, consumindo sem se dar conta de que as indústrias andam rimadas, casadas, uma alimentando a outra na boquinha, uma subsidiária da outra, uma sendo a outra disfarçadamente, resumindo é assim, e quem leva somos nós, sempre, agora toda essa tinta, olha a merda, amasso o papel, trabalho perdido, se já não é sempre desse jeito pros sujeitos da minha laia, sorte existe, eu não queria acreditar, bobagem, e não sei o quê, o sistema, claro, ele vale, também, mas não é possível o rabo de uns caboclos, é pra fazer ateu pedir pelo amor de deus, o julico, por exemplo, o homem dorme com o elefante, nos bingos aqui da empresa ele nunca ficou sem ganhar, mais de uma vez ganhou duas vezes, e eu aqui, bosta nenhuma, desde que entrei na firma, e olha que eu entrei antes dele, amarro, a boa, a boa, fico torcendo, de repente o julico, deu, deu aqui, o cusudo ganha até na pedra maior, quando mais de um bate, como acreditar na matemática, como?, por que será que deus olha mais pra uns do que pra outros?, será que tira par ou ímpar com o capeta e divide os homens?, aquele ali é meu, pronto, o sujeito feito na vida e na morte, porque o azarado que cai com o demônio vai ter que dar pontapé na sombra pra se virar, e, numa dessas, entra nas frias quebradas da vida, tendo que pagar aqui e lá, com juros e correção, olha, o julico não é flor que se cheire, não, apronta lá as catingas fedidas dele, então não é prêmio de virtude essa sorte, bom, como explicar isso?, seria aquela lei daquele americano, o *murphi*?, só pode ser, tem sujeito que nasceu pras escolhas erradas, quando troca, pensando *agora quero ver*, de novo o pé no rabo, e o puta que pariu sai natural, natural, teria acertado se não quisesse mudar na marra o destino, e a raiva ainda maior, outro dia o julico disse que sorte não existe, veado, depreendeu de nosso convívio que eu é que sou azarado, que azar existe, isso sim, que eu deveria me benzer, arrumar uns amuletos, que eu ando carregado, filho da puta, depois saiu bocejando uma vez atrás da outra, repetido, olha aí, olha aí, repisou com a mão na boca, vou sair de perto porque atraio essas coisas ruins, você está carregado, mesmo, então tá, bom, qualquer dia desses sou capaz de procurar uma feiticeira, vai saber, então coloco a maldita caneta no lixo, a mão besuntada de vermelho, outro dia escorrendo igual a ontem, igual a amanhã, essas histórias coçando as ideias sem parar, sem parar, perdi todo o meu serviço, caneta filha da puta, também, tivesse como fazer o serviço no computador era bem capaz de estourar a impressora, travar a máquina, sei lá, então, deveria apenas dar um pulo no banheiro, esfregar as mãos, tirar a porcaria de tinta vermelha logo, mas não sei, aquelas ideias ainda, será que o julico boceja de sacanagem?, em todo o caso, não devia ter feito o que fiz, agora já foi, por que cismei desembrulhar a folha ensanguentada, meu deus?, vontade?, enrolar o resto do dia?, essa mania de conferir a porcaria feita, quem não observa papel e obra no banheiro, antes da descarga?, a tinta, o borrão, a sujeira, o susto, o susto, um rosto que ainda me fita agora, santo deus, em contornos e traços perfeitos, que me encara, formado ao acaso da cor, dos movimentos das mãos de um homem azarado, que limpa os dedos de saco cheio de tudo, ou o julico tem razão, o sobrenatural apenas nas desgraças?, criei o monstro sem querer, nada a ver comigo, nasceu sem pensar, sem ninguém pensá-lo, será isso?, uma resposta?, minha pergunta que não sei fazer?, o julico de deus, eu do sem querer, carta sem valor nas mangas de belzebu?, viverei o engano por engano?, santo deus, o ser criado é mais que mancha, sei disso, não é elefante, o que seria poético demais, é um animal qualquer, é todos e nenhum, bom, não adianta falar, chega, agora é olhar pros lados e fingir um sorriso, pra ninguém perceber a criatura, pra ninguém se dar conta da existência desse rosto, do grande animal, no espelho despropositado do papel

no espelho despropositado do papel

a caneta estoura
e emporcalha o dia

bola de papel
no cesto da vida

arremesso e erro
(sempre a mesma história)

vou até o lixo
e desdobro a folha

tudo resumido
nos pequenos atos

o engano maior
na lasca de unha:

borrados de azul
em mancha disforme
dois olhos me fitam
(linhas ao acaso?)

não, não pode ser
criei-os de mim

o monstro sou eu
ali, o meu rosto

mal acompanhado
volto ao meu lugar

a folha escondida
no bolso da calça

por sorte, ninguém
parece ter visto

agora, é fingir
que não sou comigo

foi só uma ideia

eu não tiro isso da cabeça, encasquetei com isso, enfiei na cachola e não sai, mói por dentro, está me remoendo, não penso em outra coisa, fico arrancando a casca, cutucando com vara curta, azucrinando as ideias, tonelada que não sai do coração, sonho com isso, durmo com isso, dia e noite, noite e dia, e tarde, também, pra não falar das madrugadas em claro, apertando os olhos no sono que se foi, essa ferida aberta em algum lugar dói o corpo todo, até a raiz dos ossos, que deve se enfiar alma adentro, porque uma vontade de apertar a cabeça com as mãos e espremer essa merda até o bagaço, aliás, como e bebo isso e disso, fico caraminholando o tempo inteiro, pensando com meus botões e velcros, com meus cadarços e cintos, quero porque quero, unha já não tenho mais, roída, e continuo esgaravatando isso, tirando isso dos ouvidos com o dedo mindinho, isso do nariz, com o indicador, que não aponta mais porra nenhuma, só sei disso, digo comigo e repito comigo, depois escuto o eco e falo de novo junto comigo, em coro monologado, é agora ou agora, já-já já foi, entende?, de outro jeito não serve, ando fissurado nisso, trincando os dentes, bitolado, mesmo, dou murro em ponta de faca?, pulo de cabeça?, armo arapuca pra mim?, gasto sola de sapato por onde repisei?, olha, você não sabe, ele não sabe, ninguém sabe, só falei pra ver se você me entende, panos quentes o caralho, tonto que sou, nem vem que não tem, não abro mão, não desencano, eu me lixo, sim, fico ruminando, remexendo os pauzinhos, martelando em ferro frio, disco riscado que pula, cd riscado que repete, é isso, sim, a mesma tecla, e eu não sei o que é, cacete, porra, boceta, cu de todo mundo, eu não sei o que é, não tiro isso da cabeça, encasquetei com isso, por que ninguém entende, santo cristo?

aceito

não tive coragem de fingir que não estou, agora não adianta colocar a vassoura virada atrás da porta da cozinha, não, não vou embora de mim, o jeito é passar um cafésai da frente

a cavalo de galope
carlos drummond de andrade

a morte vem metendo o pau
enfiando o pé na tábua
sentando o cacete
arrastou quem tinha de arrastar
os meus avós todos
os vizinhos velhinhos
mas agora atropelou um amigo meu
ele tem quase a minha idade, caralho
bom, tinha, né?
olha, não sou cara de pau pra dizer *antes ele do que eu*
passei da idade de brincar com ela?

(pra falar a verdade estou cagando e andando com medo, sim
essa merda toda escorrendo aos poucos para os pés)

antonio, escuta o barulho das botas, antonio
a morte vem sentando a pua
e o meu pai sem dar a mínima pra isso
imitando talvez o seu pai, e o pai do seu pai, quem sabe?
age como se ela não fosse passar por cima dele
não entendo, ninguém parece ligar
todos que conheço não respeitam os sinais de trânsito
atravessam a vida fora da faixa de segurança
vão tocando a vida assim
eu, não
sei que a morte vem que vem
não tem jeito, não tem como

(ganho mais se ficar só
zanzando por aí?)

fora de hora

    o menino pediu comida, o sonso do meu marido deu um litro de leite de caixinha, depois viu que o moleque, lá na esquina, jogou fora, eu falei pra ele, você é tonto, mesmo, esses coitados nem sabem o que é isso, leite de caixinha, sem contar que era integral, não estão acostumados com gordura, era capaz de fazer mal, dar caganeira

supermercado, carro carregado

    50 centavos pra comprar um copo d'água?, bobagem, você é bobo, não dá nada, não, eles ficam com raiva de você, eles marcam sua cara, da próxima vez enfiam o dedo no cu e passam de pirraça na comida, deixa disso, qualquer dia eles riscam o carro, é melhor nem tomar conhecimento, é assim que eles estão acostumados, o supermercado já paga o salariozinho deles, estão fazendo nada mais, nada menos, que sua obrigação, 50 centavos, onde já se viu?, você fica conhecido como muxibento, o munheca do gol azul, copo d'água, copo d'água, você é besta, parece bobo, esses moleques só tomam água de torneira

por tua culpa

    sou o deus de um moleque morrendo na china, na cochinchina, sei lá onde, ele pede, chora, implora para que deus o ajude, para que o salve, mas não posso fazer nada, menino, não sei quem você é, não consigo escutá-lo, e, mesmo que pudesse, estou de mãos amarradas, deus é assim, deus sempre foi assim, eu sou desse jeito, moleque

sabia?

juro, quando me contaram não acreditei, tem gente que chora de felicidade

solidariedade

ela mostrou a foto da moça coberta de feridas, apodrecendo, acho, estava pelada pra mostrar, coisa impressionante, fogo-selvagem, dei 5 reais, depois que um sujeito ao meu lado deu 10, ela nem precisou pedir pra ele, depois me arrependi, será que o tal sujeito não anda combinado com ela?, tenho meus compromissos, também, não tive presença de espírito, nunca tive, por isso ando na merda, acostumado com o cheiro das solas sujas, sem poder escorregar, correndo o risco de enfiar também a cara nessa bosta de vida, a gente tendo que ressolar os dias, os meses, os anos furados de quem vive atrás da sobrevivência, seria simples, uma guinada no corpo, o tal jogo de cintura, pronto, tinha um papel sujo de muita mão em mão, junto, com o nº da conta no banco, pra depositar, era só anotar, tirar a caneta do bolso, depois eu mando, pode deixar, eu deposito, coitadinha, pobrezinha, por aí, 23 anos, não é a primeira vez que a mãe dela passa por aqui, 800 reais por mês o tratamento, será?, o governo parou de mandar os medicamentos, sem mais nem menos, na prefeitura disseram que remédio não tem como, podiam entrar com 40 reais por mês, ela também disse que agora vai filmar a filha, está tendo um trabalhão danado, vai mandar pro programa do ratinho, aí é certeza, se ele assistir, é lógico, porque decerto muitos pedidos, de todo jeito, quem não arrisca, quem sabe?, contou que não sei quem disse que não ia ajudar, tinha ajudado a comprar a perna mecânica do fernando, se for o fernando que estou pensando não tem perna, mesmo, mas uma coisa não tem nada que ver com a outra, nisso ela tem razão, viver sem perna é uma coisa, viver não é saber dar uns pulos?, bom, eu podia ter mesmo depositado, depois, às vezes até mais do que 5, se for ver, ela é que está correndo atrás, é mãe, a gente tem de saber olhar pra trás, também, não dizem isso?, não tem nada de mais, tendo esse trabalho todo, bom, agora já foi

suspensão

    você parece o eliseu
    eliseu?
    ele só reclamava, dizia que nada dava certo em sua vida, que era cagado, sem um puto, desempregado, sem herança, feio, desengonçado, a mulher o chifrava, e ele nem coragem de ir embora, dar uma surra nela, até ria, que era capaz de apanhar, resolveu morrer, pulou do 9º andar, caiu nuns fios de alta tensão, escorregou por uma árvore e se arrebentou todo, ficou manco, coitado

eu juntei dinheiro

    ah, menina sem-vergonha, eu avisei que não queria esse negócio de *piercing*, agora é bonito, barriguinha de fora, modinha, mas e depois, quando embuchar, quando estiver cheia de pelanca, assim, deste jeito, ó, e esse buraco na barriga, e depois, sua tonta?

só assim, mesmo

    tênis mike, calça benellon, relógio abidas, tô bonito na fita

pedagogia

O chão foi o meu quadro-negro.
paulo freire

Deste ponto de vista, andar de gatinhas representa uma situação excelente [...]
jean piaget com androula christophides henriques

ia fazer o quê?, na praia a gente come qualquer coisa, pode ter sido um queijo coalho, de manhã, a cerveja fora de hora misturada com o peixinho frito, vai saber, alguma coisa não caiu bem, uma baita dor de barriga, troço desagradável
você podia
podia nada, você já passou por isso, quem não passou?, você está na rua, aquela vontade filha da mãe de cagar, você trava tudo, se concentra, não pode nem encher totalmente os pulmões, senão, quando solta o ar, corre o risco de se borrar, de passar vergonha, então corre pro lugar mais próximo todo contraído, nem pensar em peidar, claro, porque a consistência das entranhas é misteriosa, note a profundidade da experiência, de modo que, bem, você entra correndo em casa, por exemplo, não dá tempo nem de fechar as portas, dispara pro banheiro, levanta a tampa da privada xingando o desgraçado que tampou o negócio, é arriar as calças, nem bem sentar, a coisa toda fluindo, nos piores casos, antes mesmo de encostar a bunda, e você tem a certeza de que não aguentaria nem mais meio segundo, aliás, nenhum homem civilizado do planeta, tenho certeza absoluta disso, passa por uma experiência social tão limítrofe como esta, você se alivia com o prazer concomitante de que atingiu o próprio ápice, de que saiu do fundo do poço, o negócio é tão carnal, tão material, que chega a ser filosófico, é ou não é?, bom, volto pra história, que faço questão de esclarecer, você acha que educação é sala de aula, livros, obras de arte, participação da família, olha, vai muito além disso, como professor tenho a obrigação de vivenciar as situações sob um enfoque também didático, pedagógico, sempre, foi exatamente o que fiz, e não admito zombarias,

conto tudo pela exemplaridade de um fato que, transposto para a vida, ilumina o proceder, entende?, vamos lá, então, estava na praia, os intestinos de repente reclamando com aqueles grunhidos característicos, ia entrar na água pra cagar?, a civilidade não permite certas naturalidades, a praia cheia, temporada, vi o restaurante do outro lado da avenida beira-mar, era ali mesmo, jogo rápido, o estabelecimento vazio por conta do horário, fui, você acredita que não me deixaram entrar?

    trajes de banho, né?

    puta que o pariu, pedi com toda a educação, você precisava ver, com licença, preciso usar o toalete, não estou passando bem, nem deixaram terminar

    eram empregados, cumpriam ordens

    por isso mesmo, que é que tinha?, vão ser empregadinhos o resto da vida, isso sim, bom, aí entra meu lado professoral, fenelonista, de quem fez mestrado na usp e o caralho, obrigado, virei as costas, retravado, porque, como tinha visto da entrada do restaurante a porta do banheiro, cavalheiros, damas, iniciara involuntariamente o processo mental de destravamento, percebe?, um esforço sobre-humano, juro por deus, não podia ficar assim, nem tinha outro jeito, fingi que fui embora, dei meia-volta, entrei me esgueirando, escondido, e caguei bem cagado no chão do banheiro, de propósito

    só você, mesmo

    caguei no chão e passei, com o papel, um tanto na parede, também, sublinhando, pra eles aprenderem

aí você compra um, né?

    ô, você é um filho de uma puta, mesmo, lógico que esse carrão vai ultrapassar a gente, você é bobo?, é carro novo, sei lá quantas válvulas, flex não sei o quê, mas a gente também chega, bobão, não, não pode reclamar nada, não, só porque racha a gasolina, quem vê pensa que você não é um puta de um pé-rapado, ia pagar o ônibus de qualquer jeito, não ia?, vai tomar no cu, na semana que vem você não vem comigo, não, tem uma porrada de nego querendo carona comigo, e você desde o começo da viagem tirando sarro do meu carro, vai se foder, é sério, sim, não estou brincando, não, você é um burro mal-agradecido, isso sim, e essa bosta que passou a gente já já está caindo aos pedaços, logo logo vai ter cara e lataria de velho, também

parada km 72

não, não vou descer pra comer, não, minha comida é remédio, tanto problema, você nem imagina, diabetes, coração, colesterol, o ônibus para, eu fico aqui quietinha, não posso comer um cisco, labirintite, também, enjoo muito fácil, deus me livre de vomitar no ônibus, atrasar a viagem, porque ninguém tem a obrigação de aguentar azedume, não é?, inda mais esses ônibus de hoje, sem janela de correr por causa do ar-condicionado, já pensou?, a senhora, que tem saúde, benza deus, desce um tantinho, come uma coxinha, toma uma coca, estica as pernas, eu fico aqui, a senhora também?, imagina, não diga, isso não é nada, nervosismo, problemas da vida, depressão, isso eu também tenho, mas isso tudo não conta, dona maria, de depressão a gente mesmo se consola

metafísica bem caipira

quase arrebentei o carro, o velhote deu seta pra direita e virou com tudo pra esquerda, é, tem aquele carro velho, ainda, caindo aos pedaços igual ao dono, corcel 72, por aí, não deviam deixar gente assim renovar a carteira, o quê?, não acredito, ele não tem carteira?, sempre teve carro, guia a vida inteira, caralho, por isso que essa bosta de país não vai pra frente, você ri?, qualquer dia ele mata alguém na calçada, e aí?, bom, eu não acabei de contar, deu seta pra um lado, virou pro outro, brequei em

cima, fiquei puto, gritei com ele, o senhor é maluco?, dá seta pra lá e vira pra
cá?, sabe o que ele respondeu?, falou desse jeitinho, *ah, rapaz, você é bobo?,
o que é que eu ia fazer pra lá?, todo mundo sabe que eu moro pra cá, bobão*

a questão

amigo, moro aqui faz tempo, mas não sei onde acaba
a cidade e começa o campo, bom, quem sabe ali naquele pasto, mas
desculpe, não foi isso que perguntei, queria saber
mesmo é onde acaba o campo e começa a cidade

profissão de fé

agora estou resolvido
ou vai ou racha, mas é lógico que vai
serei poeta famoso
é fácil
o mundo não está aos pedaços?
claro, fácil pra quem tem os meios
os homens andam uns cacos
é só não dizer coisa com coisa
isso às vezes é que complica um pouco, mas
ah, é?, você duvida?
que cavalinho da chuva o quê, rapaz
pois fique sabendo que já mexi meus pauzinhos
você com seus 100 sentidos dá nojo, sabia?
eu até já fiz os telefonemas certos, rapaz

ninguém escreveu isso

    continuo porque acredito nisso, não depende do indivíduo, nunca dependeu, um livro pode melhorar muito com o tempo, é assim, ó, é possível que um livro seja mais bem escrito mesmo depois de publicado, depende dos rumos do mundo, não, não é maluquice, acontece bastante, vai rindo, vai, pode dizer que é esperança dos desajustados, não é, não, entende?, não, você não entende, pelo menos agora

regras pelo bom sucesso de escritores brasileiros a favor de uma carreira nas letras

você tem editora, dinheiro pra coedição, seu, do governo, seja de quem for, isso não é nada
o chato é escrever um bom livro, o que é o mais fácil de tudo, no entanto
mas não basta escrever um bom livro
você quer fazer sucesso
e alguém, pelo menos, deve lê-lo, aí o bicho pega
porque qualquer alguém não basta
tem de ser alguém importante
entretanto, não basta que seja um medalhão
o bacana deve escrever sobre o livro, também, senão fodeu
mas não qualquer resenha nessas revistinhas literárias que andam por aí
é capaz até de você brilhar em algumas rodinhas, e aí dançou de vez
nunca que nunca passará disso, vela acesa à luz do sol no meio-dia tropical
o texto sobre seu livro deve sair em jornal de respeito
que faz propaganda de classificados em horário nobre na tv
mas isso, caro autor, ainda é muito, muito pouco, creia
ela, a crítica, deve ser elogiosa apenas na medida certa
apanhando na virtude uma porrada de defeitos, isso é do caralho
um caminho, uma promessa quase que cumprida de antemão
aí, sim, dá gosto ser lembrado, porque haverá uma esperança de arrebentar de repente
de se transformar em obra de sua obra, encabeçar listas etc. e tal
só que a esperança azuleja as paredes do inferno, pro calor ser maior, é um risco muito nosso
nesse caso, de nada adiantará escrever novos livros bons, melhores que os anteriores
tal procedimento provoca apenas o ranço de ser esquecido indevidamente
o que não passa de aspirina pra câncer adiantado
então será preciso morrer de verdade
muito banana ficou famoso depois de esticar as patas
mas aí é que fodeu de vez, concorda?

o quadro (apontamentos para um soneto)

se não há uma bucha, um parafuso
se o vizinho não faz cara boa quando alguém lhe pede a furadeira por uns
    minutos
que fazer?
um prego não sustenta bem um quadro
há também o perigo de se martelar o dedo, fixando-se mais que o necessário
    de si
ou de escangalhar com o reboco branco que recobre a nudez por dentro
    dos cômodos
você acerta em cheio o vazio vagabundo entre o barro dos tijolos e se vê
    um pouco naquele saibro
suja o chão com a farofa inútil das coisas falsamente firmes e inteiras
e um quadro não espera, nunca
despendurado é como se visto na parede, mas olhado pelo lado de fora
    da casa
oh, oh, naquela casa há um quadro na parede
e ele é exatamente do jeito que é, diz aquele que passa e vai embora para
    mais um dia de serviço
no entanto, do lado de dentro, você sabe que o quadro não está na parede
e que o transeunte desconhecido acertou em cheio em suas formas

eu não digo nada

    isso de construir o nada na arte, meu amigo, é muito bonito como ideia, o jogo de palavras, o ângulo inusitado, os cortes, as associações, mas sejamos sinceros, isso não vale nada, nada disso vai ficar, não obstante os elogios da turminha, das revistas e dos jornalecos, é chato pra cacete, então, se não tem nada a dizer, faça sempre o seguinte poema, eu não digo nada

autor ou título – buscar

giacomo joyce
giuseppe ungaretti
gombrowicz
gorostiza
gostosuras e bobices
gottfried benn

ghost-writer de mim mesmo

> *Só os espíritos superficiais abordam as ideias com delicadeza.*
> cioran

        antonio levi, escritor, publiquei o meu primeiro livro depois de anos de trabalho, um pouco por causa do meu perfeccionismo, sim, toc, dizem os amigos, que se divertem com os meus cuidados diários com os hábitos, a certeza de ter trancado a porta do carro, por exemplo, gosto de conferir, mexo na maçaneta, pronto, fechada, mesmo, não porque imagine que não tenha realizado aquela ação, sei que a completei, mas pela necessidade de verificar se ela funcionou como procedimento, se realmente aconteceu, por assim dizer, pois há infinitos fatores que podem modificar as ações que supomos repetitivas, conferindo-lhes outros caracteres que as fazem outras continuamente, e, dentre as possibilidades de ser, muitas que, com certeza, deixam o carro destrancado, aberto, mesmo que você o tenha trancado, reação involuntária iniciada por uma vontade que se perde a partir do ato de ter imaginado que, ao apertar o botão da chave com aquele desenhinho de um carro de portas fechadas, você pôde trancá-lo do mesmo modo acontecido quando, da última vez, apertou na chave aquele desenhinho de um carro com as portas fechadas, o que sempre me pareceu uma presunção descabida, ora, não é preciso ter estudado filosofia pra saber que nenhuma ação se repete, coisa que vem desde heráclito, e mais, se o que chamam de toc permaneceu como característica mais ou menos comum a todos os homens, ele teve, o toc, e continua a ter, o toc, quem sabe se ainda mais hoje, um papel bastante importante na evolução da espécie, da cultura, em outras palavras, se o darwinismo é ponto quase pacífico entre os estudiosos (por favor, juro que não quero fazer trocadilho com as bestas criacionistas), até por isso mesmo alguns cientistas bastante sérios não deixaram de considerar o grosso do lamarckismo, voltando e reconhecendo nele, com as devidas modificações, também, um fundo de provável verdade, principalmente no que chamamos de comportamentos culturais, toc, sim, não me envergonho disso, aliás, o termo *transtorno*, em si, quando tomado em sua significação sem os preconceitos dessa ditadura estúpida da normalidade, aponta para uma alteração de ordem capaz de gerar qualquer possibilidade que figure entre todos os resultados possíveis, espécie de circum-navegação cujo ponto de chegada é exatamente o seu início, ou seja, qualquer lugar do planeta de onde os homens partem para a vida, sina de qualquer indivíduo, bastando recordar, para tanto, a triste história de fernão de magalhães, ou a de juan sebastián elcano, daí a necessidade de verificação sistemática de uma conduta que, para um desavisado, seria simples como apertar um botão, e o carro pode muito bem, para tal indivíduo relapso, ficar destrancado, aberto numa rua perigosa, toc, sim, meus amigos exageram, mas toc muito bem ruminado, digo-lhes fingindo que brinco comigo mesmo, e, depois, para garantir que imaginem que não sou o maníaco que eles têm certeza de que sou, repito a brincadeira, variando o tom, pra mostrar alguma consciência sobre as minhas ações, o que pra eles deve ser muito importante, toc muito bem ruminado, repito, supondo que dessa vez possam ter entendido o chiste, então, como dizia, publiquei o meu primeiro livro depois de reescrevê-lo inúmeras vezes, sabendo que, ao contrário do que exigia o meu perfeccionismo, talvez o piorasse a cada nova versão, o que me fez resgatar inúmeras vezes do lixo, ou do limbo, melhor dizendo, originais que alterara em definitivo no computador, não sem antes imprimir ao menos uma cópia do texto abandonado, de modo que hoje conservo em casa setenta e três versões do mesmo livro, algumas idênticas entre si, não fosse a ordem em que apareceram, fato que por si as diferencia aos olhos de um leitor atento, ou, pelo menos, aos olhos do produtor da obra, do autor, aos meus olhos, como até pouco tempo acreditava, não fosse o episódio fantástico ocorrido comigo na noite do lançamento de minha primeira obra, trabalho gestado por mais de vinte anos, escrito sucessivas e incansáveis vezes, **contos que reconto**, título que demorou para sair, tinha outro, antes, retirado de um dos contos que achei por bem suprimir do livro, *ghost-writer* **de mim mesmo**, ora, se o conto não prestava ao livro, tampouco o seu título, concluí, então passei por vários outros até dar neste, **contos que reconto**, afinal também título de uma das quinze histórias do volume, patrocínio da metalúrgica mococa por meio dessa lei de incentivo à cultura do governo federal, mil e cem exemplares, a foto da capa tirada por mim há vários anos, o portão da entrada do jardim da casa de minha avó, mãe maria, um antigo portão de ferro fundido apodrecendo lentamente, negando à fôrma a forma primitiva, esburacando-se aos poucos como o tempo, comida de si mesmo na abertura enferrujada que fabrica, rombo fotografado no modo *macro* da câmera, ficou bonito, parecido com aquelas fotografias de satélite, o buraco no portão como um continente em transformação perpétua, bem, é preciso confessar, quando olhava a capa, tinha a sensação de que a foto se modificava, que a ferrugem comia dois portões, o da casa de minha avó e o da capa do livro, sei que é besteira, rezo pra que seja besteira, mas a sensação ainda é a mesma, ou maior, não sei como dizer isso, bem, um homem deve aprender a rir de si, não é assim que se fala?, estou sozinho em casa há quase um mês, minha mulher viajando, ela mesma refrisando que eu *agora* estava bem, e estava, por isso, na semana retrasada, ganhei coragem e tirei do guarda-roupa um pacote de livros que ganhara da editora, abri-o e, susto, o portão todo comido, esfarelado, um calafrio rasgou devagar as vértebras que supunha cicatrizadas, juro, com aquele arrepio conhecido, travei a respiração, as capas todas se desfazendo, o meu nome desaparecido por completo com um bom pedaço do portão, ou da capa, talvez, meu deus, falei em voz alta, assustado, a cabeça começando a zoar, só quando uns cupins caíram gordos é que me dei conta de que nada de sobrenatural ocorrera, ao contrário, a natureza é que ocorrera naturalmente nas páginas dos livros, uns cupins gordinhos que só vendo, passei o pé neles, pra me acalmar, chacoalhei o pacote, caíram outros tantos, os livros todos perdidos, dez exemplares, os de baixo ainda mais destruídos, filhos da puta, tive de comprar um veneno especial, depois, porque duas tábuas do móvel infectadas, boas na aparência, mas ocas, as unhas passando pelos veios da madeira e descobrindo cascas por onde as bolinhas da essência deles se despejavam, uma trabalheira dos infernos, no fim, peguei um estilete e cortei a cabeça de um deles, ainda vivo, por diversão, um bocadinho de vingança, também, ele continuou a se mexer, gostei daquilo, guardei o corpinho numa gaveta, dentro de uma caixa de relógio, e toda manhã averiguava o estado do cupim decapitado, ele durou vários dias, o danado, bicho resistente, pensei, se bem que de nada valeria aquela mutilada resistência, obstinação de um corpo que se negava a morrer, será que a cabeça continuava viva, também?, talvez se procurando inutilmente em algum canto, reduzida à máxima observação, enquanto o corpinho correndo atrás de si sem sair do lugar, pode ser, pode ser, arrependi-me de não ter guardado também sua cabeça noutra gaveta, dentro de outra caixa, por que não?, talvez isso rendesse um conto, coisa que passou estalando os dedos, pá, e caí em mim, eta troço imbecil, ideia de jerico, pensei, um washington irving tupiniquim?, sai pra lá, zé mané, refazer o que fiz é uma coisa, sei que tem sentido, copiar o que os outros fizeram é estupidez, isso é que é doideira, maluquice, bem, ou esperteza, é, tem muito velhaco por aí carbonando os outros, sendo-se outro, mimeografado em plena era digital, sujeitinho que anda pelas ruas acreditando que o cheiro de álcool que exala é perfume do próprio sovaco, os dedos roxos até os ossos, tem cabimento?, e teimam em zoar do meu toc, cochichar a respeito de minha ciclotimia, pode?, **contos que reconto**, a editora fez uns convites, marcadores de página, comprou sei lá onde uns salgadinhos ruins, empadas de massa desfolhada, pensei comigo, quando as vi em *pas de deux* com umas coxinhas engorduradas, todas de pernas pra cima numa bandeja de papelão fosco, umas quatro ou cinco bandejas, colocadas sobre duas mesas plásticas parecidas com aquelas de beira de piscina, três garrafas de vinho branco barato, umas tantas garrafas pet com refrigerante de dois litros, e só, o coquetel de lançamento, chique, não é?, apenas um ou outro dos poucos que compraram um livro experimentaram os petiscos, graças a deus, lembro-me de que o valter de oliveira, só ele, mesmo, uma figura, apareceu com um copo plástico na mão, babando, o livro na outra, servindo às vezes de apoio para o recipiente molenga que teimava em amassar sob a leve pressão dos dedos, necessária apenas para suportar o peso do líquido no movimento mínimo de um gole, e o coitado se babava em nome da amizade, arrependido de não fugir também daquela bebida que ele supôs erradamente inofensiva, ao contrário da fundamentada avaliação dos salgadinhos, coisa engraçada de se ver, juro, um outro, ainda, também grande amigo meu, daniel puglia, cuspiu disfarçadamente meia empada dentro do copo, com uma tossezinha sem-vergonha, e abandonou os restos mastigados do delito no parapeito de uma janela lateral, enquanto saía folheando o seu exemplar, no que chamei de verdadeira leitura dinâmica, muito provavelmente a única que fez, aliás, alguns amigos vieram me dar os parabéns como se eu fizesse aniversário ou comemorasse qualquer data festiva, aproveitaram a primeira oportunidade e caíram fora sem gastar vinte e cinco reais com um sujeito que eles conheciam muito bem, não esperava nada diferente, confesso, mas fui ficando deprimido, lá fora uma banda tocava uns dobrados no ritmo de uma alegria soprada à força, os músicos se apertando sob a marquise do prédio público vizinho, evidentemente a filarmônica não se apresentava pra mim, eu dizia que era, fazendo troça da falsa homenagem, na verdade a banda recepcionava um sujeito famoso no brasil inteiro, beto carrero world, quem não o conhece?, a câmara dos vereadores, no prédio ao lado, recebia os ilustres moradores da comunidade para a concessão do título de cidadão mocoquense ao nosso walt disney de botinas, cuja mãe, fiquei sabendo naquela noite, nascera em mococa, ou teria sido a avó?, o que fazia do filho, ou neto, naturalmente, o candidato ideal ao cobiçado e merecido galardão, o problema é que alguns dos convidados entravam por engano na noite de autógrafos, lá fora caía um chuvisco persistente, chuva de molhar bobo, o que provavelmente obnubilava o discernimento espacial dos transeuntes, embocando-os na primeira porta que viam, então bastavam alguns passos para que ficassem com aquela cara de quem bocejou e engoliu mosquito-pólvora, faziam um bico amargo, sem graça, e saíam de fininho sem cumprimentar ninguém, putos consigo mesmos pela gafe, pelo fora que deram publicamente, entrando onde não foram chamados, um deles chegou a comprar um livro pra disfarçar, tenho certeza, porque foi o único leitor de contos vestido a rigor naquela noite calorenta, um sujeito muito simpático, diga-se de passagem, com uns comentários bastante pertinentes sobre a necessária inutilidade da literatura, não o conhecia, de modo que a homenagem a beto carrero, pelo menos, serviu para emprestar alguma visibilidade ao lançamento, se não em dose cavalar, como sonham os autores estreantes, em dose pingada e homeopática, conta-gotando na sala um ou outro cavalheiro que escorregou no molhado, feito um cachaceiro, e caiu do cavalo, ao entrar em porta errada e dar com os burros n'água, mesmo levando-se em conta que a maioria, cínica, tenha saído como entrara, pela porta aberta, tal cachorro vira-lata nas missas de todo dia, o que, por fim, me autoriza a dizer que o lançamento foi de certo modo concorrido, e foi, não foi?, vou ficar jururu por isso?, virar a cara pros amigos, fazer uma grita à toa porque os pangarés não compraram o livro que mudaria o trote capenga da história de nossa literatura?, não, não sou besta, sei de cor e salteado que a vaidade é um vaticano sem muros no coração da ingenuidade romana, quem tem boca vai à merda por aqui, isso sim, isso, isso, estão vendo?, sei fazer literatura de primeiro mundo com o fracasso, esfregar as desgraças brasileiras na esperança de me deitar de alma lavada, e pronto, bem, se espicho a descrição daquela noite, que em verdade, em verdade não mereceria mesmo nenhum tom que se elevasse além do cochicho, é porque o caso fantástico que encerrou o lançamento do meu livro de contos, **contos que reconto**, deve ganhar aqui, neste instante em que busco desesperadamente as palavras corretas, a dimensão circunstancial que teve, ou, pelo menos, a extensão contingente que anseio por que tenha, uma vez que, se aceitá-lo como fato, como realidade, como caso que transcenda o pitoresco, cavo o meu próprio túmulo, não a campa do autor, mas a minha mesmo, em pessoa, pessoa de carne e osso, e só depois, bem depois, a cova rasa do escritor, independentemente do sucesso que o livro possa algum dia alcançar, e isso é inadmissível até para um suicida, que assim mataria um desconhecido com um tiro na própria cabeça, conceito definitivo do que seria um erro cabal, ou, pelo menos, má pontaria do caralho, é ou não é?, pois bem, a noite ia chegando ao fim, eventos paralelos e tão distintos, eu, beto carrero, beto carrero, eu, estava acabrunhado com tudo, com o desleixo da editora, com o falso interesse dos amigos, um sentimento amargo de incompreensão, de impotência, mecanismo de defesa contra a brutalidade consciente de que você falhou, e, queira ou não queira, agora precisa de algum modo encontrar desculpas convincentes para a inépcia criativa, para a inaptidão artística, para o desdém do mundo, fazendo dessa realidade dolorida, por exemplo, a matéria ideal para obras futuras, nas quais o produtor se revestirá necessariamente do que naquele instante ele chama, com sobranceria calculada, de sistema, de modo de produção, ou qualquer outro apelido para a filha da putice de uma sociedade que se nega a reconhecer o lampejo da genialidade de um homem que desnudou, ao menos, uma arruela enferrujada desse mecanismo social engripado até o pescoço, até a menina frígida dos olhos, e aceita com altivez a obscuridão safada de sua arte e de seu nome como provas de que acertou em cheio na vileza mais torpe do mundo, por baixo dos panos quentes que encobrem as vergonhas humanas, escancaradas como hemorroidas em flor, isso, isso, venha ver, querido, a almofada-rosquinha nova que comprei pra você produzir melhor, agora você escreve uma obra-prima, olha, não tem mais desculpa, hein, rosquinha inflável, última geração, estampada com joaninhas de um lado e tartaruguinhas do outro, olha que gracinha, meu bem, escolhi a dedo, viu?, isso, isso, seu cretino, você acertou em cheio?, pensa que acertou em cheio na mosca, voando em círculos, varejeira esverdeada que procura a melhor ferida pra desovar o berne gordo de uma vida de bem?, não é assim que se diz?, vida com deus no coração, licores, almoço e jantar, misturas variadas, sobremesas, as visitas colocando reparo em tudo, recostadas no sofá de couro ecológico, a boa educação transbordante, vocês gostaram?, os sequilhos são de uma padaria ótima que descobrimos lá no bairro do descanso, o antonio não fica sem eles, todos apreciando a tv de tela plana enquanto mastigam, tv comprada em vinte vezes sem entrada, você contando os segundos pra que todos caiam fora, isso, isso, você finalmente no banheiro, na frente do espelho, sozinho e pelado com você, enfim, escritor que obrou na hora certa, mas no lugar errado, fora do penico, o microcosmo falido de uma época, retrato a três por quatro dos homens, mas de corpo inteiro, mal cabidos em si no espelho ou nas páginas de um livro injustamente esquecido, de um livro nem sequer lembrado, imprestável até como papel pra limpar o cu em flor, ou a boceta daquela puta filha da puta que você comeu pela primeira vez no motel de uma cidade vizinha, no ano passado, e depois, em casa, pulou miudinho despejando álcool na cabeça do pau, homem prevenido, cidadão de visão, intelectual ao pé da letra, vai saber a qualidade do látex nesse país de bosta, uma vez me contaram de um farmacêutico sacana que furava com agulha bem fina as camisinhas que vendia, lenda?, não, não, história com h maiúsculo pra um sujeito incapaz de enfiar a camisinha sem brochar, isso, isso, o autor como produtor, produtor de merda, produtor da porra, isso sim, porra ou merda, sirvo só pra isso, caralho? caralho e cu?, em todo caso, se não fui à montanha, fabriquei ao menos um monte, mérito que nenhuma câmara de vereadores há de tirar, nenhum deputado, nem o presidente da república, fiz um monte, sou o dono dele, um monte pascoal de excrementos, o achamento de mim?, a minha vera cruz?, não, isso não, chega de hipocrisia, é preciso mentir sem medo, então digamos que atingi apenas um gólgota particular, fui pego para cristo por via mais ou menos dolorosa, nesse caso a vida inteira, os caminhos enfeitados de hemorroidas floridas, o peso dos dias em confuso florilégio, sempre a falsa cruz, carregada à toa por um completo imbecil, motivo de piada dos amigos nas rodas de bar, doido manicado, toc, toc, toc, ninguém vai abrir a porta pra você, maluco, cai fora, cai na real, mas como?, por acaso ando boiando pelos dias, agarrado à rosquinha inflável que jamais se despregará do rabo?, só se for isso, nunca fui capaz de pôr os pés no chão, fernanda já me jogou isso na cara mais de uma vez, condenado a flutuar perpetuamente, todos lá embaixo de olho na minha bunda, estou com as calças rasgadas, sem cuecas, olha lá, mamãe, lá em cima, o vento deu mais forte e aquelas hemorroidas-de-leão saíram voando, sopradas, isso, isso, o mundo tem razão porque nunca a teve, isso, o meu monte tão bem obrado, com alívio, livro, o livro, objeto que evidentemente nunca cheirará bem aos olhos dessa sociedade muito cristã, reunida para conceder o título de cidadão a um sujeito que tem a competência de empinar o cavalo branco sem cair de bunda no chão, parabéns, beto carrero, você mereceu, aquela santa que o pariu nasceu por estas bandas, sem saber que você construiria o sobrenome world para a família, escute os dobrados dessa música, então você mereceu, os políticos estão de parabéns, antenados em fio terra partidário às necessidades prementes da população, isso, em fio terra, agora é torcer pra que eles, os homens públicos, não obrem acidentalmente no colo da farra, na hora h, h maiúsculo, também, borrando deus e o mundo de merda e porra, não sei, talvez tenham aprendido a gostar desse tipo de perversão, praticada enquanto riem uns para os outros, enquanto riem de nós, cidadãos, e é isso mesmo, um com o dedo no cu sujo do outro, todos piscando de prazer na orgia da coisa pública, esporrando éticas no rego de quem estiver de bobeira na frente, semelhando aquela fila indiana de elefantes dos desenhos animados, decerto o beto carrero passa um filminho desse tipo em seu mágico world, em 3d, mas não precisa pagar um pacote turístico para assistir à decadência do gênero humano, não, uma vez, na câmara dos vereadores, época em que ainda acreditava em política e frequentava as sessões semanalmente, quem já não foi tonto na vida?, peguei um deles piscando sorrateiramente só um olho para o outro, não entendi, eram de partidos opostos, piscadela de leve, sacana, feito a de uma puta das mais ordinárias, as putas me perdoem, que elas, pobrezinhas, nunca chegaram a tanto, porque ele não vale um pentelho com chato da prostituta mais vagabunda da história, ele olhou gaiatamente e piscou para o outro também mui digníssimo edil, antes de tomar a palavra e propor uma negociata que faria o município perder os tubos de dinheiro, um roubo, tudo como se a cidade fosse lucrar, na hora cheguei a rir dele, olha só, o banana se imagina espertalhão, proposta estapafúrdia, será o benedito?, ele era dentista, se é que foi isso alguma vez, titulado na beira de uma estrada qualquer, mais ignorante em sua ciência do que tiradentes, se tivesse escapado à forca, viajado no tempo e montado um consultório em mococa, no começo do século xxi, aliás, um motorista conhecido meu, que viajou com ele para a capital, disse que o saca-molas tem o hábito de latir para os cachorros que passam, entabulando com eles uma interessante troca de rosnados, o que a princípio poderia parecer estranho, mas não, segundo o depoimento de quem observou a naturalidade de tais diálogos, ora, ora, não é preciso formação linguística para perceber que os dois, cão e dentista, conversavam por meio daquilo que os gramáticos chamam de língua materna, o que se ajusta muito bem à realidade monoglota do charlatão, principalmente se se conhecer de cabo a rabo sua perraria genealógica, sujeitinho infeliz, sua última ação merecedora de nota, por exemplo, foi escapar da cadeia por ter sido pego apostando numa rinha de galos num sítio afastado da cidade, tem cabimento?, ideias dignas não seriam arrancadas de sua cabeçorra nem com um boticão, por um lado, nem a fórceps, pelo outro, então passei a compreender aquela piscadela porque o vereador assediado, o outro, mesmo que de partido contrário, não ia por descaminho diferente na vida, estava falido, sem profissão, sem emprego, incapaz de tocar a herança que recebera, já quase toda consumida, coitado, morando de favor nos fundos da casa da sogra, com problemas na justiça, por conta da gerência duvidosa de uma firma de renome na cidade, fichado no spc, na serasa, caralho, pensei na hora, o animal piscando um olhinho só, dando uma de camões caipira, o trinca-caixas-fortes do município, que bonito, piscando para o outro, piscando o zoinho em riba dele, dois animais comprovando em gestos sutis a canalhice da humanidade, reiterando na cara de pau carunchado o grosso das teorias darwinianas, ai, ai, ai, aiai, o chefe do partido do vereador quebrado, falido e sem-vergonha vai se aborrecer, pensei, porque na época este terceiro imbecil defendia, como líder da bancada religiosa, bíblia debaixo das patas, o ensino exclusivo da baboseira criacionista nas escolas públicas, é brincadeira?, o evangelista do capeta tentou, ainda, aprovar uma lei que proibisse as festas juninas nas escolas municipais, alegando a laicidade do estado brasileiro, bem, católicos e festeiros, sem distinção de credo, na ocasião, perceberam na manobra falsamente iluminista os dedos de uma reforma que erigia não uma nova exegese, mas a empresa de quem já aliciava os percentuais dizimistas da corrupção moral e política, burlando acintosamente as licitações da prefeitura, bem, por mim, não sei se a voz do povo é a voz de deus, mesmo, ou imitação fanhosa do tinhoso, mas o sarcasmo popular ecoou quase de imediato, pilheriando que o fariseu concussionário queria, em verdade, em verdade, proibir as outras quadrilhas de concorrerem com a dele própria, o que teria alguma base teológica, pelo menos, nos mandamentos do código penal, por isso causou espécie na cidade o fato de uma conhecida professora apoiar o criacionista safado nessa empreitada, incorporando como ninguém a campanha contra os santos festeiros, enquanto afirmava aos quatro cantos, e ao redor deles, com a desenvoltura da estultice, que sempre fora contra tais festejos escolares, dos quais nunca participara, fato que as fotografias das festas de vários anos desmentiam, ironicamente, com a clareza homônima na chita de seus vestidos caipiras e nas sardas espalhadas pela catadura com o lápis de olho, *não, eu nunca fui a uma festa junina, não participei, não era eu*, hipocrisia que a fez receber a justíssima alcunha de chica jumentina, nome e sobrenome ajustados de corpo e alma, não diria como uma luva, visto ninguém ainda ter tido a genial ideia de confeccionar tal peça sem o espaço reservado ao polegar opositor, aliás, sem o espaço para nenhuma falange, posto que dessa maneira os cascos bem mais à vontade, isso sem contar que muitos de seus alunos e ex-alunos, inconformados com aquela cara de pau de sebo dela, espalharam que, certamente, a babaquara nunca entendera nada dos livros de que se gabava ter lido, nada, a não ser, talvez, alguns passos do *antigo e verdadeiro livro gigante de são cipriano*, movimentos com os quais imaginava incorporar-se à quadrilha nada cristã daquele pastor do pé-cascudo, seu novo guia espiritual, bem, foi isso, é claro que a cidade toda descobriu rapidamente os motivos de seu fervor jacobino-calvinista, coisa óbvia, o grande líder religioso das profundas prometera-lhe um empreguinho de trinta horas semanais na câmara dos vereadores, o que aguçou novamente a língua afiada de deus e todo mundo, até a do diabo, que viu naquele número de horas trabalhadas uma saborosa coincidência com os trinta dinheiros do judas, lamentando apenas que a vendilhona não terminasse a farsa como o iscariotes, pendurada numa árvore, enfim, coisas que o povo diz, é isso ainda hoje, fui um tanto ingênuo na época e ri daquele teatrinho grotesco, bem, agi mal, a cidade inteira perdia naquele joguinho que os três ou quatro encenavam, três ou quatro que, no fundo, eram um só, agi mal, por que não pus a boca na trombeta?, não dei a bola devida, hoje me arrependo, derrotado, cheguei a pensar que eles pudessem apenas ter um caso, talvez, surubados até o pescoço em alguma orgia satânica, e antes fosse, antes fosse, meu deus, estavam é pondo na bunda da cidade inteira, se é que isso é possível, fazendo política, a política, a verdadeira política, enfiando os dedos no fiofó um do outro com muito cuidado, porque o rabo deles é sensível, diferentemente de suas reluzentes testas de ferro que tudo rebrilham, menos o suor do próprio rosto, tudo para que, depois, bem sentadinhos e engatados, metessem com vontade as mãos e os braços na coisa pública, transmudada em coisa bem privada num passe de mágica, ou melhor, num culto de mágica muito cristão, porque os dois primeiros, o dentista fajuto e o safado falido, sócios daquela terceira besta hipócrita e criacionista na empresa roubada ao erário e rebatizada com o nome de *companhia dos exemplos de jesus*, estampando pela cidade inteira um acrônimo que era a confissão das falcatruas esfomeadas daquela súcia, *comej*, ao mesmo tempo que cagavam e gozavam os três, desse modo, catracados como aqueles elefantinhos indianos, na cara de quem tem vergonha nela, na cara de quem não entende dos benefícios da privatização, por isso aquela piscadela dissoluta, durante a sessão da câmara, fodam-se, serão reeleitos?, fodam-me, que posso fazer?, a minha arma estourou a culatra quando imaginei que aquela mosca verde estivesse na alça de mira das minhas palavras, ou, pior, a minha arma negou fogo, apertei o gatilho de novo, nada, nem fumaça, só aquele livrinho ali, sem capa, carcomido pelos cupins, livrinho que ninguém vai ler, natimorto, aquela puta do bairro do descanso se chama palmira, palmira de quê?, uma vez ela me falou o seu sobrenome, uma vez só, disse que nunca contara isso pra ninguém, palmira de quê?, odeio esquecer qualquer coisa, agora sou obrigado a ir imediatamente à zona, preciso porque preciso encontrá-la no puteiro, vê-la com a desculpa de dar umazinha, saudade, porque o esquecimento fica zumbindo incompreensivelmente em meus ouvidos o nome de família da putinha bonita, e eu não aguento isso, o medo de que ela não esteja mais lá, o pavor, não posso esperar o dia amanhecer, não posso esperar a semana que vem, não posso esperar que a lata de sequilhos se esvazie, antonio, antonio, você vai acabar engordando, mais de meia lata, você está louco?, e o mendigo bem acostumado, qualquer dia desses, me tirando dos bons lençóis, a senhora teria mais daqueles sequilhos que o seu marido costuma me dar?, meu deus, meu deus, o que estou fazendo?, o que estou falando?, olha, juro que estou arrependido por dizer essas besteiras todas, de enfiada, agora é que me dei conta de que escorreguei na curva e perdi o caso fantástico que ia mal e mal contando, na verdade nem comecei a contá-lo, ou comecei?, não sei que diabo, não estou bêbado, não há lua nenhuma no céu, há tempos não ousava escrever a palavra lua, no entanto não consigo dizer diretamente o que preciso dizer diretamente, e, quando releio o que escrevi, na certeza de que o trabalho principal do escritor é cortar, amputar, desmembrar, não consigo tirar uma vírgula, no mais das vezes aumentando o sofrimento com mais e mais palavras, então, desesperado com isso, retomo uma versão anterior, sem os últimos acréscimos, na esperança de que tenha dito lá atrás tudo como queria, mesmo que o fato não estivesse ainda redigido, como agora, e isso é um deus nos acuda de desvios, obrigando-me novamente a retomar a versão que abandonara com os acréscimos inúteis, de novo, de novo, atrapalhando o rumo do enredo, que não se basta, chego a dar ordens a mim mesmo, vai, antonio, coloque tal frase, retire aquela expressão, a minha voz crescendo em meus ouvidos até gritar chega, chega, quem manda em mim sou eu, sou eu quem manda em mim, mas ultimamente não venho conseguindo parar, chefe sem poder, despedido, não falo mais comigo, o que parece loucura, mas não é, sei me escutar sem essas frescuras, o toc, só isso, o toc, eu consigo me controlar, o toc, por isso minha arte não vai para a frente?, um dia a literatura vai ter um gps que oriente o artista de tal modo que, talvez, na tela apareça escrito, para os tipos como eu, em tamanho 16, *times new roman*, **desista da literatura, cretino, não é por aí**, então quem sabe não fosse melhor abandonar as letras e pagar o carnê de uma excursão qualquer, em boa companhia, ônibus leito, a esposa, para o beto carrero world?, falta peito pra levar a palmira, um romance qualquer na mala, *best-seller* bem ordinário, sabe, leitor, você não é meu amigo, sejamos francos, não quero ser seu amigo, nunca verei a sua cara mais gorda, de berne bem alimentado com sequilhos da lata de alumínio, ou de cupim empanturrado de celulose, mas olha, por favor, não abandone a leitura justamente agora, prometo que a partir daqui me concentro naquele fato fantástico, juro, não consigo ficar sozinho, nunca consegui, palmira estava comprando dois pãezinhos franceses, olhou pra mim como nenhuma criatura antes olhara, aceita um sequilho?, abri o saco plástico, ela enfiou a mão e saiu com uma rosquinha enfiada no dedo anular, anel de noivado, falei, ela riu sem vontade, enfiou o dedo na boca e engoliu o sequilho inteiro, obrigada, uns farelinhos escaparam dos lábios e pousaram no meu peito, no vão da camisa, ela percebeu e, antes que eu pudesse espanejar o coração, soprou nele, me desculpe, é muito seco, fiquei arrepiado na hora, ela vai perceber, posso pegar mais um?, claro, quantos quiser, enfiou novamente a mão no saquinho, minha mulher esperando no carro, passei a amar aos poucos aqueles sequilhos, fernanda, vou até a padaria comprar mais daqueles sequilhos de nata, viciei, quer que eu vá com você?, não, não, fica, passa um café fresco, se demorar um pouquinho é porque fui fazer um joguinho na megassena, está acumulada, somente depois de duas semanas me encontrei de novo com palmira, dois pãezinhos, por favor, ela não me viu, não me reconheceu, fui chegando, mulher tem memória fraca, fraca, quer um sequilho de novo?, perguntei, ela se assustou, fez a cara de quem não sabe o que está acontecendo, fiquei sem graça, então ela se lembrou, mas sem cuspir farelos, né?, e riu manso, manso, comeu mais do que na última vez, eu vou até a esquina fazer uma fezinha, vem comigo?, você vai comendo mais uns sequilhos, quem sabe dá sorte e ganho na megassena, dou dez por cento do prêmio pra você, melhor ainda, vinte por cento, mas sua mulher vai deixar?, ela perguntou, lembrei-me da aliança, vai, vai, dou a metade dela e caio fora, sabe, a gente não anda muito bem, menti, e, depois, não sabia o que dizer diante da desculpa mais imbecil do mundo, própria de quem é pego mentindo e desmente a mentira bestamente, confirmando então as duas falsidades, encontrei palmira mais duas vezes na padaria, ofereci carona, ela pediu pra deixá-la numa esquina x, imaginei que também tivesse o seu homem, que morasse longe dali, no lado oposto da cidade, e estivesse comigo numa aventura perigosa, beijei-a, um beijo só, no dia seguinte levei-a ao motel de uma cidade vizinha, são sebastião do paraíso, virei um moleque de alegria e febre, adolesci, bem que dizem que o sujeito envelhece e vai ficando bobo, também, no começo tive de me esforçar, mas trepei como nunca tinha trepado, imaginando erradamente que o mérito da foda era meu, macho o suficiente, ainda, pra conquistar uma menina tão bonita, na volta, então, sem mais nem menos, ela me contou que era puta, não acreditei, ri da piada, não é piada, não, sou puta, mesmo, trabalho lá no covil das panteras, no descanso, cheguei faz pouco tempo aqui na cidade, a tia márcia helena é muito boa com as meninas, aparece lá, fui com a sua cara, às vezes gosto de conversar, mas vou avisando que lá sou obrigada a receber, pelo menos a comissão da márcia, entende?, não caí de costas porque o banco do carro tinha encosto e eu estava com o cinto de segurança, só por isso, quase enfiei a mão na cara dela, biscate filha da puta, não disse, mas sei que ela soube que eu pensei, biscate filha da puta, ela ouviu o que eu pensei sílaba por sílaba, porque não abriu mais a boca, até chegarmos, onde eu fui me meter, a fernanda uma santa, nunca mais nem passo pelo descanso, nunca mais, três dias depois estava na padaria, comprando sequilhos de novo, ficar apaixonado por uma puta, só eu, mesmo, me ferrei legal, então fui até o covil das panteras, disse pra fernanda que ia ao clube, jogar um futebolzinho, você nunca foi disso, homem, vai lá arrebentar o joelho, não está acostumado, não seja besta, fernanda, você mesma fica dizendo que eu estou gordo, que eu não devia comer tanto sequilho, então?, a dona da casa me recebeu, tia márcia helena, empresária que veio de uma cidade vizinha, são josé do rio pardo, onde começara como puta, adquirindo da maneira antiquada, mas ainda usual, o conhecimento de cabo a rabo para abrir o rentável negócio da putaria em mococa, prazer, prazer, alguém em especial?, a palmira?, bom gosto, a menina anda fazendo um sucesso danado, o senhor espera um pouquinho?, carlão, traz o menu aqui, anda, este senhor vai beber alguma coisa, a primeira vez, não é?, senhor?, antonio, bonito nome, então, então, por conta da casa, só hoje, viu?, e somente a bebida, saiu rindo, comi a filha da puta da palmira com nojo, depois encharquei de novo o pinto com álcool, em casa, no banheiro, um ardume desgraçado, mas nunca deixei de pensar nela, assim me tornei cliente do covil das panteras, tia márcia helena muito discreta, filha da puta, apaixonado por uma puta, não me faltava mais nada, o antonio levi ama uma puta chamada palmira, diga-se a propósito que ela não poderia ir ao lançamento porque tinha de trabalhar, cidade muito pobre, as indústrias caindo fora, as ruas esburacadas, tinha de trabalhar, então pensei, só eu mesmo pra chamar uma puta sem sobrenome pro lançamento fajuto de um livrinho de merda, bem, olha aqui eu de novo remendando besteiras no texto, desculpe, leitor, não fuja, agora termino a história fantástica que prometi a todos, inclusive a mim mesmo, não pense que farei como aqueles autores pretensiosos que anunciam um fato importantíssimo durante um romance inteiro e acabam não dizendo nada, no fim, odeio esse tipo de clichê, gosto de alguns outros, confesso, mas esse é de lascar, não me abandone, leitor, é triste não ter companhia, já disse isso?, morrer sozinho, uma vez comprei num sebo um livro ainda virgem, as páginas *himenadas*, **der mann ohne eigenschaften**, de robert musil, ele nasceu em novembro, mês do meu aniversário, uma edição da década de 40, se não me engano, rara, abri-as com uma faca de cozinha, uma coisa muito triste, livro nunca lido, com as páginas emendadas, existência não cumprida?, espera, espera, leitor, sei que você vai dizer que eu ia pra outro lugar, de novo, mas agora eu estava brincando, juro, o que importa é o caso fantástico do fim de noite, fujo do episódio porque preciso não acreditar nele, mas meus livros comidos no guarda-roupa, meu nome, bem, você vai me entender, desde então não consigo dormir, minha esposa volta hoje, hoje, e eu, eu, olha, você tem razão, serei breve, prometo, bem, a noite de lançamento ia acabando, graças a deus, o pessoal do beto carrero já tinha ido embora, quase todos os salgadinhos no mesmo lugar, a não ser por uma ou outra falha, um vão, fabricado pela gula de um leitor desavisado, abrindo espaço para as coxinhas de sorte se refestelarem tombadas, de coxas arreganhadas, engraçado, olhava pra elas e via a palmira, virava o rosto, fernanda na porta, conversando com a secretária de cultura do município, que cumpria a obrigação, depois do beto carrero world, de dar uma passada no lançamento do livro, e agora não conseguia se livrar da minha mulher, bem feito, eu sei o que é isso, estava muito puto com aquilo tudo, que se fodam, pensei, as empadas se desfazendo, esfareladas, de novo palmira na cabeça, a massa podre, disse comigo, depois repeti diferente, em voz baixa, prova de uma sanidade incompreendida, a massa podre, a massa podre, a massa podre, cada uma das pronúncias mastigadas se apodrecendo diferente no céu aberto da boca, desiguais em todas as bandejas da vida, feitas de um papelão vagabundo, reciclado, que papelão, falei em voz mais alta, então fui educadamente interrompido, gostaria que o senhor me desse um autógrafo, não sabia onde enfiar a cara, claro, sente-se, você me desculpe, não percebi que alguém mais teve coragem de comprar o meu livro, disse, disfarçando o mal-estar com um gracejo infantil, comprei e já li um dos contos, ele falou, o que achou? bem, é preciso lê-lo novamente, mais de uma vez, em todo caso, e silenciou, fiquei esperando, em todo caso o quê?, qual seria a sua opinião sobre o conto?, aproveitei o silêncio que fez e escaneei a sua aparência, o sujeito parecia que entrara em transe, serpeando o mundo da lua, mudo, as órbitas esbugalhadas e fixas no chão, vestia uma calça jeans com um rombo no joelho esquerdo, moda ou miséria?, uma camisa preta meio desbotada, a caminho do cinza, acho que miséria, sapatos com solado grosso de borracha, nunca o vira na cidade, algum professor de literatura de uma cidade vizinha qualquer, com meia dúzia de aulas na sexta-feira, ali na escola barão de monte santo?, de repente, filha da puta, filha da puta, filha da puta, eu amo essa mulher, boceta, cu, boceta, pau, saco, filha da puta, e ainda soltou uns sons esquisitos, assoviados, chacoalhava a cabeça enquanto dizia outras palavras que não pude entender, apesar de repeti-las mais de uma vez, ou seriam palavras diferentes?, levei um baita susto, me afastei da mesinha que servira até então de apoio para os autógrafos e, naquele momento, fazia a vez de anteparo, de defesa ante a iminência do ataque de um maluco desconhecido, fui me levantando pra correr, o cara poderia estar armado, sei lá, a ideia de que pudesse ser um amante enciumado de palmira passou pela cabeça, olhei ao redor, procurando algum socorro, ninguém, apenas duas pilhas gêmeas de livros tristemente edificadas, sem a mocinha que recebia os compradores e anotava num papelzinho os seus nomes, pra evitar constrangimentos, a desgraçada abandonara o posto, imaginando, com razão, que ninguém roubaria a obra, onde a desgraçada se meteu?, olhei pro terrorista e não vi em seus olhos, deus seja louvado, nenhum sinal de fanatismo sexual, a filha da puta da palmira é muito profissional, profissional demais, minha mulher lá fora, sob um toldo que enfeava a fachada até que bonita do prédio, ainda na maior conversa com a secretária de cultura que, provavelmente, apesar da chuva, foi conversando e saindo, numa tentativa de escapar aos poucos daquele programa de índio, ou de caubói, não sei, tudo isso passado num relance, de uma vez, ele é que impediu a minha fuga, aterrissando a mão na mesa em minha direção, dei-me conta de que estava em pé, por favor, não se assuste, tenho síndrome de tourette, por favor, posso explicar, ele implorou, claro que eu sabia o que era a síndrome de tourette, devia sentar-me novamente?, eu sei o que é, me desculpe se quase saí correndo, é a primeira vez que vejo alguém assim, não consegui identificar o problema, é um problema, não é?, por favor, peço desculpas, também, sentei-me tremendo um pouco, ele percebeu o meu desconforto, a cabeça começando a zoar com mais força, e continuou, o meu distúrbio é acompanhado do que se conhece como coprolalia, como o senhor pôde perceber, falo uns palavrões, umas besteiras, tudo incontrolável, como os tiques, graças a deus que o senhor sabe, claro, escritor, homem culto, olha, vou fazer de novo daqui a pouco, não sei o momento, não se assuste, quando conheço alguém a primeira coisa que faço é explicar, hoje não deu tempo, já apanhei por causa disso, acredita?, uma vez, no ponto de ônibus, dois casais, cheguei, soltei o verbo, eles ficaram emputecidos, repete, se for homem, ia explicar, não deu tempo novamente, repeti, até as moças me deram uns pontapés, acredita?, duas costelas quebradas, entendo, entendo, disse, procurei desviar-me do assunto, falar do tempo?, voltei ao livro que, pela primeira vez, vinha socorrer o pai, o autor, então, qual o conto de que você gostou?, li apenas o terceiro, mais curto, ali no canto, enquanto você... terminava, disse com uma pequena pausa antes do verbo final, o maluco me viu falando sozinho, filho da puta, deve ter se identificado comigo, também essa mania, com o toc tudo bem, mas assim já é demais, isso é que dá, então dei uma de bobo, terminar o quê?, ele ia responder, acho, porque começou a frase com o artigo definido no tom certo, o, filho da puta, veado, desgraçado, cu, come-bosta, e mais os assovios e as palavras ininteligíveis, o menear esquisito da cabeça, a mola do pescoço estourando, dessa vez fiquei impassível, fiz força, mas fiquei, como se ele tivesse acabado de declamar um poema da florbela espanca, será que o desgraçado lê pensamento?, pensei, arrependido de ter pensado, ele continuou, então, como se não tivesse falado nada, ou entendido que eu entendera, o que dá quase no mesmo, ou não dá?, pensamento que o senhor ia construindo em voz alta, às vezes também penso em voz alta, percebi na hora que o senhor faz isso e, para deixá-lo à vontade consigo mesmo, comecei a ler o terceiro conto, o mais curto do livro, *funcionário do mês*, disse que ficou impressionado, e abriu o seu exemplar na página 33, caramba, pensei, não falei tanto tempo assim, ou falei?, ele começou a ler em voz alta, funcionário do mês, a lanchonete fervendo gente que nem batata palito, estava de saco cheio daquilo tudo, o gerente pegando no pé, sai o número 2, zé, ligeiro, zé, olha os pedidos, olha os pedidos, eu correndo pra lá, pra cá, feito um balconista tonto, porque barata, ali, só à noite, e olhe lá, pois tudo muito bem dedetizado, os clientes tão higiênicos comendo veneno de barata sem saber, nossa, como a rede *du sanduba's* é limpinha, dá gosto, gosto de veneno de matar barata, isso é que é, saindo dois números 3, cinco *du-max-triplos*, leva a salada, leva, anda com a chapa, zé, nesse instante eu o interrompi, só me faltava, pra encerrar a noite, um cara estranho lendo em voz alta, pra mim, um conto que reescrevi dezenas de vezes, busquei alguma polidez, claro, você lê bem, então é isso, qual o nome na dedicatória?, filho da puta, lambe-rabo, chupa-saco, cu, cu, cu, cu, cu, ele parecia um passarinho, engastalhado naquele cu que não parava de sair de sua boca, cu, cu, cu, cu, calma, amigo, calma, pode ler mais um pouco, sabe-se lá se não ficou ofendido com a interrupção, calma, cu, cu, cu, e abanava a cabeça na frente do livro aberto, cu, cu, parecia um relógio cuco quebrado, marcando as horas pela bunda desde o começo da humanidade, cu, não consegui segurar e soltei uma risada, então ele parou, ainda bem, levantou o rosto pra mim e disse, eu não parei de ler, esses cus estão aqui no livro, o senhor é que os escreveu, ri dele, boa, essa, mas o meu livro tem uns cinco ou seis cus, no máximo, não fique bravo com a minha risada, com o meu sorriso, não foi pra você, foi, foi pra minha mulher, que está lá fora, me esperando, e olhei pela porta, ninguém, nem mulher nem secretária de cultura, onde é que a fernanda se metera, também?, santo deus, estava sozinho com ele, a chuva engrossara, as lambadas da água chiando nos paralelepípedos da rua, fervendo, onde foi o povo?, a cabeça quente, os ouvidos zumbindo, ou seria a chuva?, ele se apressou em responder, sem que eu perguntasse, acho que foram beber ali na esquina, até a mocinha da editora, paguei o livro antes, ela disse que voltava logo, que eu fosse autografar o livro e, se quisesse, fosse beber uns tragos, também, ali na esquina, depois, então só ficamos nós dois, porque o guarda do prédio, o porteiro, não sei bem o que ele faz aqui, disse que recebeu um telefonema, precisava dar um pulinho em casa e voltava depois, pra fechar as portas, bom, acho que falei uns palavrões, antes, dei umas entortadas, fisguei o ar com o queixo umas seis vezes, ele viu que ficou sozinho conosco, o senhor resmungando qualquer coisa de cabeça baixa, falando sozinho, bom, acho que ele ficou com um pouco de medo, não é a primeira vez, dois contra um, não ficou mais ninguém aqui, quer dizer, ficamos eu e o senhor, então esperei que terminasse a conversa com os seus botões, a chuva apertou, comecei a ler o conto, depois o senhor já sabe o que aconteceu, não é?, espera um pouco, atalhei, deixe-me ver o livro, peguei-o interessado no marcador de páginas com a papeletinha na qual a funcionária da editora anotava o nome do comprador, em branco, droga, droga, ele percebeu, tomou de volta o volume, escondendo alguma contrariedade no movimento quase brusco, eu não quis dizer o meu nome pra ela, que insistiu, sublinhei que não era preciso, não foi culpa da moça, porra, pensei, o desgraçado deve ler mesmo uns pedaços de pensamento, não tem problema, qual o seu nome?, morfético, lazarento, filho da puta, enfia no toba, até as bolas, boceta cabeluda, ai, meu deus, de novo, dessa vez ficou apitando e chiando, radiador prestes a explodir, uma chaleira de obscenidades, rimando com o barulho fervido da chuva, mais umas sacudidelas de cabeça, entortadas pra lá, pra cá, virei o rosto, pra que ele se acalmasse, se é que não olhar pra ele pudesse valer alguma coisa, merda, ninguém entraria no prédio com uma chuva daquelas, ele parou de repente, virei devagar em sua direção, estava com o meu livro aberto, recomeçou a leitura, corre, menino, deixa o seu eduardo chegar de surpresa por aqui e ver você nessa moleza, pra quem você acha que vai sobrar, hein?, esse seu eduardo era o fundador da rede *du sanduba's*, imitação descarada das redes americanas, um gordo de pele oleosa que fazia muito bem de não mostrar a cara, já que só de olhar pro seu rosto de broa ensebada qualquer um perderia o apetite, ele aparecia mesmo de repente, cumprimentava os funcionários e fazia um *du-gigante* em poucos segundos, exigindo que os chapeiros atentassem para a sua habilidade, depois, engolia de pé aquele monstro, em poucas bocadas, dizendo que chegou aonde chegou porque nunca fazia as refeições sentado, hábito que mantinha mesmo agora, com a bunda gorda sentada na grana, que não ia perder tempo, ali o exemplo de um homem de sucesso, essas coisas de patrão, conversinha pra boi dormir, e, no caso, o boi era ele, que decerto ia pra casa e ferrava no sono despencado no sofá, ruminando os lucros, enquanto os pobres aqui correndo pra lá, pra cá, pastando dentro dessa cozinha apertada, de vez em quando vêm uns caras de terno, contratados por ele pra dizer em outras palavras o que o gordo filho da puta dizia pessoalmente, que somos parceiros da firma, que não existe mais esse negócio de patrão, que todos somos donos, e blá-blá-blá e blá-blá-blá, pensando que caímos nessa só porque se formaram na fea, usp, e no caralho a quatro, e o zé aqui se fodendo, interrompi a leitura novamente, por favor, disse, deixe-me autografar logo o seu exemplar, já vi que lê muito bem, boa entonação, está na hora de ir embora, o meu carro está aqui pertinho, sabe, antonio, ele me chamou pelo nome pela primeira vez, senti um calafrio que, não fosse o vento encanado que começou a vir lá de fora, quando a chuva apertou, poderia chamar de medo, o medo, sabe, antônio, não sei se ele repetiu ou eu é que ouvi dobrado, se fosse eu não escreveria o conto dessa maneira, não sei, permita-me que seja sincero, pode ser?, claro, claro, pois bem, não escreveria, como posso dizer?, dessa maneira, tudo muito bem pontuado, mas tudo muito resumido, a ideia é tão boa, não sei, acho que o senhor desperdiçou o que poderia render um romance, não sei se me entende, ai, meu deus, pior do que um sujeito ler às onze e tanto da noite o que escrevi, e ler mal, porque parece que ele inventava uns trechos, coisa provavelmente da loucura dele, tourette literária?, pior que isso tudo era ser corrigido por um doido, ora, mesmo que fosse guimarães rosa reencarnado, vá se foder, cada um com a sua arte, quem ele pensava que era pra sugerir modificações?, dei corda demais pra um enforcado?, foi o tempo de pensar isso pro sujeito abaixar a cabeça e recomeçar a leitura, entupindo na garganta a minha resposta, zé isso, zé aquilo, zé, zé, será que esse gerente não consegue falar outro nome?, ele não vai com a minha cara, ele sabe que eu sei como a lanchonete funciona, pra se ter uma ideia, somos proibidos de ficar parados, qualquer funcionário, não tem cliente?, inventa algo pra fazer, sentar nem pensar, pega um pano com veja multiuso e vai esfregar o canto do balcão, mas não pode esfregar muito, porque isso começa a caracterizar que você não está fazendo nada de um modo mais sofisticado, esfrega um pouco e vai lavar o pano, depois vai guardá-lo, tudo isso prestando atenção ao balcão, um freguês pode aparecer a qualquer momento, pois não, senhor, eu não, claro, que sou chapeiro, um dia fiquei andando em círculos pela cozinha, ele tinha acabado de meter o fumo em mim, o gerente, porque eu esquecera de colocar maionese no hambúrguer dele, e continuou, alterando a voz, dizendo que eu andava muito lerdo, que seria obrigado a colocar a ocorrência no relatório, não o fato de ter esquecido a maionese em seu sanduíche, claro, mas a minha lentidão, puxa-saco, filho de uma jumenta, os meus amigos contaram que me viram tremer de ódio, porque na hora a vista escureceu, então saí andando rapidamente, não tinha ninguém na lanchonete, véspera de feriado, ninguém, fiquei rodeando o balcão interno de pedidos, na volta seguinte variava, fazendo um oito que passava pela bancada das batatas fritas, rodando, os olhos arregalados de raiva, rodopiando sem me importar com mais ninguém, o gerente boiola não abriu o bico, com medo, talvez porque eu tivesse feito os volteios com a faca maior na mão, o facão, na verdade muito pouco usado na lanchonete, confesso que tive mesmo vontade de dar uma outra serventia a ele diretamente no bucho daquele gerente filho de uma égua, ver as tripas do desgraçado saltando do umbigo rasgado, aquela barrigada quente no piso frio fazendo fumaça com a fumaça dos hambúrgueres estalando na chapa, bem, não tinha nenhum hambúrguer na chapa, mas poderia ter, e eu então ia cheirar com gosto aquela mistura diferente, olhar o rosto dele estrebuchando no chão e dizer com gosto, com a boca salivando cuspe de gosto, agora se levanta e faz um sanduíche com essas tripas aí, passa bastante maionese, pra disfarçar o gosto de merda, seu filho da puta, o puxa-saco do carlinhos ali no balcão, esfregando e lustrando ao mesmo tempo, um pano seco na mão direita, um encharcado em álcool na esquerda, não parou nem quando passei a lâmina rabiscando o seu pescocinho de carlinhos, nove vezes o funcionário do mês, eu precisando de um extra, apertado, e nada, nada, fizesse o que fizesse, ô, aquele filho de uma jumenta capenga, ô, vontade de estripar o safado, poxa, logo que fui admitido na firma caprichei como ninguém, se um camelo fosse funcionário, naquele mês, seria despedido por preguiça, tanto que eu teria trabalhado a mais do que ele, muito mais do que o carlinhos, bando de filhos da puta, até quem enxergasse só com o olho vesgo do cu veria que deixei o carlinhos longe, puta sacanagem, no dia em que fui trabalhar com a certeza de que a minha foto estaria na parede da lanchonete, esse era o costume, o gerente, ao sair por último no último dia do mês, sem que ninguém visse, pendurava a cara sorridente do sortudo que levaria uns trocados a mais no pagamento seguinte, a cara do felizardo num dos lugares mais visíveis, o extra tão precisado no bolso, quase pulei o balcão de ansiedade, pela manhã, olhei, aquela decepção, a foto lambida do carlinhos na parede, a mesma do mês anterior, corri pro gerente, seu honório, o senhor se esqueceu do funcionário do mês, não trocou a foto, olha lá, ele resmungou alguma coisa que não entendi e disse que não se esquecera, não, que o carlinhos ganhara de novo, pela quarta vez seguida, não acreditei, depois de tudo o que fiz, filho da puta, desgraçado, lazarento, cu arreganhado, boceta desbeiçada, e parou de ler, ficando mudo como da primeira vez, numa espécie de êxtase, puxei o assunto para a sua doença, talvez a melhor maneira de cair fora, poxa, sua síndrome de tourette é acentuada, hein?, ele levantou o rosto do livro e disse que os palavrões que acabara de proferir estavam escritos na história, parara de ler pensando justamente que a personagem, ou, talvez, o autor, nesse caso eu mesmo, tivéssemos uma forma abrandada desse distúrbio, o que neguei imediatamente, cansado daquela lengalenga, ele ficou espantado com a minha resposta, levantou-se e mostrou o livro, peguei-o, já ia fingir que concordava, afinal o sujeito bem que poderia ser violento, vai saber, em vez de chacoalhar a cabeça, dá um bote e gruda no meu pescoço, e aí?, fora de si, esses caras têm a força de dois homens, mas, quando dei com os palavrões de fato impressos na página, levei um susto, o zé não xingava desse jeito, mas estava tudo ali, escritinho, tomei o livro de suas mãos, olhei a capa, meu livro, **contos que reconto**, o que dizer?, será que a editora se enganou em alguns exemplares?, fiz pessoalmente a revisão de tudo, cacete, será que algum revisor metido a escritor fez essa piada medieval de mau gosto com a minha obra?, fiquei tão puto que me esqueci daquele maluco como se ele tivesse desaparecido no ar, li mais um trecho da história, modificada, o troço virou um frankenstein, disse em voz alta, procurando o rosto do fã amalucado, puta que o pariu, não é que o homem desapareceu, mesmo, foda-se, deve ter se assustado com a minha reação e caiu fora, com medo, foda-se, vai se juntar ao porteiro, vai, e comecei a reler a deturpação de minha arte com vontade de estrangular o editor desleixado, relapso, filho da puta, desgraçado, lazarento, cu arreganhado, boceta desbeiçada, o gerente me sacaneou, tirou de mim o que era meu, roubou o meu trabalho, quando colocou a fotografia de seu protegido, por quê?, o mundo diz que eu devo me esforçar, que aquilo que eu ganhar com o meu suor tem mais valor, mentira, mentira, tudo mentira, meu pai mentiu pra mim, minha mãe, os professores todos, o meu suor não vale nada, suor nunca valeu, ganhar o pão com essa mixaria que escorre da pele, tanto que eles exigem que você tome banho, antes de vir trabalhar, e passe um desodorante sem cheiro, *manual de treinamento do parceiro du sanduba's*, página 9, os clientes têm narizes delicados, suor do rosto?, sei, sei, e está redondamente em roller enganado quem imagina, por exemplo, que fora do trabalho não exista um manual de parceria, também, tão sacana quanto o da firma, as páginas dele se desdobrando nas fuças, quando você pula da cama para outro dia a dia, o mesmo dia, tão ferrado e fodido quanto ontem, então, no fim de semana, se optar por um antitranspirante com perfume, use o sei lá qual o nome dele, que agora me esqueci, porque as mulheres vão cair em cima de você, doidas pra dar, *manual de se dar bem na vida*, e a gente acredita nisso, minha nossa, eu fui burro, acreditei, a gente quer continuar acreditando, é cômodo, um dia acerto o passo, e a gente se delicia com os comerciais da tv, com as páginas coloridas das revistas, todos me enganaram, todos continuam se enganando, mentindo pro espelho retrovisor do carro que não comprarão, eu estou nessa, também, não tem um que não esteja, inclusive os donos dos automóveis, das motos, uns imbecis que se acham creme do creme porque comem e arrotam peru, a mesma bosta do chuchu no fim, merda é merda, todos nós, por mais que a sociedade não reconheça o adjetivo nós, não, não é adjetivo, nem substantivo, por mais que a sociedade não reconheça o pronome nós, pronome, isso, nós, nó cego, pronome, página sei lá qual da apostila daquele supletivo vagabundo, ensino médio ao seu alcance, sei, sei, todos ferrados um a um, um por um, moscas presas na garrafa pet, vamos controlar a dengue, meu povo, catar os mosquitos, isso, não passamos de uma moscaria se enfiando nos buracos suados do corpo, o povo, zé-povinho, eu-povinho, como todos, fodidos por si mesmos, se ferrando, como naquela vez em que um amigo meu, pistoludo, se gabava do tamanho de seu caralho, coisa de moleque, ele ria do nosso pau, girando o dele, olha o helicóptero, a molecada medindo forças, comparando, a régua da escola finalmente mensurando alguma serventia, ele rindo, rindo, então acho que eu disse a maior verdade que já disse na vida, olha, geraldo, a única coisa que você pode fazer a mais com isso aí é enfiar esse pinto no próprio cu, todos se arrebentando de rir, ele, inclusive, me lembrei disso tudo enquanto corria com cara de louco dentro da lanchonete, babando de vontade de rasgar o couro daquele gerentezinho de bosta, dei a última volta, respirei, foi nesse instante que tive a ideia de me vingar de um modo inteligente, afinal, se o estripasse, como realmente ele merecia, eu é que me ferraria depois, preso, fodido e sem paga, o retrato na parede da delegacia, isso sim, parei, fiz piada, pode deixar, seu honório, agora só trabalho a mil, desse jeito, combinado?, ele não riu imediatamente, só depois que os outros caíram na gargalhada, riu não porque estivesse com vontade, isso ele não estava, mas porque não ficava bem dar ares fedidos de cagão na frente dos subordinados, porém era tarde, as gargalhadas eram por causa dele, também, o que me aliviou e reforçou a fome de vingança, prato que eu não comeria, entretanto, nem a pau, quente ou frio, uma decisão que, por uma chacoalhada da sorte, por incrível que pareça, pode ter me ajudado pro resto da vida, na hora não imaginei que uma vingancinha besta pudesse pôr a vida de um sujeito como eu pra frente, mesmo assim, ignorante do amanhã, fui embora outro homem, e, no dia seguinte, não esperei que ele pedisse o seu costumeiro lanche, *du-x-tudo*, uns cinco minutos antes fui ao banheiro, levei a bisnaga de maionese escondida, toquei uma punheta bem tocada, na noite anterior passei a seco, inclusive, pra engrossar o caldo, e despejei o meu líquido no recipiente, caprichado, ele gosta de maionese?, então tome maionese, fazia tempo que não esporrava com tanto gosto, e põe gosto nisso, atarraxei a tampa e agitei a bisnaga de novo, pra não desandar o curau, lavei as mãos, como manda o figurino e o manual de parceria, página 3, saí e fiquei esperando o pedido, não deu outra, dois minutos depois ele gritava lá do fundo, manda aí o meu de sempre, *du-x-tudo* no capricho, foi a primeira vez que gritei com alegria, *um du-x-tudo caprichado saindo*, e eu caprichei mesmo, em tudo, no bacon, no ovo, ou nos ovos?, na carne e, lógico, na maionese, ele não gosta de maionese?, então tome maionese, mais um pouquinho de maionese, pouco?, mais maionese, apertava o tubo com prazer, mesmo, e ele esguichava a minha maionese como nunca, era como se eu estivesse apertando o meu próprio pau duro, juro, enquanto gozava de novo e melhor, ô, coisa boa, falei alto, o wesleisson até olhou pra ver o que era tão bom e estranhou a cena, ri pra ele, você gosta de maionese, wesleisson?, gosto não, zé, prefiro catichupe, ri mais ainda, é, é gostoso, catichupe, pronto, terminei, pode pegar, djair, leva lá pro seu honório, lá no fundo, o sanduba dele, especial, leva lá, nesse instante, sem aviso, a vida deu a sacolejada imprevista, a virada tanto querida, o destino sem fôlego de repente com a cara na janela, aberta, os pulmões se enchendo, o coração querendo ser vomitado de susto, o seu eduardo entra de repente na lanchonete, vem em minha direção, olha a visitinha surpresa, meninada, o seu honório já estava ali perto, corrido lá do fundo, onde se abancara esperando o lanche, o gordo olhou no meu crachá, josé, josé, faz quanto tempo que entrou na *du sanduba's*?, onze meses, disse com segurança, já foi o funcionário do mês alguma vez?, não, quase todo mês o carlinhos vence, desde que entrei ele só não venceu duas vezes, uma porque estava em férias, mas mesmo assim acho que ficou em segundo, e olhei pro seu honório, que entrou na conversa, enxerido, seu eduardo, nunca vi um funcionário como o carlinhos, e, e, vi que o seu eduardo não deu bola pra ele, fez uma careta de contrariedade disfarçada no canto da boca, provavelmente haveria alguma recomendação de não se concentrar o prêmio do funcionário do mês sempre na mesma pessoa, não ficaria bem pro moral da equipe, qualquer sonso sabe disso, esse sanduíche aqui, por que ninguém levou pro cliente, ainda?, disse, interrompendo a desculpa chocha do gerente, e continuou, com a broa da cara franzida, nada, nem a presença do patrão, vocês sabem disso, deve estancar o andamento da lanchonete, o honório não fala isso sempre?, honório?, e olhou pra ele, é o meu almoço, seu eduardo, não é de cliente, que bom, respondeu o patrão, vamos ver se está gostoso, tenho de passar em outras unidades, hoje, a correria da vida, meninada, e pegou o *du-x-tudo* com as duas mãos gordas, abocanhando o sanduíche com a fome dos que têm sede de justiça, bambeei na hora, lembrando o tempero especial que adicionei, estou fodido pelo meu próprio pinto, decerto a praga atrasada do geraldo, o gordo vai cuspir a porra desse lanche na minha cara, todos ali parece que adivinhados de algum trágico acontecimento, olhando a cena cabeluda da minha demissão por justa causa, meu deus do céu, onde é que eu estava com a cabeça, pensei, a garganta seca, ele engoliu o primeiro naco, abriu e fechou diversas vezes os lábios, batendo com a língua no céu da boca, questionando o paladar sobre algum ingrediente que seria pegajoso, estou ferrado, ele mordeu de novo, em silêncio, repetiu o processo várias vezes, terminou, menino, josé, você colocou alguma especiaria, algum ingrediente diferente no sanduíche?, não senhor, o manual proíbe isso, o senhor sabe, ele sorriu, sabe, foi o melhor sanduba que comi em minha vida, desde que inaugurei a primeira lanchonete, não fez nada de especial, mesmo?, puta que o pariu, errei o caminho e dei num atalho da vida, sem querer, lógico, mas o atalho ali, na minha cara, era pegar ou largar, seu eduardo, disse com decisão, as únicas coisas que coloquei a mais no sanduba foram dedicação e amor, muito amor, ele sorriu, toma aqui este cartão, aparece amanhã lá pelas nove no escritório, vou inaugurar outra loja, a maior da rede, e quero você como gerente, é, gerente, mesmo, vão dizer que você não tem experiência, essas coisas, mas nunca me enganei em meu julgamento, você aprende, se eu saí do nada, foi porque sempre segui os meus instintos sem medo, vai ser você, josé, todos aqui, palmas pra ele, acho que nunca mostrei tantos dentes em minha vida, eles não cabiam na boca, queriam saltar das gengivas, ganhar o mundo, isso, a sensação era essa, os dentes queriam o mundo, todos me aplaudindo, o patrão puxando os movimentos, pra lá, pra cá, as palmas mais entusiasmadas, por sinal, eram as do seu honório, sai um *du-max-triplo*, o pedido vindo do balcão, sem me despedir do proprietário que me promovera, num arranco de iniciativa, virei as costas rapidamente, iniciando o lanche, pegando os dois hambúrgueres do saquinho, espichando-os na chapa quente, cortando quase ao mesmo tempo o pão, estirando as fatias de bacon, que chiaram, então ouvi o seu eduardo dizer pra todos, ainda, bem alto, estão vendo?, é alguém que vai dar certo na vida, gostou do conto?, levei outro susto, o meu fã ouvindo a leitura que eu fazia, nem percebi que lia alto, ele continuou, fui ao banheiro, quando voltei fiquei quietinho, não é sempre que vejo uma leitura tão entusiasmada, respondi um tanto vexado, olhe, amigo, gostei do conto, mas não o escrevi assim, nenhuma vez, aliás, nenhuma das setenta e três versões termina dessa maneira, não sei o que houve, hoje mesmo ligo pro editor, um minuto, um minuto, corri até as pilhas e folheei o primeiro exemplar, desvirtuado, também, peguei outro, a mesma coisa, caralho, mais um, e outro, todos eles errados, puta que o pariu, gritei, olha a merda, tudo errado, tudo, todos os livros, algum engano, sei lá, fui até ele, que me olhava assustado com o livro na mão, como se observasse um louco, calma, rapaz, estou calmo, é que houve algum engano, alguém se exercitando na literatura lá na editora, isso, só pode ser isso, pegou o meu conto, por brincadeira, e deu principalmente um novo final, ficou até interessante, não vou negar, e, por acidente, com certeza, imprimiu-se o aleijão, se não consertarem de algum modo juro que entro na justiça, será que todos os exemplares saíram assim?, no conto de verdade o patrão nem aparece, você quer saber como termina o conto de verdade, não quer?, o maluco continuava assustado, levantou-se e foi até o bebedouro, encheu um copo, voltou e me ofereceu a água, tome, beba um pouco, vai lhe fazer bem, eu aceitei, mas queria falar do conto verdadeiro, nele, o gerente desconfia do sanduíche, ô, caralho, copinho sem-vergonha, olhe, derrubei metade da água, o gerente desconfia, chama o zé e conta a história de um sujeito que cuspia na comida do chefe, ele manjava disso, não era gerente à toa, a história de um cozinheiro que passava o bife na bunda, antes de montar nele o ovo a cavalo, que rolava o bife a rolê no chão, para depois ajeitá-lo no prato, coisas desse tipo, zé, sente-se aqui comigo, o gerente disse desse jeitinho, faz tempo que penso em colocá-lo como funcionário do mês, venha aqui, pegou o facão que no dia anterior lhe causara aquele imenso cagaço e disse, paternalmente, sente-se comigo, ao meu lado, neste mês o funcionário-padrão é você, zé, ontem percebi que tenho sido injusto, meu rapaz, o facão dando de braços como uma prótese dos gestos, acentuando no ar o discursinho maneta do gerente, ele partiu o sanduíche em dois, com facilidade, batendo a mão nas costas da faca, coma a metade comigo, chega de raiva, quero ver, vai, coma a sua metade, jesus fez assim com os apóstolos, não fez?, a nossa vantagem é o facão, é ou não é?, cristo rasgava o pão com as mãos, coitado, em todo caso era mais fácil, sem hambúrguer, sem bacon, sem ovo, não é?, o zé se viu preso em sua arapuca, esse lazarento acha que vou me entregar, pelo menos ele vai ser obrigado a comer a sua metade, filho da puta, alguém me viu entrar com a bisnaga no banheiro, será?, pegou a sua metade e engoliu os pedaços quase sem mastigar, o gerente sorria, isso, zé, vamos acabar com as barreiras entre nós, nós é uma palavra bonita, não é?, que fome, zé, nossa, virgem santa, como prova de amizade, de quase irmandade, então, deixo a minha parte pra você, zé, isso nem jesus fez, e empurrou o prato em sua direção, quero ver você comer esta outra metade, também, ele comeu, sob os olhares de carlinhos, agora, que ria com o gerente de alguma coisa da qual era obrigado a fingir que lhe escapava, comeu e lambeu os beiços, no primeiro dia do mês, a sua fotografia finalmente estava na parede da lanchonete, josé, funcionário do mês, viu como a história verdadeira é superior?, olha, antonio, o seu nome é antonio, mesmo, não é?, a sua versão é muito superior, mesmo, você tem razão, olha, você me desculpe, tenho um compromisso amanhã pela manhã, ele disse, eu, eu, e ficou quieto, me olhando, pronto, pensei, vai começar a despejar palavrões de novo, mas não começou, e disse aquela que foi a frase mais estranha que ouvi em minha vida, caracterizando enfim o episódio fantástico que prometi ao leitor que teve saco de chegar até aqui, fato que não se encerrou naquela noite, desdobrando-se sem parar pelo restante do tempo em que procuro intuir o que se passou comigo desde então, buscando nestas palavras a chave para o entendimento do que pode não passar de um simples enredo da minha vida, ele disse a seguinte frase, até agora me arrepio ao recordar, **quer um autógrafo?**, ele disse que me daria um autógrafo, como?, um autógrafo, pegou o livro, abriu e escreveu, na página de rosto, *para o meu amigo antonio, estes contos que não cessam de se recontar, abraço do eudes berilo*, e datou, eudes berilo?, peguei o livro, olhei a dedicatória, o cara é mais maluco do que pensava, autografou o livro que eu escrevi, sorri da situação, ele acha que sou eu?, tudo bem, faço o joguinho dele, obrigado, eudes, sempre gostei do que você escreve, disse caprichando na ironia, levantei-me, enfiei o livro debaixo do sovaco, de propósito, quem sabe não aprendo a escrever por osmose, não é, eudes?, ele balançou levemente um sim, como se concordasse por alto com alguma informação desimportante que não ouviu direito, maluco, síndrome de tourette, síndrome de tourette, quando o sujeito não baba pelos queixos, baba pra dentro, engolido, o que é maluquice do mesmo jeito, se não for pior, porque se alimentando de si escondido de todos, doido filho da puta, e saí dali com a cabeça estourando, saí na chuva, nem sinal da minha mulher, será que a fernanda já foi?, sem falar nada? não é o estilo dela, lembrei-me de que talvez pudesse estar no bar ali perto, apertei o passo caçando os beirais, defendendo-me dos pingos grossos com o meu livro, ou melhor, com o livro do eudes, eudes, nem nome de gente o desgraçado tem, parei na porta do botequim, dois bêbados, apenas, conversando em voz alta, o dono quase cochilando apoiado no balcão, também, o copo de cerveja vazio, um dos pinguços olhou pra mim, antonio, você não está me reconhecendo, porra?, concordei, sei lá de onde o sujeito me conhecia, você está de carro, não está?, estou, disse, já meio arrependido de ambas as confissões, da falsa e, mais ainda, da verdadeira, esses dois vão querer carona, só pode, de onde conhecia aquele cara?, ele completou, vamos os três dar uma metida bem gostosa lá no covil das panteras?, virou pro outro, me apontando com o polegar, o antonio aí é o rei das bimbadas, precisa ver o sucesso que ele faz com a putada, agora estou bem arrumado, pensei, o sujeito me conhece da zona, o que eu ia falar?, acho que você está me confundindo, meu amigo, com licença, e corri pro carro, enfrentando a cortina d'água sem receio, pior do que o aguaceiro das cheias é o barro putrefato da difamação, já pensou se a fernanda e a secretária de cultura do município escutam uma história dessas?, sucesso com a putada, isso é que dá falar o nome de verdade nesses inferninhos, ingenuidade, um desgraçado marca o seu rosto, é capaz até mesmo de querer tirar algum proveito, chantageando o nome de família que um coitado como eu carrega, vai saber, caí fora correndo, foda-se, se a fernanda falasse alguma coisa, depois, diria que passei mal, que vomitei o vinho vagabundo no banheiro, qualquer coisa assim, que a procurei feito um doido, o que não chega a ser mentira, e fui obrigado a ir embora, e fui, cheguei em casa tremendo de frio, a cabeça latejando, apertei o controle do portão automático, ele começou a se abrir, não resisti e apertei de novo, ele parou, apertei, sim, é, então apertei novamente e enfiei o carro na garagem, merda, disse pra fernanda que não queria essa porcaria de portão automático, melhor o velho e bom cadeado, você tranca e puxa o seu corpo de metal, tem certeza de que ele está trancado, bem, peguei o livro do eudes, livro do eudes?, mais essa, agora, desci do carro, amanhã sem falta dou um pulo na editora, cambada, quem será que fodeu desse jeito com o meu livro?, eu mesmo fiz a revisão, cacete, preciso de um banho quente, minhas mãos tremendo, entrei no quarto, que parecia outro, até, estupidez, estupidez, quantas vezes um homem entra do mesmo jeito, com o mesmo pé direito, no quarto onde repousa inutilmente para o trabalho sem fim de viver?, estaria com febre, variando?, fernanda dormia, não é que a desgraçada voltou sozinha?, no escuro, sem fazer barulho, coloquei o exemplar desfigurado do meu livro no criado-mudo, fernanda acordou, tem o sono leve, leve, acendeu o abajur, já chegou?, já, disse, e olhei pra ela, juro que perdi a voz, emudeci, o medo sem tamanho, como?, na cama, era palmira que olhava pra mim, palmira, a puta, que foi?, não está passando bem, querido?, não respondi, fiz um gesto qualquer e fugi para o banheiro, apertei o interruptor, a luz explodiu devagar, em câmera lenta, quadro a quadro, era como se pudesse ver as fronteiras da escuridão se dissolvendo, o espelho, não posso olhar aquele espelho, meu deus, não posso, a luz dolorida do lustre ferindo os olhos duas vezes, diretamente, porque virei o rosto pra cima, e também através de seu reflexo, ao entrever o aço polido e cortante de uma outra luz clareando em outro tempo, inflada ao avesso, sugerindo que poderia dar de cara com alguém com quem não fosse com a cara, meu deus, tudo em ordem, querido?, a voz da puta, tudo bem?, tirei forças não sei de onde, tudo bem, é só um mal-estar, saí do banheiro e do quarto sem olhar pra ela, quer que eu, não, pode deixar, não é nada, falei caminhando, quase correndo, vou tomar um sal de frutas e trabalhar um pouco no escritório, saí e me tranquei na biblioteca, a cabeça pesando o dobro, o que está acontecendo, meu deus?, peguei um caderno e comecei a escrever compulsivamente, comecei pelo meu nome, antonio levi, rabisquei novamente, em letra de fôrma, antonio levi, escritor, meu deus, o que está acontecendo comigo?, um frio na barriga se prolongando, o medo novamente o medo, olhei a estante, o primeiro exemplar do meu livro estava lá, no lugar privilegiado onde o colocara quando o recebi da editora, o frio esfriando mais, tive o ímpeto de correr até ele e acabar com tudo, mas o medo, o medo, o medo de procurar o nome do autor na lombada e não dar comigo

capítulo em que o autor narra episódio burlesco de sua vida, devendo o leitor, para melhor entendimento da obra, ignorá-lo sem receio

não quero prosa
cacaso

[...] mas aprende-se muito escutando conversa dos outros
carlos drummond de andrade

disse ao meu amigo que, no fundo, não gostei de meu livro, mas seria impossível alterar sozinho uma só linha dos originais, o que reafirmo para você com tristeza, agora, nada daquela detestável e egocêntrica falsa modéstia, cultivada em perfil meia-boca como pose de corpo inteiro para uma desejada posteridade, bem, confesso que me envergonhei da palavra *sozinho* que meti naquele momento nem sei por quê, entretanto vejo hoje que talvez seja a chave para o entendimento de toda aquela nossa conversa, não sei, quero que você me diga depois, por isso tentarei expor até mesmo os detalhes de tudo, o que ao cabo é sempre inútil, sei disso, todo interlocutor dialoga também consigo mesmo, ao mesmo tempo que ouve o outro, de modo que qualquer história sai a três bocas, no mínimo, muito diversa portanto daquela também outra que o falante reinventa, sem saber, a mesma, bem, nem por isso os homens se calam, não é?, em todo caso, por favor, você me desculpe de antemão o destampatório, bem, então continuei, consolando--me, com a observação conscientemente paternalista de que ele, o meu livro, se justificaria por alguns trechos, pelo menos, o que é sempre muito pouco para quem tem pretensões artísticas, e, por isso, queria sua opinião crítica, profissional, mais do que a de um amigo, ele disse que não, que eu estava errado, que agora (penso que ele queria dizer *em nossa época*), a leitura de minha obra seria, e é, mais que desculpável, que ela ultrapassaria o simples- mente tolerável, como quero crer, ora, ora, retorqui, será que a literatura dependerá, então, de modo irreversível, de um momento?, claro que sim, momento do leitor, cidadão de seu país, respondeu, e sentenciou, todo arranjo artístico será mais do que nunca mediado pelo acaso, força natural e socialmente intangível, porque a história, como ciência, é a mais inventiva das artes, de maneira que uma obra, por exemplo, mesmo que intencionalmente prosaica, vá lá, pode vir um dia a se tornar poética, por que não?, se digo isso dos gêneros, nem preciso me referir à matéria que a conforma indefinidamente, percebe?, esta nunca resistiu a duas leituras, veja bem, a tiragem de qualquer livro, na história da humanidade, é de um único exemplar, quando muito, tem gente que não consegue enfiar isso na cabeça, e riu baixinho, fingindo um certo pudor da inteligência, bem, não gostei daquela história de *acaso*, o que me pareceu apenas uma *boutade*, então insisti, poxa, eusébio, como supor, porque a gênese de seu pensamento parece advir dessa ideia, que houve até hoje, por parte dos artistas, e *tutti quanti*, desde que o mundo é mundo, uma tentativa perenemente frustrada de organizar a casualidade?, e continuei, você não se deixa influenciar, dessa maneira, pela visão religiosa e primitiva da criação como organização do caos?, ia dizer que sua opinião requentava um clichê primário, mal cozido na panela raspada e, por isso, furada, dos arquétipos, do inconsciente coletivo, essas babaquices de doer o estômago, mas não tive coragem, ele, então, respondeu com outra pergunta, o que abomino como forma de reflexão que se compraz com o contorcionismo exagerado do próprio pensamento, ele perguntou, e quem disse que as vicissitudes da coincidência não se estabelecem como esforço atemporal da razão ou da fé, sua criação primeva?, além de que, concluiu, se o imponderável age no leitor, necessariamente, num momento qualquer, a casualidade poderá ocorrer ontem, movimento que se concretizará, no futuro, só depois da existência passada da obra, entende?, a arte demarca precisamente excursos variados, e um artista esperto, note que não é preciso ser um gênio para isso, pelo contrário, às vezes descobre um caminho promissor, cheio de verdadeiras novidades, dando umas boas olhadelas para trás, de relance, para o passado que será visto depois, não o passado histórico, veja bem, mas somente aquele que será visto depois, insisto nisso, o que não significa, portanto, necessariamente retrocesso, falta de visão, mediocridade ou transunto, então, isso é fato, quem sabe olhar para trás deve enxergar o futuro pelas costas, e isso, meu caro, é uma verdade mesmo que ninguém veja no movimento inusitado qualquer coisa, qualquer coisa, mesmo, nunca, mesmo que você morra sozinho na empreitada, sem que ninguém perceba que alguém simplesmente virou o rosto e tentou dizer algo, afinal, eles, os afinados num único sentido, também morrerão sozinhos, quem não morre?, tudo bem, sei que às vezes eles tentam um suicídio coletivo, simultâneo, em ordem unida, atenção, um, dois e já, pum, cabrum, fim, o que é besteira, concorda?, nesse caso ficam à espera de espaçonaves que os venham resgatar da vida terrestre, como aqueles malucos que se mataram há alguns anos, lembra?, com as mesmas roupas, calçando uns tênis de marca comprados pouco antes, morreram deitadinhos na cama, pensando que seriam levados para fora do mundo, finalmente habitantes de uma constelação qualquer, longe dessa vida que levamos sempre sem escolha, bem, não me lembro direito, acho que pensavam que escapariam num cometa, não sei, olha, não peço para você pensar comigo, claro, mas os artistas do tempo presente, os modernos, os inovadores, os inventores, imaginam estupidamente conformar o todo, cadinhos da tradição a fundir, do chumbo pesado da cultura, o fino bezerro de ouro finalmente alquimiado pela inteligência da obra, coisa de rir, não é?, bem, em todo caso eles têm razão sem querer num aspecto, o que pelo menos confirmam com alguma dor, farol biológico da inconsciência, gostou dessa?, quem olha somente para a frente também acaba com torcicolo, isso sim, e não há horror maior do que este, meu amigo, sabe, parece muito bonito ver a multidão voltada em massa numa só direção, o progresso, a evolução inexorável, os arautos da civilização, oh, meu deus, o futuro, a ciência, a cultura, essas expressões sem sentido deles, coitados, boa parte da idiotice humana se embasa na pretensão de se mirar esse futuro, ou esse passado, apenas, o que dá na mesma dor de pescoço, então, meu amigo, pequeno grande artista, eia, como se dizia, sus às olhadelas vesgas para todos os lados, sempre, mesmo que isso demarque a vala comum do autor, a obra medíocre, aquela que se apagará pela borracha infinda da história, borracha de cujos farelos pretos de grafite sai o movimento ao contrário, garranchoso, de uma outra mesma história, sempre, entendeu?, na verdade, isso não importa absolutamente nada, bem, *grosso modo*, já que você está começando a me encarar com olhos assustados, tal movimento condena a atividade artística às reticências, independentemente das turminhas ou das gigantescas individualidades, porque é uma espécie de obrigação do artista, esta sim inescapável, olhar para o outro lado, em moto-contínuo, encarar milhões e bilhões de faces carregadas de apatia ou reproche pelo ousadíssimo movimento de se virar para o outro lado, simplesmente, quando todos estão cansados de saber que não há nada ali, nada, mesmo que tudo esteja lá, concentrado em toda a sua extensão, em sua máxima singularidade, com todas as letras, todas as cores, em alto e bom som, no tom adequado, bem, se me permite o tropo, o artista, quando acerta o alvo, deve também errá-lo em cheio, fixando a própria existência no movimento pendular da história, percebe? o artista é o produtor, quando muito, das reticências de uma obra que, na verdade, começa justamente quando termina, ponto, ponto, ponto, pra lá e o meio e pra cá demarcados em seus limites *no espelho despropositado do papel*, frisou, por isso apenas aprecio, porque escravo dos sentidos, mas não consigo suportar, confesso, aqueles que atingiram a genialidade, os clássicos, encerrados na verdade da tumba que cavaram para si, e onde pretendem sepultar, sob o peso de uma obra, a humanidade inteira, a de ontem, a de agora, aquela que talvez seja, sem jamais vir a ser, aqui e ali, nem cá, nem lá, clássico suspenso no limbo que deixou de existir depois de uma canetada do papa, e riu de seu achado *bem quase brasileiro, quase bem universal, bom-bocado inteiro* de nossas artes, doce barato no *ponto, ponto, ponto*, finalizou, olhando para mim como se tivesse, com aquelas singulares reticências, colocado um ponto-final na discussão, bem, perdoe-me aqui o mimetismo pueril desta imagem, porque a subjeção dele se presta ao pagamento na mesma moeda, e a pendenga parece ser objetivamente esta, o que apenas agora, reportando o caso a você, percebo com alguma nitidez, bem, não podia ouvir tais disparates quieto, estava em jogo a publicação de meu livro, e, mais que isso, de tudo aquilo que, porventura, viesse a produzir depois, de modo que mal disfarçava o arrependimento ao lhe mostrar os originais, então repliquei, ora, ora, ora, no caso citado como exemplo, lá atrás, e em todos os outros, porque não quero, nem sei, falar de gêneros, forma, conteúdo etc., o prosaico será indefinidamente poético, o que valeria em sentido inverso, também, ou, melhor dizendo, já que é algo que vai além do conceito de reversibilidade, você entende o fazer artístico como um fortuito exercício tautológico, estou certo?, de fato, ele respondeu, entretanto é fenômeno que ocorre muito mais em países como o nosso, ou, melhor ainda, ocorre apenas em nosso país, o que invalida o truísmo que você acabou de formular, ou, de novo, explicitando esta observação em toda a sua dimensão, preste atenção no que vou dizer, invalida-o apenas em parte, ou seja, no todo também, percebe?, pra lá, pra cá, pra cá, pra lá, é isso e não é isso, em outras palavras, vivemos num lugar onde aqui pode ser ali, compreende?, penso que não haja, hoje, por exemplo, supondo que você consiga publicar, o menor interesse em traduzir seu livro, e, exatamente por isso, há boas chances de que seja traduzido, não sei quando nem onde, claro, bem, talvez nunca, o que importa pouco, na verdade, entendeu?, a maioria dos autores nacionais publicada mundo afora, brasileiros, mesmo, se é que se pode dizer que um artista universal pode ser brasileiro, nunca escreveu apenas sobre seu país, à exceção dos gênios conhecidos, mas gênios serão sempre, como fala aquela propaganda de um curso de inglês, cidadãos do mundo, de modo que eles não contam, nem uns nem outros, nem os daqui, nem os de lá, certo?, ele parou e ficou me olhando com ar besta, não pude deixar de rir daquele jogo incongruente de palavras, tudo bem que ele seja meu amigo, um ator e autor que, segundo um conhecido meu, respeitável crítico literário, pode vir a vingar, mas acho que estava debochando veladamente de meu livro, ao mesmo tempo que sentia que dispensava a ele a maior das atenções críticas, então, não posso mentir, confesso que aquela era uma discussão da qual pouco entendia, apesar de ter bons argumentos para participar dela por outros tantos minutos, e, exatamente por isso, sentia-me como se boiasse num mar imenso, mas firmemente ancorado em suas profundezas abissais, flutuando no espaço vazio como um balão preso ao pulso de uma criança muito nova, caminhando na pracinha de uma pequena cidade do interior do brasil, de mãos dadas com o pai, sem saber ao certo aonde ir, preocupado com o nozinho do barbante inevitavelmente prestes a escapar, a se desfazer, carregando a alegria avoada sabe-se lá para onde, ele percebia isso, e, salvo engano, tinha algum prazer com as dúvidas que eu, em vão, procurava esconder, bom, há que se notar também que tento descrever *agora* uma situação única de diálogo, como se ambos ensejássemos monólogos intercambiáveis, ou algo assim, o que me impede categoricamente de reproduzir com exatidão a conversa, mesmo que para tal fim tivesse comigo naquele momento um gravador, e, neste instante, apertasse o *play* agora, junto de você, ainda assim, sinto que tudo seria, malgrado um tal esforço, igualmente inútil, infrutífero, ou seja, tudo redundaria nas mesmas palavras que digo neste instante, quando digo *neste instante*, entende?, ele mesmo vive repetindo que diálogos são monólogos encaixados a marteladas, eu sempre concordei com isso, mas não muito, justamente para confirmá-lo, o que é irônico e instrutivo, não acha?, até inventei um aforismo afim, para fazer *par de vasos* com sua elegante aporia, disse exatamente essas palavras, e sapequei minha filosofia, *quem não gosta de ficar sozinho está sempre mal acompanhado*, diz ele que gostou demais do festivo conúbio, principalmente do clichê daquele bem arranjado par kitsch de vasos, louça branca e grosseira na sala de ser e de estar das ideias refinadas, o que de certo modo desmerece meu pensamento, mas tudo bem, ele é assim, você sabe, por fim pediu a frase para si, acho que percebeu meu desconforto, disse que a usaria nalgum canto, vai saber, bem, voltemos ao caso, àquela observação sobre a negação de um possível meu truísmo, redargui com a seguinte ressalva, quer dizer que no brasil pode tudo, como quer o lugar-comum?, é por aí, é por aí, ou por ali?, respondeu e perguntou, rindo, eu me peguei onde podia me agarrar, então insisti, e nossos clássicos, eusébio, como ficam?, não entendi bem seu desprezo em relação aos grandes, ele respondeu com olhar paternal, é deles que estou falando, meu caro, você não vê que só nos resta meter o mundo no mundéu?, enfie isso na cabeça de vez, bem atarraxado aos parafusos da razão, meu amigo, e martele ainda umas tantas vezes com os pregos do instinto, para que tudo, enfim, dela não saia senão como *obra inteiramente inacabada*, e calou-se, aguardando alguma conclusão que eu pudesse conceber ou imaginar, na verdade, insisto nisso, não sabia como terminar aquilo, o que dizer diante de uma observação que, talvez, conferisse alguma sustentação aos meus escritos, ou, não sei, condenasse minha literatura ao mais obscuro esquecimento, o que temia ser o mais provável, não obstante tal desaparecimento parecesse tão invulgar quanto a mais homérica permanência, então me saí com esta, não sei de onde tirei isso, disse, meu amigo, nós, intelectuais brasileiros, não sabemos dar o nó *ascot* ou *plastron*, o nó clássico *windsor*, ou mesmo o *half windsor*, ou ainda o nó de *pratt*, também conhecido como *shelby*, mas damos nó em rabo de gato como ninguém, tive de dizer, não sabia qual seria sua reação, fiz papel de bobo?, bem, ele riu bastante, mais do que faria supor qualquer outro gracejo, e disse, é isso, é isso

dá pra repetir?

hein?

advertência final

toda a vida que aparece neste livro é ficcional, fatos, personagens, nomes, qualquer coincidência é mera coincidência, fruto temporão da cabeça estéril do autor, que nunca bolou muito bem

Agradecimentos

Um amigo certa vez aforismou, entre goles de boa cachaça, que a vida não nos dá nada, apenas tira... Não há como discordar de tamanha sabedoria, talvez pinçada de algum clássico, não sei; ou mesmo regurgitada pela força discursiva do álcool, pouco importa. A verdade será sempre notável, impressa ou carregada por gases digestivos.

Confesso que a madrasta que nos subtrai aos poucos a felicidade, entretanto, tem sido para mim, pelo menos em relação aos amigos, mãe zelosa e pródiga, como quer o senso comum. Se me esqueci de alguém, nesta página, peço o perdão que, desde já, sei concedido. Ausente, o amigo encoberto não estará entre a canalha com que tive o desprazer de topar, vicissitude de acasos aí sim esquecidos por força da vontade e insignificância deles. Não. Meu amigo aqui ausente estará em outro lugar, rindo de mim comigo mesmo nos becos escuros da memória, velha cidade de traições, segundo um mestre cujo nome agora me escapa.

Meu agradecimento, então, àqueles que tiveram a generosidade e a complacência extremadas de me ouvir... Ou a elegância, não menos louvável, de fingir que o fizeram: Amauri Vieira Barbosa; Antonio Carlos Secchin; Carlos Alberto Montanini; Cida Cilli; Cláudio Aquati; Daniel Puglia; João Batista Carneiro Constâncio; José Antonio Pasta; Luciano Plez; Marco Lucchesi; Marlene Pucci; Otávio Maffud Cilli; Reginaldo Pinto de Carvalho; Ricardo Monteiro; Rosa Bassani; Samuel Leon; Valdir Ferracin Pasotto; Walter Garcia;

e *Ana Lúcia*, estrela da vida inteira.

O autor.
antoniogff@terra.com.br

índice

do autor para o autor, 7
a gaveta direita, 7
caridade, 17
fé, 18
exegese, 18
sacrifício, 18
?, 19
procrastinação, 20
a hora certa, 20
no muro, 26
estáter, 27
acerto, 27
abençoados, 30
jesus do céu, 30
www., 31
por isso, 32
promessa, 32
por minha culpa, 35
santa luzia, 36
o milagre, 36
mete aqui o teu dedo, 41
em suspenso, 41
exorcismo, 42
brasileiros,, 45
pé na cova, 46
verbo, 47
circunlóquio, 48
estava escrito, 49
outra questão de método, 51
só deus sabe, 51
praga, 52
o freguês em primeiro lugar, 52
a gente também tem que entender, 52
eis teu filho, 53
arqueologia, 54
tour de force, 54
o tempo pobre, o poeta pobre, 57
estilo, 58
vagabunda, 58
sabe por quê?, 60
inocência, 60
ela não teve culpa, mãe, 61
escuta a tua mãe, 61
vai ver se eu estou ali na esquina, 61
os olhos de jussara, 61
CENA 3, 72
CENA 4, 85
encontrei a minha, 100
tua culpa, 101
oitenta anos, 102
bolha e escuridão, 105
ela talvez saiba, 106
corredor, 5º andar, 113
espelho, 114
a gente se entende, 114
bodas, 114
metafísica, 115
ele, 117
ela podia ser sua filha, 117
em pratos limpos, 118
verso, 120
culpado, 120
a vida imita a vida, 124
e a minha vida?, 127
resolução, 127
teoria da obsolescência restrita da mercadoria no brasil, 127
dois por um, 127
lojas brasileiras, 128
é simples, 129
restaurante, 129
em boa companhia, 129
na mão, 131
mecanismo lógico, 131
amanhã à tarde você volta pra acertar, 131
um cafezinho para são benedito, 131
x da questão, 132
natal, 132
isso, benedito, não se rebaixa mais não, 134
precisa-se, 134
é coisa das mães, 135
álbum, 135

lições, 136
estimação, 141
canarinho-do-reino, 142
a minha vez, 143
natureza, 144
gravitação, 144
lição, 145
mãe, o que é o amor?, 145
uma rodadinha, 146
feira, 147
não, obrigado, estou satisfeito, 148
descoberta, 150
tordesilhas, 150
zoeira, 151
solidão, 151
sentença, 151
política, 152
7 de setembro, 152
7 de setembro pela tv, 152
mamãe ensina, você nunca mais vai esquecer, 153
pequeno sertão, junho, 153
caminho suave, 153
bildungsroman, 155
a lição, 155
bilhete ao pai, 160
homem, escada de si, 161
sofrimentos, 161
não é como vocês falam, 162
yin-yang, 162
ospb, 164
força de vontade, 164
kg, 166
casa nova, 167
a minha, não, 167
a família antes de tudo, 167
os olhos de jussara, 168
CENA 5, 170
CENA 6, 186
CENA 7, 195
revelação, 208
eu não pedi, 212
concentração, 212
bom, ela não tem geladeira, 213
juízo, 214

mal-agradecido, 216
meio-dia, 216
ei,, 216
entrada grátis, 216
quero sim, 218
a essa hora?, 218
vagas, 218
você não conhecia o finado, 218
volta, 219
vou mandar desligar a campainha, 219
no morro da babilônia, 219
fechada para reforma, 220
a morada, 221
dezembro, janeiro, 222
brasil, um dom do açúcar, 227
inspiração: natureza-morta, 228
fotocópia, 229
dois anos de separação, 230
o encontro, 230
cinema, 231
com espírito, 231
cá entre nós, 234
cobrança, 235
livre curso, 236
acho que sete anos, 237
cartão cidadão, 237
melhor do que tentar a sorte, 237
dizem que eu devia, 238
ato átrio, 239
falência, 240
sofismas diários, 240
o bom relacionamento com a chefia, 268
faz tempo que não vemos o carlim, 268
curriculum vitae, 269
armadilha, 269
foram as velas, 269
uma chance de se acertar, 270
os olhos de jussara, 271
CENA 8, 272
CENA 10, 284
olha, tudo bem, eu pago o que você quer, 300
hoje ou amanhã, 301
covardia, 304
herança, 304

juro, pode acreditar, tirei até uma foto, olha, 307
questão de princípios, 308
no espelho despropositado do papel, 309
foi só uma ideia, 311
aceito, 311
fora de hora, 313
supermercado, carro carregado, 313
por tua culpa, 313
sabia?, 314
solidariedade, 314
suspensão, 315
eu juntei dinheiro, 315
só assim, mesmo, 315
pedagogia, 316
aí você compra um, né?, 317
parada km 72, 318
metafísica bem caipira, 318
a questão, 319
profissão de fé, 319
ninguém escreveu isso, 320
regras pelo bom sucesso de escritores brasileiros
    a favor de uma carreira nas letras, 321
o quadro (apontamentos para um soneto), 322
eu não digo nada, 322
autor ou título – buscar, 323
ghost-writer de mim mesmo, 323
capítulo em que o autor narra episódio burlesco
    de sua vida, devendo o leitor, para melhor
    entendimento da obra, ignorá-lo sem receio, 353
dá pra repetir?, 359
advertência final, 359
Agradecimentos, 360
Colofão, 364

àqueles que falaram alto, não seguraram a língua, não guardaram segredo e esbanjaram o ouro do silêncio, enganosa fortuna dos homens, meu muito obrigado, o livro é de vocês, para vocês, o livro, meus caros, são vocês, não cabendo a mim mérito algum, a não ser o de dar alguma forma ao repositório sempre pouco confiável das palavras